U0109339

人民共和國文化與文學叢書

七　編

李　怡 主編

第 10 冊

高行健文學藝術年譜
（1940 ～2017）（第一冊）

莊　園 著

花木蘭文化事業有限公司

國家圖書館出版品預行編目資料

高行健文學藝術年譜（1940～2017）（第一冊）／莊園 著 — 初版 — 新北市：花木蘭文化事業有限公司，2019〔民 108〕
序 6+ 目 2+202 面；19×26 公分
（人民共和國文化與文學叢書 七編；第 10 冊）
ISBN 978-986-485-782-1（精裝）
1. 高行健 2. 學術思想 3. 年譜
820.8　　108011460

人民共和國文化與文學叢書
七 編 第 十 冊　　ISBN：978-986-485-782-1

高行健文學藝術年譜（1940～2017）（第一冊）

作　　者　莊 園
主　　編　李 怡
企　　劃　四川大學中國詩歌研究院
總 編 輯　杜潔祥
副總編輯　楊嘉樂
編　　輯　許郁翎、王筑、張雅淋　美術編輯　陳逸婷
印　　刷　普羅文化出版廣告事業
出　　版　花木蘭文化事業有限公司
發 行 人　高小娟
聯絡地址　235 新北市中和區中安街七二號十三樓
　　　　　電話：02-2923-1455／傳眞：02-2923-1452
網　　址　http://www.huamulan.tw 信箱 hml 810518@gmail.com
初　　版　2019 年9 月
全書字數　711727 字
定　　價　七編13 冊（精裝）台幣25,000 元

高行健文學藝術年譜
（1940～2017）（第一冊）

莊園 著

作者簡介

莊園，汕頭大學臺港及海外華文文學研究中心副研究員、《華文文學》常務副主編、澳門大學哲學博士。出版專著四部：《個人的存在與拯救——高行健小說論》（2017）、《女性主義專題研究》（2012）、《重構女性話語》（2005）、《文化名人面對面》（2005）；編著兩部：《文化的華文文學》（2006）、《女作家嚴歌苓研究》（2006）；發表學術論文 30 多篇。2010 年 1 月出任《華文文學》副主編，之後，創刊 30 年的《華文文學》成爲重要的中文核心期刊。

提　要

高行健是第一個獲諾貝爾文學獎的漢語作家。《高行健文學藝術年譜（1940 ～ 2017）》是第一本完整地記錄高行健的文學和藝術成果的年譜，從 1940 年高行健出生開始紀錄，一直到寫作之前一年（2017）截止，全文 70 萬字，是獲高行健本人審閱、指導並稱許的著作。

此書傳承了一種中國傳統的寫作方式。「年譜」是歷史悠久的中國一種人物傳記體裁。高行健 1979 年發表第一篇文章，1987 年離開中國大陸。1989 年之後，他的作品被禁止在中國大陸傳播，至今沒有明確解禁，他本人的作品一直沒有在中國大陸再出版。此年譜的重頭包括兩部分：上世紀 80 年代以及 2000 年之後。前者敘述高行健在中國大陸作爲劇作家的詳情，後者記錄他獲諾獎前後的文藝活動。該書在資料的搜集上竭盡詳實，作者利用中國大陸的電商平臺，從各地搜集到紙質的舊書和舊刊，以編年的方式仔細地整合了一系列鮮爲人知的舊聞、對高行健的研究等重要資料。著名學者和高行健研究專家劉再復先生評價此書是「高行健研究的里程碑」。

人民共和國時代新文學史料的保存與整理——《人民共和國文化與文學叢書》第七編引言

李　怡

中國新文學創生於民國時期，其文獻史料的保存、整理與研究、出版工作也肇始於民國時期。不過，這些重要的工作主要還在民間和學者個人的層面上展開，缺乏來自國家制度的頂層擘畫，也未能進入當時學科建設的正軌。

作爲國家層面的新文學文獻史料的搜集整理工作始於新中國成立以後。

十七年間，作爲新文學總結的各類作家文集、選集開始有計劃地編輯出版。如在周揚主持下，由柯仲平、陳湧等編輯了《中國人民文藝叢書》。該工作始於 1948 年，1949 年 5 月起由新華書店陸續出版。叢書收入作家創作（包括集體創作）的作品 170 餘篇，工農兵群眾創作的作品 50 多篇，展現了解放區文學，特別是自《在延安文藝座談會上的講話》以來的文學成果，從此開啓了國家政府層面肯定和總結新文學成績的新方式。此外，開明書店、人民文學出版社等也先後編選了一些現代作家的選集、文集，通過對新文學「進步」力量的梳理昭示了新中國所認可的新文學遺產。

除了文學作品的選編，文學研究史料也開始被分類整理出版，如上海文藝出版社影印了二、三十年代的革命文學期刊四十餘種，編輯了《魯迅研究資料編目》、《中國現代文學期刊目錄》等專題資料，還創辦了《中國現代文藝資料叢刊》；作爲「內部讀物」，上海圖書館在 1961 年編輯出版了《辛亥革命時期期刊總目錄》。這樣的基礎性的史料工作在新文學的歷史上，都還是第一次。第二年 5 月，在《中國現代文藝資料叢刊》的創刊號上，周天提出了對現代文學資料整理出版的具體設想，包括現代文學資料的分類法：「一、調查、訪問、回憶；二、專題文字資料的整理、選輯；三、編目；四、影印；五、考證。」〔註 1〕標誌著中國新文學史料文獻研究之理論探討的起步。

作家個人的專題資料搜集、整理開始受到了重視，在十七年間，當然主要還是作爲「新文學旗手」的魯迅的相關資料。1936 年魯迅逝世後即有不少回憶問世，新中國成立後，又陸續出版了許廣平、馮雪峰、周作人、周建人、唐弢等親友所寫的系列回憶，魯迅作爲個體作家的史料完善工作，繼續成爲新文學史料建設的主要引擎。

隨著新中國學科規劃的制定，中國新文學（現代文學）學科被納入到國家教育文化事業的主要組成部分，對作爲學科基礎的文獻工作的重視也就自然成了新中國教育和學術發展的必然。大約從 1960 年代開始，部分的高等院校和國家研究機構也組織學者隊伍，投入到新文學史料的編輯整理之中。1960 年，山東師範學院中文系薛綏之等先生主持編輯了「中國現代作家研究資料叢書」，名爲內部發行，實則在高校學界傳播較廣，影響很大。叢書分作家作品研究十一種，包括《郭沫若研究資料彙編》、《茅盾研究資料彙編》、《巴金研究資料彙編》、《老舍研究資料彙編》、《曹禺研究資料彙編》、《夏衍研究資料彙編》、《趙樹理研究資料彙編》、《周立波研究資料彙編》、《李季研究資料彙編》、《杜鵬程研究資料彙編》、《毛主席詩詞研究資料彙編》等；目錄索引兩種，包括《中國現代作家著作目錄》、《中國現代作家研究資料索引》；傳記一種，爲《中國現代作家小傳》；社團期刊資料兩種，有《中國現代文學社團及期刊介紹》和《1937～1949 主要文學期刊目錄索引》。全套叢書共計 300 餘萬字。以後，教研室還編輯了《魯迅主編及參與或指導編輯的雜誌》，收錄了十七種期刊的簡介、目錄、發刊詞、終刊詞、復刊詞等內容。這樣的工作在當時可謂聲勢浩大，在整個新文學學術史上也是開創性的。另據樊駿先生所述，中國社會科學院文學研究所現代文學研究室在五十年代末也做過類似工作。〔註 2〕

〔註 1〕周天：《關於現代文學資料整理、出版工作的一些看法》，載《中國現代文藝資料叢刊》第 1 輯，上海文藝出版社 1962 年版。

〔註 2〕樊駿：《這是一項宏大的系統工程——關於中國現代文學史料工作的總體考察》（上），《新文學史料》1989 年 1 期。

當然，這些文獻史料工作在奠定我們新文學學術基礎的同時也構製了一種史料的「限制性機制」，因爲，按照當時的理解，只有「革命」的、「進步」的文獻才擁有整理、開放的必要，在特定政治意識形態下，某些歷史記敘和回憶可能出現有意無意的「修正」、「改編」，例如許廣平 1959 年「奉命」寫作的《魯迅回憶錄》，1961 年 5 月由作家出版社出版。周海嬰先生後來告訴我們：「這本《魯迅回憶錄》母親許廣平寫於五十年前的 1959 年 8 月，11 月底完成，雖然不足十萬字，但對於當時已六十高齡且又時時被高血壓困擾的母親來說，確是一件爲了『獻禮』而『遵命』的苦差事。看到她忍受高血壓而泛紅的面龐，寫作中不時地拭擦額頭的汗珠，我們家人雖心有不忍，卻也不能攔阻。」「確切地說許廣平只是初稿執筆者，『何者應刪，何者應加，使書的內容更加充實健康』是要經過集體討論、上級拍板的。因此書中有些內容也是有悖作者原意的。」〔註 3〕

而所謂「反動」的、「落後」的、「消極」的文獻現象則可能失去了及時整理出版的機會，以致到了時過境遷、心態開放的時代，再試圖廣泛保存和利用歷史文獻之時，可能已經造成了某些不可挽回的物理損失。

1950 年代中期特別是「大躍進」以後，以研究者個人署名的文學史著作開始爲集體署名的成果所取代，除了如復旦大學、吉林大學、中國人民大學、北京大學中文系師生先後集體編著出版的《中國現代文學史》外，以「參考資料」命名的著作還包括東北師範大學中文系中國現代文學教研室《中國現代文學參考資料》（1954）、北京師範大學中文系編《中國現代文學史參考資料》（高等教育出版社 1959）、吉林師範大學中文系現代文學教研室《中國現代文學參考資料》（1961）等，所謂「資料」其實是在明確的意識形態框架中對文藝思想鬥爭言論的選擇和截取，東北師範大學中文系中國現代文學教研室《中國現代文學參考資料》在文學史的標題上彙編理論批評的片段，讀者無法看到完整的論述，而其他保留了完整文章的「資料」也對原本豐富的歷史作了大刀闊斧的刪削，甚至還出現了樊駿先生所指出的現象：

> 「大躍進」期間，採用群眾運動方式編輯出版的一些「中國現代文學參考資料」書籍，有的不知是因爲粗心大意，還是出於政治需要，所收史料中文字缺漏、刪節、改動等，到了遍體鱗傷的地步，叫人慘不忍睹，更不敢輕易引用。理論上把堅持階級性、黨性原則

〔註 3〕周海嬰、馬新雲：《媽媽的心血》，見許廣平《魯迅回憶錄：手稿本》1～2 頁，長江文藝出版社 2010 年。

> 和爲無產階級政治服務的要求簡單化、絕對化了，又一再斥責史料工作中的客觀主義、「非政治傾向」，也導致了人們忽略這個工作必不可少的客觀性和科學性。〔註4〕

不過，較之於後來的「文革」，新中國十七年間的文獻工作還是值得充分肯定的，新文學的史料整理和出版在此期間的確在總體上獲得了相當的發展，——雖然「大躍進」期間也出現過修正歷史的史料書籍，不過，比起隨之而來的十年文革則畢竟多有收穫。在文革那浩劫的歲月中，不僅大量的文學文獻被人爲地破壞，再難修復和尋覓，就是繼續出版的種種「史料」竟也被理直氣壯地加以增删修改，給後來的學術工作造成了根本性的干擾，正如樊駿痛心疾首的描述：

> 「文化大革命」後期，有的高校所編的現代文學參考資料，竟然把胡適的《文學改良芻議》和陳獨秀的《文學革命論》，與林紓等守舊文人反對新文學的文章一起作爲附錄。這就是說，他們不但不是「五四」文學革命最早的倡導者，而且從一開始就是這場變革的反對者、破壞者。顛倒事實，以至於此！不尊重史料，就是不尊重歷史；改動史料，就是歪曲歷史眞相的第一步。這樣的史料，除了將人們對於歷史的認識引入歧途，還能有什麼參考價值呢？
>
> 「文化大革命」期間，朝不保夕的「黑幫」和「準黑幫」、他們的膽戰心驚的親屬友好、還有「義憤塡膺」的「革命小將」，從各不相同的動機出發，爭先恐後地展開了一場毀滅與現代歷史有關的事物的無比殘酷的競賽。很少有人能夠完全逃脱這場劫難。不要說不計其數的史料在尚未公諸世人之前，或者尚未爲人們認識和使用之前，就都化爲塵土，連一些死去多年的革命作家的墳墓之類的歷史文物都被搗毀了。江青、張春橋等人爲了掩蓋自己三十年代混跡文藝界時不可告人的行徑，更利用至高無上的權力查禁、封鎖、消滅有關史料，連多少知道一些當年内情的人也因此成了「反革命」，甚至遭到「殺人滅口」的厄運。眞可以說是到了「上窮碧落下黃泉」的乾淨徹底的地步。
>
> 這類出於政治原因、來自政治暴力的非正常破壞所造成的損

〔註4〕樊駿：《這是一項宏大的系統工程——關於中國現代文學史料工作的總體考察》（上），《新文學史料》1989年1期。

失，更是不知多少倍於因爲歲月消逝所帶來的自然損耗。試問有誰能夠大致估計由此造成的史料損失？更有誰能夠補救這些損失於萬一呢？」〔註5〕

至此，我們可以說，中國新文學的文獻史料工作出現了中斷。

中國新文學文獻史料工作的再度復蘇始於新時期。隨著新時期改革開放的步伐，一些中斷已久的文化事業工作陸續恢復和發展起來，中國新文學研究包括作爲這一研究的基礎性文獻工作也重新得到了學界的重視。1980 年，在中國現當代文學研究剛剛恢復之際，作爲學科創始人的王瑤先生就提醒我們，「必須對史料進行嚴格的鑒別」，「在古典文學的研究中，我們有一套大家所熟知的整理和鑒別文獻材料的學問，版本、目錄、辨僞、輯佚，都是研究者必須掌握或進行的工作，其實這些工作在現代文學的研究中同樣存在，不過還沒有引起人們應有的重視罷了。」〔註6〕

新時期的文獻史料工作首先體現在一系列扎扎實實的編輯出版活動中。其中，値得一提的著作如下：

作爲文獻史料的最基礎的部分——作家選集、文集、全集及社團流派爲單位的作品集逐漸由各地出版社推出，人民文學出版社與各省級出版社在重編作家文集方面作了大量的工作，中國社會科學院文學研究所現代文學研究室主編的《中國現代文學創作選集》叢書，人民文學出版社編輯出版的《中國現代文學流派創作選》叢書，錢谷融主編的《中國新文學社團、流派叢書》等都成爲學術研究的重要文獻，大型叢書編撰更連續不斷，如《延安文藝叢書》、《上海抗戰時期文學叢書》、《抗戰文藝叢書》、《中國抗日戰爭時期大後方文學書系》、《中國解放區文學研究叢書》、《中國淪陷區文學大系》等，《中國新文學大系》的續編工作也有序展開。

北京魯迅博物館於 1976 年 10 月率先編輯出版不定期刊物《魯迅研究資料》，人民文學出版社於 1978 年秋季也創辦了《新文學史料》季刊。稍後，各地紛紛推出各種專題的文學史料叢刊，包括《東北現代文學史料》〔註7〕、

〔註5〕樊駿：《這是一項宏大的系統工程——關於中國現代文學史料工作的總體考察》（上），《新文學史料》1989 年 1 期。

〔註6〕王瑤：《關於中國現代文學研究工作的隨想》，載《中國現代文學研究叢刊》1980 年 4 期。

〔註7〕黑龍江、遼寧社會科學院文學研究所共同編印，不定期刊物，1980 年 3 月出版第一輯。

《抗戰文藝研究》、〔註 8〕《延安文藝研究》、〔註 9〕《晉察冀文藝研究》〔註 10〕等，創刊於六十年代初期的《中國現代文藝資料叢刊》於七十年代末期復刊〔註 11〕，創刊較早的《文教資料簡報》也繼續發行，並影響擴大。〔註 12〕

1979 年中國社會科學院文學研究所現代文學研究室發起編纂大型史料叢書《中國現代文學史資料彙編》，該叢書包括甲乙丙三大序列，甲種爲「中國現代文學運動、論爭、社團資料叢書」31 卷，乙種爲「中國現代作家作品研究資料叢書」，先後囊括了 170 多位作家的研究專集或合集近 150 種，丙種爲「中國現代文學期刊目錄彙編」、「中國現代文學總書目」等大型工具書多種。甲乙丙三大序列總計五六千萬字，由 60 多所高校和科研機構的數百位研究人員參加編選，十幾家出版社承擔出版任務。這是自中國新文學誕生以來規模最大的一項文獻整理出版工程。2010 年，知識產權出版社將已經面世的各種著作盡數搜集，在《中國文學史資料全編・現代卷》之名下再次隆重推出，全套凡 60 種 81 冊逾 3000 萬字，蔚爲大觀。

一些較大規模的專題性文學研究彙編本也陸續出版，有 1981～1986 年天津人民出版社出版的由薛綏之先生主編的《魯迅生平史料彙編》，全書分五輯六冊計三百餘萬字，是對於現存的魯迅回憶錄的一種摘錄式的彙編。除外，先後有上海社會科學院文學研究所主編的《上海「孤島」時期文學資料叢書》、廣西社會科學院主編的《抗戰時期桂林文化運動史料叢書》、中國社會科學院文學研究所魯迅研究室主編的《1923～1983 年魯迅研究學術論著資料彙編》以及《中國人民解放軍文藝史料叢書》、《新文學史料叢書》、《江蘇革命根據地文藝資料彙編》等。

〔註 8〕四川省社科院文學所與重慶中國抗戰文藝研究會聯合編輯，1981 年底開始「內部發行」，至 1983 年 1 期起公開發行，到 1987 年底共出版 27 期，1988 年 3 月起改由四川省社科院出版社出版，重新編號出版了 3 期，1990 年由成都出版社出版 1 期。

〔註 9〕陝西省社會科學院文學研究所和陝西延安文藝學會合辦的《延安文藝研究》雜誌，於 1984 年 11 月創刊。

〔註 10〕天津社科院文學所創辦，最初作爲「津門文藝論叢」增刊，1983 年 10 月出版第一輯。

〔註 11〕上海文藝出版社 1962 年 5 月創刊，出版 3 輯後停刊，第 4 輯於 1979 年復刊。

〔註 12〕最初是南京師範學院內部編印的資料性月刊，創辦於 1972 年 12 月，1～15 期名爲《文教動態簡報》，從第 16 期（1974 年 3 月）起更名爲《文教資料簡報》，並沿用至 1985 年底。1986 年 1 月該刊改名《文教資料》，1987 年 1 月改爲公開發行。

上述「文學史資料彙編」中涉及的著作、期刊目錄可謂是文獻史料工作的「基礎之基礎」，在這方面，也出現了大量的成果，除了唐沅等編輯的《中國現代文學期刊目錄彙編》〔註 13〕外，引人注目的還有董健主編的《中國現代戲劇總目提要》，〔註 14〕賈植芳等主編的《中國現代文學總書目》，〔註 15〕《中國現代作家著譯書目》，〔註 16〕郭志剛等編《中國現代文學書目匯要》〔註 17〕，應國靖著《現代文學期刊漫話》，〔註 18〕吳俊、李今、劉曉麗等編《中國現代文學期刊目錄新編》等。〔註 19〕此外，來自圖書館系統的目錄成果也爲釐清文學的「家底」提供了幫助，如國家圖書館、上海圖書館編《1833～1949 全國中文期刊聯合目錄》（補充本）、〔註 20〕《民國時期總書目》〔註 21〕等。

隨著史料文獻的陸續出版，文獻工作的理論探索與學科建設工作也被提上了議事日程。

20 世紀 80 年代以來，學術界即不斷有人發出建立「中國現代文學文獻學」的呼籲。《中國現代文學研究叢刊》1985 年第 1 期刊登了馬良春《關於建立中國現代文學「史料學」的建議》，他提出了文獻史料的七分法：專題性研究史料、工具性史料、敘事性史料、作品史料、傳記性史料、文獻史料和考辨性史料。《新文學史料》1989 年第 1、2、4 期連續刊登了著名學者樊駿的八萬字長文《這是一項宏大的系統工程——關於中國現代文學史料工作的總體考察》。樊駿先生富有戰略性地指出：「如果我們不把史料工作理解爲拾遺補缺、剪刀加漿糊之類的簡單勞動，而承認它有自己的領域和職責、嚴密的方法和要求、獨立的品格和價值——不只在整個文學研究事業中佔有不容忽略、無法替代的位置，而且它本身就是一項宏大的系統工程；那麼就不難發現迄今

〔註 13〕上下册，天津人民出版社，1988 年。
〔註 14〕南京大學出版社，2003 年。
〔註 15〕福建教育出版社，1993 年。
〔註 16〕兩册（含續編），書目文獻出版社分別於 1982、1985 年出版。
〔註 17〕小説卷、詩歌卷各一册，書目文獻出版社，1994 年。
〔註 18〕花城出版社，1986 年。
〔註 19〕上海人民出版社，2010 年。
〔註 20〕中央民族大學出版社，2000 年。
〔註 21〕北京圖書館編，書目文獻出版社 1986 年～1997 年陸續出版。它以北京圖書館、上海圖書館、重慶圖書館的館藏爲基礎，收錄了 1911 年至 1949 年 9 月間出版的中文圖書 124000 餘種，基本反映了民國時期出版的圖書全貌。

所作的，無論就史料工作理應包羅的眾多方面和廣泛內容，還是史料工作必須達到的嚴謹程度和科學水平而言，都存在著許多不足。」

1986 年北京語言學院出版社出版了朱金順先生的《新文學資料引論》，這是關於中國現代文學史料學的第一部專著。

1989 年，中華文學史料學學會成立，著名學者馬良春任會長，徐迺翔任副會長，並編輯出版了會刊《中華文學史料》，〔註 22〕2007 年，中華文學史料學學會在聊城大學集會成立了中國近現代文學史料學分會，標誌著新文學（現代文學）文獻學學科的建設又上了一個臺階。

進入 1990 年代，從學術大環境來說，新文學研究的「學術性」被格外強調，「學術規範」問題獲得了鄭重的強調和肯定，應當說，文獻史料工作的自覺推進獲得了更加有利的條件。近 20 年來，我們的確看到有越來越多的學者自覺投入了文獻收藏、整理與研究的領域，河南大學、清華大學、中國現代文學館、重慶師範大學、長沙理工大學等都先後舉辦了現代文學文獻史料研討的專題會議。2004 年至 2007 年，《學術與探索》、《中國現代文學研究叢刊》、《河南大學學報》、《汕頭大學學報》、《現代中文學刊》等刊物闢專欄相繼刊發了專題「筆談」，《中國現代文學研究叢刊》還在 2005 年第 6 期策劃了「文獻史料專號」，《現代中國文化與文學》設立「文學檔案」欄目，每期發表新文學史料或史料辨析論文。新文學文獻史料的一系列新的課題得以深入展開，例如版本問題、手稿問題、副文本問題、目錄、校勘、輯佚、辨僞等等，對文獻史料作為獨立學科的價值、意義及研究方法等多個方面都展開了前所未有的研討。

陳子善先生及其主編的《現代中文學刊》特別值得一提。陳子善先生長期致力於中國現代文學史料研究，尤其對張愛玲佚文的搜集研究貢獻良多。2009 年 8 月，原《中文自學指導》改刊成爲《現代中文學刊》，由陳子善先生主持。這份刊物除了對中國現代文學研究突出「問題意識」之外，最引人矚目之處便是它爲現代文學的史料文獻研究提供了大量的篇幅，不僅有文獻的考辨、佚文的再現，甚至還有新出版的文獻書刊信息及作家故居圖片，《現代中文學刊》的彩色封底、封二、封三幾乎成爲學人愛不釋手的歷史文獻的櫥窗。

劉增人等出版了 100 多萬字的《中國現代文學期刊史論》，既有「中國現

〔註 22〕《中華文學史料（一）》由上海百家出版社 1990 年 6 月推出。

代文學期刊敘錄」，又有「中國現代文學期刊研究資料目錄」的史料彙編，從「史」的梳理和資料的呈現等方面作了扎實的積累。〔註 23〕2015 年 12 月，劉增人、劉泉、王今暉編著的《1872～1949 文學期刊信息總匯》由青島出版社推出，全書分四巨冊， 500 萬字，包括了 2000 幅圖片， 正文近 4000 頁，涵蓋了 1872～1949 年間中國文學期刊的基本信息。

一些著名學者都在新文學的文獻學理論建設上貢獻了重要的意見。楊義提出「文獻還原與學理原創」的「八事」：1、版本的鑒定和對這些鑒定的思考；2、作家思想表述和當時其他材料印證；3、文本眞僞和對其風格的鑒賞；4、文本的搜集閱讀和文本之外的調查；5、印刷文本和作者手稿，圖書館藏書和作家自留書版本之間的互補互勘；6、文學材料和史學材料的互證；7、現代材料和古代材料的借用、引申和旁出；8、圖和文互相闡釋。〔註 24〕

徐鵬緒、逄錦波試圖綜合運用文獻學、傳播學、闡釋學、接受美學等理論方法，對中國現代文學文獻學的基本概念進行界定，嘗試建構中國現代文學文獻學理論體系的基本模式。〔註 25〕

2008 年，謝泳發表論文《建立中國現代文學史料學的構想》，〔註 26〕先後出版《中國現代文學史料概述》（廈門大學出版社 2009 年版）和《中國現代文學史料的搜集與應用》（臺北秀威信息科技股份有限公司 2010 年版）、《中國現代文學史研究法》（廣西師範大學出版社 2010 年版），就「中國現代文學史料學」問題闡述了自己的詳盡設想。

劉增杰集多年現代文學史料研究和研究生教學成果而成《中國現代文學史料學》，〔註 27〕此書被學者視爲 2012 年現代文學史料考釋與研究方面的「重大突破」。

最近十多年來，在新文學文獻理論或實際整理方面作出了貢獻的學者還有孫玉石、朱正、王得後、錢理群、楊義、劉福春、吳福輝、林賢次、方錫德、李今、解志熙、張桂興、高恒文、王風、金宏宇、廖久明、李楠、魏建等。

〔註 23〕 新華出版社，2005 年。

〔註 24〕 楊義：《文獻還原與學理原創的互動》，《.河南大學學報》2005 年 2 期。

〔註 25〕 徐鵬緒、逄錦波：《中國現代文學文獻學之建立》，《東方論壇》2007 年 1～3 期。

〔註 26〕 《文藝爭鳴》2008 年 7 期。

〔註 27〕 中西書局，2012 年。

隨著中國文學傳播與研究的國際化，境外出版機構也開始介入到文獻史料的整理與出版活動，如香港牛津大學出版社出版蕭軍《延安日記》、《東北日記》，臺灣秀威信息科技股份有限公司出版謝泳整理的《現代文學史稀見資料》，臺灣花木蘭文化出版社自 2016 年起推出劉福春、李怡主編《民國文學珍稀文獻集成》大型系列叢書。

在中國現代文學的史料文獻意識日益強化的同時，當代文學的史料文獻問題也被有志之士提上了議事日程，洪子誠、吳秀明、程光煒等都對此貢獻良多，〔註 28〕這無疑將大大地推動新文學學科的文獻研究，更爲新文學研究走向深入，爲現代新文學傳統的經典化進程加大力度，甚至有人據此斷言中國新文學研究已經出現了現代文學研究的「文獻學轉向」。〔註 29〕

但是，與之同時，一個嚴峻的現實卻也毫不留情地日益顯現在了我們面前，這就是，作爲新文學出版的物質基礎——民國出版物卻已經逼近了它的生存界限，再沒有系統、強大的編輯出版或刻不容緩的數字化工程，一切關於文獻史料的議論都會最終流於紙上談兵，對此，一直憂心忡忡的劉福春先生形象地說：「歷史正在消失」：「第一，我們賴以生存的紙質書報刊已經臨近閱讀的極限；第二，歷史的參與者和見證者現在很多都已經再沒有發言的機會了。2005 年，《人民日報》海外版的消息，國家圖書館民國文獻，中度以上破壞已達 90%。民國初期的文獻已 100%損壞。有相當數量的文獻，一觸即破，瀕臨毀滅。國家圖書館一位副館長講：若干年後，我們的後人也許能看到甲骨文，敦煌遺書，卻看不到民國的書刊。而更嚴重的是，隨著一批批老作家的故去，那些鮮活的歷史就永遠無法打撈了。」〔註 30〕

由此說來，中國新文學的文獻史料工作不僅僅有任重道遠的沉重感，而且更有它的刻不容緩的緊迫性。

新文學百年文獻史料，即便是中華人民共和國文學史料這一部分，也是好幾代史料工作者精心搜集、保存和整理的成果，雖然現代印刷已經無法還

〔註 28〕參見洪子誠《當代文學的史料問題》（《長沙理工大學學報》2016 年 6 期），吳秀明、章濤《當代文學文獻史料研究的歷史與現狀——基於現有成果的一種考察》（《文藝理論研究》2012 年 6 期），吳秀明、章濤《當代文學文獻史料研究的歷史困境與主要問題》（《浙江大學學報》2013 年 3 期）等。

〔註 29〕王賀：《現代文學研究的「文獻學轉向」》，《長沙理工大學學報》2016 年 6 期。

〔註 30〕劉福春：《尋求中國現代文學文獻學學科的獨立學術價值》，《長沙理工大學學報》2016 年 6 期。

原它們那發黃的歷史印跡，無法通過色彩和字型的恢復來揭示歷史的秘密，然而，其中盡力保存的歷史的精神和思想還是「原樣」的，閱讀這些歷經歲月風霜雨雪的文獻，相信我們能夠依稀觸摸到中國新文學存在和發展的更爲豐富的靈魂，在其他作品選集之外，這些被稱作「史料」的文學內部或外部的「故事」與「瘢痕」同樣生動、餘味悠長。

2019 年 1 月修改於成都江安花園

高行健研究的里程碑——莊園《高行健文學藝術年譜》序

劉再復

4月6日，我和高行健通了一個小時的越洋電話。他說，最近幾天讀了莊園的《高行健文學藝術年譜》，感到意外的是，她竟然如此有心並有如此氣派，寫下了這等規模、這麼詳盡的年譜，全面而豐富。「幫我轉達對她的謝意。」

收到莊園的長達70萬字的《高行健文學藝術年譜》的稿子，我著實嚇了一跳。展開閱讀後則是欽佩不已，無論是規模之宏大，還是氣魄之雄偉。也無論是材料之詳實，還是記述之嚴謹，都是前所未有的。難怪行健兄會如此肯定。（行健兄從不隨和，要讓他滿意很難。）毫無疑問，這部「總其成」性質的《年譜》，乃是莊園個人精神價值創造的新發展，也是高行健研究史上崇高的里程碑。當然也是中國當代文學研究的里程碑。

2012年，我曾爲莊園的《女性主義專題研究》寫了序文，那時她還是大學畢業生的樣子，總是謙稱自己的集子爲「習作」。六年之間，她日夜兼程突飛猛進，讓人不能不刮目相看。她先是到澳門大學中文系攻讀博士學位，在導師朱壽桐教授的指導下努力鑽研，如今她儼然是個有實績、有建樹的學者。去年年初才出版了《個人的存在與拯救——高行健小說論》（近400頁），今年又推出《高行健文學藝術年譜》，兩部都堪稱「大著」。僅此兩部書籍，莊園就是一個當之無愧的高行健研究專家了。多年前，她剛到澳門大學時，朱壽桐先生就鼓勵她選擇高行健。博士論文的題目便是「高行健小說研究」。壽桐兄對她說：「對於高行健這樣一個重要的文學存在，偌大的中國，即使出現十個高行健研究專家也不算多。你就專攻這一項吧！」壽桐兄的見解不錯，高行健確實是一個重要的文學存在，人爲的抹煞，終究是愚蠢而徒勞的。他作爲第一個贏得諾貝爾文學獎的華文作家，主要使用漢語寫作（18 個劇本使用漢語寫作的有 15 個，使用法語寫作的僅 3 部），其作品通過翻譯也主要在歐美產生影響。由於國內至今嚴加禁錮，所以一般讀者對他反而有些陌生，然而，一切阻撓都是暫時的，重大文化存在，既沒有空間的邊界，也沒有時間的邊界。問題是對這一文化存在的研究實非易事。高行健本身是個全方位取得成就的思想家和文學藝術家，其文學創造包括長篇小說、中篇小說、短篇小說也包括文論、散文、詩歌、戲劇文本；其藝術創造則包括水墨畫、戲劇導演、電影詩等等。我去年應臺灣師大「高行健藝術節」之邀，寫了「高行健世界的全景描述」，寫得非常辛苦，因爲高行健的創作世界實在太廣闊、太豐富了，要把握它，很有難度。此次體驗，更覺得高行健很値得下工夫研究，現在這項研究剛剛開始。

我也作過《高行健創作年表》，這是我平生唯一整理的「年譜表」。作此年表，一是因爲我個人和高行健的友情非同一般，跟蹤他的創作幾乎是我的本能；二是覺得他一直被國內文藝界所排斥，我正好可以補此缺失。在整理高行健年表的過程中，我才嘗到編撰高行健年譜的艱難，爲了一篇短文出處，我常常要跑幾回圖書館，甚至要打電話到巴黎請教行健兄及西零（行健兄的妻子）。儘管如此，還是有許多差錯。看了莊園的《高行健年譜》，我幾乎冒出冷汗，她那麼認眞，糾正了我所編撰的高行健年表的許多疏漏，例如高行健最初發表的「創作雜記」（談象徵，談藝術的抽象，談現代文學語言等），我只記載發表年份卻不知月份，莊園查核了原刊作了補正。又如，高行健的「談現代小說與讀者的關係」，發表時還有一個正題「現代小說技藝的新課題」，我也因沒有核查原刊而忽略了。還有，《一個人的聖經》，我因作跋而過於自信，年表記下它是 1998 年由臺北聯經出了初版，其實是 1999 年 4 月才出初版。面對莊園這一糾正，我不能不說，她的年譜比我作的「年表」更爲準確。

尤其難得的是，莊園在編寫「年譜」時還有新的發現，即發現我的創作年表所遺漏的篇目，這些遺漏，甚至高行健本人也未必知道。這就是說，莊園通過自己的查證，補充了一些高行健在八十年代崛起之初所寫的一些重要文章篇目，這爲後人研究高行健，無疑提供了準確的資料。莊園這些新發現的篇章如下：

（1）《人民文學》1980 年第 2 期刊發高行健的散文《巴黎印象記》，人民文學出版社 1980 年 2 月 20 日出版。

（2）《人民文學》1987 年第 1、2 期合刊刊發葉君健、高行健的對話錄《現代派・走向世界》，人民文學出版社 1987 年 2 月 20 日出版。

（3）《醜小鴨》1982 年第 4 期刊發高行健大概一千字的小評論《一篇不講故事的小說》。文章點評石濤的處女作《離開綠地》。

（4）《花城》第 4 集（廣東人民出版社 1980 年 1 月第 1 版第 1 次印刷）發表高行健的散文《尼斯——蔚藍色的印象》。

（5）《花城》第 5 集（廣東人民出版社 1980 年 5 月第 1 版第 1 次印刷）刊發高行健的兩篇文章——《法國現代派人民詩人普列維爾和他的〈歌詞集〉》和《〈歌詞集〉選譯》，後者是高行健翻譯的雅克・普列維爾的兩首詩《巴爾巴娜》和《一家子》。

（6）《花城》第 6 集（廣東人民出版社 1980 年 8 月第 1 版第 1 次印刷）刊發高行健的散文《關於巴金的傳奇》。

（7）《新劇本》1986 年第 3 期刊發高行健的文章《用自己感知世界的方式來創作》，1986 年 5 月 2 日出版。

（8）《新劇本》1986 年第 5 期刊發高行健的文章《從民族戲劇傳統中汲取營養》，1986 年 9 月 2 日出版。

這些「新發現」，每一個都很有份量！

這些「新發現」表明，莊園作《高行健文學藝術年譜》，何等認眞，紮實，嚴謹！

這些「新發現」又表明，莊園作「年譜」，下了許多考證、查證、實證工夫！

這些「新發現」，正是莊園對高行健研究事業的新貢獻。這份年譜，完全可以成爲後人研究高行健的資料基石。

爲此，我要感謝莊園所下的工夫。國內禁錮高行健那麼緊，那麼嚴，依然有一個人，不屈不撓，如此認眞、如此紮實地從事高行健研究，這是什麼精神？這是求索眞理而無私無畏的精神，這是科學研究的超功利精神，這是「爲學術而學術」的本眞精神，這是一個知識分子獨立不移、拒絕政治干擾的耿直精神。莊園的這種精神將與她所編撰的「年譜」一樣，肯定會超越時空，傳之後世，長久地站立於中國的大地之上。

（二）

我在前邊的文字中說，高行健的研究剛剛開始。作此判斷，乃是我對高行健的基本瞭解。

高行健不容易被理解。三四十年來，我作爲他的摯友，深知他是一個原創性極強的思想家。他那麼有思想，而且思想那麼先鋒。我們這一代人，有三種普遍的「病痛」，也可以說有三種甩不掉的思想「牢籠」。這三種病痛，一是「鄉愁」；二是「革命」；三是「啓蒙」。但在他身上均看不見。八十年代末出國之後，我才明白自己身上的鄉愁有多重。鄉愁，本是一種美好情感，但如果愁緒太重，就會變成一種限制眼界的思想牢籠。我寫了十部《漂流手記》，每一部都在重新定義故鄉，因爲我太想念故鄉、故國、故人，寫作時總是離不開中國背景，中國情結，中國心態，但高行健不是這樣。他的寫作是跨國思索，跨界創造，跨語言的建構，捕捉的是全人類的共同問題，即人性和人類生存條件的普遍困境。他不斷呼籲新一輪的文藝復興，面對的是世界性的美的頽敗、精神的貧困、思想的空無，他爲此作畫，寫詩，編劇，製作電影。今年七月，作爲歐洲第一次文藝復興發源地的意大利，將出版高行健的意文新書，書名就叫做《呼籲新一輪的文藝復興》。意大利出版家和藝術家們認爲高行健是當下世界新一輪文藝復興的代表人物，他的文集篇篇切中時弊，振聾發聵。我所寫的《高行健創作世界的全景描述》，也得到意大利藝術家們的欣賞，把它作爲行健新書的「後記」。他們重視我的文章，歸根結蒂是重視高行健的全球眼光，全球視野，全球關懷。高行健比我們中國的任何一位作家，都更早地拋開「鄉愁」，也更早地用世界公民的眼光看世界、看人類、看歷史，所以，無論是文學創作還是藝術創作，他都充分地表現自己對世界對人生的獨特認知。他的《靈山》及其他作品都屬於「全人類的書」（美國前總統克林頓在愛爾蘭「領袖金盤獎」會上對高行健的評價），遠遠超中國心態。儘管選取的是中國題材，但高行健也是用人類學的眼光來處理這些題材，讓人們看到的是人類共同的命運與共同的困境。至於「革命」的病痛，他更早就拋卻。在我與李澤厚先生合著《告別革命》之前，他就獨自告別了。他一再對我說，多少人利用「革命」的名義來擺佈我們、指揮我們，我們要拒絕被擺佈和拒絕被指揮。實踐證明，「革命」並未改變人類原來的生活方式與思維方式，儘管君主國變成共和國，但統治者照樣專制，被統治者照樣服服帖帖，甘爲奴隸。人類發明了許多藥物，可以治療各種疾病，但治不了獨裁病、軟骨病和精神貧血症。

最讓我佩服的是高行健從不以「啓蒙者」自居，他知道，啓蒙乃理性啓蒙，乃是啓發人們拿出勇氣運用理智。五四以來中國的啓蒙運動不僅必要而且功勳卓著。但他總是清醒地看到，「自我」的問題極大，一片混沌的「自我」具有無限惡的可能性。所以他總是說，先剷除自身的蒙昧與惡習吧！切不可用「啓蒙」來掩蓋「自我」的問題。他通過自己的創作，開闢了「人與自我」的嶄新維度，對自我不斷進行反思，通過《靈山》，高行健把「超我」變成第三「主體」，觀察、評論「本我」與「自我」，即觀察與評說「我」和「你」。他針對薩特「他人即地獄」之命題而一再說，自我才是最難衝破的地獄。他的劇本《逃亡》作爲哲學戲，宣揚的是，人從政治陰影中逃亡容易，但從自我的地獄中逃亡則很難。所以他主張，我們的兩隻眼睛，一隻要用來「觀天下」，另一隻則要用來「觀自我」。高行健最清醒地看到自我的局限，主體的黑暗，所以強調，重要的是自救，是對「自我地獄」的反觀，而不是啓蒙他人，救治改造世界。因此，他也就沒有「啓蒙」的妄想病。

高行健沒有我們這一代人的普遍病痛，創造了「世界公民」的輝煌人生。他爲什麼能夠如此超越？如此覺悟？這正是值得我們研究的課題。這些課題，可以說，至今學界尚未提出，也尚未進入。我在與女兒劍梅的對話中，談到高行健與莫言的區別時，本想提出一些「高行健問題」，但因講不清而暫時迴避。然而，消極迴避是難以持久的，早晚我們必須回答高行健爲什麼能夠抵達文學、藝術、思想的高峰？他與中國的多數作家的思想分水嶺在哪裏？他所呈現的人類世界思想制高點在哪裏？他爲什麼沒有中國知識分子的普遍病痛？莊園的高行健研究，雖有成就，但對這些根本問題尚未回答。我期望，不久將來，她又有新著爲我們「解惑」也爲人類世界「解惑」。

是爲序。

2018年4月30日

美國 科羅拉多

目次

第一冊

第二冊

第三冊

第四冊

正　文

1940～1949 年　0～9 歲

1940 年 1 月 4 日，出生於江西贛州，祖籍江蘇泰州。

父親高異之曾任南昌中國銀行職員，抗戰期間，隨同銀行撤退到江西贛州。

抗戰勝利後，全家遷回南昌。

八歲起開始塗鴉，不曾中斷。〔註 1〕

高行健小時候因爲戰亂經歷了逃難。「我打出生起就逃難。我母親生前說，她生我的時候，飛機正在轟炸，醫院產房的玻璃窗上貼滿了紙條，防爆炸的氣浪。她幸運躲過了炸彈，我也就安全出世，只不會哭，是助產醫師在我屁股上打了一巴掌，才哭出聲來。這大概就注定了我這一生逃難的習性。」〔註 2〕

高行健回憶：那些銀行高級職員多半懂英語，上過大學，太太小姐學過音樂，逃難時連鋼琴也一起搬走，反正用的是銀行的車，跑到一個地方呆幾個月，講講英文，穿西裝，打領帶，就連他們的娛樂也跟當地社會沒有關係。而在我們家裏，從來沒有一個家長制。中國人家庭裏的父權，家長制是很嚴厲的，對父母不能頂撞，但是在我們家，小孩子可以隨便說話，小孩子可以和父母平等，互相批評，一塊討論家裏的事情。我就是在這麼一個沒有約束的家庭里長大，而且從小就讀西方作品。〔註 3〕

〔註 1〕繪畫簡歷，亞洲藝術中心出版《高行健》第 102 頁，2000 年 12 月。

〔註 2〕高行健著《靈山》第 393 頁。

〔註 3〕張文中《在香港專訪高行健》，林曼叔編《解讀高行健》第 62 頁。

高行健是長子長孫，在家族裏很受重視，又因爲體弱多病，很被家裏人嬌慣。他這樣描述小時候的一張全家福合影，那大約是 1944 年，在花園裏的圓門前拍的。他的祖父一頭白髮，中風不能言語，躺在一張搖椅上。照片中他是唯一的孩子，夾在祖父母之間，穿的開襠褲，露出個小雞，戴的一頂美式船形帽。滿園裏開的金黃的菊花和紫紅的雞冠花，夏天的陽光十分燦爛。背景上，圓門後的那兩層英式樓房，下有迴廊，樓上有欄杆。照片上總共 13 人，有他父母和他的叔叔姑姑們，還有個嬸嬸。〔註 4〕

他記得這樓房的後門，石臺階下便是一片湖水，端午節那天，他父親和銀行裏的同事都擠在石階上看龍船比賽，紮彩的龍船敲鑼打鼓，來搶臨湖一家家後門口用竹竿挑出的紅包，包裹自然有賞錢。他三叔、小叔、小姑還帶上他下船，去湖裏撈過新鮮的菱角。〔註 5〕他父母帶他到廬山避暑，那裡的仙人洞是個名勝，邊上有座大廟，也開個招待遊人的齋堂盒茶座，廟裏清涼，遊人不多。那時上山坐的是轎子，他在母親懷裏，手緊緊捏住前面的扶杆，還止不住往邊上的深淵看。〔註 6〕他的大姑媽曾經是籠罩他們全家的陰影。他這大姑的丈夫當時在國民黨空軍中服役，做地勤的，沒扔過炸彈，逃到臺灣後沒幾年就得病死了。〔註 7〕

他小時候算過命，廟裏的老和尚預言說：這小東西多災多難，很難養。〔註 8〕

他母親年輕的時候愛唱歌，會演戲，參加過抗日救亡團體，演過《放下你的鞭子》，《鐵蹄下的歌女》。結婚以後，我父親不同意她捲入政治，才退出了。……她中學上的是美國人辦的教會學校，我父親雖然是個小知識分子，受的也是現代教育。在我們家裏有一種民主氣氛。我小時候，我母親就經常帶我和我弟弟一起做遊戲，演戲，通常只有我父親是唯一的觀眾。抗戰勝利之後，到了南昌，我還記得我母親帶我去看當時大學生業餘劇團演的《火燭小心》。這可以說是我最早的戲劇教育。〔註 9〕

〔註 4〕高行健著《一個人的聖經》第 1 頁，（香港）天地圖書有限公司 2000 年，由（臺北）聯經出版授權。

〔註 5〕高行健著《一個人的聖經》第 2 頁。

〔註 6〕高行健著《一個人的聖經》第 7 頁。

〔註 7〕高行健著《一個人的聖經》第 2 頁。

〔註 8〕高行健著《一個人的聖經》第 7 頁。

〔註 9〕《京華夜談》，選自高行健著《對一種現代戲劇的追求》第 229 頁，中國戲劇出版社，1988 年 8 月。

高行健後來談及對民間文化的喜愛，這樣說：我更喜歡的還是那些更爲原始的民間演唱，踩高蹺，耍龍燈，撂地攤的，玩把戲的，說道情的，戴臉殼的儺戲和儺舞，也包括那非常原始的藏劇。那裡面有種生命力的衝動，總刺激我創作。我還迷戀農村和山區裏的那些未經過文人加工過的民歌和民謠。我很小的時候，我們家有位做飯洗衣的保姆，受不了她丈夫的虐待從農村逃出來的，她會唱許多民歌。我對這種非文人文化的迷戀，同她分不開。後來，她丈夫找來，硬是把她抓走了。我記得她躺在地上，額頭在磚地上磕破了，滿臉是血，我們家的人誰也沒辦法救她。我覺得這都同那種文化聯繫在一起。〔註 10〕

1948 年，他 8 歲時寫下第一篇日記。

雪落在地上一片潔白，人走過留下腳印，就弄髒了。〔註 11〕

這是高行健寫的第一篇日記的內容。「是他母親宣揚的，弄得全家和他家的熟人都知道。他從此一發不可收拾，把夢想和自戀都訴諸文字。」〔註 12〕

他父親在銀行的同事方伯伯送給他一支派克金筆。他當時拿了這筆玩得不肯撒手，大人們認爲這是有出息的徵兆，說這孩子沒准將來是個作家。他本該上學可體弱多病，是他母親教他識字讀書的，又教他用毛筆在印上紅模的楷書本子上一筆一劃，他並不覺得吃力，有時一天竟描完一本。他母親說，好了，以後就用毛筆寫日記吧，也省些紙張。買來了有小格子的作文本，即使寫滿一頁，得耗掉半天時間，也算是他的作業。〔註 13〕他父親並不贊成他成天守在屋裏看書寫字，認爲男孩子就要頑皮些，出去見世面，廣交際，闖天下，對當作家不以爲然。〔註 14〕

他的十歲生日（9 週歲）過得很熱鬧。

「早起下床穿上新衣服和新皮鞋，皮鞋那時對一個小孩子來說，是過分的奢侈。還收到許多禮物，風箏、跳棋、七巧板啦，外國的彩色鉛筆盒打橡皮塞子的汽船啦，上下兩冊有銅板畫插圖的《格林童話全集》；而紅紙包的幾塊銀元是他祖母給的，有大清帝國的龍洋、袁世凱的大光頭和蔣介石一身

〔註 10〕高行健和馬壽鵬 1987 年 2 月的對談，高行健《京華夜談——我的戲劇觀》，《鍾山》1988 年第 6 期第 201 頁，1988 年 11 月 15 日出版。

〔註 11〕高行健著《一個人的聖經》第 5 頁。

〔註 12〕高行健著《一個人的聖經》第 5 頁。

〔註 13〕高行健著《一個人的聖經》第 4 頁。

〔註 14〕高行健著《一個人的聖經》第 5 頁。

軍裝的新銀元，敲起來音色也都不同，後者亮晶晶的，不如當當作響的袁大頭那麼厚重，都擱到他的一個放集郵冊和各色玻璃彈子的小皮箱裏了。隨後一大家人便去館子吃蟹黃小籠湯包，在一個有假山還養一池金魚的花園飯店裏，擺了個特大的圓桌面，方才坐得下。他頭一回成了一家的中心，坐在祖母身邊，該是才去世不久他祖父的位置，彷彿就等他來支撐門戶。他一口咬了個滾燙的湯包，新衣上濺滿油汁，也沒人斥責他，大家都笑。」〔註 15〕

「十歲以前的生活對他來說如夢一般，他兒時的生活總像在夢境中。哪怕是逃難，汽車在泥濘的山路上顛簸，下著雨，那蓋油布的卡車裏他成天抱住一簍橘子吃。他父親在國家的銀行做事，銀行有押運鈔票的警衛，家眷也隨銀行撤退。」〔註 16〕

1950～1956 年　10～16 歲

1950 年初，隨父母自南昌到南京。之後插班進入南京市二條巷小學五年級；9 月，轉學到南京市漢口路小學，入讀六年級至小學畢業。

高行健回憶：我從小就受到外國文學的影響，讀過許多外國古代的近代的文學作品。最早給我以文學啓蒙的是安徒生的童話。這些童話培養了我對詩的感受能力和對文學的良好趣味。〔註 17〕

十歲寫第一篇小說，自作插圖。〔註 18〕

那是半本沒寫完的長篇小說。「是個魯濱遜式的冒險故事，還自己做了插圖，畫了許多小人。」〔註 19〕他的表伯父認爲他是文學天才，想要親自培養，把他帶到家裏住了幾個月，幾天就讓他閱讀魯迅的小說，可惜他稚氣的心靈對院子裏的蟋蟀更感興趣。他笑稱：「（表伯父）的方法當然武斷，但我少年受到他許多良好的影響。他爲人豪爽，不拘小節，有相當的文學修養。他非常善於敘述，同我父親徹夜長談他們青少年的往事，看似平淡，細細一想，卻又驚心動魄。我總陪坐在被窩裏聽得著迷。」〔註 20〕

〔註 15〕高行健著《一個人的聖經》第 5 頁。
〔註 16〕高行健著《一個人的聖經》第 5 頁。
〔註 17〕高行健《文學需要互相交流，互相豐富》，《外國文學評論》1987 年第 1 期（創刊號）第 126 頁，中國社會科學出版社 1987 年 2 月 15 日出版。
〔註 18〕繪畫簡歷，亞洲藝術中心出版《高行健》第 102 頁。
〔註 19〕《京華夜談》，選自高行健著《對一種現代戲劇的追求》第 232 頁。
〔註 20〕高行健著《對一種現代戲劇的追求》第 232 頁。

圖片爲筆者所拍，時間爲2017年10月11日下午4點多。這個時間，是小學生即將放學的時間，校門口聚集了不少等待接送小孩的家長。

1951年9月，入南京第十中學（原美國在華教會所辦匯文書院，後爲金陵大學的附屬金陵中學，現名爲金陵中學）。金陵中學這個地方走出了兩位諾貝爾文學獎得主：賽珍珠和高行健。

初中時他就喜歡寫沒有完整情節的小說。這時寫的文章不少是來自表伯父對往事的敘述。「（表伯父）後來一直挨整，文革中據說死於用錯了藥。」〔註21〕

高行健回憶：我上中學後，又如饑似渴地讀了狄更斯、雨果、巴爾扎克、契訶夫、高爾基、馬雅可夫斯基、傑克倫敦、拉伯雷、大小仲馬、左拉、莫泊桑、馬克吐溫、哈代、喬治桑和泰戈爾。〔註22〕

他說：我正經看京劇是我十多歲左右在南京。我有位表伯父是個戲迷。同我父親非常好。他年輕時參加新四軍去了。解放後到處登報，找到我父親，便把我們一家接到南京去了。他那時同我父親總帶我到戲園子去看戲。通常

〔註21〕高行健著《對一種現代戲劇的追求》第232頁。

〔註22〕高行健《文學需要相互交流，相互豐富》，《外國文學評論》1987年第1期（創刊號）第126頁。

前面的武戲，我看得還挺起勁，到青衣或花旦出場，咿咿呀呀唱起來，我便瞌睡得不行。〔註 23〕

左圖金陵中學的校門爲筆者所拍，時間爲 2017 年 10 月 11 日下午。此時國慶節剛過，校門上懸掛著紅色的標語，上面寫著：人民有信仰，南京有力量。筆者表明身份想進學校去看看，被校門口的保安嚴肅拒絕，他稱：必須有正式的介紹信，才允許進。

1952 年，高行健初中二年級，開始喜歡油畫，在校期間師從惲宗瀛（1921～）先生學習繪畫。

素描、水彩、油畫、泥塑都做。〔註 24〕

高行健在 80 年代寫的一篇文章《意大利隨想》〔註 25〕**中提到 16 歲的一段生活細節。**

他寫道：

二十五年前，我那時還是個孩子。在嚴寒的北國，孤寂的安徒生，上一世紀已故的丹麥作家，給我講過一個南國的溫暖的童話。說的是瑰麗的意大利的藝術之邦佛羅倫薩，有一隻銅豬。它蹲在市場上，嘴裏流出一股清泉，

〔註 23〕 高行健和馬壽鵬 1987 年 2 月的對談，高行健《京華夜談——我的戲劇觀》，《鍾山》1988 年第 6 期第 200 頁。

〔註 24〕 繪畫簡歷，亞洲藝術中心出版《高行健》第 102 頁。

〔註 25〕 高行健《意大利隨想》文末標注：1981 年 3 月 3 日於北京，發表在《花城》期刊 1981 年 6 月的第 3 期，花城出版社 1981 年 6 月第 1 版第 1 次印刷。

過往的孩子們總喜好扒著它的鼻子，用嘴去接泉水喝。久而久之，這青銅的豬鼻子被孩子們通紅的嘴唇磨得發亮了。一天，夜深人靜，一個被趕出家門到處乞討的窮孩子，來到了冷清的市場上，無處過夜。便爬到銅豬身上睡著了。睡夢之中，聽見銅豬對他說：「你坐穩啦！」於是，銅豬馱著孩子夜遊了這座城市裏最著名的博物館，使他見到了那些不朽的藝術珍品中蘊含著的生命的光輝。多少年過去了，在佛羅倫薩舉行的一次畫展中，有一幅掛著黑紗的傑作，畫的是一個抱著銅豬睡熟的孩子。原來，這孩子日後成了畫家，可就在他成名的時候，幾天之前，由於長期困苦不堪的生活。這位年輕的藝術家去世了。

在我家的那個小天井裏，夜深了，父母都早已入睡，月光把院子的四周隱藏在朦朧之中，我獨自坐在床頭，沉浸在被月光照亮的那個童話的銀色世界裏，做著大人們不願意去想像的夢。我多麼想去佛羅倫薩，同那個流浪在街頭的窮孩子一起，去市場找那隻銅豬，讓它領著我們去夢遊博物館，去領會藝術和心靈的美……〔註 26〕

1957～1961 年　17～21 歲

高行健後來在巴黎回憶起 17 歲時候的事情。

西零在《蒙巴納斯的故事》一文中寫道：

高行健喝著咖啡，講了一個他自己的故事。半個多世紀前，他還是一個十七歲的少年，在南京金陵中學讀書，學習成績優秀，想當科學家。一天放學後，他仍然坐在教室裏，被當時前蘇聯的一道數學競賽題難倒了，一、兩個小時都做不出來。這時正是江南春暖花開之際，一個柳絮隨風飄到課桌上，讓他不禁驚喜，想到窗外的世界如此美好，這一生都要握著鉛筆解數學題嗎？想著想著，離開了教室。同學問他：「怎麼了？」他說：「這題做不出來。」同學說：「我們也沒做出來，急什麼？」他說：「不是這個問題，我要走了。」

他去圖書館，翻閱大學招生指南，想知道不做科學家，還能做什麼。無意中看到一本捷克雜誌《國際展望》的中文版，上面刊登了前蘇聯作家愛倫堡的回憶錄的片斷。這一章講的正是上世紀初的蒙巴納斯。一些窮藝術家，白天給人刷油漆掙錢糊口，晚上到咖啡館聚會、演說，高談闊論，海闊天空。一天，咖啡館裏來了個年輕女人，把一個嬰兒放在吧臺上，對老闆娘說自己

〔註 26〕高行健《意大利隨想》，《花城》期刊 1981 年 6 月的第 3 期第 188 頁。

去去就來，結果一去不回。老闆娘問咖啡館的顧客，誰是孩子的父親。沒人答應。最後，她決定收養這個嬰兒，每天向常客多要一些小費，作爲孩子的撫養費。這個故事被愛倫堡寫得浪漫美好。

那是一種什麼樣的生活啊！少年被感動了，決定報考外語學院法語系，學習法國文學。而那個咖啡館正是我們此時所在的圓亭咖啡館。

「作爲作家、藝術家，我正是沿著蒙巴納斯藝術家的足跡走向自己的藝術道路，一切都始於巴黎，完成於巴黎。我想這個世界上沒有什麼地方像巴黎這樣，能給人這麼多的自由、靈感和機遇，充分實現一個作家、藝術家的夢想。」高行健說，「向蒙巴納斯致敬！」〔註 27〕

1957 年 7 月，他從南京市第十中學畢業，考入北京外國語學院法語系。

高中畢業，鄆先生有意推薦他報考中央美術學院，因其母見一些畫家整天在大街畫政治宣傳畫，不同意他以作畫爲職業，勸阻。〔註 28〕

許國榮說：在中學裏，他就表現出對文學、特別是對戲劇的巨大興趣。中學畢業後他本想去叩響戲劇學院的大門。想不到考表演要一米七的個頭，他差了兩釐米；考導演要 30 歲以上年紀，又有舞臺實踐經驗，他才 17 歲。那時候恰好又沒戲劇文學系。他是帶著遺憾的心緒到外語學院去的。〔註 29〕

1957 年 10 月，父親高異之曾任南京市婦幼保健醫院總務主任，反右鬥爭中受審，下放勞動。

1961 年 7 月 1 日，母親顧家騮從南京腦科醫院下放到南京市棲霞區農場的養雞場勞動鍛鍊（計劃一年，實際不到三個月就出現意外）時，溺水身亡。

高行健的小說對「母親之死」有重要的呈現。《一個人的聖經》在第一節就提及他母親的死。

> 而他母親的死，卻令他震驚，淹死在農場邊的河裏，是早起下河放鴨子的農民發現的，屍體已經鼓漲漂浮在河面上。他母親是響應黨的號召去農場改造思想，死時正當盛年，才三十八歲，在他心中的形象總那麼美好。」〔註 30〕

〔註 27〕 西零著《家在巴黎》第 92～94 頁。

〔註 28〕 繪畫簡歷，亞洲藝術中心出版《高行健》第 102 頁。

〔註 29〕 許國榮《爲革新者歌——〈高行健戲劇研究〉編後》，許國榮編《高行健戲劇研究》第 255 頁，中國戲劇出版社 1989 年 6 月第 1 版第 1 次印刷。

〔註 30〕 高行健著《一個人的聖經》第 4 頁。

他在中國大陸寫的另一篇小說《母親》（1983年）中，也講述過「母親去世」的這段經歷。當時的寫法抒情意味濃重，追述他奔喪前後的心理活動，只是隱約讓人知道母親溺水而死。不像《一個人的聖經》這樣的直接表述。脫離大陸的生活環境，沒有意識形態的嚴厲管控，他終於可以直接表達內心的憤怒了——「震驚」、「屍體已經鼓漲漂浮在河面上」、「響應黨的號召去農場改造思想，死時正當盛年，才三十八歲」——短短幾十個字，將強烈的情緒、恐怖的意象，還有造成悲劇的原因直接表述。

《一個人的聖經》的第44節中，談及男主在鄉村生活的壓抑以及寫作時受到的窺探和感受到恐懼時，他又補敘了這麼兩段：

> 他把寫的這神話抄錄在他母親生前留下的一個筆記本裏，寫上亞歷佩德斯，編了個洋人的名字，希臘人或隨便哪國人，又寫上郭沫若譯，這老詩人文革剛爆發便登報聲明他以往的著作全該銷毀，因而得到毛的特殊恩典而幸存。他可以說是半個世紀前郭老人的譯著，他在上大學時抄錄的，這山鄉乃至縣城裏誰又能查證？
>
> 那筆記本前一小半是他母親淹死前在農場勞動的日記。七年或是八年前，那是「大躍進」弄成的大饑荒的年代，他母親也同他去「五七幹校」一樣，去農場接受改造，又拼命苦幹，省下了幾個月的肉票和雞蛋票等兒子回家補養，而她看的還是養雞場，餓得人已經浮腫。黎明時分下了夜班，她到河邊涮洗，不知是疲勞過度還是餓得衰弱，栽進了河裏。天大亮時，放鴨子的農民發現漂起的屍體，醫院驗屍的結論說是臨時性腦貧血。他沒見母親的遺體。保留在他身邊的只有這本記了些勞動改造心得的日記，也提到她要積攢休假日回家同她從大學回來過暑假的兒子多待幾天。他抄上了署名爲亞歷佩德斯的神話，後來裝進放了石灰墊底的醃鹹菜的罈子裏，埋在屋內水缸底下的泥土裏。〔註31〕

他選擇母親生前留下的筆記本來寫這個神話。這個選擇別有意味。母親是最愛他的人，母親爲了他失足而死。是母親教他寫作，是母親生下他。這深刻的愛是他內在的眞實的寫作動力。〔註32〕

〔註31〕高行健著《一個人的聖經》第340～341頁。

〔註32〕莊園著《個人的存在與拯救——高行健小說論》第82～83頁，香港大山文化出版社有限公司2017年2月第1版。

高行健上大學的時間總共五年：1957～1962 年。

上大學後，高行健發現所念的學校是培養翻譯的，就很後悔。「我上完一年級便要求轉學。」〔註 33〕學校不同意，他便要求退學，「學校的黨支部書記找我談話，他對我說，如果我不知道天高地厚退學的話，便再也考不上大學。這把我嚇壞了，只好繼續念下去。」〔註 34〕他上大學後才知道「黨」、「共青團」都要管學生的思想。「我不甚清楚到底什麼是許可，什麼是不許可的。」〔註 35〕

高行健在《有隻鴿子叫紅唇兒》中描述了男主快快的大學時代的生活和思索，其中帶有他自己的眞實體驗。

> 大學生們白天勞動鍛鍊，晚上則開會談思想收穫。他往往只能在晚上，全校統一的熄燈鈴之後，在廁所裏挨到宿舍裏的同學都入睡了，再悄悄溜到空寂無人的教師樓去看書。他説他害怕孤獨，可他更害怕無所作爲，虛度一生。他承認他不願意甘當一顆小螺絲釘，哪怕是發亮的小螺絲釘。爲什麼不可以做個大螺絲釘呢？爲什麼不可以當一部發動機？他自以爲智力過人，他想推翻一些過時的概念，創立新的學科和新的學派。〔註 36〕

晚自習之後，圖書館和宿舍要關燈了，他和同學就到校園里長談，談戲劇、談文學藝術。那是物質貧乏的年代，但是青春和夢想在火熱地滋長。二十多年後他和同學馬壽鵬這樣興致勃勃地回憶：

高：（當時）沒有錄音機，沒有咖啡，而且營養不良，許多同學都浮腫，打樹葉子吃。

馬：放在水缸裏發酵，叫小球藻，作爲糧食的代用品，摻在棒子裏面，做成窩窩頭，就像黑面包。

高：那時候流行一本書，就叫《黑面包》，寫的是蘇聯二十年代新經濟政策時期。

馬：那個時候我們後來叫做困難時期，1960 年、1961 年，一直到 1962 年。

〔註 33〕原載於《自由時報副刊》，2001 年 10 月 4 日、5 日，記錄整理：蔡淑華。收入高行健著《論創作》第 230 頁，（臺北）聯經 2008 年 4 月初版，篇名爲《作家的心靈之路——高行健與黃春明對談》。

〔註 34〕高行健著《論創作》第 230 頁。

〔註 35〕高行健著《論創作》第 230 頁。

〔註 36〕高行健著《有隻鴿子叫紅唇兒》第 44 頁，北京十月文藝出版社 1984 年 5 月第 1 版第 1 次印刷。

高：我們那個《海鷗劇社》是1960年成立的吧？你是發起人。

馬：你是我們劇社的編導和文學顧問，還開過斯坦尼斯拉夫斯基體系的講座。

高：我們先排的是契訶夫的《萬尼亞舅舅》的片斷。在一個空教室裏，當時還有郭安定，他演教授，你演舅舅，還有個姑娘演萬尼亞。

馬：是俄語系低年級的，長得挺端莊大方。

高：她的名字我已經記不起來了。我們當時試著用斯坦尼斯拉夫斯基的方法作鬆弛和注意力集中的訓練。

馬：後來不多久，我們就轉向布萊希特。

高：先轉向瓦赫丹戈夫和梅耶訶德。馬雅可夫斯基的《臭蟲》和《澡塘》同我們當時的現實更接近。我想找尋一種更爲強烈的戲劇，關在斯坦尼斯拉夫斯基建立的那第四堵牆裏，我覺得憋悶。

馬：後來我們就排了阿根廷的一個現代劇《中鋒在黎明死去》，頗有荒誕派的味道。你記得嗎？在空蕩蕩的大禮堂裏排戲，你一會兒在臺下喊叫，一會兒又跳上臺去比劃。

高：演出的時候，一千多人的大禮堂全滿了，後來連放小馬紮的地方都沒有了。這在外語學院可是件轟動事，好像還有不少姑娘看上了你。

馬：你當時可是個清教徒。

高：還不如說是個孩子，當時才二十歲。〔註37〕

在六十年代初搞大學生戲劇的時候，他已經擺脫了五十年代從蘇聯引進的斯坦尼斯拉夫斯基的模式。「那時候我們還只是經過梅耶訶德、馬雅可夫斯基進而發現布萊希特，發現另一種不同於「五四」運動前後進入中國的那種傳統的西方戲劇，爾後又變成了中國現代戲劇的一種固定的格式。布萊希特所以吸引我，是因爲他的戲劇觀念和表現形式同那種企圖在舞臺上製造眞實的幻象的戲劇截然不同。他提醒了我現代戲劇還能是另外一種樣子，但在當時我還不可能找到自己的路。我們只是轉而也想試驗一下新的方法，比如運用間離效果。」〔註38〕他們用法語演布萊希特的《苦力》，還採用了京劇的臉

〔註37〕高行健和馬壽鵬1987年2月的對談，高行健《京華夜談——我的戲劇觀》，《鍾山》1988年第1期第194～195頁，1988年1月15日出版。

〔註38〕高行健《京華夜談——我的戲劇觀》，《鍾山》1988年第1期第195頁，1988年1月15日出版。

譜和寫意式的表演方法，包括時間和地點的任意轉移，畢業演出時，高行健演《慳吝人》中的瓦萊爾。

馬：你演得很出色，優雅明快，同學們一下子發現了你的喜劇才能。舞會之前，法國專家一再叫「瓦萊爾，我們的瓦萊爾哪裏去了？」

高：我一個人溜到校園裏去了，我想我將來要生活在劇院裏。沒想到，二十年過去了，我居然到了北京人藝。1982 年北京人藝上演了我的第一個戲。〔註 39〕

從大學二年級到畢業，他已經寫了一個電影劇本，兩部話劇。大二他就自我確認爲作家。「18 歲的時候，我寫了一個電影劇本，這時才自覺是文學創作。……我在讀大學期間，除了文學之外，還讀許多哲學著作。我苦惱我爲什麼活著，生命有什麼意義？文學令我痛苦，企圖從哲學中找到解答。……讀文學作品曾經是我瞭解人生的一個辦法。那時中國大學生的生活非常局限，人生究竟是怎麼回事，我只能從書本上去把握。」〔註 40〕

二十歲時他迷上了劇作家布萊希特。「那是我上大學四年級的時候，我二十歲。二十歲是狂熱的年紀，二十歲也可以變得固執，也可以變得堅定，也可以變得成熟。正是在這個年紀，我看到了他的《大膽媽媽和她的孩子們》，看到《高加索灰闌記》，稍後一些時又看到他的《戲劇小工具篇》的譯文，當時是作爲內部資料出版的，不得公開發行。那年代已經開始反對修正主義，斯坦尼斯拉夫斯基也遭到了冷遇，像布萊希特這樣富有革命性的戲劇觀念限制傳播，更是可以理解的。也許正因爲這種限制，對我倒更有吸引力，他立刻便推翻了我對斯坦尼斯拉夫斯基的敬仰。戲劇居然還可以這麼一種樣子，布萊希特正是第一個讓我領悟到戲劇這門藝術的法則竟也還可以重新另立的戲劇家。」〔註 41〕

他是進了大學之後才發現托爾斯泰、歌德、莎士比亞和斯丹達爾。〔註 42〕他充分利用圖書館博覽群書。他的閱讀是按照文學史進行的。「一個時期有一

〔註 39〕高行健《京華夜談——我的戲劇觀》，《鍾山》1988 年第 1 期第 195～196 頁。

〔註 40〕《論文學寫作》，1993 年高行健與法國作家朗格里的對談。選自高行健著《沒有主義》第 63 頁，（臺北）聯經 2001 年 6 月初版第四刷。

〔註 41〕高行健《我與布萊希特》，高行健著《對一種現代戲劇的追求》第 53 頁，中國戲劇出版社 1988 年 8 月北京第 1 版第 1 次印刷。

〔註 42〕高行健《文學需要相互交流，相互豐富》，《外國文學評論》1987 年第 1 期（創刊號）第 126 頁。

個重點。到大學五年級，古今中外的那些名家的作品，只要外語學院圖書館裏有的藏書，差不多讀了個遍。我曾經一個星期看過五十二個劇本，從歐里庇得斯、阿里斯托芬到蕭伯納。」〔註 43〕而對不同的作家和作品還有不同的讀法。「比方蘇聯劇作家考涅楚克，我不到一天便把他的戲劇集翻完了，看看他寫了些什麼劇，什麼題材，怎麼處理的，這就完了。而莎士比亞、契訶夫的一些戲，我不同時期反覆讀過許多遍。再比如，郭沫若譯的歌德的《浮士德》，老版本有三大卷。第一卷很難借到。圖書管理員認識我，說還了就給我留下。我足足等了兩個月才看到這本書，又髒又破。應該說，我是硬著頭皮讀完的。接著借第二卷，很容易就借到了，基本上是新書，登記卡上總共只有幾個人的名字。我還是耐著性子讀完了。等我借完第三卷的時候，我之前竟然沒有一個人借過。三卷都讀完了，我才明白歌德是偉大的。」歌德給高行健長久的啓示是：一個作家可以把一部著作寫得那麼深閎博大，而又組織在一個完整的形式中。「之後我看到的普魯斯特、喬伊斯，也是這樣的作家。」〔註 44〕中國的劇作，他喜歡曹禺的《雷雨》、郭沫若的《屈原》、老舍的《茶館》和田漢的《關漢卿》。

他還利用語言的優勢閱讀了許多當時被禁的敏感書刊。他當年在圖書館看到的法文版的「赫魯曉夫反對斯大林」，對共產黨開始質疑，也很早就開始思考藝術的多種表達方式。「我可以直接讀法文，因此可以接觸到西方現代文學，再者，我對當代所發生的文學現象一直保持高度的興趣，學法文也是爲了這個目的，如果看翻譯作品，看的都是一個世紀以前的東西。當時，我從未曾想過要到法國去，學法文只是爲了看書，只是爲了有助今後我自己的寫作。也由於通過法文，我知道許多當時被禁的事，赫魯曉夫反斯大林的秘密報告，當時給我極大的震動。另外，我也看了一些法文的刊物，如沙特等人所辦的《新時代》和《歐洲》以及法文版的《莫斯科新聞》。所以我很早就在思考：藝術除了官方那些模式之外，可不可以有別的寫法？」〔註 45〕

許國榮說：（在大學裏）他發奮學習法語，卻又不能忘情於戲劇。於是他參加學校的業餘劇團，後來又和同學挑頭搞劇團。他寫戲，導戲，演戲。演

〔註 43〕高行健著《對一種現代戲劇的追求》第 232～233 頁。
〔註 44〕高行健著《對一種現代戲劇的追求》第 233 頁。
〔註 45〕《找尋心中的靈山》，高行健與臺灣中央日報主編梅新的對談，由吳婉茹記錄，原載《中央日報》副刊，1995 年 12 月 22 日；收入高行健著《論創作》第 197 頁，（臺北）聯經 2008 年 4 月初版。

中國戲，演外國戲；用漢語演，用法語演。在大學低年級，他是斯坦尼斯拉夫斯基的信徒，把《演員自我修養》當聖經讀。他們的劇團叫「海鷗劇社」，可見對斯氏的嚮往、崇敬。那幾年，他發瘋似地從遠遠的郊外擠公共汽車進城看戲，看人藝的、青藝的演出。《茶館》和《關漢卿》給他留下極爲美好的回憶。到大學高年級，他的戲劇觀有了變化。因爲他接觸到梅耶荷德、瓦赫坦戈夫，特別是布萊希特，加上對戲曲的關注。這時候，他感到對斯坦尼體系有點不滿足，常常產生一些想法：用四堵牆封閉起來的舞臺能不能有更多的時空自由？戲劇爲什麼一定要捆在情節上呢？演員難道不能和觀眾交流？……有想法，但是無法解脫，因爲他缺乏能力。他沒有掌握理論。〔註 46〕

1962～1965 年　22～25 歲

7 月，他畢業於北京外國語學院法語系，被分配到外文出版發行事業局所屬的國際書店任翻譯。

這期間沉迷於戲劇閱讀。

高行健說：我讀到布萊希特的《戲劇小工具篇》，那時還是作爲內部資料限制發行的。我在一位級別頗高的老同志的書架上翻到了這本叢刊，那時候大學的圖書館已經借不到這種內部資料了。後來我又有幸讀到了《大膽的媽媽和她的孩子們》，我便想知道這種敘事劇（當時被譯作史詩劇）是怎樣演出的。我花了整整一個星期天在北京圖書館查找目錄，終於找到了一本德文書，有柏林劇團演出的《伽俐略傳》的不少劇照。特別是其中的一組照片，可以看到布萊希特扮演的伽俐略和教士談話的那場戲的過程，我便可以設想這種戲大致是怎樣演出的了，並且著了迷。〔註 47〕

繪畫寫作依然不斷。〔註 48〕

1966～1969 年　26～29 歲

1966 年 5 月 16 日，毛澤東發動文化大革命。

1966 年 5 月 31 日，經毛澤東批准，陳伯達率領工作組到人民日報奪權，

〔註 46〕許國榮《爲革新者歌——〈高行健戲劇研究〉編後》，許國榮編《高行健戲劇研究》第 255 頁，中國戲劇出版社 1989 年 6 月第 1 版第 1 次印刷。

〔註 47〕高行健《文學需要互相交流、互相豐富》，《外國文學研究》1987 年第 1 期第 127 頁。

〔註 48〕繪畫簡歷，亞洲藝術中心出版《高行健》第 102 頁。

「掌握報紙的每天版面，同時指導新華社和廣播電臺的對外新聞。6月1日，《人民日報》發表社論，號召群眾起來「橫掃一切牛鬼蛇神」。同日，北京大學聶元梓等人寫的誣陷、攻擊北京大學黨委和北京市委的一張大字報，經毛澤東批准，向全國廣播。6月4日，《人民日報》公佈中共中央關於改組北京市委的決定，同時發表北京新市委決定，改組北京大學黨委，派工作組領導「文化大革命」。在這些事件的影響下，各地青年學生首先響應號召，起來「造修正主義的反」，發生了許多混亂現象。6月13日，中共中央發出關於學生文化大革命的通知。〔註49〕

這期間，他嚇得燒掉大學期間及隨後未曾發表的大量手稿。

1970～1974年　30～34歲

1970年，下放到「五七」幹校勞動，隨後到安徽寧國縣插隊種田。工閒時間，藉替農民照相爲由，研究攝影。〔註50〕

文革中學校復課，調到港口鎮中學，當初中英語與政治課教員。

1972年，港口中學成立「革命委員會」，被選爲成員之一。

1973年，經當地下放的老幹部照顧，加入中國共產黨。

寧國地處安徽省東南部，皖南山區東北側，東鄰浙江杭州，西靠黃山，連接皖浙兩省七個縣市，距離上海、南京、杭州三城市170～300公里，是皖南山區之咽喉，南北商旅通取之要道。屬於亞熱帶季風氣候。礦產資源有8大類、30多個礦種、118處礦床礦點。寧國名取自《易乾卦》：首出庶物，萬國咸寧。寓意邦寧國泰，長治久安。寧國在春秋戰國時期先後隸屬吳、越、楚國地。2000年，寧國市管轄13個鎮、16個鄉。〔註51〕寧國港口中學創辦於1957年，坐落於水陽江畔，柏梘山麓的古鎮——港口鎮。〔註52〕

文革中，高行健到皖南山區農村落戶，「一去就是四年。」〔註53〕他的創作幾乎在孤寂中進行。寫作才讓他感到充分活著，在現實生活中無法解脫的，在寫作中得以表述。「那時不可能跟別人說我在寫作。同他人交流也是不可能的。在農村我沒有一個可以這樣交心的朋友。可我需要個可以交談的對手，

〔註49〕根據百度詞條「1966年」簡編。
〔註50〕繪畫簡歷，亞洲藝術中心出版《高行健》第102頁。
〔註51〕根據百度「寧國」詞條簡編。
〔註52〕根據百度「寧國港口中學」詞條簡編。
〔註53〕高行健著《對一種現代戲劇的追求》第230頁。

而寫作是我唯一可以作這種對話的手段。我並沒有想到，有一天這種狀況會結束。這寫作也是我精神上的準備，好在農村生活就此結束，不至於寂寞得不能自拔。」〔註 54〕「在文革還沒有完全結束時，我就翻譯過尤奈斯庫的《禿頭歌女》。」〔註 55〕

高行健在小說《你一定要活著》描述過這段生活：

> 兩岸坡地上的老樟樹遮天蔽日，一條溪水從村裏流過，清幽幽的溪水裏總有幾隻白鵝優游，怡然自得。坐落在溪邊的木板房舍門前，曬的衣服、筍乾和醃菜，空中彌漫著一種酸鹹味。他就喜歡這股氣味，生活的氣味，不像幹校裏原先的農場留下的一排排簡易的灰色磚房那樣單調乏味。才來幹校的時候，連去食堂吃飯都要排隊唱歌。這些穿著下田幹活的舊衣裳的幹部，夾著碗筷，活像一群勞改犯。尤其是不會料理生活的宋老頭，一根快要斷了的舊皮帶總是在腰上牵拉著。上了年紀，人又胖，腳步蹣跚，垂吊著那段皮帶像條尾巴樣的晃動不已。老頭兒躺在通鋪的一角，一整天的學習討論會，沒講一句話，不像往常開會，他總不多不少來那麼幾句，話語詼諧，還說得一本正經，引得大家總要熱鬧一陣子。老頭躺著，無精打采，累倒啦，人睡在牛棚裏，能不生病？農場改爲幹校後，買來了拖拉機，牛不再養了，都賣給遠近的生產隊。可牛棚還是牛棚。鏟去了一層糞土，撒上好幾擔石灰，你進去總覺得臭烘烘，仔細一聞，卻又只有土腥和石灰味，這當然不是生活的氣息。生活不在幹校，而在小路的盡頭。尤其是走近村頭那所小學校，聽到孩子們念書的時候，總給人某一種溫暖的感覺。年輕的女教師紮著一雙逛街的小辮子，衣著也比本地姑娘要講究些。她一說話，孩子又叫又唱那種嘈雜的讀書聲便停下來。這姑娘的普通話不十分標準，但口齒清楚，聲音明亮，離得很遠都能聽得分明。他羡慕這種生活，甚至閃過這樣的念頭：離開幹校，到這個山村小學當一名教員也是幸福的。〔註 56〕
>
> 國慶節前還要下來大批的家屬，老人、婦女和孩子。他們將像難民一樣擠在抹泥的竹籬笆棚子裏。接著，冬天就該到來了。再加

〔註 54〕高行健著《沒有主義》第 65 頁。
〔註 55〕張文中《在香港專訪高行健》，林曼叔編《解讀高行健》第 63 頁。
〔註 56〕高行健著《母親》第 42～44 頁。

上拖鼻涕的孩子的哭鬧，就更熱鬧啦，這居然叫做戰略部署，生活被攪得一塌糊塗。一場沒有戰爭的人爲的戰爭！〔註 57〕

他在文革時期的寫作與大學創作的不同在於：「這之前，我寫作還是準備發表，有朝一日成爲作家，因此是種有限度的寫作，避開當時政治和社會的禁忌。只是在這之後，我才眞正放手寫我想寫的，因爲當時我認爲我有生之年是不可能發表的。」〔註 58〕

「文革」期間，寫作需要冒著生命的危險，卻是他內心深處堅定的信念。「那時候我寫的那些東西，如果有人查抄到，是非常危險的，但對我是一種精神需要，並且絕未想到發表。有長詩，也有長篇小說，那小說的第一卷，手稿就有 30 多萬字，計劃寫五卷，寫的就是現實，文化大革命中赤裸裸的現實，我身邊發生的事。爲了藏這些稿子，很費盡心思。我在房裏的泥土地上挖了個洞，用些罐子塡些石灰防潮，把稿子用塑料紙包起來，再蓋上土，放上水缸。」〔註 59〕這些生活細節，在小說《一個人的聖經》中有所反映。寫作對他來說，「是爲了認識我親身經歷的生活，進一步瞭解消化這沉重而殘酷的現實，完全出於自我認知的必要。」〔註 60〕他甚至直接指出，寫作就是一種逃亡。這讓人想起「讀書隨處淨土，閉門即是深山」〔註 61〕他說：「有對於政治壓迫的逃亡，也有對他人的逃亡，人常常被他人窒息。只有逃亡時，才感到我活著，才得到言而無忌的自由。逃亡也就是我們寫作人的目的。逃亡有時變得痛苦，當四面八方都在圍捕時。圍捕，監視來自各方，只有同他人完全隔絕，孑然一身，門窗緊閉，關在自己屋裏，不受干擾，坐在書桌前，方才適意，這對我來說，已成爲一種習慣。」〔註 62〕

文化大革命時，「我一共燒掉了 8 個話劇劇本，1 個電影劇本，1 個歌劇劇本，小說，筆記、文章和詩稿加起來總共有三、四十公斤。這對我後來的創作都是必要的準備。」〔註 63〕他重新寫戲是在『四人幫』粉碎後一個月，「但這戲後來也沒能演。」〔註 64〕

〔註 57〕高行健著《母親》第 68 頁。
〔註 58〕高行健著《沒有主義》第 66 頁。
〔註 59〕高行健著《沒有主義》第 65 頁。
〔註 60〕高行健著《沒有主義》第 65 頁。
〔註 61〕轉引自明代文學家、書畫家陳繼儒《小窗幽記》。
〔註 62〕高行健著《沒有主義》第 66 頁。
〔註 63〕高行健著《對一種現代戲劇的追求》第 154～155 頁。
〔註 64〕高行健著《對一種現代戲劇的追求》第 230 頁。

高行健在散文《意大利隨想》中這樣寫：

> 我曾經穿著草鞋，走在贛東崎嶇的小路上，用扁擔挑著沉重的擔子，而腳下的青石板中，印著一道獨輪車長年累月磨出的深深的車轍。那時候，我少年時代想成爲一個作家的夢幻彷彿死滅了。隨後，我又到了皖南山區的一個農村中學裏教書。在山鄉中學的土屋裏，鎖上房門，我終於可以打開書箱子，看我自己想看的書，間或也寫點詩，記錄當時苦悶中的感受。……我又看見了從我的學校通到小鎮上去的那條青石板路，雨天、晴天彷彿總也洗不淨石板上的泥濘。我又記起了我中學時熟讀過的艾青的詩：中國的路／是如此的崎嶇／是如此的泥濘呀。〔註65〕

他的小說講述過文革中其他親友的經歷：

《一個人的聖經》中的父親和方伯伯。

1949 年前，他父親在銀行工作，當年兵荒馬亂的，就購買了一支手槍防身，後來手槍轉給了同事方伯伯。這事在政治敏感的年代變成了禍根，男主需要把槍的事情前因後果都弄清楚。書中細節的描寫，見出動盪的時代背景下人們深藏內心的恐懼。

> 父親說：轉買手槍的是我三十多年前在銀行的一位老同事，解放後來過一封信就再也沒有聯繫，人要在的話，想必也還在銀行工作。你叫他方伯伯，你還記不記得？他非常喜歡你，不會出賣你的。他沒有孩子，還說過要收你做他的乾兒子，你媽當時沒答應。
>
> 家中有張舊照片，要還沒燒掉的話，這他記得，這位方伯伯禿頂，胖胖的圓臉，活像一尊彌陀佛，可穿西裝，打的領帶。騎坐在這穿西裝的活佛腿上的那小孩子，一身毛線衣，手捏著一支派克金筆，不撒手，後來這筆就給他了，是他小時候一件貨眞價實的寶貝。
>
> 他在家只過了一天，便繼續南下，又是一天一夜的火車。等他找到當地的人民銀行詢問，接待他的是個青年，造反派群眾組織的，又問到管人事的幹部，才知道方某人二十年前就調到市郊的一個儲蓄所去了，大概也屬於以前的留用人員不受信任的緣故。
>
> 他租了一輛自行車，找到了這儲蓄所。他們說這人已經退休了，告訴了他家的地址。在一棟二層的簡易樓房裏，過道盡頭，他

〔註65〕高行健《意大利隨想》，《花城》期刊 1981 年第 3 期第 191～192 頁。

問到繫個圍裙在公用水池洗菜的一個老太婆，老太婆先愣了一下，然後反問：「找他做什麼？」

「出差路過，就便來看望這老人家。」他說。

老太婆支支吾吾，在繫的圍裙上直擦手，說他不在。他猜這老太婆可能是他家人，便和顏悅色解釋，是他老朋友某某的兒子，就是來看望老伯伯的。老太婆連連啊了幾聲，這才引他到一間房門口，開門讓他進去，然後很客氣給他泡上茶，請他坐一下，說她老伴在弄菜園子，這就叫去。

老人拿把鋤頭進來了，把鋤頭立在門後，眨著一隻耷拉的眼皮，光亮的禿頭只兩側還有幾根稀疏的白髮。他叫了一聲方伯伯，再一次說明是某某的兒子，轉達了他父親的問候。

老人邊點頭，耷下的眼皮不斷抽搐，望了他良久，才慢慢說：「記得，記得……老同事，老朋友啦……你爸怎樣了？」

「他還沒事。」

「啊，沒事就好，現今沒事就好！」

寒暄一會之後，他說遇到一點麻煩，說的是可能會遇到的麻煩，是有關他父親轉手賣過一支手槍的事。

老人低頭不知找尋什麼，然後手端起茶杯，顫顫的。他說不需要老人證明，只是請他說一說情況：「我父親是不是託你轉手賣過一支手槍？」

他強調的是賣，沒說是老人買的。老人放下茶杯，手也不再抖了，於是說：「有這事，好幾十年前啦，還是抗戰時期逃難嘛，那年頭，兵荒馬亂，防土匪呀，我們在銀行裏做事多年，有點積蓄，鈔票貶值呀，都換成了金銀細軟，走到哪裏帶到哪裏，有支槍以防萬一。」

他說，這他父親都說過，也不認爲這有什麼，問題是那槍的下落至今一直成了懸案，他父親私藏槍支的嫌疑也轉到他的檔案裏了，他說得儘量平實。

「都是想不到的事呀！」老人歎了口氣，「你爸爸的單位也來人調查過，想不到給你也帶來這麼大的麻煩。」

「還不至於，但是一個潛在的麻煩，爲了應付有一天發作，好事先心裏有數。」

他再一次說明不是來調查，擺出一副微笑，讓老人放心。

「這槍是我買的。」老人終於說了。

他還是說：「可我父親說是託你轉手賣的——」

「那賣給誰了？」老人問。

「我父親沒說，」他說。

「不，這槍是我買的。」老人說。

「他知道嗎？」

「他當然知道。我後來把它扔到河裏去了。」

「他知道嗎？」

「這他哪裏知道？那已經是解放後，社會安定，誰還留這東西做什麼？我夜裏偷偷把它扔到河裏去了……」

他也就沒有什麼可說的了。

「可你爸爲什麼要說呢？也是他多事！」老人責怪道。

「他要是知道這槍扔到河裏去了……」他替他父親解釋道。

「問題是他這人也太老實了！」

「他也可能怕這槍還在，怕萬一查出來，追問來源——」

他想爲他父親開脫，可他父親畢竟交代了，也連累到這老人，要責難的還是他父親。

「想不到，想不到呀……」老人一再感歎，「誰又想得到這三十多年前的事，你還沒生下來呢，從你父親的檔案又到了你的檔案裏！」

在河床底連渣子都鏽完了的這支不存在的槍，沒準也還留在這退休的老人的檔案裏呢，他想，沒說出來，轉開話題：「方伯伯，你沒有孩子？」

「沒有。」老人又歎了口氣，沒接下去說。

老人已經忘了當年想要收他當乾兒子的事，幸好，否則老人的心情也得同他父親那樣更爲沉重。

「要是再來調查的話——」老人說。

「不，不用了，」他打斷老人的話。他已經改變了來訪的初衷，沒有理由再責怪他們，這老人或是他父親。

「我已經活到頭了，你聽我把話說完，」老人堅持道。

「這東西不是已經不存在了嗎？不是鏽都鏽完了嗎？」他凝望老人。

老人張嘴哈哈大笑起來，露出稀疏的牙，一滴淚水從那下垂的眼皮下流了出來。〔註66〕

《朋友》中的朋友「你」（地質工作者）和自己「我」。

槍斃過，差點沒到馬克思老人家那裡報到去。……死眞不是滋味，不過，死並不可怕。問題是死得這樣年輕，什麼事也沒幹。」你又呵呵笑了。「其實，冤死鬼多著呢，我算不了什麼。〔註67〕

我是半夜裏被他們從牛棚裏拖出來的。他們叫我滾出來！我就穿上衣服，滾出來了，跟他們去了，因爲夜裏過堂不是第一回了。這是一種心理戰，有一嚇就招供的，也有連續幾夜瞌睡得熬不住，也就認了。我沒有想到他們要槍斃我。挨打不稀奇，我有準備，特別穿上了毛衣毛褲，好減輕點皮肉痛苦。」你又咧嘴笑了。「他們把我帶到我們地質隊的『東方紅革命造反司令部』，就好比戰爭時期的前線指揮部，不過不在前線，而是在飯堂隔壁，原先會計的房裏，審完了吃宵夜方便。我們這批關進牛棚受審的人，野外津貼都叫他們宵夜吃掉了。〔註68〕

可我當時就覺得這是一場鬧劇。給我加別的罪名都不怪，就因爲我叔父在美國，我也就成特務了？就因爲我有個三波段的熊貓牌收音機？就因爲我聽過英語廣播？」你又咧嘴了，但是沒笑。「進去了倒是沒挨打，可把我死豬樣倒弔起來了，這滋味當然不好受，金星直冒，我只好閉上眼睛。渾身淌虛汗。眞不該穿這身毛衣毛褲，這就是當時眞實的感受。〔註69〕

然後就審問，就宣布我的罪狀，判處死刑，立即執行。我還聽見槍栓子一拉。他們把我放下來，掰起我的頭，叫我看槍斃我的布告。問我認得我的名字嗎？我當然認得。一個紅點，一筆紅勾，畫在我名字上，同法院門口槍斃犯人的布告一模一樣。可我眞不相信

〔註66〕高行健著《一個人的聖經》第209～213頁。
〔註67〕高行健著《朋友》第15頁，（臺北）聯合文學出版社2004年1月初版。
〔註68〕高行健著《朋友》第15～16頁。
〔註69〕高行健著《朋友》第16頁。

就這樣可以把我處決。都是搞科學的人，幹出這種事來，你說是悲劇還是鬧劇？

生活就這樣不合邏輯，還就眞實得很，眞實到叫你自己都不能相信的地步。

很可能把我槍斃掉的。有人就這樣槍斃掉了。幸虧我同誰也沒有私仇，平時我除了跑野外作業搞我的勘探，同隊裏的人從來也沒有鬧過矛盾。他們也都是好人，不是怕火燒到自己身上，就是想立大功，動機也還是要革命。」你又咧嘴了。而這種無聲的笑是你過去沒有過的，是這些年來你變得深沉之處。不過你倒楣就倒在這俏皮上，俏皮在那個時代是一種罪過。〔註70〕死並不可怕，只不過是一種遺憾。」你說，「他們把我雙手反捆起來，用毛巾紮上眼睛，我被拖上一輛卡車，開了一陣子，又押下來，問我招認不招認是特務，給我最後一分鐘考慮。我聽見山風穿過樹林子，不遠的什麼地方溪流的水聲，拉槍栓的聲音。這回是眞的了，我想，說眞的，我並不感到害怕，只覺得脊背心冰涼，心疼。隨即趴地一聲，我倒下了。腦子裏轟地一響。以爲打中了腦袋。臉貼在潮濕的泥地上那一剎那，你猜我想到了什麼？……我心想的是再也不能在你家放唱片的時候，隔著院牆叫你把唱機搬到院子裏來，再也聽不到門德爾松的這個曲子了。〔註71〕

我哼了這個曲子中那個苦苦探索、熱切追求的主題，你連連點頭。那是個急速上升，又中斷了，又急速上升的旋律。那是對未來、對理想、對一種燦爛的生活的激情的呼喚。是的，是的，它點燃過我，點燃過你。這就是相隔了十三年，你我經歷了生離死別，我們之間卻依然息息相通的精神。〔註72〕

對比「你」的坎坷，「我」似乎沒那麼倒楣。「只因爲一度捲進派性裏去，辦了我一個月的學習班，連上廁所都有尾巴跟著。怕我串聯，如此而已。」〔註73〕天安門事件中，「我倒是天天去，還拍了很多照片。……有時候爲了選

〔註70〕高行健著《朋友》第17頁。
〔註71〕高行健著《朋友》第18頁。
〔註72〕高行健著《朋友》第19頁。
〔註73〕高行健著《朋友》第25頁。

鏡頭，不得不登高，站到欄杆上，爬到燈柱子上去，被盯梢上了。」〔註 74〕「我自願到山區去落戶就爲的是不至於把生命白白耗費在幹校裏。我想找個安靜角落，寫下我們這一代的遭遇和感受。但是沒能寫下去，只是一堆連自己也很不滿意的廢紙。」〔註 75〕「天安門事件之後，我一個晚上全部燒掉了。……將近四十萬字。最後一章的結尾是：主人公在大山裏走了很久，疲倦極了，躺在看山人用芭茅草搭的窩棚裏。望著棚子外面，沒有鳥雀叫，也沒有昆蟲嘶鳴，四下十分寂靜，只有兩峰之間一片異常明潔的天空。頂峰之下，荊棘叢生，再也無路可循。可他想，應該再努一把力，爬到灰褐色的赤裸的懸岩上去，站在那上面去觀望，天一定更亮，更潔淨。」〔註 76〕

「我」早已認識到「記錄眞實」的意義，在被懷疑等各種危險中，「我」只想尋找一個安靜的角落寫作，但是嚴峻的時代氛圍讓純文學無處求存，我燒掉了將近 40 萬字的手稿。在孤獨中嘗盡了絕望的折磨。好友重逢之後，「你」聽了我之前書稿的結局後，激動地鼓勵「我」重新把它寫出來。「我」被「你」的堅強所鼓舞：「我趕上你，並肩走在這條我們一同上小學，隨後又一同上中學，幾乎是每天都要來回走的路上……」〔註 77〕

1975～1977 年　35～37 歲

1975 年，文革後期，對外聯繫恢復，急需翻譯，被召回北京外文出版局，任《中國建設》雜誌社法文組組長。

研究攝影洗印技術，並重新作畫。〔註 78〕

1977 年，調到中國作家協會對外聯絡委員會任翻譯。

1977 年，開始構思劇本《車站》。

高行健回憶：車站的構思早在 1977 年，也是有現實生活的依據的。到外語學院、頤和園去的 32 路的起點站動物園，上車的人很多，前站有一道鐵欄杆，在那裡等車要有一番耐心，有時一等半個多小時，眼看一輛輛空車開過去就是不停。乘客們總坐在欄杆上抱怨、抽煙，甚至爲擠車罵娘打架，那對人是一種折磨。當然現在這 32 路也改爲 3321 路了，這車站上也好像還掛上

〔註 74〕高行健著《朋友》第 25 頁。
〔註 75〕高行健著《朋友》第 28～29 頁。
〔註 76〕高行健著《朋友》第 29 頁。
〔註 77〕高行健著《朋友》第 30 頁。
〔註 78〕繪畫簡歷，亞洲藝術中心出版《高行健》第 102 頁。

了先進牌子。我當時覺得在舞臺上只要有這麼一段欄杆，就可以演一齣好戲。〔註 79〕

許國榮說：

畢業之後，分配在外事部門，利用工作之便，他有機會讀到法國現代文藝。過去他讀過法國浪漫主義、現實主義作品；這時又接觸到法國現代派的思潮，現代派的理論和作品。原先萌動於中的許多想法，這會兒得到了印證，視野一下子拓寬了，也引發他更深入地去思考。如果說，當他只瞭解一種體系的時候，即使不滿足，他無從找到出路；那麼在他瞭解了多種體系之後，在參照和類比中，他面前就展示了一片廣闊的天地。他於是對戲劇的本性、發展歷程、功能、手段……加以考察、審視，漸漸梳理出了一套印記著他個性的戲劇見解。

吸收、消化、思考的結果，讓高行健具備了第二個優勢，他有理論。實在說，在當代劇作家中像他那樣有較爲系統的理論的，也眞不多。

這種理論上的探究，在打倒「四人幫」之前他已經開始，當三中全會之後，那股文藝巨潮在中國大地洶湧的過程裏，他加以充實、豐富、系統化。應該說，高行健是這股潮流的參與者，也是這股潮流的產物。但是，他是一個作家，他去搞理論，只是爲了寫作品。因而「四人幫」一倒，他就躍躍欲試，以一種和傳統有別的樣子寫起作品來。〔註 80〕

1978 年　38 歲

4 月，在北京寫作中篇小說《寒夜的星辰》。〔註 81〕

該小說借一位老幹部的名義，以日記的形式講述一個老人在晚年到去世前（1967 年到「四人幫」最猖獗階段）的經歷和內心獨白。這篇寫作時間較早的作品政治意味較濃、文學意味較弱。雖然也努力體會人物的內心世界並記錄當時的眞實，但明顯留有同時代「傷痕小說」的痕跡，在揭露和控訴中表白忠誠。〔註 82〕

〔註 79〕高行健和馬壽鵬 1987 年 2 月的對談，高行健《京華夜談——我的戲劇觀》，《鍾山》1988 年第 1 期第 199 頁。

〔註 80〕許國榮編《高行健戲劇研究》第 256 頁，中國戲劇出版社 1989 年 6 月第 1 版第 1 次印刷。

〔註 81〕《寒夜的星辰》文末標注：1978 年 4 月～12 月於北京，高行健著《有隻鴿子叫紅唇兒》第 333 頁，北京十月文藝出版社，1984 年 5 月第 1 版第 1 次印刷。

〔註 82〕莊園著《個人的存在與拯救——高行健小說論》第 31 頁。

全文分爲三個部分，代序、後記及正文，正文總共 89 節。

12 月，在北京完成《寒夜的星辰》。〔註 83〕

該小說在 1984 年 5 月收入高行健著《有隻鴿子叫紅唇兒》。《寒夜的星辰》在出版時之前的「代序」改爲「開頭的話」，後記部分被刪除。該篇首次在《花城》雜誌刊發時，他的後記是這樣寫的：

> 我們的後代子孫讀到這些篇章的時候，他們也許會感到驚訝，該不會以爲這是一個純屬虛構的故事吧？二十世紀的六、七十年代，奏著《東方紅》樂曲的人造衛星飛越過社會主義祖國的大地上竟發生過這樣的事，不可理解！別說他們不理解，在五星紅旗下長大的我們這一代人，倘不是親身經歷過這些災難，我們又怎麼會相信呢？我們過去只知道在法西斯主義的反革命黑旗下，這一些都是可能的，卻不曾想到打著革命的大紅旗也可以公然肆無忌憚地大規模瘋狂鎮壓人民群眾，迫害、監禁，摧殘甚至殺戮那些爲人民解放事業貢獻了畢生精力的共產黨人，這是怎樣慘痛的經驗啊！〔註 84〕

他把「粉碎四人幫」稱爲「人民的第二次解放」，還倡議「讓我們民族的語言從那幫八股的陳腔濫調中解放出來吧」，他說：那種徒有聲勢而空洞貧乏的廢話、那種歇斯底里刺耳的高調、那種文理不通的蠢話、似是而非的假話、蠻橫跋扈的屁話、顛倒黑白的鬼話和非我們民族語言所固有的斯芬克斯式的啞謎，終於從我們的報章雜誌和廣播中清除出去了，恢復了這實實在在的、親切的、純樸又熱情的我們人民活生生的語言。……在我們談到人民第二次得到解放的同時，也不要忘記我們祖國語言的再一次解放。〔註 85〕

1979 年　39 歲

4 月 24 日至 5 月 13 日，作爲中國作家訪法代表團翻譯，隨同巴金訪問法國。這是高行健第一次法國之行，之後，他在中國大陸開始刊發文章。此次法國之行他還結識了後來成爲他作品的翻譯者杜特萊。

〔註 83〕《寒夜的星辰》文末標注：1978 年 4 月～12 月於北京。

〔註 84〕《花城》第 3 集，第 218 頁，廣東人民出版社出版，1979 年 11 月第 1 版，1979 年 12 月第 2 次印刷。

〔註 85〕《花城》第 3 集，第 218 頁。

高行健回憶：文革之後中國作家代表團首次出國訪問。巴金先生的名著《家》的譯本在法國出版，巴金由女兒李小林陪同照顧，我作爲他們的翻譯，同行的還有詩人徐遲。我儘管已經寫過數百萬文字，文革時卻被燒個精光，之後又一寫再寫，卻一行鉛字也未能發表。沒想到，這位中國現代文學泰斗在巴黎接受訪問時，居然向採訪者介紹我，說：「這是一位眞正的作家，中國文學年輕一代的代表」。這話到底該不該譯，爲難的是我。而巴金出國前從上海到北京，在旅館裏倒是眞讀了我拿去請教的、那一大疊從好些文學刊物退回的短篇小說手稿，十分賞識。我就這樣結識了巴金，從巴黎到馬賽，隨同他找尋半個世紀前的足跡，回顧當年他來法國留學時開始的文學創作生涯。〔註 86〕

他回國後寫了《巴金在巴黎》，發表在《當代》上。「隨後，小林來信特約我寫部中篇，我不到一個月的時間便寫出十萬多字的中篇小說《有隻鴿子叫紅唇兒》，發表在巴金主編的文學雙月刊《收穫》上。同時，徐遲也約我寫篇對法國現當代文學的評介，發表在他主編的《外國文學研究》的創刊號上。於是，我這樣在中國大陸不見天日的作者頓時眞成了職業作家。」〔註 87〕

許國榮說：

作爲巴金的翻譯，他首次出訪歐洲。他有機會親眼目睹眞正的外國戲，接觸到爲數眾多的外國藝術家。這拓展了他的視野，豐富了他的知識。百聞不如一見，確實是這樣。除此之外，另有一種更讓他心動的現象。他發覺不少有成就的西方戲劇家嚮往中國傳統戲劇，甚至把希望寄託在這上頭。不少戲劇家直言不諱地承認，他們的寫意戲劇是從東方搬去的。

挺有意思，西方向東方討教，東方向西方求援。一種使命感，一種自豪心驀地升起，爲什麼不把東方的和西方的融合起來呢？

從法國回來的時候，他箱子裏裝了滿滿的一箱子書，他腦子裏也裝滿了和外國戲劇家探討過的問題。回國以後，他讀書，思索，原先不很清晰的問題漸漸清晰起來，原先有過的困惑，被明確的追求所替代。他強烈地感到，時代在呼喚他，戲劇危機觸發他，他追求的戲劇理想，終於找到一個座標系，他決心向他的理想——當代東方戲劇邁出步子去。

〔註 86〕高行健《悼念巴金》，《論創作》第 344 頁，臺北聯經出版 2008 年 4 月初版。
〔註 87〕高行健《悼念巴金》，《論創作》第 345 頁。

在高行健的探索歷史上，這是又一次飛躍。這次飛躍使他具備了理論和實踐的自覺性。〔註 88〕

杜特萊回憶：1978 年，我和妻子麗蓮娜居住在里昂，我們正著手重振法中友協，將這個原來爲中國政府進行宣傳的協會，改爲從事文化藝術活動的組織。一天，我們得知由巴金率領的中國作家代表團將訪問法國，先巴黎，後里昂。訪問團由巴金和其女兒李小林、孔羅蓀、徐遲等人組成，隨團翻譯正是高行健。從那時起，我和高行健就一直保持聯繫，行健定期寄給我他的新作：話劇和小說。〔註 89〕

杜特萊說：我記得代表團抵達里昂的情景，在這些作家和我們之間氣氛熱烈，感情奔放。第一天晚上，在一家里昂餐館裏，我用中文發表了簡短的歡迎詞。接著一個戴著黑框眼鏡，看起來非常年輕的人站起來，將他的酒杯伸向我，用法文說：「我舉杯祝賀你的中文！」我感到非常高興的是他祝賀我的中文水準，而不是我恰如其分、應景的演說內容。於是，這個總是和藹可親的人引起我的注意，他不僅對我們，對於代表團包括團長在內的所有成員，都是這種和藹可親的態度，他尊稱巴金爲「巴老」。〔註 90〕

西零在《花神咖啡館》中寫道：

高行健說，「那時文革剛剛結束，這是出國訪問的第一個中國作家代表團，法國的邀請單位特地安排我們來這裡，告訴我們這是巴黎有名的文學咖啡館。當時巴金的《家》剛剛出了法文版，出版社安排的聚會。我們見了新小說派的代表人物羅布格里耶，也約了荒誕派劇作家尤奈斯庫，但是他沒有來。據主辦人說，他常常喝酒過多，會忘記約會的時間。」

高行健記得當時的菜單上還印著列寧和海明威的名字，說明他們也曾光顧此地。要不是來到花神咖啡館，他也許不會講起這段往事。〔註 91〕

西零在《巴黎藝術展》中寫道：

上個世紀七十年代末，高行健來歐洲訪問，去過法國、意大利，在博物館裏看到了文藝復興大師們的作品，受到極大震撼。西方藝術大師對色

〔註 88〕許國榮編《高行健戲劇研究》第 257～258 頁。

〔註 89〕杜特萊《翻譯〈靈山〉》，郭英州譯，劉再復編《讀高行健》第 218 頁，香港大山文化出版社有限公司 2013 年 8 月初版。

〔註 90〕諾埃爾・杜特萊撰，凌瀚譯《我記得……》（代序），劉心武著《瞭解高行健》第 27～28 頁，（香港）開益出版社 2000 年 12 月初版。

〔註 91〕西零著《家在巴黎》第 78～79 頁。

彩的運用已經登峰造極，後人無法超越。他同時也看到了一些當代西方畫家用中國墨畫的抽象畫。西方人對中國水墨的奧妙，並沒有很多的認識，於是他想到，在這個領域裏，還可以有所作爲。之後，他就一直用水墨作畫。〔註 92〕

7 月 21 日，在北京寫作《法蘭西現代文學的痛苦》。

此文乃主編徐遲所約，之後刊發在《外國文學研究》1980 年第 1 期（總第 7 期）上。（高行健記憶有誤，他以爲是《外國文學研究》的創刊號。）

該文是對法國現當代文學的評介，寫得條理清晰、可讀性很強。開篇用「什麼是文學？文學有什麼用？」〔註 93〕講出文學的痛苦所在。文中評介了存在主義哲學和作家的代表薩特、加繆，還有馬爾羅和阿拉貢，他們寫作的成就和傳奇的人生互相輝映；還簡述了兩個文學流派：超現實主義和新小說派。

文章注意到作家對現實和政治的介入。高行健指出：薩特介入反法西斯的抵抗運動，與他被希特勒囚禁相關，但他最重要的成就還是在文學創作上。「他有時甚至非常左，但他是眞誠的，內心被改變不合理的社會的熾熱的願望燃燒著」〔註 94〕。晚年的薩特每天晚上會讓波伏娃給他念一個小時的《水滸傳》，高認爲「這顆探索了將近一生的靈魂依然要從社會的反叛者中間去汲取安慰。」〔註 95〕而「加繆的悲劇是西方現時代的悲劇。批判現實主義的巨大力量在於對不合理的社會現實的批判，而不在於他們提供的道德自我完善的藥方。法國存在主義文學的價值不在於它關於人的生存價值種種自我安慰的解說，而在於改變社會現實的熱切願望。」〔註 96〕作家，批判的姿態和改變的願望要通過作品來體現，實現一種精神存在，而不是在現實中做耗費肉身的鬥士。而偉大的文藝家，總是貫注於對基本課題的有創造性的思索和表述。

文章可以看出高對新小說派的作家的作品廣泛涉獵，這對他後來寫作《現代小說技巧初探》一書及文學創作進行了重要的儲備。

〔註 92〕西零著《家在巴黎》第 175～176 頁。
〔註 93〕高行健《法蘭西現代文學的痛苦》，《外國文學研究》1980 年第 1 期第 51 頁，湖北省外國文學學會出版 1980 年 3 月。
〔註 94〕高行健《法蘭西現代文學的痛苦》，《外國文學研究》1980 年第 1 期第 52 頁。
〔註 95〕高行健《法蘭西現代文學的痛苦》，《外國文學研究》1980 年第 1 期第 51 頁。
〔註 96〕高行健《法蘭西現代文學的痛苦》，《外國文學研究》1980 年第 1 期第 51 頁。

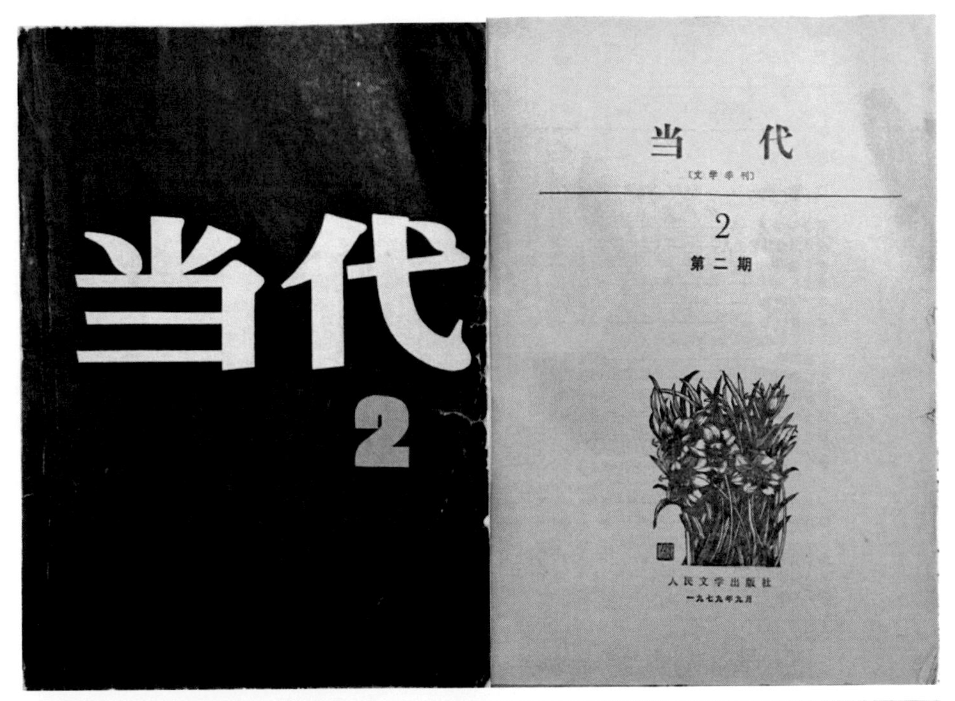

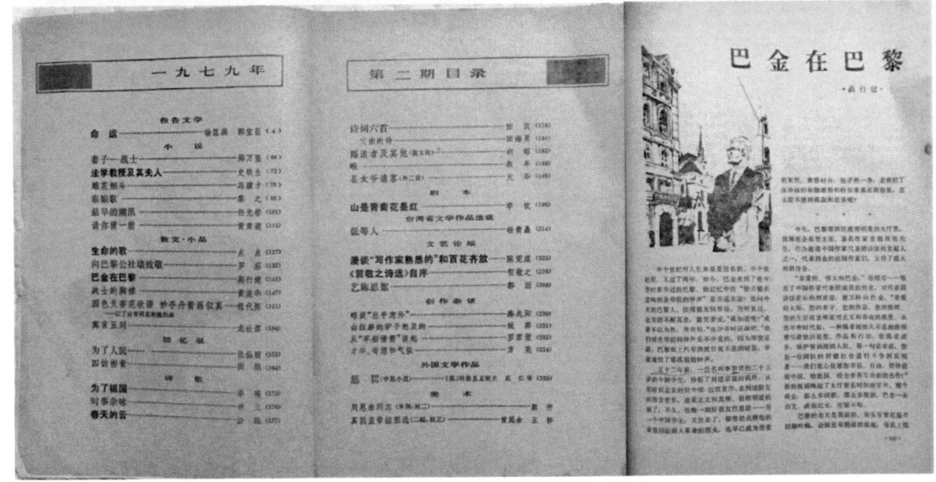

9 月，《當代》1979 年總第 2 期刊發散文《巴金在巴黎》(見上圖)，這是高行健發表的第一篇文章。

上圖題目左邊的照片乃高行健攝影。《巴金在巴黎》如實記錄了巴金在巴黎受到熱烈的歡迎以及巴老誠摯而質樸的作家本色，寫出巴金作品在巴黎的傳播情況。巴金講話不多，「但你可以從他的眼神中，從他講話的聲音中，感受到他內心的激動。他一生辛勞都爲著讀者啊。對一個作家來說，沒有比受到讀者的熱愛更爲幸福的了。」〔註 97〕他還陪同巴金去了周恩來同志在哥德弗阿街的故居，去了巴金寫出處女作《滅亡》的地方——沙多第埃里市參觀。離開巴黎前一天，他們還去了巴金青年時代在布朗維爾街和杜爾拿弗爾街住過的兩家小旅館。巴金在此次法國之行唯一用過的講稿十分感人，高行健說：這段講稿，我作爲他的翻譯，事先並不知道。他一直收藏著，如同保存記載在那上面的珍貴的回憶那樣精心。〔註 98〕他這樣評價巴金：他愛法國、愛她的文化、愛她的歷史，最愛的還是法國普通的勞動人民。〔註 99〕有意思的是，高行健選擇在文章的開頭和結尾，前後呼應地描畫了一個作家成名之前孤獨憂鬱的、奮筆疾書的身影。

此次法國之行高行健還確立了對繪畫的重新認識。他當時看到梵高和莫內的原作，頓時明白「在中國弄的那些油畫不值得再畫了」〔註 100〕，他也看到了趙無極的抽象水墨荷與畢加索用中國墨做的速寫，便轉身回到了中國的水墨之中。

11 月，《花城》第 3 期刊發高行健的小說處女作——《寒夜的星辰》。

《花城》的范漢生〔註 101〕回憶這篇小說的組稿和刊發前的細節：

當時該社的李士非和林振名去北京組稿，「組來了一篇比較重要的小說，就是高行健的《寒夜的星辰》。發在第三期上，高行健是學法語的，當時任畢朔望的秘書，畢說起高行健有篇稿子投寄編輯部被退，要他們不妨去看一看。高行健比較早接觸西方現代文藝，作品也比較早就運用了一些現代手法。李士非當時在藝術欣賞方面胸懷比較寬闊，拿回稿子後，他要我也看一看，我雖不是編輯部的人，他也問我的看法，我說文筆不錯，只是覺得不像小說，倒像散文，聽說編輯部傳閱後也有不同看法，也有覺得不太像小說的。但小說究竟應該是什麼樣子，大家心裏也沒譜，也沒辦法說得清楚。李士非在審

〔註 97〕高行健《巴金在巴黎》，《當代》（文學季刊）第 2 期第 142 頁，人民文學出版社 1979 年 9 月。

〔註 98〕《當代》第 2 期第 146 頁。

〔註 99〕《當代》第 2 期第 146 頁。

〔註 100〕《另一種美學，溶解東西方水墨》，高行健著《論創作》第 185 頁。

〔註 101〕范漢生，筆名范若丁，1934 年出生，原籍河南汝陽。1980 年 6 月調入出版系統，長期從事文學編輯工作。1981～1994 年歷任廣東人民出版社編輯、花城出版社編輯、編輯部主任、副總編輯、編審、副社長、社長兼總編輯、《花城》雜誌主編、《沿海大文化報》常務副社長兼常務副總編輯。根據百度詞條「范漢生」簡編。

稿單上寫道：『難道小說就不能這樣寫麼？』當時我和一些人的文藝觀念受原蘇聯一本《文學概論》的影響很深，這部書闡述的文藝理論有科學和深刻之處，但也有僵化的地方，其影響不是一時半刻就可以清理的。當時小說的寫法比較單調，不像後來經過實驗，創作方法不囿於一種格式，又是跨文體又是小說散文化等等，西方的理論一套一套地搬進來，名堂多啦。這篇小說是高行健的處女作，應該說小說的發表，對他的創作有一定的推動作用；也因此，《花城》和高行健有一種比較密切的關係。」〔註 102〕

〔註 102〕范漢生口述、申霞豔整理編寫《風雨十年花城事・創刊時段》，《花城》期刊第 183～184 頁，2009 年第 1 期。

高行健在《有隻鴿子叫紅唇兒》一書的後記中說該小說「1979 年初」〔註 103〕刊發，劉再復在《高行健創作年表》中注明是「1980 年總第二期刊載」〔註 104〕，《花城》的蘇晨〔註 105〕指出是刊發在「1979 年 11 月出版的第 3 期（也是總第 3 期）《花城》上」〔註 106〕。經筆者查閱（見上圖），《寒夜的星辰》首次刊發於《花城》第三集，廣東人民出版社 1979 年 11 月第 1 版，1979 年 12 月第 2 次印刷，印數爲 225001～375000 冊。此期雜誌由茅盾題字，封面是雕塑家唐大禧〔註 107〕的作品《放》。蘇晨說，「《寒夜的星辰》兩次印刷共發行 37.5 萬冊，還算可觀了。可是我上街看看，在廣州，書店前還是要排長龍爭購。如果平均每冊有 3 位讀者翻過，高行健這時也已經至少有 120 萬位以上的讀者。」〔註 108〕

對《寒夜的星辰》的研究：

高行健 1983 年初在《談冷抒情與反抒情》中說：當寫到人物的情感大起大落之際，卻把語調一轉，改爲中性第三人稱的敘述，不拉著讀者硬去追隨人物的心情。因爲小說中許多人物奇特的遭遇和獨特的感受並不都能直接引起讀者的共鳴，倒不如讓讀者處在一個觀察者的地位，獨立自主地去思索、品評書中的人物，更容易爲讀者接受，而把感受的過程留給讀者自己去實現。中篇小說《寒夜的星辰》便力圖這樣去做。〔註 109〕

〔註 103〕高行健著《有隻鴿子叫紅唇兒》第 334 頁，後記。

〔註 104〕劉再復《高行健創作年表》，收入《再論高行健》，臺北聯經出版，2016 年 10 月。

〔註 105〕蘇晨，出生於 1930 年，漢族，遼寧本溪人，中共黨員。歷任進軍報編輯、記者，獨立二師連指導員、第四野戰軍政治部幹事、《戰士生活》雜誌社編輯組長、四十三軍營政治指導員、《海南前先報》副總編輯、花城出版社副社長、副總編輯、廣東省出版局編審委員會主任，《沿海大文化報》總編輯，財富雜誌社社長、編審、研究員。根據百度詞條「蘇晨」簡編。

〔註 106〕蘇晨《高行健從花城起步》，刊發在《粵海風》期刊 2008 年第 6 期第 53 頁。

〔註 107〕唐大禧，美術師、雕塑家。1936 年出生，廣東汕頭人。他 1956 年開始美術創作，1964 年發表作品《歐陽海》，1974 年作品《人民的蘋果》及 1977 年《海的女兒》參加全國美展展出，反響強烈。1979 年創作《猛士——張志新烈士》，引發了全國範圍乃至境外華文報刊關於中國改革開放以及人體藝術問題的評點和廣泛爭論。代表作還有《林則徐》、《文天祥》、《紅頭船》等。根據百度詞條「唐大禧」簡編。

〔註 108〕蘇晨《高行健從花城起步》，刊發在《粵海風》期刊 2008 年第 6 期第 53 頁。

〔註 109〕高行健《談冷抒情與反抒情》，《文學知識》1983 年第 3 期第 14 頁，河南人民出版社 1983 年 5 月 22 日出版。

莊園在《個人的存在與拯救——高行健小說論》一書中指出：

《寒夜的星辰》的題材和人物刻畫明顯帶有當時「大牆文學」的影子，日記體的表達是該小說的特色。爲了拉開與人物的距離並節制憂憤的情緒，小說加入了一個敘述者「我」的角色，以「我」發現並整理「老同志」的「文革」日記，來貫串前後時間並交代情節發展。這算是化解了「大牆小說」被評論者經常詬病的一個局限，就是「敘述者與人物、情境之間的欠缺距離、間隔，使情感常表現爲缺乏節制。」〔註 110〕這也可以看出高行健在很早的創作中，就意識到敘述的內在規律。〔註 111〕

日記體的主觀色彩是對傳統小說「全知視角」的反叛。五四時代的作家爲了突出小說中的非情節因素，就常常借用容易產生強烈情感色彩的第一人稱敘事（包括日記體、書信體），以及根據人物內心感受重新剪輯情節時間，這一切都是爲了突出作家的主觀感受和藝術個性，是現代文學特有的現代性特徵（內心視角）。「傷痕文學」時期，中國的作家與讀者，對人對事容易憤怒多於體察，或許這是忠奸分明善惡對立的通俗文學趣味在起作用。《寒夜的星辰》則體現了主體情感的隱忍與克制。〔註 112〕

高行健這篇小說不僅開啓了之後中國大陸「先鋒派」（80 年代中後期）「荒誕敘述」的先河，更開拓了中國當代文學對「荒誕感」的表現力，也就是率先意識到個人在無意義的群體中的尷尬與悲鬱。這種荒誕是獨特的，也是深刻的，是高行健作爲文學天才對時代悲音和濃重現實的一種直覺把握，這也爲他出國後的長篇小說創作繼續往荒誕視閾的深入與開掘埋下了伏筆。〔註 113〕

「荒誕敘事」中沒有鮮明的反派形象。在一般的「文革故事」中，鮮明的反派角色是「迫害者」，是災難來臨的主要動力。簡而言之，「反派」是一些外貌可憎道德敗壞又與主人公有仇的有權勢的造反派或背叛者。而荒誕敘事中的「反派」角色雖做「壞事」，卻不一定是「壞人」。〔註 114〕《寒夜的星

〔註 110〕洪子誠著《中國當代文學史》第 267 頁，北京大學出版社 1999 年 8 月第 1 版，2005 年 2 月第 16 次印刷。

〔註 111〕莊園著《個人的存在與拯救——高行健小說論》第 32 頁。

〔註 112〕莊園著《個人的存在與拯救——高行健小說論》第 32～33 頁。

〔註 113〕莊園著《個人的存在與拯救——高行健小說論》第 30～31 頁。

〔註 114〕許子東著《爲了忘卻的集體記憶——解讀 50 篇文革小說》第 201 頁，北京三聯書店，2004 年 4 月北京第 1 版第 1 次印刷。

辰》中的審問人小孫與男主（老幹部）沒有過節，之前還曾獲得男主的賞識與提拔。男主印象中的小孫也一直健康熱情，是正規分配的大學畢業生，只是到了審問環節就變成了冷面的樣子。〔註115〕

災難降臨是文革小說情節模式的核心。一般的「文革故事」都會詳細描寫主人公突然陷入某種災難的具體過程，並將它作爲小說結構的第一個高潮來處理，另一個高潮是「主人公在災難之中獲得某種解救」。〔註116〕這些作品敘事的重點常常是：主人公先是注意到「旁人奇怪的眼光、在大字報上看到自己的名字、爲好友所背叛、參加某種會議、和領導的關係受到懷疑」、接著「被抄家、獲某種罪名、受到某種處罰、爲家人兒女所背叛」，然後「受傷或者自殺」。「荒誕敘述」型的文革故事，其敘述重點多數都在災難來臨的當下。同一般的文革故事相比，荒誕敘述較少描繪災難來臨的兇猛可怕氣氛，也較少探究造成災難的直接原因，而是更多地展覽、渲染甚至玩味災難來臨的種種方式及其詳盡的局部細節。〔註117〕《寒夜的星辰》中以個人視角寫出對整個社會環境的觀察和體會，下面引文的每一小節最後用反問句或感歎句表達一種強烈的道德審判，但針對的是群體的狂暴和非理性的癲狂，而不是具體的某個反派或敵人。

> 當你聽到了也親眼看到了那些天眞的男女孩子們竟用皮帶上的銅頭愚蠢而兇殘地抽打辛勤培育他們的老師，往他們身上吐唾沫，揪頭髮，還用小刀子捅自己的老師，你能無動於衷嗎？
>
> 當你的親友和同志戴著高帽子、掛著黑牌子，抹著黑手，人不像人，鬼不像鬼，敲著小鑼或簸箕，唱著「牛鬼蛇神嚎歌」，彎腰低頭，從你面前經過，你能不難過嗎？就是對勞改的犯人也不應該這樣作踐啊！
>
> 看到人們像逃難的災民一樣，衝進站臺，搶著扒上火車，紛紛逃離自己的家鄉，而繁華的城市在柳條帽、鐵棍、沙包和機槍後面死一般地沈寂，你的心該是沉重而難過的……
>
> 新廠房頂上屋瓦被掀開，支起了瞭望臺，機床和馬達一聲不響，只有刺耳的高音喇叭在呼喚「血戰到底」，狂熱的人群抬著屍體

〔註115〕莊園著《個人的存在與拯救——高行健小說論》第35頁。
〔註116〕許子東著《爲了忘卻的集體記憶——解讀50篇文革小說》第29頁。
〔註117〕許子東著《爲了忘卻的集體記憶——解讀50篇文革小說》第201頁。

也高呼「血戰到底」，到底爲誰血戰？又爲什麼血戰呢？當那股盲目的狂熱褪盡清醒過來的時候，人們能不悔恨、不難過嗎？

在閒談中，你聽到有的農村六十斤糧票可以買到一個女孩子，你在大街上本想散步卻碰到做母親的領著她的孩子席地而坐，面前用石頭壓著乞討的文告：「同志們，叔叔、阿姨們……」同志，你是難過的！〔註 118〕

《寒夜的星辰》中的老幹部，雖然「四人幫」倒臺之後結束了對他的審查與迫害，但是一直沒有給他安排工作，生病了需要住院也遭到冷遇，最後淒然死去。〔註 119〕

12 月 2 日，在北京寫作《法國現代派人民詩人普列維爾和他的〈歌詞集〉》。〔註 120〕

1980 年　40 歲

1 月，散文《尼斯——蔚藍色的印象》刊發在《花城》第 4 期。〔註 121〕

這是陪伴巴金去法國訪問後寫下的一篇遊記。「印象較之事物本身，未必那麼確鑿，可它在心底的陽光的照耀下，較之冷靜的記載畢竟來得溫暖」〔註 122〕在美麗宜人的海景面前，作家發出感歎道：人類改造自然、創造新的物質財富，畢竟來得容易，而改造人們生活在其中的社會，卻要艱苦得多，倘不是這樣的話，成千上萬個像尼斯這樣美麗的城市和延伸到四郊的現代化的鄉村，早就出現在地圖上了，如果沒有戰爭、社會動亂、對文明的反動……」〔註 123〕

2 月 20 日，散文《巴黎印象記》刊發在《人民文學》1980 年第 2 期。〔註 124〕

〔註 118〕高行健著《有隻鴿子叫紅唇兒》第 332 頁，32 節。

〔註 119〕莊園著《個人的存在與拯救——高行健小說論》第 40 頁。

〔註 120〕高行健《法國現代派人民詩人普列維爾和他的〈歌詞集〉》文末標注：1979 年 12 月 2 日於北京，《花城》第五集，廣東人民出版社 1980 年 5 月第 1 版第 1 次印刷。

〔註 121〕高行健《尼斯——蔚藍色的印象》，《花城》總第 4 期，是《花城》創刊後的第四期，該期雜誌上寫的是「第四集」，廣東人民出版社 1980 年 1 月第 1 版第 1 次印刷。

〔註 122〕《花城》總第 4 期第 198 頁。

〔註 123〕《花城》總第 4 期第 200 頁。

〔註 124〕高行健《巴黎印象記》，《人民文學》1980 年第 2 期，人民文學出版社 1980 年 2 月 20 日出版。

這是首次出訪巴黎的遊記。對巴黎的印象，他一開始就說：在巴黎春天灰色的天空下卻流動著一幅五光十色總在變幻的畫卷。那麼多色彩的層次，那麼鮮明強烈的對比，過去和現在都交錯重疊在一起，那麼紛繁的印象，使你一下子難以說得清楚。〔註 125〕

他談到巴黎的歷史：十七世紀以來，西方重大的文學藝術流派大都發源於巴黎。巴黎又以兩次大革命震撼了全世界，一次是 1789 年的資產階級革命；另一次是 1871 年的巴黎公社，都留下了卷帙浩瀚的歷史〔註 126〕；還提及巴黎的政治鬥爭、階級分層，巴黎的標誌建築巴黎牆和埃菲爾鐵塔，敘述中他注意到表象背後的矛盾與複雜，以及透過的世情，最後結尾在巴黎對中國文化和訪客的熱情上。

3 月 9 日，寫作《文學創作雜記》。〔註 127〕

該文寫法如同隨筆。開篇就探討什麼是小說，「小說在它的童年時代，可以是一則寓言，可以是個遠古的傳說，也可以是一段歷史的記載、一個眞人的事蹟，還可以是杜撰的故事；可以是章回體、可以是白話文；可以長、可以短，可以有長、中、短篇之分。還可以是筆記，也可以是書信。也可以引出教訓，也可以只陶冶性情。還可以做宣傳，有進步的與反動的之分。這就到了小說的青年時代，先重情節，後重性格。隨後又出現了這麼一種小說，既沒有情節，又不去著重刻畫個性。小說在這個世紀還生機勃勃，因此，不必定下什麼規章，去約束它的發展。」〔註 128〕

他指出：不同的作家有不同的風格，同一個作家在不同的時期，風格也在演變；作家不是超人、不是完人，也不是讀者的老師。作家與讀者的關係是平等的。在小說創作中，除了人物的語言，更多的是敘述者的語言。敘述的視角和敘述的語言，都是值得研究的。〔註 129〕

3 月 31 日，在北京寫作短篇小說《朋友》〔註 130〕。

文中記敘「我」與好友「你」各自不同的經歷。這是屬於他們那一代的

〔註 125〕高行健《巴黎印象記》，《人民文學》1980 年第 2 期第 69 頁。
〔註 126〕高行健《巴黎印象記》，《人民文學》1980 年第 2 期第 69 頁。
〔註 127〕高行健《文學創作雜記》文末標注：1980 年 3 月 9 日，《隨筆》第 10 集第 40～44 頁，廣東人民出版社出版，1980 年 8 月第 1 版第 1 次印刷。
〔註 128〕高行健《文學創作雜記》，《隨筆》第 10 集第 40～41 頁。
〔註 129〕高行健《文學創作雜記》，《隨筆》第 10 集第 42～43 頁。
〔註 130〕高行健《朋友》篇末注明：1980 年 3 月 31 日於北京，高行健著《朋友》第 30 頁。

故事，經歷死亡、孤獨與絕望的心路歷程。即使這樣，他們在多年後的重逢中依然心有靈犀。有種「白髮漁樵江渚上，慣看秋月春風」的淡然，也有「古今多少事，盡付笑談中」的樂觀。

3月，《法蘭西現代文學的痛苦》刊發在《外國文學研究》1980年第1期。

《外國文學研究》創辦於1978年，由華中師範大學和華中師範大學文學院聯合主辦。90年代之後成爲「雙核心（北大核心、CSSCI南大核心）」期刊。〔註131〕

4月5日，在北京寫另一篇《文學創作雜記》。〔註132〕

該篇先講古典小說、現實主義小說和現代小說的不同在於：古老的小說故事裏包含了道德上的訓誡，事件人物的一切評價已有敘述者全盤道出；現實主義的小說家則把自己隱藏起來，或裝作客觀冷漠的樣子把生活似乎照原來的模樣攤開來給大家看，這裡的故事和情節退之爲輔，人物性格的塑造成了小說成敗的關鍵；現代小說家則把自己隱藏得更深，卻想方設法讓作品對讀者的感染力更強，把故事編撰的痕跡抹得越淡，讓小說中再創造出來的生活顯得更眞實可信。〔註133〕接著講述小說敘述的語言，重點講了第一人稱與第三人稱。認爲「一部小說的展開、結局乃至整個結構，主要是通過敘述語言來體現。」〔註134〕

4月20日，在北京寫作《關於巴金的傳奇》。〔註135〕

這是一篇評介巴金的文章。「巴金根據他切身痛苦的經驗，從封建宗法家長制的家庭中叛逆出來，成了反封建的鬥士，他把主要精力投入到文學創作中，成了一個偉大的現實主義小說家。他的作品鞭撻的是那個不合理的社會制度」；〔註136〕「解放後的巴金承認自己是『歌德派』，之後現實教育了他，便又在自己的文章中承認這些大話和空話並不能給中國人帶來幸福。他甚至承認，在1966年這場大風暴的初期，他眞以爲自己有罪，認眞

〔註131〕根據「《外國文學研究》期刊官網」發布內容簡編。

〔註132〕高行健《文學創作雜記》篇末標注：1980年4月5日於北京，《隨筆》第11集第85頁，廣東人民出版社1980年9月第1版第1次印刷。

〔註133〕《隨筆》第11集第81～82頁。

〔註134〕《隨筆》第11集第83頁。

〔註135〕高行健《關於巴金的傳奇》文末標注：1980年4月20日於北京，《花城》第六集第173頁，廣東人民出版社1980年8月第1版第1次印刷。

〔註136〕《花城》第6集第170頁，廣東人民出版社1980年8月第1版第1次印刷。

去反省自己的問題，之後才逐漸明白過來，原來連審問他的人也是在做戲。他從來不把自己打扮成先知先覺，一貫正確的聖賢。」〔註 137〕「新近陸續發表的《隨想錄》中，他一方面批判自己以前講過的一些空話和大話，重新認識自己和周圍的現實。對一個作家來說，說眞心話是一種寶貴的品質，這也就是這位正直、誠實的作家的可愛之處。也正因爲如此，他的作品才眞實地反映了中國人民所走過的曲折道路。」〔註 138〕「把心交給讀者。這就是巴金的寫作的秘訣。他的作品正是多災多難的舊中國人民的命運的眞實寫照。《隨想錄》中，巴金依然把他個人內心的痛苦和人民的命運緊密聯繫在一起。」〔註 139〕

文章還鋪陳了巴金許多眞實而感人的生活細節。他受批鬥時的頑強，不放棄學習語言的機會，搜集各種文版的《語錄》，勤學意大利語，心裏背誦但丁的《神曲》；在蕭珊亡故後，他頂著反革命份子的帽子，躲進小屋重譯屠格涅夫的《處女地》和赫爾岑的巨作《往事與隨想》。他沒有一位秘書，卻總是親自給讀者買書、寄書和贈書，自己包裝自己寫地址，答覆讀者各方面的問題。解放前他靠稿費生活，解放後也沒有拿過國家一分錢工資，實際上他的社會工作很多很多。該文寫及巴金妻子蕭珊的單純和受難，巴金在蕭珊去世之後的打算——要把自己所餘的精力，用在他畢生從事的寫作事業中，包括寫完五本《隨想錄》，兩部長篇小說，並翻譯完成赫爾岑的五卷本，還想幫助建立一個現代中國文學資料館。

高行健這樣誇獎巴金：「能像他這樣作自我解剖的人，應該說是最勇敢的人」；「這個內心如此敏感，如此豐富的人，從來是一個眞正勇敢的人」。〔註 140〕

5 月 27 日，寫作《談小說敘述語言中的第三人稱「他」——文學創作雜記》。〔註 141〕

該文指出：小說的敘述語言中，最常用的莫過於第三人稱「他」了。而這個「他」，在小說家筆下，較之第一人稱「我」和第二人稱「你」，用起來

〔註 137〕《花城》第 6 集第 170 頁。
〔註 138〕《花城》第 6 集第 170～171 頁。
〔註 139〕《花城》第 6 集第 171 頁。
〔註 140〕《花城》第 6 集第 172 頁。
〔註 141〕高行健《談小說敘述語言中的第三人稱「他」》文末標注：1980 年 5 月 27 日，（廣州）《隨筆》第 13 集，花城出版社 1980 年 12 月第 1 版第 1 次印刷。

更爲複雜，更爲微妙。因爲，小說家筆下的對象「他」，實際上總帶有作者自己的態度和感受。任何一個藝術上成熟的小說家筆下的「他」，並不等於現實生活中的人或事的客觀模寫，而是基於現實生活的再創造，或者說，是小說家對現實生活的一種認識。〔註 142〕純客觀的描述在文學作品中實際上是不存在的，只不過作者有的自己意識到，有的自己也未曾意識到；有的努力突出自己的主觀評價，有的則把自己的看法隱藏起來，而作者自己對於所描述的對象的理解與感受越深的話，筆下的「他」的形象便越有活人的生氣，色彩也越豐富。〔註 143〕第三人稱可以說是敘述者「我」對被敘述者「他」的耳聞目睹，以及對「他」的分析和理解，在研究第三人稱的敘述語言的時候，要同時研究敘述者本身。敘述者是敘述語言的出發點，而敘述語言則發源於敘述者。〔註 144〕

5 月，《法國現代派人民詩人普列維爾和他的〈歌詞集〉》和《〈歌詞集〉選譯》（由高行健翻譯的雅克普列維爾的兩首詩《巴爾巴娜》和《一家子》），兩篇文章一起發表在《花城》第 5 集。〔註 145〕

高行健在此文章中發揮他的法語優勢和總結能力，提煉了「現代」與「人民」兩個概念之間的聯繫，夾敘夾議地評述法國現代詩壇的明星——雅克普列維爾和他的代表作《歌詞集》。「詩人脫離人民，不爲人民所瞭解，是本世紀西方現代詩歌的不幸。詩與歌分家，只供閱讀，不能傳唱，是西方現代詩的不幸。普列維爾則免除了這些弊病。他把自己的第一部詩集題爲《歌詞集》是對現代詩歌的一種表態。他不僅找到了一條現代詩入歌的途徑，還在西方開拓了一條現代詩歌通向人民大眾中去的道路。」〔註 146〕

普列維爾對現代藝術介入很深，在成爲大詩人之前，他在電影創作上成績卓著，還寫過芭蕾舞劇等。高行健指出：歌詞集在法語中還可以轉意爲「辛辣的言辭」，其詩集中一多半是政治諷刺詩，而他歌唱愛情總帶著感情的溫熱，在嘲諷日常中的瑣屑和普通人的弱點時，卻帶著同情和善意，語言看似

〔註 142〕《隨筆》第 13 集第 40 頁，花城出版社 1980 年 12 月第 1 版第 1 次印刷。

〔註 143〕《隨筆》第 13 集第 41 頁。

〔註 144〕《隨筆》第 13 集第 41 頁。

〔註 145〕《花城》第 5 集第 219～225 頁，廣東人民出版社 1980 年 5 月第 1 版第 1 次印刷。

〔註 146〕高行健《法國現代派人民詩人普列維爾和他的〈歌詞集〉》，《花城》第 5 集第 221 頁。

隨意，其實都是仔細提煉過。他認爲法國評論界過於強調超現實主義對普的影響，而忽略了他的詩歌由鮮明而豐富的節奏造成的音樂美，後者是普對法國現代詩歌的一大貢獻。

對《法國現代派人民詩人普列維爾和他的〈歌詞集〉》的研究，有學者指出：他在評論法國現代派人民詩人普列維爾和他的《歌詞集》時，體現出了一個具有獨立思想的高行健，他的評論，顯示出他對文學的清醒，以及在某種程度上對中國文學的親和。而在『新時期』文學發端時期，巴金的『寫眞實』與『反思』的姿態，高行健對現代派文學技巧的追求，頗具代表性的二者的合力，恰恰是推動『新時期』文學發展的動力源所在。〔註 147〕

6 月，作爲中國作家代表團的翻譯，與劉白羽、孔羅蓀、艾青、吳祖光、馬烽等到巴黎，參加「中國抗戰時期（1937～1945）文學討論會」〔註 148〕**，發表「艾青的詩學」，會後訪問意大利。**

中國文藝抗戰國際座談會 6 月 16 日至 19 日在巴黎舉行，除了應邀參加的中國作家劉白羽、艾青、孔羅蓀、吳祖光、馬烽、高行健以外，還有美國、加拿大、德意志聯邦共和國、荷蘭、意大利、法國和香港等地的學者、專家和專攻漢語的青年一百數十人。第四天上午的討論會主題是「向艾青致敬」。主席由斯坦福大學威廉萊爾擔任，高行健首先講話，題目是《艾青的詩學》。他說艾青的詩被翻譯成十餘種文字，是當代中國詩人中聲譽最高的一位。艾青從法國修習繪畫三年後，於 1932 年回國，參加「中國左翼美術家聯盟」。因從事愛國運動，在上海被法國巡捕房逮捕入獄。在獄中開始詩歌創作，從此把畫筆換成詩筆。四年獄中生活裏，艾青抒發了對農民和工人的感情，表現了鮮明的資產階級民主革命思想。他的詩贏得勞動者的摯愛，對日本進步青年發生很大的影響。在日本入侵的白色恐怖下，抗日戰爭掀起如火如荼的救國浪潮，艾青也和其他富有熱血的青年作家一樣，加入「中華全國文藝界抗敵協會」，先後去山西、武漢、桂林、重慶等地。這個偉大的時代也是詩人創作最旺盛的時期。他的詩歌受到普遍的傳誦，現代詩人臧克家認爲，艾青的詩作是五四運動以來最好的詩篇。1941 年艾青到延安，毛澤東主席予以接見。翌年他參加了延安文藝座談會。艾青選擇了最能表現感情的語言來吟詠

〔註 147〕周航《〈花城〉與「新時期」文學的發端》，《小說評論》2012-05-20，第 100 頁。
〔註 148〕《北京文藝年鑒 1981》第 604 頁，工人出版社 1982 年 2 月第 1 版第 1 次印刷。

他的詩篇。他認為，詩歌應用口語來寫，用節奏的旋律來表現感情，而格律是感情的限制。〔註149〕

高行健給大家提出了一個易於忽略的細節：「艾青的詩裏運用很多的『的』字，是否與居留法國三年有關？法語的『de』字也是很多的。」他又說：「艾青的詩歌裏沒有政治的口號，但他對於抗戰的觀念卻是很堅定的。」「用樸素的文字來反映真實的感情、個人的感受，這就成為艾青的『詩』」。高行健還說：艾青是反對復古的，因為復古是表現感情的障礙物。毛澤東主席說過：『青年人不必寫古詩』。他自己有自己的愛好，並不強加於人。」〔註150〕

高行健喜歡法國新小說派羅伯・格里耶和布托爾，他在巴黎的出版家布歌華家裏見到了羅伯・格里耶，「談起他的作品的時候，他說他是工程師出生。他當時說，他非常喜愛中國，想去中國。後來聽說他來了中國，是作為旅遊者來的，我有點悲哀。」〔註151〕

高行健後來回憶：

當時我作為年輕作家兼翻譯到了意大利，看到了西方繪畫大師的原作，立刻明白了我那油畫不必再畫了。在意大利，有一家大出版社接待了我們，他們還出很多藝術畫冊，要送我們書。老作家們都挑達文西啊、米開朗基羅啊，最後到我，我想瞭解西方現當代繪畫，這在中國當時看不到。我就說，能給我兩本畫冊嗎？一個是現代藝術，一個是當代藝術最新的畫冊。因此我帶了幾本畫冊回去，細細翻閱。

二十世紀以來，差不多每隔十年風潮一變，你去追隨哪一個潮流都注定過時了；而當代藝術對我毫無吸引力，甚至覺得可笑。我細細琢磨，還得回到繪畫。我也看到畢加索的水墨畫，在尼斯附件的一個基金會博物館裏，畫上表明是畢加索用中國墨做的素描，就跟他做任何素描一樣，他不知道中國墨加了水以後可以千變萬化。他用的不是中國毛筆，也不是宣紙，因此，他那個中國墨，就跟我們所看到的任何素描是一樣的。我想，大畫家如畢加索，他並不瞭解水墨蘊藏的可能性。當然我很敬重他，他是現代繪畫的鼻祖，確實是一個大畫家，他的巨幅「蓋爾尼卡」是繪畫史上的傑

〔註149〕柳門「巴黎通訊」《中國抗戰文學國際座談會在巴黎》，《讀書》第123頁，1980-05-30。

〔註150〕柳門「巴黎通訊」《中國抗戰文學國際座談會在巴黎》。

〔註151〕高行健《文學需要相互交流，相互豐富》，《外國文學評論》1987年第1期（創刊號）第127頁。

作。他的創作很豐富，但就他的水墨來講，他並不瞭解水墨蘊藏的可能性。以後，還看到了若干西方畫家的水墨畫，包括趙無極先生。趙無極是華人畫家第一個以水墨做抽象畫的，功莫大焉，可以載入史冊。但他的水墨遠不如他的油畫那麼耐看。我無法達到西方油畫那樣的造詣，而水墨，我又不想重複傳統國畫。我把現當代藝術史瀏覽了一遍，還得找一條自己的路，這就是我幾十年來摸索的水墨畫。我找的這條路，就在「具象與抽象之間」。具象畫已經登峰造極了，抽象畫一個世紀以來，人們嘗試了各種可能。那麼，是不是只有具象和抽象的分野呢？我醒悟到，比方說，在夢境之中，我們口述的夢境是語言的表述，夢境其實難以捕捉，瞬息變化，卻又無限豐富。而且，夢通常是灰、黑，分不清色彩的。我自己的夢境很少有色彩，通常是灰白相間，說不清楚，無法確定，形象也若隱若現。這給我一個啓示：夢境是有形象的，但這個形象，既不是明確的具象，又不是抽象。那麼，在抽象與具象之間有一個廣闊的譜系，各種各樣的可能，人還沒有探索這個領域，我想這該是繪畫大有可爲的一番天地。這個啓示——換句話，夢給我的啓示——告訴我，如果能捕捉到夢境中的那種形象，不是一個簡單的意象、一個觀念的圖解，而確實是一個形象，超越語言表述的形象，這就是我繪畫追求的方向。〔註 152〕

8 月 11 日，在北京完成中篇小說《有隻鴿子叫紅唇兒》初稿。〔註 153〕**此乃巴金主編的《收穫》雜誌約稿。**〔註 154〕

8 月，《關於巴金的傳奇》刊發在《花城》第 6 集。〔註 155〕

8 月，《文學創作雜記》刊發在《隨筆》第 10 集。〔註 156〕

9 月 26 日，在北京寫作《談怪誕與非邏輯》。〔註 157〕

〔註 152〕林延澤整理、陳佩甄、彭小妍校訂《呼喚文藝復興——高行健演講暨座談會紀錄》，臺灣《中國文哲研究通訊》第 27 卷第 3 期，2017 年 9 月出版。來自華藝臺灣學術文獻數據庫，該數據庫 2018 年 4 月～6 月在汕頭大學免費試用，筆者 4 月 13 日下載。

〔註 153〕高行健《有隻鴿子叫紅唇兒》的篇末標注：1980 年 8 月 11 日初稿，高行健著《有隻鴿子叫紅唇兒》第 160 頁，北京十月文藝出版社，1984 年 5 月第 1 版第 1 次印刷。

〔註 154〕高行健《悼念巴金》，《論創作》第 344 頁，臺北聯經出版 2008 年 4 月初版。

〔註 155〕《花城》第 6 集，廣東人民出版社 1980 年 8 月第 1 版第 1 次印刷。

〔註 156〕《隨筆》第 10 集，廣東人民出版社 1980 年 8 月第 1 版第 1 次印刷。

〔註 157〕高行健《談怪誕與非邏輯》文末標注：1980 年 9 月 26 日於北京，《隨筆》第 15 集第 35 頁，花城出版社 1981 年 4 月出版。

他在開篇說：因爲西方出現了荒誕派戲劇，因爲這種戲劇誕生在第二次世界大戰之後，屬現代派，又因爲現代派被認爲是反動派或頹廢派，因此文學創作就忌諱怪。出於對現實主義的一種誤解，認爲現實主義就是寫實，寫實就不得誇張，誇張就失之片面，片面就要犯錯誤，犯錯誤就要走向反面，「反」這「反」那、反「那」反「這」，也就成了反動派。因此，一個相當長的時間裏，弄得文學創作再也無人敢來談怪。這就是形式邏輯的威風。〔註158〕

當時的「荒誕派」不被接受，所以他用了另一個概念「怪誕」。他說：怪誕是對完美的一種追求。沒有對理性的熱愛，沒有對眞理的激情，就不會有怪誕。怪誕是對現實中不合理的事物的強烈譴責，是對生活中的陋習的大暴露和大批判，從而使人驚覺，發人深省。怪誕的基本手法是極度的誇張。〔註159〕他從中外文學中找出怪誕描寫的例子，比如魯迅的《狂人日記》、尤奈斯庫的《犀牛》、卡夫卡的《變形記》、蒲松齡的《聊齋誌異》、果戈里的《死魂靈》等。

他說：如果說怪誕是對完美的一種追求，非邏輯則也是對理性的一種追求。人們一般都承認邏輯是合乎理性的概括，卻未必都認識到非邏輯也是合乎理性的概括。作者既然能發現現實中有不合邏輯的事物，心中必然另有自己用以衡量是非的新的標準，歸根結底還是理性在起作用，只不過變換手法，通過否定來達到新的肯定，在現代的怪誕文學作品中，除了用邏輯的方法來達到這種藝術效果，往往還可以用非邏輯的方法來達到同樣的效果。非邏輯是一種新鮮的藝術手法，很有表現力。非邏輯的方法指的是：打破時間和空間的順延；顚倒因果關係；把想像當作存在；把現實當作做夢；把特殊的看成是普遍的；把習俗當作難得的發現；把迷信當作大徹大悟；以及牛頭不對馬嘴，蠻不講理，如此等等，用這些手法都可以造成怪誕的藝術效果，從而醒人耳目。〔註160〕

他最後強調：怪誕和非邏輯是理性的產物，是用來創造一種抽象化了的現代藝術形象的有力工具，它們本身並不是藝術創造的目的。〔註161〕

〔註158〕高行健《談怪誕與非邏輯》，《隨筆》第15集第32頁。
〔註159〕高行健《談怪誕與非邏輯》，《隨筆》第15集第32頁。
〔註160〕高行健《談怪誕與非邏輯》，《隨筆》第15集第34頁。
〔註161〕高行健《談怪誕與非邏輯》，《隨筆》第15集第35頁。

9月，《時代的號手——在巴黎召開的抗戰時期中國文學國際討論會上的發言》刊發在《詩探索》1980年第1期（創刊號）上。〔註162〕

文章先總括詩人艾青的成就，特別提及他的國際影響力：中國新詩從1919年五四運動算起，迄今已有六十年歷史了，從她誕生的時候起，就同中國人民的命運緊密聯繫在一起。新文學眾多的號手中，艾青這一支銅號最嘹亮，聲音傳播得也最爲悠遠。他站在中國的土地上，把中國人民災難深重的痛苦和堅忍不拔的鬥爭精神傳遍了中國大地，乃至於全世界。一位美國人把艾青、希克梅特和聶魯達並論爲世界三位最偉大的人民詩人。去年五月巴黎詩會上，艾青的名字和法國人民最喜愛的兩位現代詩人艾呂雅和普列維爾並列在法蘭西歌劇院的朗誦會的節目單上。德意志聯邦共和國、意大利和奧地利三國紛紛發消息，報導了他去年的歐洲之行。〔註163〕

接著介紹艾青的詩歌歷程：1932年，22歲的艾青從巴黎學畫歸國，在上海加入了「中國左翼美術家聯盟」，7月被捕，坐了4年監獄。他在牢房裏寫下《大堰河——我的保姆》。該詩發表後得到茅盾的讚賞。1936年自費出版他的第一本詩集；抗日戰爭爆發後，他又寫了一系列詩篇，包括《他站起來了》、《雪落在中國的土地上》、《吹號者》、《他死在第二次》、《向太陽》、《火把》等。這些呼喚民族覺醒的火熱的詩作中，艾青進一步形成了自己的風格，顯示了一個大詩人的才華。他在本民族的語言上創造了一種新鮮、純淨的詩歌語言。長詩《火把》是那個時代的一首青春之歌，詩人創造性地大量運用對話和電影剪輯的手法，寫出了一部熱情召喚光明的電影詩。這種體裁對新詩來說是個創舉，顯示了詩人創造新的詩歌形式的巨大才能。他並不是單純地抒發個人的情懷，卻響徹著「人民的悲哀」。1941年艾青抵達延安，之後寫下《毛澤東》，同時在新創辦的《詩刊》擔任主編，並加入中國共產黨。1942年他寫了反映八路軍騎兵英勇戰鬥的敘事詩《雪裏贊》，這個時期的代表作還有《黎明的通知》。

他這樣評價艾青：從未脫離過自己的時代，而且總是同自己的祖國和人民的命運息息相關。即使在他的抒情詩中，也總滲透著詩人鮮明的政治傾向

〔註162〕《時代的號手——在巴黎召開的抗戰時期中國文學國際討論會上的發言》，《詩探索》1980年第1期（創刊號）第122～132頁。該期刊並未注明出版時間，筆者根據裏面的文章內容推測應該是在秋季出版，四川人民出版社1980年出版。

〔註163〕《詩探索》1980年第1期第122～123頁。

和愛國主義精神。如果把傾向性狹隘地理解爲政治宣傳，像馬克思所批評過的那種「時代精神的傳聲筒」，從而失去了詩歌的審美價值，這樣的政治傾向性確實應該拋棄。而艾青卻把時代感、民族精神、連同他鮮明的政治傾向性，都融化在美的感受中了。〔註164〕他還評介艾青的詩歌理論——《詩論》和《詩人論》。「只有當生活的眞實注進了詩人主觀的感受，生活才昇華爲詩，詩是詩人對現實生活的再創造。」〔註165〕艾青主張自由詩，還把音樂中的節奏和旋律的概念引進新詩創作中。艾青的「詩人論」提出了在那個民族存亡同時交織著進步與反動的大搏鬥的歲月裏，一個詩人應該達到這樣的境界：詩人離開人民就不能生存。詩人應該是「自我覺醒的先驅」，不是神也不是宣教者，只是「自己所親近的人群的代言人」，還應該是「社會的鬥士」，「拂逆不合理的制度」。〔註166〕

9月，寫作《談意識流》。〔註167〕

他指出：

意識流不是一個獨立的文學流派，也算不得一種藝術創作方法，它不過是現代文學作品的一種更新了的敘述語言。意識流的出現同現代心理學的研究有很大關係。現代心理學家們發現，人的心理活動並不總是合乎邏輯的演繹，思想與感情，意識與下意識，意志與衝動與激情與欲望與任性，等等，像一條幽暗的河流，從生到死，長流不歇，即使處在睡眠狀態，也難以中斷。〔註168〕

人們把意識流這種手法的特徵一般歸納爲自由的聯想，這種概括是不夠確切的。意識流語言同其他文學語言一樣也有其章法。然而，它依據的章法不是邏輯的演繹和理性的分析，它只遵循描寫的對象，即作品中的某個人物，在具體的環境中心理活動的自然規律。人的心理活動本來極其豐富，極其生動，極其活躍，而這些心理活動又像不間斷的流水。因此，用這種手法來描寫人的內心世界時，它提供的便不只是理性的結論和分析、行爲的狀態和結果，而是得出理性的結論和分析時思維活動的整個過程，或者是某一行爲過

〔註164〕《詩探索》1980年第1期第128頁。
〔註165〕《詩探索》1980年第1期第130頁。
〔註166〕《詩探索》1980年第1期第131頁。
〔註167〕高行健《談意識流——文學創作雜記之五》文末標注：1980年9月，《隨筆》第14集第41頁，花城出版社1981年3月出版。
〔註168〕高行健《談意識流——文學創作雜記之五》，《隨筆》第14集第39頁。

程中的一系列具體而細緻的感受。形象地說，它提供的不是一、兩個點，而是劃出這兩點之間的那條線，而且往往是曲線。因此，取這條曲線上的若干個點來看，似乎是作者興致所來，隨手點了上去，即所謂自由的聯想。還可以拿繪畫的例子來打比方：意識流語言不像白描的手法用線條來勾畫，卻用的是油畫的技法，一筆一筆的顏料抹上去，近處只見色彩斑斑，退而遠觀，才見其輪廓。〔註 169〕

意識流語言在追蹤人的心理活動的同時，又不斷訴諸人生理上的感受，即味覺、嗅覺、聽覺、觸覺和視覺帶來的印象，因而把精神世界和外在世界聯繫起來。它即使在描寫外在世界的同時，寫的也還是外在世界通過人的五官喚起的感覺。換句話說，意識流語言中不再有脫離人物的自我感受的純客觀的描寫。〔註 170〕意識流語言通過具體的、細微的感受，引導到意識和下意識的心理活動，能造成一種異乎尋常的眞實感。意識流這種敘述語言在三個人稱的運用上是非常活躍的。因此，要掌握這種敘述語言，必須隨時自覺地意識到敘述角度的轉換，才能自然生動，不落敗筆。〔註 171〕意識流語言是不顧及時間順序的，可以把回憶與現實，過去與未來糅合在一起。它同時也突破了固定的空間的束縛，在同一章節中、甚至同一個段落裏，還可以把幻想、夢境同現實交織在一起。〔註 172〕

9 月，第二篇《文學創作雜記》刊發在《隨筆》第 11 集。〔註 173〕

10 月 12 日，在北京寫完《有隻鴿子叫紅唇兒》二稿。〔註 174〕

這個小說亮點在於，其敘述手法具有實驗性質，運用了多重視角深入人物的內心世界。除了用六個主要人物：快快、公雞、正凡、燕萍、肖玲、小妹，還有作者的話、敘述者的話等來構築小說的每一章節。

小說中的 6 個人物形成了三對關係，快快和燕萍、公雞和肖玲、正凡和他的小妹，敘述篇幅最多的是第一對也就是快快和燕萍，公雞和肖玲次之，正凡和小妹更次之。人物關係是快快、公雞和正凡是高中同學，快快與燕萍

〔註 169〕高行健《談意識流——文學創作雜記之五》，《隨筆》第 14 集第 40 頁。
〔註 170〕高行健《談意識流——文學創作雜記之五》，《隨筆》第 14 集第 40 頁。
〔註 171〕高行健《談意識流——文學創作雜記之五》，《隨筆》第 14 集第 40 頁。
〔註 172〕高行健《談意識流——文學創作雜記之五》，《隨筆》第 14 集第 41 頁。
〔註 173〕《隨筆》第 11 集，廣東人民出版社 1980 年 8 月第 1 版第 1 次印刷。
〔註 174〕高行健《有隻鴿子叫紅唇兒》的篇末標注：1980 年 10 月 12 日二稿於北京，高行健著《有隻鴿子叫紅唇兒》第 160 頁，北京十月文藝出版社，1984 年 5 月第 1 版第 1 次印刷。

是大學同學兼戀人，公雞與肖玲是相差幾歲的戀人。家庭出身是那個年代知識青年最大的壓力。正凡因爲孤兒寡母的貧困家庭，放棄高考到工廠當一名車工，小妹後來到農村插隊吃了很多苦頭。快快雖然是理工科的高材生，以最高分數考取了重點大學，但是受到父親民主黨派身份的衝擊，在大學裏被以「只專不紅」成爲批判的對象；他愛上的同學燕萍是市委書記的女兒，他們相愛受到女孩家人的強烈的反對。公雞大學上的是文科專業，肖玲因爲家裏有老人被定爲右派分子而受到衝擊，公雞盲目地要她與家人劃清界限，這給了她致命的一擊，她失去了生活下去的勇氣。

小說把快快與燕萍的相戀寫得跌宕起伏，感人至深。熱愛科學的快快其深沉的性格、豐富的內心世界被塑造得很有立體感，其中幾個場景給人留下深刻的印象。一是他受到燕萍的批判時屈辱又困惑的感情，他痛苦地發現，他愛上了這個言語犀利、卻有一雙清亮眼睛的女孩；一是他對「愛導師更愛眞理」的內心掙扎。在他發現畢業論文的指導老師給出的題目就是個假命題時，在被指責爲狂妄的心理壓力之下，他先是失魂落魄，最後還是在辯論會上選擇了邏輯清晰的數字演繹，也贏得了全場的鼓掌和導師的諒解；一是他對追求科學學術道路早已做好了寂寞和奉獻的準備。在備受孤立和折磨的環境中，他堅忍不拔進行不倦的思考和推演，最後心臟承受不了長年累月的超負荷運作而長眠在書桌上。

可是就是這樣一個高尚的有理想的人，卻遭遇了政治的打壓，他以獨特的人格魅力贏得有質量的愛情與崇高的友情。他的好友正凡和小妹理解他對科學的熱愛，幫忙保存他的大捆的研究資料，那五十多本完好的筆記本把他以爲失去的前半生的思考結晶又撿了回來，補充、豐富了他的想法並刺激他的進一步思考。

燕萍這個角色也很特別，她養尊處優、驕傲任性，但也活潑熱情，對男人具有致命的吸引力。高行健後來的作品中也有類似的女性角色，她們漂亮性感，同時富有哲思，引發男人的欲望也讓男人感到痛苦。燕萍一方面批判快快，一方面又以請教解題的方式主動親近快快，這讓快快欲拒還迎，沉溺於甜蜜的痛苦之中。後來因爲快快的家庭問題，學校和家裏都反對燕萍與他來往，燕萍在高幹子弟陸南的熱烈追求之下淪陷了。婚後燕萍的家庭受到政治運動的衝擊，她認清了陸南功利冷漠的眞面目，決然與他離婚了。在她父親落實政策重回高位之後，她幫助在窮鄉僻壤當代課教師的快快回城，兩人終於有機會重續前緣。可是快快積勞成疾，兩人陰陽相隔。燕萍幫助快快整理他生前未完成的書稿並發表相關論文，算是實現他的遺願，也是對他眞正的愛與敬意。

小說涉及沉重的人生話題，生與死、出身與命運、前途與夢想等，作者勇於追問生活的本質，探討存在的多種可能，努力在現實中思考人性的複雜內涵，其中也隱含了政治動盪的大時代對個體人的衝擊與壓迫。但是小說在表現手法方面所運用的技巧，使這個濃重的題材變得新穎輕盈，而對人物內心世界採用獨白與玄思的方式，也疏解了那種濃得化不開的悲鬱與愁怨。

很有特點的是，小說一開篇就是「作者的話」，用類似「摘要」的方式交代了基本的故事情節，也類似戲劇中讓觀眾抽離現場的「間離效果」，似乎在提醒讀者：這是一虛構的小說，用了特殊的章法。

> 這不是一部傳統章法的小說，雖然講述的也還是人的命運。
>
> 小說有六個人物，一九五七年那個多事的夏天，快快、公雞和正凡都中學畢業了，年齡最小的快快當時只有十六歲。還有三個女孩子，燕萍、肖玲和小妹。正像大部分男女孩子們一樣，他們相愛，有過幸福，也經受了痛苦。這都是一些非常眞實的事，只不過從痛苦中走出來的人們並不要求在小說中看到完全的眞實，於是就把生活的眞實裁剪爲故事。到故事結束的時候，春天和大陸上的希望已經復蘇了，他們也大都人到中年，而不幸的快快剛離開了這個世界。肖玲則更早就告別了這曾經苦難的大地。然而生活並未終止。
>
> 按照傳統的小說的章程，必須有一位主人公，那我們就不妨公推快快，這位夭折了的天才。因此這又是一部關於夭折了的天才的書，或者說，是那個剛消逝的時代的悲劇。
>
> 書中主要引用了六個人物和他們自己的話，至於敘述者的一些話以及敘述者同人物的對話，倘讀起來覺得煩悶，盡可以跳過，作者應該尊重不同的讀者的不同興趣。〔註 175〕

該小說對戀人相處方式的細膩刻畫，讓我們今天讀來依然歷歷在目。在那個時代背景和寫作階段，高行健的情感表達方式是婉約的、樸實的、優美的，自有一種動人的魅力。這與他在後期小說，特別是《一個人的聖經》裏那種直接的性愛描寫完全不同。以下是一段描寫公雞和肖玲初吻的文字：

〔註 175〕高行健著《有隻鴿子叫紅唇兒》第 1～2 頁。

「就是你考不上，不管你將來做什麼，在哪裏，我都和你在一起！」

她望著我，眼睛濕潤了，我也不知道哪兒來的勇氣，便拉住她的手，走到燈柱後面，她靠在燈柱上，閉上了眼睛，我吻了她。我們談戀愛這麼長時間，這是我第一次吻她。鹹酸的淚水流到我的嘴邊。我說：「你怎麼了？」她搖搖頭，仍然閉著眼睛，隨後靠在我的懷裏……。

我們如醉如癡，在城牆下走來走去，一直將近半夜。我送她回家的時候，在她家門口，葡萄架下，黑暗中，她又讓我吻了她。如今葡萄架已經早剷除了，架子也早拆掉了，這屋裏進出的也都是陌生人了。可我永遠記得她柔軟、無力的嘴唇和頭髮中的清香在我心中留下的那種顫動和溫暖的記憶……〔註176〕

10月26日，在北京寫作《談象徵》。〔註177〕

文章開篇以 A、B 對話的方式進行，用風趣的開場白一掃理論文章的枯燥，把象徵與比喻連起來講。他說：象徵是比喻的延伸和擴大，是形象與觀念的復合。象徵主義作爲一個文學流派產生於十九世紀末的西方，但象徵作爲一種藝術表現方法在十八世紀的東方封建社會中早已成熟了，它並非舶來品。〔註178〕（舉了《紅樓夢》中通靈寶玉和絳珠仙草的例子）；比喻用在行文修辭上，是建造藝術形象的磚瓦。象徵則可以是整個藝術形象的概括和結晶。它往往是作家進行藝術創作時最初的衝動和歸結。現代主義中的象徵主義是象徵手法的大擴張。作者不再只限於在作品中塞進個別的象徵，用來表示某種寓意，進而要把自己的情緒和感受也都滲透到象徵中去，甚至將主人公的形象也化爲象徵。〔註179〕

10月，開始寫作《現代小說技巧初探》。

10月，中國戲劇界醞釀著戲劇觀念的變革。

林克歡說：1980年10月，北京人民藝術劇院資深演員董行佶在《人民戲劇》上發表《戲，是演給觀眾看的》一文，提出對演員表演達到「忘我」境

〔註176〕高行健著《有隻鴿子叫紅唇兒》第55～56頁。

〔註177〕高行健《談象徵》文末標注：1980年10月26日於北京，《隨筆》第16集，花城出版社1981年5月出版。

〔註178〕高行健《談象徵——文學創作雜記》，《隨筆》第16集第49頁。

〔註179〕高行健《談象徵——文學創作雜記》，《隨筆》第16集第50頁。

界的質疑，明確地指出：「舞臺上所反映的一切，畢竟不是生活，而是『戲』，是演來給觀眾看的。」這看似缺少理論色彩的大實話，其實是幾十年來定於一尊的「體驗派」演劇觀念轉變的信號。〔註 180〕

11 月，《再談小說的敘述語言》刊發在《隨筆》第 12 集。〔註 181〕

此篇講述第二人稱在現代小說中的廣泛使用，主要舉了阿拉貢的長篇小說《共產黨人》爲例，「阿拉貢在他的敘述語言中十分自覺地把三個人稱交替使用，解除了人稱之間的絕然分野」；〔註 182〕「把第二人稱運用到敘述語言中去，這是一種新技術。技術運用得好壞，則要看作者的才能與藝術修養。」〔註 183〕

12 月 2 日，在北京寫作《談藝術的抽象》。〔註 184〕

文章從貝克特的《等待戈多》談起：戈多是貝克特對現代社會的一種認識，或者說是他的世界觀的一種藝術的概括。貝克特塑造戈多這個形象用的就是藝術的抽象。〔註 185〕

他說：藝術的抽象的妙處是可以十分洗練地表達作者的思想，卻依然提供了藝術的抽象。〔註 186〕藝術是對現實生活的一種審美認識，一般訴諸具體的、生動的、感性的形象即所謂形象思維。而形象思維也還是一種理性的活動。那些強調下意識作用的西方現代某些藝術流派，其藝術實踐也還是受他們理論的支配。藝術創作，究其根本，依然是人類理性的產物，而非動物的本能。我們反對藝術創作中的公式化、概念化的模式，卻並不否定抽象思維在藝術創作中的作用，藝術的抽象便側重於抽象思維的方式，注重內在的精神活動，在藝術創作中，直接訴諸理性、精神和觀念。它是藝術創作中的形象思維方法的補充。〔註 187〕但丁《神曲》中的詩人維

〔註 180〕《話劇的八十年代》，林克歡此文寫於 2012 年，後刊發於《華文文學》2017 年第 6 期，2017 年 12 月 20 日出版。

〔註 181〕高行健《再談小說的敘述語言》，《隨筆》第 12 集第 71～74 頁，廣東人民出版社 1980 年 11 月第 1 版第 1 次印刷。

〔註 182〕《隨筆》第 12 集第 73 頁。

〔註 183〕《隨筆》第 12 集第 72 頁。

〔註 184〕高行健《談藝術的抽象》文末標注：1980 年 12 月 2 日於北京，《隨筆》第 17 集第 36 頁，花城出版社 1981 年 7 月出版。

〔註 185〕高行健《談藝術的抽象——文學創作雜記》，《隨筆》第 17 集第 34 頁。

〔註 186〕高行健《談藝術的抽象——文學創作雜記》，《隨筆》第 17 集第 34 頁。

〔註 187〕高行健《談藝術的抽象——文學創作雜記》，《隨筆》第 17 集第 36 頁。

吉爾和歌德《浮士德》中的魔鬼靡菲斯特，都是作者觀念的化身。這些作品中，作者注重的不是人物的個性，而是人類的共性，人性與理智，善與惡，美與愛情，生命與死亡……代替通常的情節的是作品的結構，這個結構的本身便意味著對人生的理解。對現實環境的描繪也被寓意的形象代替了。總之，以形象化了的哲理而不靠性格的塑造和故事取勝。但丁和歌德是運用藝術的抽象這種手法的先驅。現代文學中的抽象正是這種哲理文學和象徵主義文學的結合。〔註 188〕

文章最後說：凡是嚴肅的作家，在他們的作品中，總想說明點什麼，而不滿足於僅僅把生活攤出來讓人們看，只不過他們的技巧巧妙多了，往往用一些方法既感染了讀者，又不露出作者現身說法的痕跡。〔註 189〕

12 月，《談小說敘述語言中的第三人稱「他」——文學創作雜記》刊發在《隨筆》第 13 集。〔註 190〕

翻譯家杜特萊回憶這一年與高行健的交往。

他寫道：

我記得在 1980 年到北京大學去研究中國當代文學。到中國後，我寫信告訴高行健，我一直保存著他在 1980 年 4 月 10 日寫給我的信，用的是中國作家協會英文抬頭的信箋，他用法文寫道：「我將非常高興在北京與你晤面，請抵達後立即通知我，並告知你的電話。」我立即給他打電話，他馬上到北大我的房間見我。他在那裡呆了整整一下午，談到中國文學必須擺脫舊框框的束縛，找到新的形式。他的談話和我在北京遇到的其他作家的談話之間有天壤之別，使我陷入了沉思。他似乎有明確的信念，與其他作家的僵硬態度不同，完全放棄了在 1980 年還廣泛流行的僵硬古板的語言。

他向我說明他是如何在艾克斯認識我的漢學導師帕特里克・德斯特內的。他完全清楚德斯特內和我之間保持的師生情誼。〔註 191〕

〔註 188〕高行健《談藝術的抽象——文學創作雜記》，《隨筆》第 17 集第 36 頁。

〔註 189〕高行健《談藝術的抽象——文學創作雜記》，《隨筆》第 17 集第 36 頁。

〔註 190〕高行健《談小說敘述語言中的第三人稱「他」——文學創作雜記》，《隨筆》第 13 集，花城出版社 1980 年 12 月第 1 版第 1 次印刷。

〔註 191〕諾埃爾・杜特萊撰、凌瀚譯《我記得……》（代序），劉心武著《瞭解高行健》第 28～29 頁。

1981年　41歲

1月14日，在北京寫作《談現代文學語言》。〔註192〕

他說：文學是語言的藝術。藝術貴在創造。作家應有自己獨特的修辭學也就是風格。語言風格是作家的個性、氣質、文化修養、美學趣味的總和，是超乎語法和修辭學之上的語言藝術。〔註193〕他指出：

作家是用活的語言進行藝術創作的，這就是文學創作同做文章的區別所在。做文章可以用死去了的語言，因爲死去了的語言是以往文明的結晶，凝聚了前人的智慧，即使文章寫的並不出色，前人的學問仍光耀照人。但用死去了的語言做小說，就不大有人要看。因爲小說總是寫的活生生的人，哪怕是歷史小說，其中的人物也必須寫活，而讀者又是今天的活人。除非是爲了創造一種別致的風格，則又當別論。〔註194〕

現代語言的美不在於詞章的華麗，字字珠璣乃前朝古風。現代作家創造文學形象，用的往往是最常見的語彙。當讀者感覺不到詞章的美的時候，形象已經站在眼前了。這就是現代文學語言和詞章學的分野。語言的樸素並不意味著語言的貧乏。對現代文學來說，語言藝術的功力與其說在詞句的考究，不如說在於遣詞造句的自然。現代作家把注意力多花在重新發掘常用詞內涵的魅力上。在現代作家眼裏，「喜形於色」不如「笑了」更有表現力，「鬱鬱寡歡」不如「難得有一絲笑影」更具體更生動。「笑」比「歡笑」更感人，「哭」比「慟哭」更動人，這似乎是個奇怪的現象。其實不難明白，你如果看到銀幕上那種過火表演周身不自在的話，就會明白其中的道理。而今天的觀眾再看三、四十年代的影片，對那種舞臺腔和話語式的表演又感到彆扭了。現代文學語言塑造形象不靠詞藻，因爲現代語言的表現力又有發展。諸如：敘述的角度，字句的感情色彩，語言的調子和行文的節奏，如此等等。現代人對文學語言的要求，不是僵死的字句，哪怕這詞意再深奧，他需要的是語言的生命力和浸透在字句中的眞情實感，這就要求現代作家在語言藝術上費更大的氣力。〔註195〕

〔註192〕高行健《談現代文學語言》文末標注：1981年1月14日於北京，《隨筆》第18集第29頁，花城出版社1981年9月出版。

〔註193〕高行健《談現代文學語言——文學創作雜記》，《隨筆》第18集第27頁。

〔註194〕高行健《談現代文學語言——文學創作雜記》，《隨筆》第18集第27～28頁。

〔註195〕高行健《談現代文學語言——文學創作雜記》，《隨筆》第18集第28頁。

他還講語言的調子：這建立在字句的感情色彩之上，不能找到鮮明而獨特的調子的作者是苦惱的。魯迅的語言常用被標點斷開的迴旋的句子，可以稱之爲長調；巴金則愛用樸素單純的短句子，姑且稱之爲短調。也還有在行文中長短調相間的，借用音樂上的術語，叫它複調。調子的靈魂是節奏。郭沫若的散文戲劇作品同他早年的詩一樣，洋洋灑灑，趙樹理的語言則一板一眼。這些名家之作都是可以朗讀的，讀比看更有味道，他們的語言可以咀嚼，耐人品味，原因就在於他們懂得並善於掌握語言的節奏。相比語言的對稱美，他更強調不對稱美，「對稱是對語言的一種束縛」，更看重現代的自由精神。〔註 196〕

1 月 25 日，中篇小說《有隻鴿子叫紅唇兒》刊發在《收穫》1981 年第 1 期。〔註 197〕

李陀在《論「各式各樣的小說」》一文中這樣評價：敘述角度的變換轉移還有更複雜一些的嘗試，這就是高行健的《有隻鴿子叫紅唇兒》。在這個中篇小說裏，特定的敘述角度可分爲六類：第一是小說的幾個主人公各自的敘述角度，如「公雞的話」、「快快的話」、「正凡的話」、「燕萍的話」；第二是敘述者的角度（也就是作家的角度），稱爲「敘述者的話」；第三是主人公和主人公，以及敘述者和主人公之間的對話，如「公雞和快快的對話」、「敘述者和公雞的對話」以及「敘述者和主人公們的談話」等；第四是主人公們各自的內心獨白，如「小妹心裏的話」、「燕萍內心的話」，一些主人公的夢境也可算入此類；第五和第六類的敘述角度很奇特，一是「快快、公雞、正凡、小妹共同的回憶」，一是「主人（即快快）和他的心的對話」。這六類特定的敘述角度彼此穿插交錯，小說就在這種穿插中發展。但是這樣複雜的敘述角度的變換，並沒有使人感到生澀或紊亂，相反，倒產生了類似交響音樂的藝術效果。彷彿小說中有幾個旋律，它們此起彼伏，時合時聚，既變化豐富，又統一和諧。特別是在「敘述者和主人公們的談話」以及「快快、公雞、正凡、小妹共同的回憶」這兩節中，各個敘述角度都匯聚在一起，很像多聲部的合唱，在審美上給人以獨特的美感。《有隻鴿子叫紅唇兒》中這種複雜多變的敘述角度，形成這篇小說的骨架（我們不妨把它叫做小說的一種敘述結構），這

〔註 196〕高行健《談現代文學語言——文學創作雜記》，《隨筆》第 18 集第 29 頁。
〔註 197〕高行健《有隻鴿子叫紅唇兒》，《收穫》1981 年第 1 期，上海文藝出版社 1981 年 1 月 25 日出版。

是很有意思的。高行健這個中篇比起其他一些著重表現人的內心生活的小說，似乎主觀感受色彩並不濃，生活場景和細節的描寫也很具體和清晰，應該說故事性和情節性相當強。但這篇小說仍然不是主要依靠故事和情節來組織成篇的，而是靠這篇小說獨有的獨特的敘述結構。正是這種敘述結構決定它在總體上並不是傳統小說那種客觀的描寫。正相反，這篇小說從總體上看，充滿了主觀的感情色彩。這說明現代的這種小說的內在性特徵，在具體表現上也是很複雜的，各式各樣的。〔註 198〕

在高行健獲諾獎之後，有位讀者這樣評價：二十年前高行健發表的第一部小說叫《有隻鴿子叫紅唇兒》，當時沒有造成「轟動效應」，之後的文學史和文學評論也對之保持沉默。但它卻是使我終生難忘的少數幾本小說之一。小說描寫北京普通市民和下層知識分子在文革中的苦難遭遇。作者的感情與中國老百姓休戚與共，全書的寫作手法令人耳目一新。特別是書中主人公之一的「快快」在死亡前，其心臟和大腦之間的對話，感人肺腑、催人淚下，欲罷不能。我敢說一句大話：高行健就憑這一本小說，就有資格把金庸的武俠小說、余秋雨的歷史散文拿來墊腳。〔註 199〕

3 月 3 日，在北京完成遊記散文《意大利隨想曲》。〔註 200〕

這是一篇讓人讀來感到十分親切的旅歐遊記。作家以朋友般的和善帶著我們來到古羅馬、佛羅倫薩和威尼斯，其靈動的筆觸下有古今中外的比較、有自然人文的景色、還有個人的體驗和深深的思索，其視角是現代的、人文的、中國的。

高行健他們六人一行是「幾十年來第一個訪問意大利的作家代表團，如今來正是爲了恢復中斷了的東西方文化的交流」〔註 201〕「每到一處，主人們都要談起中國，以及他們祖先的使者馬可波羅。我們幾乎頓頓都吃到據說由馬可波羅從中國帶來的麵條。意大利人穿的一種布鞋，黑布面，手工納的鞋底，只不過鞋頭是尖的，也來源於中國。而現今的中國人也時興穿西方傳來

〔註 198〕李陀《論「各式各樣的小說」》，《十月》1982 年第 6 期第 243 頁，北京出版社 1982 年 11 月出版。

〔註 199〕伊沙編著《首位諾貝爾文學獎華人得主高行健評說》第 122～123 頁，香港明鏡出版社，2000 年 10 月第 1 版。

〔註 200〕《花城》1981 年第 3 期第 225 頁文末標注：1981 年 3 月 3 日於北京，花城出版社，1981 年 6 月第 1 版第 1 次印刷。

〔註 201〕《花城》1981 年第 3 期第 194 頁。

的尖頭皮鞋。人類的文化就是這樣不斷交流的」〔註 202〕；「我們還參觀了羅馬國立現代藝術博物館。館長前不久剛到過中國。他專門指給我們看博物館裏收藏的幾幅中國的工筆劃。應該說這幾幅畫不算很高明，可博物館從三十年代起，就一直不間斷地展出這幾幅作品，正說明了意大利人對中國藝術懷著的那種濃厚的興趣。〔註 203〕

作家的思緒還被之前那個專制的時代所牽引，他寫道：「這是眞實的還又是夢？我不明白我是怎樣從『四人幫』時代中世紀一般黑暗中走到這文藝復興的新時代來」；「我們走出教堂的時候，碰到結隊而來的胸前掛著新教皇保羅二世頭像的波蘭教徒們。這使我想起了忠字牌。古今中外，宗教信仰都有著同樣的形式」；〔註 204〕「代表團中有位老詩人呂齊，他也是但丁的同鄉，佛羅倫薩人，他的詩集在墨索里尼時代就受到法西斯的喉舌意大利《人民報》的攻擊，他是隱逸派詩歌的代表人物之一，法西斯分子連這種純粹的語言藝術的追求也不容。」〔註 205〕

他在這裡已經表現出對現代藝術的獨到見解，他說：如果你丟掉了對繪畫和雕塑的傳統觀之後，就會發現在藝術的創作中，確有無數多的新的領域，值得人們去摸索。但是，我又以爲，同文藝復興時代的藝術上的那種輝煌的成就相比，現代藝術還處在它吃狼奶的階段。有一天，當人們對繪畫和造型藝術，也包括對建築的各種手段和材料，作了充分的研究之後，便會從對這些手段和材料本身的迷戀中，清醒地走出來。那時候，現代藝術眞正繁榮的時代就會到來。〔註 206〕

他還講到與著名詩人艾青的交往。此次出國，高行健在巴黎抗戰時期中國文學討論會上報告的題目就是關於艾青詩歌的創作。他之前將自己 70 年代創作的詩歌「拿出來向艾青請教，得到了他的熱情的鼓勵」〔註 207〕，感到十分欣慰。在意大利，艾青關心高行健是否看到少年時代夢想的銅豬。能與自己崇敬的詩人在異國的天空下並肩而立，這應該也是他美好的夢想之一。

〔註 202〕《花城》1981 年第 3 期第 194 頁。
〔註 203〕《花城》1981 年第 3 期第 190 頁。
〔註 204〕《花城》1981 年第 3 期第 190 頁。
〔註 205〕《花城》1981 年第 3 期第 191 頁。
〔註 206〕《花城》1981 年第 3 期第 190 頁。
〔註 207〕《花城》1981 年第 3 期第 191 頁。

這篇遊記感傷優雅，對故鄉和童年充滿了溫情。從孩子時期夢想的佛羅倫薩的銅豬開篇，行文中貫穿鄉愁，「你會不由得喚起一種鄉愁。雖然眼前是另一種文化，卻又同東方同樣古老」〔註 208〕；「這一切勾起我在江南水鄉漫步時得到的感受，又新鮮而又親切。」〔註 209〕文章的結尾是在威尼斯的夜裏，作家這樣深情地寫道：如果能夠譜曲的話，我的歌將可以這樣唱：貢多拉，貢多拉，／帶我出海去吧，／帶我回到遙遠的故鄉，／去找尋憂傷的希望。／那裡有我的威尼斯啊，／在漫天的波濤之上。〔註 210〕

3 月，在北京完成《現代小說技巧初探》。〔註 211〕

該書嘗試探討現代小說的創作技巧，他談及小說的演變、小說的敘述語言、人稱的轉換、意識流、怪誕、象徵等，還有現代技巧與現代流派、現代技巧與民族精神等。

3 月，《談意識流——文學創作雜記之五》刊發在《隨筆》第 14 集。〔註 212〕

4 月，《談怪誕與非邏輯——文學創作雜記》刊發在《隨筆》第 15 集。〔註 213〕

5 月，父親高異之（文革中下放勞動）被平反，隨即因肺癌去世。

高行健在兩年後（1983）寫的小說《母親》中，談及父親對他的愛：「他在發病去世前一天還同來看望他的同事談起過我，牽掛我。他不同意我寫作，說這是個危險的工作，我說時代不同了，他卻總爲我擔心，可我一次也沒有夢見過他。」〔註 214〕

5 月，《談象徵——文學創作雜記》刊發在《隨筆》第 16 集。〔註 215〕

〔註 208〕《花城》1981 年第 3 期第 189 頁。

〔註 209〕《花城》1981 年第 3 期第 193 頁。

〔註 210〕《花城》1981 年第 3 期第 225 頁。

〔註 211〕《現代小說技巧初探》文末標注：1980 年 10 月至 1981 年 3 月於北京，花城出版社 1981 年 9 月第 1 版，1982 年 12 月第 2 次印刷。

〔註 212〕高行健《談意識流——文學創作雜記之五》，《隨筆》第 14 集第 39～40 頁，花城出版社 1981 年 3 月出版。

〔註 213〕高行健《談怪誕與非邏輯——文學創作雜記》，《隨筆》第 15 集第 32～35 頁，花城出版社 1981 年 4 月出版。

〔註 214〕高行健著《母親》第 38 頁，聯合文學出版社有限公司，2001 年 7 月初版，2003 年 4 月 20 日初版 14 刷。

〔註 215〕高行健《談象徵——文學創作雜記》，《隨筆》第 16 集第 48～50 頁，花城出版社 1981 年 5 月出版。

6 月，調到北京人民藝術劇院，從事編劇工作，當時于是之擔任劇本組組長。

許國榮說：他寫小說，也寫劇本。或者說花費在寫劇本上的工夫比小說多。他在當專業編劇之前，寫了整整十部戲。但是小說一篇一篇地發表了，劇本卻無法面世。發表劇本的地方不多。上演的機會更難得有。他的那些劇本曾經送到北京幾家劇院去過，也有消息說有希望上演。但是終於不曾搬上舞臺。原因之一是他的劇本和傳統的有別。他爲此產生過困惑。寫小說立見成效，寫戲石沉大海。如果出於功利的考慮，他乾脆光寫小說得了，何必癡心於戲劇，「爲伊消得人憔悴」卻無報償？或者就改弦易轍，寫那種易於發表、演出的劇本？信念，一種強烈的追求支撐著他的信念。他寧可留著困惑，卻不改變他的追求。在他對戲劇表現出一往情深的時刻，社會效果產生了。由於發表了許多小說，他被當作一位新湧現出來的小說家；也由於劇本不曾發表、演出、戲劇圈子並不承認他是劇作家。實在是一種誤會！「有心栽花花不開，無意插柳柳成蔭」式的誤會，依舊不曾摧毀他的追求，但是心底到底常常浮上一絲苦澀，幾聲歎息。〔註 216〕

李龍雲回憶：1981 年 6 月，于是之出任北京人藝劇本組組長，主管劇院文學創作。現在想來，在當時，即便是北京人藝的領導，也未必能意識到這一決策有多麼重要。北京人藝當時的領導看重劇本組，看重作家，稱作家們是劇院的「龍頭」。這種觀念可能起自于是之。于是之有一句名言：一家劇院的頭頭兒對作家，要是像當鋪掌櫃似的成天耷拉著臉，絕沒好兒……于是之有文學修養，讀過魯迅，喜歡老舍，並與曹禺及其他不少人合作寫過劇本，自己也曾獨立寫過劇本，體味過創作的艱辛，深知作家對劇院的重要。于是之上任伊始，80 年代初期，曾網羅了一支七八人的劇作隊伍。〔註 217〕

高行健回憶：1981 年 6 月，我從中國作家協會調到北京人藝，于是之〔註 218〕要我立即寫個戲。我講了三個構思，他覺得《車站》離現實最遠，不

〔註 216〕許國榮編《高行健戲劇研究》第 256～257 頁。

〔註 217〕李雲龍著《落花無言——與于是之相識三十年》第 53～54 頁，北京出版社 2011 年 9 月第 1 版第 1 次印刷。

〔註 218〕于是之（1927～2013），河北人，話劇表演藝術家、代表作有《茶館》、《青春之歌》、《龍鬚溝》等。1984 年擔任北京人藝第一副院長並主持工作，1985 年當選爲中國劇協副主席，1988 年當選爲北京戲劇家協會主席。

至於犯忌。〔註219〕

李龍雲回憶：當時，我和王梓夫、高行健在劇院各有一個寫字間，王梓夫在四樓，我住311，高在313。有時候夜深人靜突然想起什麼事，無論是創作上的還是生活上的，甚至讀書上的，隨時都可以去敲于是之的門，跟他促膝長談。〔註220〕

6月，《意大利隨想曲》刊發在《花城》1981年第3期的「海外風信」欄目〔註221〕

7月，話劇《車站》初稿寫於北戴河－北京。〔註222〕

高行健回憶：7月，葉文福、蘇叔陽〔註223〕、李陀和我作爲中國作協年輕的新會員享受到去北戴河過幾天的優待。白天泡海，寫《車站》，夜裏喝酒吃蟹（自費自煮），並由我講法國超現實主義詩歌與先鋒文學。葉文福當即寫出《我是一個零》，蘇叔陽也來了詩癮和我，大家叫好，煞是快活。好景不過幾天，深夜白樺突然來了，說中共最高當局點了他名，葉文福那首致某將軍的詩也惹來大禍，葉文福便從此厄運不斷。我回到北京，一個星期寫完了《車站》，林兆華看了立即想排，于是之大抵知道氣候不宜，勸說我們別搞這種荒誕派，還是先弄個比較現實主義的戲。〔註224〕

他想寫一種多聲部的戲是受了法國新小說派布托爾的啓發。他後來說：「我沒有見過布托爾，但我收到過他熱情題贈給我的書《每秒6810000公升》。我寫《車站》時想參考他的這本多聲部的書，做一次多聲部戲劇的試驗。我收到友人轉來的他的書的時候，我的戲早已寫完了。」〔註225〕

〔註219〕高行健《隔日黄花》，《高行健劇作集1車站》第122頁，臺北聯合文學2001年10月出版。

〔註220〕李雲龍著《落花無言——與于是之相識三十年》第57頁。

〔註221〕《花城》1981年第3期，花城出版社1981年6月第1版第1次印刷。

〔註222〕《十月》1983年第3期第138頁文末標注：1981年7月初稿於北戴河－北京，北京出版社1983年5月出版。

〔註223〕蘇叔陽，河北人，劇作家、文學家、詩人。1979年後任中國作協理事、中國電影家協會副主席。2010年7月獲聯合國藝術貢獻特別獎。

〔註224〕高行健《隔日黄花》，《高行健劇作集1車站》第122頁，臺北聯合文學2001年10月出版。

〔註225〕高行健《文學需要互相交流、互相豐富》，《外國文學研究》1987年第1期第127頁。

7月，《談藝術的抽象——文學創作雜記》刊發在《隨筆》第17集。〔註226〕

8月，短篇小說《朋友》刊發在《莽原》1981年第2期。〔註227〕

《朋友》一文的基調是積極的，悲慘的遭遇與頑強的意志及不滅的信心。人性在非人的磨難之後，卻變得更加深沉與堅強。這種厚重讓人感到無奈與痛苦，同時又升起一股敬佩與感動之情。這種「笑中有淚」的敘述與人物的性格塑造互相輝映，也將朋友之間的深情厚誼詮釋得讓人難忘。

對《朋友》的研究，高行健在《談小說觀與小說技巧》說：現代人對生活的認識不這麼簡單，他們知道世上除了圓圈以外，還有拋物線、射線，去了就不再回頭。而除了線的交叉以外，還有面的切割和球體的切割，面和球體又都各自在延伸和轉動之中，因爲世界總在不停地運動。因此，作品中的人物並不都貫穿始終，也不必把結局都交待得一清二楚，而是讓讀者在小說提供的完成了的和未完成的事件的基礎上，根據自身的生活經驗和認識能力，去感受、去理解、去想像、去評價小說中陳述的生活。生活中本來有些是完整的故事，更多的所謂故事則是不完整的。那麼，這更多的不完整的故事不需要人爲地生拉硬扯編排到一起，也都有途徑進入到小說創作中去了。讀者也會覺得用這種觀念和技法寫成的小說更貼近他們的現實生活，更爲眞實可信。短篇小說《朋友》就是這樣一種嘗試。兩位朋友經過十來年的動亂之後又相見了，彼此談了各自的一些遭遇。小說既不去追溯時間的順序，也無意去渲染他們的經歷，弄得娓娓動聽，而是恰如日常生活中朋友間的交談，有玩笑，有思念，也有對夢境的回憶和對人生的思考，還有許多無言的感受和心理上的交流，似乎信手拈來，卻也表達了新一代知識分子對生活的信念。〔註228〕

〔註226〕高行健《談藝術的抽象——文學創作雜記》，《隨筆》第17集第34～36頁，花城出版社1981年7月出版。

〔註227〕《莽原》1981年第2期，（鄭州）莽原文學社1981年8月出版。《莽原》1981年5月創刊，初期是以省文聯、省作協合辦的名義創辦，主要發表中長篇小說的文學季刊，借用魯迅、高長虹等人1925年創辦、主發社會批評的半月刊「莽原」之名。1985年1月起改爲雙月刊。1990年1月，《莽原》和《奔流》兩刊合併後只保留了《莽原》，由河南省文聯主辦。

〔註228〕高行健《談小說觀與小說技巧》，《鍾山》1982年第6期第235頁，江蘇人民出版社1982年11月15日出版。

高行健在《談冷抒情和反抒情》中指出：短篇小說《朋友》中有這樣一段關於死亡的描寫。主人公遭到十年動亂中造成的普遍的誤解，夜裏被帶出去假槍斃。他自己當時當然不知道這是一種殘忍的逼供的詐騙術。槍聲響了，腦子裏跟著一聲轟鳴，他栽倒了，臉撲倒在冰冷潮濕的泥土地上。他以爲自己被打中了，只聽見風穿過松林，還有附近什麼地方的流水聲，心想他再也聽不到門德爾森的那段音樂了；那段激越地苦苦追求光明的音樂，此刻突然復活在他的記憶中的少年時曾經非常愛的一張磨損了的唱片的音樂。小說中全然沒有空泛的抒懷和情感歇斯底里的爆發，卻把那個時代動亂造成的痛苦表現得相當眞切。〔註 229〕

高行健在《現代小說技藝的新課題——談現代小說與讀者的關係》中說：有一篇短篇小說《朋友》，通篇不僅是第一人稱「我」和第二人稱「你」另一個人物的對話，還時不時把「我」對「你」的心理活動的猜測乃至於相對無言時只可以意會的內心交流也表達出來，讀者閱讀時被誘導去感受，反映不能不更爲積極。〔註 230〕

莊園指出：「你」這樣講述當時「被迫害」的過程，透露出團體對個人非法審判的草率以及羅織罪名的野蠻。「你」的「樂呵表情」包含了以下幾層含義：一是爲自己能逃離悲劇而慶幸；二是對當時悲劇場景裏的荒誕的一種嘲諷；三是故作輕鬆以隱藏當時的幻滅與絕望。在「文革」那樣慘絕人寰的悲劇中，親歷者渺小的個體以「笑」表示不屑，是個人之存在的自尊與骨氣，是一種挑戰的姿態。在講述往事時，「你」將那滅絕人性的行徑嘲諷爲「鬧劇」與「不合邏輯」。其中對「毛衣毛褲」細節的鋪陳，以鄭重的姿態對撼輕浮的殘忍，一種荒謬的喜感與狂亂便油然而生。〔註 231〕這種思維的內在邏輯可以用高行健在《現代小說技巧初探》中對「怪誕和非邏輯」的理解來闡釋：怪誕是對完美的一種追求，沒有對理性的熱愛，沒有對眞理的激情，就不會有怪誕。怪誕是對現實中不合理的事務的強烈譴責，是對生活中的陋習的大暴露和大批判，從而使人驚覺，使人深省。〔註 232〕怪誕和非邏輯是理性的產物，

〔註 229〕高行健《談冷抒情和反抒情》，《文學知識》1983 年第 3 期第 13 頁，河南人民出版社 1983 年 5 月 22 日。

〔註 230〕高行健《現代小說技藝的新課題——談現代小說與讀者的關係》，《青年作家》1983 年第 3 期第 62 頁，（成都）青年作家文學社月刊 1983 年 3 月出版。

〔註 231〕莊園著《個人的存在與拯救——高行健小說論》第 37 頁。

〔註 232〕高行健著《現代小說技巧初探》第 35 頁，花城出版社，1981 年 9 月第 1 版。

是用來創造一種抽象化了的現代藝術形象的有力工具〔註 233〕。

臺灣學者鍾怡雯如此評價《朋友》：男人的友誼溯源到古早時，是集體結伴出獵，互相救援的生死與共，性命相交之情。現代男人不必打獵，古早時那種性命相交之情變成集體玩樂，打球喝酒，談女人，或者聊聊男人的秘密，Man's talk.《朋友》寫的就是這種男人的性命相交。十三年後的重逢，從青年人走入中年的兩位朋友，彼此都經歷了人生的大變化，使得二人學會以調侃的態度面對生命。敘述者的朋友「你」曾經歷一次瀕臨死亡的經驗，死而重生的體驗使得「你」更加深沉，「你」年輕時的俏皮變成中年嘲諷似的無所謂的笑。重逢使時間倒退，倒退到「那個年代」。他的朋友原是一個俏皮的人，然而「俏皮在那個時代是一種罪過」。這使得我們無法跳過「那個年代」，否則無法理解朋友重逢的喜悅。那個時代，指的是中國那段血跡斑斑的文革歷史，成長於六、七十年代中國人的集體記憶。……非理性的時代如此荒繆，然而《朋友》卻說，沒有理性，卻有友情的光輝在縫隙中艱難地存活著……敘述者在朋友被打成反革命之後，曾在夢裏兩次與朋友相遇。夢陰冷而灰暗，卻是一種溫暖的懷念。這篇小說彷彿寫的是高行健自身的遭遇。敘述者在文革時期止不住寫作的欲望，他要「寫下我們這一代的遭遇和感受」。高行健則在《諾貝爾文學獎領獎答謝辭》說：從童話寫到小說，從詩寫到劇本，直到革文化的命來了，他嚇得全都燒掉了。之後，他弄去耕田好多年，可他偷偷還寫，把寫的稿子藏在陶土罎子裏，埋到地下。」兩相對比，我們讀到創作者借小說人物訴說自身的理想，也讀到創作者爲了堅持理想，而與大時代的角力。〔註 234〕

9 月，《談現代文學語言——文學創作雜記》刊發在《隨筆》第 18 集。〔註 235〕

9 月，《現代小說技巧初探》由花城出版社出版。〔註 236〕

該書前面的內容提要這樣說：《現代小說技巧初探》是作家高行健同志多

〔註 233〕高行健著《現代小說技巧初探》第 41 頁。

〔註 234〕鍾怡雯《友情的深度》，高行健著《朋友》推薦序，第 8～9 頁，聯合文學出版有限公司，2004 年 1 月初版。

〔註 235〕高行健《談現代文學語言——文學創作雜記》，《隨筆》第 18 集第 27～29 頁，花城出版社 1981 年 9 月出版。

〔註 236〕《現代小說技巧初探》，花城出版社 1981 年 9 月第 1 版，1982 年 12 月第 2 次印刷。

年探討現代小說寫作技巧問題的收穫，其中一部分曾在《隨筆》叢刊連載，獲得文藝愛好者的好評。現整理成集，以饗讀者。本書分十七章，其中的意識流、怪誕與非邏輯、象徵、藝術的抽象、時間與空間、眞實感、距離感、現代技巧與現代流派、現代技巧與民族精神、以及小說的未來，都是廣大文藝愛好者與文藝工作者所關切的問題。本書內容清新，文筆流暢，讀來饒有趣味。

該書由葉君健作序，具體目錄如下：小說的演變；小說的敘述語言；人稱的轉換；第三人稱「他」；意識流；怪誕與非邏輯；象徵；藝術的抽象；現代文學語言；語言的可塑性；從情節到結構；時間與空間；眞實感；距離感；現代技巧與現代流派；現代技巧與民族精神；小說的未來。

葉君健說：充分掌握當前世界文學的潮流和動態，與世界的文學交流，進而參與世界的文學活動，無疑也是我們從事各方面「現代化」中不可忽視的一個方面。高行健同志是一個有心的年輕作家，近年來曾經認眞和仔細地觀察並研究了當代世界文學的一些現象，寫成了現在這樣一本書，我覺得它在這方面很有參考價値，也給我們打開了一面窗子。這樣的書還沒有人寫過，書中所提出的一些問題，過去也很少有人加以思考和研究。他明確了作品的表現手法和技巧對作品的重要性問題。〔註 237〕

經筆者查閱，該書正文的上半部分——從「小說的演變」到「現代文學語言」之前已經在《隨筆》雜誌第 10～18 期上連載，下半部分則是首次發表。

《情節到結構》一節指出，現今的小說藝術中，情節讓位於更有表現力的種種新的結構方式。〔註 238〕情節是小說創作原始的結構方式；近代小說家把環境描寫和性格塑造看得比情節安排更重要〔註 239〕；現代小說家有了各種更爲巧妙的手段，或固定的敘述角度、或意識流手法、或更複雜的結構、多敘述角度或角度交匯、或邏輯的演繹等〔註 240〕。受電影的影響，現代小說成爲一種時間的技術。〔註 241〕

《時間與空間》一節認爲，現代小說的時空觀念同現代科技密切相關，同時直接受到現代繪畫和電影藝術的影響，更重要的是與現代人的生活方式

〔註 237〕《現代小說技巧初探》序第 6～7 頁。
〔註 238〕《現代小說技巧初探》第 72 頁。
〔註 239〕《現代小說技巧初探》第 73 頁。
〔註 240〕《現代小說技巧初探》第 74～76 頁。
〔註 241〕《現代小說技巧初探》第 77 頁。

分不開。他往往要在盡可能短的篇幅內講更多的內容，於是關注到小說中表現的時間與空間的問題。〔註 242〕把小說從傳統的三維空間和時間的順序中解放出來，是爲了獲得更爲自由的表現天地。〔註 243〕

《眞實感》一節中說：

眞實是個很大的題目，是個重大的理論問題。眞實感是個小題目，僅僅是個技術問題。眞實感同眞實固然有聯繫，卻不是一回事，指的是文學創作中表現技巧的事。眞實感是只鳥兒，對眞實感的把握，如同把鳥兒捏在手中。你如果觸摸到它的體溫，它的呼吸，它的身心的顫動，那就毫無疑義，可以肯定地說，你找到了眞實感。取得眞實感是一種近代藝術技巧。福樓拜、莫泊桑、哈代和左拉等在語言藝術中，找到了種種細微的過渡的中間色彩和情緒的半音階。〔註 244〕

意識流的手法是通向眞實感的一條新路。繼亨利・詹姆斯和普魯斯特之後，現代作家進一步潛入到人物內心中去，追蹤人物的思想、意念和下意識的活動，找到了喚起讀者按人物的思維方式去思考、去感受，從而達到了心理乃至生理上的眞實感。用這種方法塑造的人物，讀者自然更容易觸摸到他們的脈搏和呼吸，但又不能不看到，這種方法也有一定的局限。他們注重的是內心的眞實感，而忽略了外界的眞實感。〔註 245〕

新小說派對於物的描寫和視像的提供，則走著另一條路。他們力圖排除人物的自我意識，著力於冷靜地、精細地描繪外部世界，甚至到不厭其煩的地步。敘述者像一架照相機似的，把視覺接觸到的外部世界準確地複製出來，不帶任何主觀的評價與分析，不用有感情色彩的詞，這種畫面便稱之爲視像。以羅伯・格里葉爲代表的這種藝術試驗引起了廣泛的注意。在他的這種實驗性作品中，竟可以花好幾頁的篇幅，用比工筆畫更爲精微的筆觸來描摹一片切開的檸檬的外觀，植物學和外科學著作的作者見了都要望而興歎。這樣極端的嘗試未必是成功的，然而這種努力卻給現代小說藝術開出了一條新路，豐富了現代文學的表現手段。用得適當的話，這種冷靜而準確地描繪確實可以產生一種能觸摸到的眞實感，杜絕了浮華與誇張，不靠比喻和聯想，不帶

〔註 242〕《現代小説技巧初探》第 82 頁。
〔註 243〕《現代小説技巧初探》第 87 頁。
〔註 244〕《現代小説技巧初探》第 88～89 頁。
〔註 245〕《現代小説技巧初探》第 89～90 頁。

有美文學的甜膩和感傷，使讀者覺得身臨其境，從而誘發讀者自己去品味、去感受。這種手法對二次世界大戰後的當代文學創作帶來了不可低估的影響，而且電影藝術似乎從中得到了更多的好處。電影編導藝術中的許多新技巧，往往發端於這種手法，使得銀幕上的形象看上去更自然，更貼近生活，在觀眾心裏引起的效果也更眞實、更強烈。〔註 246〕

達到眞實感還可以有別的路。比如，把新聞報導的手法擴大到文學創作中去，模仿直接採訪的形式，整理成記錄，保持當事人的語調，甚至故意對說話人的用詞和句式不加修飾，乃至保留說話人獨特的鄉音、方言、口頭語和不當的用詞。再就是借鑒回憶錄的形式，不去作情節上的巧妙安排，保留事件的不完整性和某些環節的脫漏。總之，把文學的氣味儘量抹去，最大限度地留下生活本身的痕跡。這種形式並不是什麼新發明。我國的筆記小說，例如劉鶚的《老殘遊記》和李寶嘉的《官場現形記》，早就走著這種路子，只不過未曾引起如今的小說家的注意罷了。這種小說彷彿隨手拈來，信筆寫下去，看不出杜撰和編排的痕跡，眞實而不渲染地將社會生活中的種種場景展現在讀者面前。茅盾的《腐蝕》、巴金的《憩園》和丁玲的《莎菲女士的日記》都多少採用了這種手法，讀起來感到異常眞實自然。〔註 247〕

美國現在時興的一些非小說的文學作品是這種手法的進一步發展，往往把眞實的事件和虛構、想像的成分結合在一起，或者把虛構的故事寫得如同眞人眞事一樣。當然，讀者也還是作爲小說來讀。這反映了現代讀者的一種心理，他們即使看到一則杜撰的故事，也不願意作家用向小孩子編童話的口氣來哄騙他們，而寧願當成一條新聞來看待，來體味由此喚起的感受。〔註 248〕

樸素是眞實感的可靠朋友。分寸感則又是衡量眞實感的尺度。不要去編造自己都不相信的情節，不要寫自己都不能體會到的感受。形象思維是通往眞實感的大門。準確的細節是達到眞實感的階梯，用具體的描寫來代替空洞的感情的抒發。用現代口語寫作；用活人的活的語言寫作；用自己的語言寫作；用能喚起自己感受的語言寫作。〔註 249〕

〔註 246〕《現代小說技巧初探》第 90～91 頁。
〔註 247〕《現代小說技巧初探》第 91～92 頁。
〔註 248〕《現代小說技巧初探》第 92 頁。
〔註 249〕《現代小說技巧初探》第 94～95 頁。

通往眞實感的路上，又往往布滿了陷阱。爲了追求細節的眞實，有可能見木不見林，只顧找路而迷失方向。因爲，取得眞實感還不是文學創作的最終目的。不管作家主觀意願如何，文學作品終究是現實生活的反映，用於滿足人們的審美需要，並且幫助人認識生活。只有在這個意義上去研究取得眞實感的手段和方法，才有意義。〔註 250〕

《距離感》一節認爲：作家對他筆下的人物只有清醒地保持距離感，才能把他的人物寫得恰到好處，不致於被感情的波瀾把人物弄得歪曲了。他說：作家對他筆下的人物的理解與感受應該盡可能高於他書中的人物。他如果寫一位將軍，那麼自己就應該站在統帥的地位，而不能只從士兵的角度去仰望他的將軍。否則，便寫不出這位將軍的將才。哪怕是寫個小人物，作家也不必總跟著他去處處倒楣，一把眼淚，一把鼻涕。只有站得比人物更高，去環顧人物及其所處的社會環境，才能認清人物之所以不幸的原因。寫小說不同於寫悼詞，作家有權力對他筆下的人物作出自己的分析與評價。〔註 251〕他認爲布萊希特的「間離」就是一種距離感的方法，還可改用敘述的語調、幽默解嘲等方式。「現代作家普遍採用說反話的藝術手段來造成作品同讀者之間的距離感，甚至不惜用在帶正劇和悲劇色彩的作品中。這也許來源於現代人的這樣一種心理，藐視困難，也不陶醉於一時的幸福之中，無論遇到什麼情況，都要保持自己獨立不移的見解和評價。這也是對迷信和盲目崇拜的破除的結果。」〔註 252〕

《現代技巧與現代流派》中說：

每一個重大的文學流派大都有其相對獨特的技巧。不同文學流派的作家，爲了實現他們的文學主張，也尋求自己的手法。在這個意義上，技巧與流派是密切相關的。古典浪漫主義重感情，強調主觀的感受，即使講述的是現實生活中的故事，也要把人物的個性和事件作相當的誇張；古典的現實主義作家講述的是現實生活中的世俗故事，要求用準確的筆墨去冷靜地、客觀地描繪人物和環境，並且努力達到眞實可信。〔註 253〕

某一文學流派的藝術方法和技巧固然同其文學主張密切相關，然而同該流派的作家的政治觀點經常是兩回事。對文學流派的研究不能等同於對政黨

〔註 250〕《現代小說技巧初探》第 92 頁。
〔註 251〕《現代小說技巧初探》第 96～98 頁。
〔註 252〕《現代小說技巧初探》第 102 頁。
〔註 253〕《現代小說技巧初探》第 104 頁。

和政治派別的研究。凡是有重大影響的文學流派大都有成文的美學主張，或是在發展過程中逐漸形成的一套美學思想。這種美學綱領或美學思想中往往包含著一定的政治傾向、哲學觀、藝術觀以及對某些獨特的藝術技法的強調。在不贊同該流派的政治觀點、哲學觀乃至藝術觀的時候，不必把某種藝術技法也一棍子砸爛，正如資本主義產生的罪惡不必牽罪於機器。藝術技巧雖然派生於文學流派的美學思想，一旦出世，便具有相當的獨立性，可以爲後世持全然不同的政治觀點和美學見解的作家使用。〔註 254〕

現代小說創作中普遍採用的許多手法，諸如敘述角度的選擇和多重的敘述角度的運用、意識流、怪誕與非邏輯、象徵、藝術的抽象、對語言規範必要的突破和新的語言手段的創造、造成眞實感和距離感的種種手段、結構和時間與空間的有機結合，凡此種種，都豐富了小說藝術的表現手法。作家在創作實踐中，也還會不斷發現許多更爲新鮮的手法，同時也會從許多傳統的藝術手段中得以啓發，進而有所發展。〔註 255〕

有的文學流派主要是一種社會哲學思潮在文學上的反映，並無獨特的藝術手法。存在主義文學便是個突出的例子。其代表人物薩特通過他的小說和戲劇作品來宣講他的哲學觀點和政治觀點時，並不執著於特定的藝術表現方法。在藝術創作方法上，他採用了一種明智的態度，對各種現代流派在藝術上的創新無不鼓勵，並且把他認爲於己有用的手法都吸收到自己的文學創作中去。他的小說《噁心》是無情節的，一部近乎意識流的作品。《可尊敬的妓女》則是一部道道地地的傳統的現實主義的劇作。可他另一個劇本《上帝與魔鬼》又近乎於浪漫主義，運用了誇張的內心獨白，把矛盾推向極致。然而，不論他運用哪種手法，作品中宣講的都是存在主義哲學。文學史上也還有許多這樣的作家，在運用自己獨創的藝術方法的同時，也不排斥嘗試別的藝術方法。托爾斯泰無疑是個偉大的批判現實主義大師，他的《戰爭與和平》、《安娜・卡列尼娜》和《復活》，都是公認的現實主義經典作品，可他在晚年居然寫出了帶有鮮明的浪漫主義色彩的《哈吉・穆拉特》，還轉向另一個極端，寫出了近乎自然主義的《克萊采奏鳴曲》。〔註 256〕

〔註 254〕《現代小說技巧初探》第 106 頁。
〔註 255〕《現代小說技巧初探》第 107 頁。
〔註 256〕《現代小說技巧初探》第 108 頁。

我們在討論的現代文學技巧，與其說是對小說創作藝術的傳統手法例如情節的提煉、環境描寫、性格的塑造、主題、典型、體裁、風格等等的否定，不如說是這些手法的延伸和發展。所謂非情節、非邏輯也不過是對情節和邏輯的補充。〔註257〕他認爲「對小說藝術眞正的衝擊是電影和電視」。〔註258〕

《現代技巧與民族精神》指出：

一個民族的文學的特色究竟以什麼爲標誌？屠格涅夫有句話說的好：他的祖國就是俄羅斯語言。對用語言進行創作的作家來說，民族的特色首先在於作家運用本民族語言的藝術特色。我國是個多民族的國家，漢語用得最廣。我們不妨可以說，凡用漢語或其他少數民族語言創作的文學作品都或多或少帶有本民族的特色。語言是思維的手段和實現。用民族語言來進行文學創作，必然會把本民族的文化傳統、生活方式、思維習慣帶進作品中去。作家哪怕再怎樣借鑒外國文學的手法，只要是用地地道道的中文寫作，就肯定會帶上本民族的色彩。作家倘對本民族文化的修養越高，這種民族特色就越鮮明。高爾基筆下的意大利只能是俄羅斯文學中的意大利，正如旅居美國的華裔作家筆下的美國，同生根於美國的美國作家筆下的美國，無論如何是兩回事。〔註259〕

不管作家使用什麼樣的手法，只要他用的是民族語言，寫的又是他本民族人民的生活，越寫得生動，就越見其民族精神。郭沫若的早期詩集《女神》顯然受到惠特曼的影響，可誰也不以爲是外國詩。艾青那些質樸而自由的詩歌不僅從印象主義和象徵主義詩歌中吸取過營養，而且是對古典詩詞和民歌的傳統形式有意識的突破。魯迅甚至提出過看來極端的口號拿來主義，在他的小說和散文創作中，不僅拿來了西方批判現實主義的方法，還把浪漫主義、印象主義、象徵主義乃至超現實主義的許多手法都拿來爲己所用。他的《狂人日記》借鑒了果戈里的怪誕，走在西方的卡夫卡之前。他的《過客》在形式上和皮蘭德羅的戲劇相去不遠，而尤奈斯庫和貝克特的戲劇那時候尚未出世。他的《藥》和《復仇》運用了象徵的手法。《好的故事》、《雪》、《求乞者》、《秋夜》則是印象主義的。而《死火》、《墓碑文》、《頽敗線的顫動》和同時期西方出現的超現實主義的手法非常貼近。即使是《阿 Q 正傳》的寫法，在

〔註257〕《現代小說技巧初探》第 109 頁。
〔註258〕《現代小說技巧初探》第 110 頁。
〔註259〕《現代小說技巧初探》第 112 頁。

我國傳統的古典小說中也無例可尋。因為他寫的是中華民族的苦難與抗爭，彷徨與吶喊，又因為他是漢語言藝術的大師，他的作品就處處煥發出中華民族的現代精神。〔註 260〕

《小說的未來》是該書的最後一節，他暢想的是「活小說」的時代。他這樣說：

現代小說技巧的探索正是為了擴大小說藝術的表現力。小說在各種藝術類別中的首席地位不斷受到威脅，這是現代小說創作中新的藝術手法層出不窮的一個重要原因。〔註 261〕未來小說家可以將自己作品創作的全部過程展現給讀者，只要能愉悅讀者又於讀者有益的話。那時候，讀者買到手中的作品就不僅有作者的照片、生平簡歷、著作年表和複製的手跡，還可以在作品的附錄中，或者在作品本身的結構中看到作家創作過程的有關材料。這將是一種全然開放的小說。未來的小說將不再限於小說本身，還可以容納其他藝術類別的成分。〔註 262〕

未來小說的體裁遠比今天更為豐富，將可以和任何一個文學類別聯姻。和散文結合產生散文小說；和回憶錄結合產生回憶錄小說；和報告文學結合產生新聞小說；還可以和戲劇結合。一部由對話或基本上由對話構成的小說，將給朗讀藝術以新的動力，小說便擁有眾多的聽眾了。〔註 263〕

還可以預料的是科學技術的發展對未來的小說藝術帶來的巨大變革，小說將日漸成為一種離不開現代技術的綜合藝術。未來的小說的讀者還將積極投入到小說的聽讀過程中去，像哥多夫斯基在戲劇上做的試驗，讓觀眾也參與到表演中去。〔註 264〕小說作為一種語言的藝術是不會消亡的。語言不死，語言的藝術怎麼就先死了呢？未來的時代，人們的思路更加開闊，得到技術手段援助的小說藝術的生命力將更為充沛，那個時代，在小說史上，不妨稱為「活小說」的時代。〔註 265〕

據《花城》的蘇晨回憶，此書由他簽發，「第一次印刷了 1.7501 萬冊，書店很快銷售一空，12 月第二次印刷是 3.5 萬冊。後來還有再印，印到多少我

〔註 260〕《現代小說技巧初探》第 113 頁。
〔註 261〕《現代小說技巧初探》第 119 頁。
〔註 262〕《現代小說技巧初探》第 124 頁。
〔註 263〕《現代小說技巧初探》第 125～126 頁。
〔註 264〕《現代小說技巧初探》第 128～129 頁。
〔註 265〕《現代小說技巧初探》第 129 頁。

已經不記得了。《現代小說技巧初探》只 9.9 萬字，一部分曾先在也是我創辦的《隨筆》上連載，一時很受歡迎。已故著名作家葉君健教授先後寫了幾封信給我，建議出書，這才停止連載出版單行本。」〔註 266〕《花城》的范漢生介紹：「初探」一書「印了好幾萬冊，在讀者尤其是在年輕作家和大學生中影響很大，北京好多作家來信要書，中文系學生幾乎人手一冊。這本書是《隨筆》編輯部主任黃偉經責編的，出版期間高行健到了《隨筆》編輯部和花城編輯部，同大家交換意見，他中等身材，比較斯文，態度謙和，話不多。他很樸素，穿一雙解放鞋，生活簡單，是個低調質樸的人。王蒙說起過他，說有一次去找他，他正在生煤爐做飯。」〔註 267〕

蘇晨爲「有幸簽發過中國第一位獲得諾貝爾文學獎作家高行健的小說處女作和文學理論處女作」〔註 268〕而欣喜，他回憶 1979 年高行健初到花城出版社做客的時候說：「我還以爲他是一位 20 郎當歲的小夥子，少言寡語，整潔利落，長相用現在的話說叫蠻『帥』的。」〔註 269〕他至今保存著高行健 1982 年 4 月 20 日寫給他的信。

12 月 23 日，王蒙讀了《現代小說技巧初探》後給高行健寫信。〔註 270〕

王蒙說：

只一翻看，就放不下了，一口氣把你的九萬字論著念下來了。

葉君健同志的序就夠引人注意的了，而你的書呢，確實是論及了小說技巧的一些既實際、又新鮮的方面，使用了一些新的語言，帶來了一些新的觀念，新的思路。人們可以不同意或不盡同意你的某些論點，但是不能不感謝你的多方面的啓發，使人擴大了眼界。

你是把小說技巧、小說的形式作爲一個歷史的範疇來探討的，你認爲小說的形式、技巧是不斷發生著演變的，因此，你不贊成「定下什麼規章，去約束它的發展。」你的論述裏又特別注意了心理學，不像一般文藝評論，只講社會學，這也是很有趣的。你講的距離感，妙極。〔註 271〕

〔註 266〕蘇晨《高行健從花城起步》，《粵海風》2008 年第 6 期第 53 頁。

〔註 267〕范漢生口述、申霞豔整理編寫《風雨十年花城事・創刊時段》，《花城》期刊第 184 頁，2009 年第 1 期。

〔註 268〕蘇晨《高行健從花城起步》，《粵海風》2008 年第 6 期第 53 頁。

〔註 269〕蘇晨《高行健從花城起步》，《粵海風》2008 年第 6 期第 54 頁。

〔註 270〕王蒙在文末標注：1981 年 12 月 23 日，《小說界》1982 年第 2 期第 253 頁，上海文藝出版社 1982 年 5 月第 1 版第 1 次印刷。

〔註 271〕《王蒙致高行健》，《小說界》1982 年第 2 期第 252 頁。

你這本篇幅不大的書已經具備這樣一種優點了：旁徵博引，古、今、中、外，文學、音樂、繪畫、舞蹈，熔於一爐。又是隨筆的形式，寫得活潑，精練，饒有趣味。你分析了小說形式的演變。我想這至多只是一個大致的趨向，具體到某個人某個作品，我倒覺得小說的形式和技巧本身未必有很多高低新舊之分。一切形式和技巧都應爲我所用。

你的書非常有趣、有益、有啓發性的，雖然我可以預料，它將引起相當激烈的爭論。對藝術技巧能有所爭論，那當然是「風乍起，吹皺一池春水」的大好事了。謹祝你這本書能夠被注意、被閱讀、被批評、被駁斥……這樣，繼「初探」以後，還可以寫出「二探」，「三探」來。順便說一下，你的書名起得太學究氣了，與你的自由瀟灑的文體不協調。〔註 272〕

12 月 31 日，話劇（無場次）《絕對信號》第一稿完成。〔註 273〕

《車站》寫完無法排演，高行健著手另寫一個戲。他回憶：人藝副院長夏淳文介紹來個年青人劉會遠，他給我講了些鐵路上的案件。我便去北京鐵路警察局瞭解了一些案例，又跟貨車押車的車長們跑了幾趟。一個週末，從星期六下午到星期一清晨，三十六個小時，寫出了《絕對信號》。〔註 274〕

他當時選了一條從北京到張家口的線路，這一帶多山，時不時發生火車上作案的事件。「我去跟車，作了些調查。劇中的人物在我心裏可以說差不多早就有了，我需要找到的是一個可以容納他們的戲劇形式和結構。這個戲的形式和結構是我夜間在守車上跟車時突然萌發的。夜間當火車進入漆黑的隧道，列車的震盪聲大作，一片正在擴展的黑暗，無邊無際，空間的感覺頓然消失了，而守車的車廂裏又不准有燈光，心理活動一下子便活躍起來了。」

馬：你寫的時候不吃不喝不睡覺？

高：也吃也喝也睡覺。只不過把正常的生活秩序全打亂了。就在東總步胡同的那個鴿子籠裏，我把門鎖上，免得來人干擾，把吃的都事先買好，尿盆也放在屋裏。兩架錄音機，一架放音樂，一架我用來口述。疲勞了就躺一兩個小時再爬起來。

〔註 272〕《王蒙致高行健》，《小說界》1982 年第 2 期第 253 頁。

〔註 273〕根據《十月》1982 年第 5 期第 143 頁文末標注「1981 年 12 月 31 日午夜一稿」，北京出版社 1982 年 9 月出版。

〔註 274〕高行健《隔日黃花》，《高行健劇作集 1 車站》第 123 頁，臺北聯合文學 2001 年 10 月出版。

馬：用的什麼音樂？

高：兩盤磁帶，一盤是柴可夫斯基的《第六交響曲》，一盤是德彪西的《海》和《牧神午後》。

馬：事先選好的？

高：對。星期六凌晨三點鄰居來敲門，因爲我忘了時間，把音樂放的太響，把人吵醒了。

馬：他們沒有抗議？

高：他是司機，也是我的朋友，他們知道我在寫作，只敲了一下門。

馬：我去聽你讀這個本子的時候，你剛寫完？

高：你大概是第二個或第三個聽眾。

馬：當時劇名叫《在守車上》，我覺得這個名字不好。

高：對，你建議改個更醒目的名字。

馬：後來你馬上想到叫「絕對信號」。

高：這是一位老車長告訴我的，他詳細向我講解了在各種情況下發出的不同信號。

馬：我當時就覺得這個詞好，有種象徵性，還富有哲學意味。意味著選擇的強迫性。

高：這只是鐵路上的一個術語，意義都是觀眾賦予的。〔註 275〕

《絕對信號》的故事發生在火車上，主人公黑子被車匪脅迫登車作案，在車上遇見了昔日的同學小號，戀人蜜蜂，除了他們兩個人火車上還有一位忠於職守的老車長。這個故事看似簡單，卻在戲劇逐步鋪陳的過程中產生出了一系列複雜的矛盾衝突，由此展現了每一個人的思想、觀念和生活態度，和以往的話劇有所不同，《絕對信號》在敘事結構上頗具新意，它打破了按時間敘事的方式，在話劇中加入了回憶，內心獨白，和想像這些類似電影的藝術手法，給觀眾以極大的衝擊力。

這一年，成爲職業作家，同時也從事繪畫與攝影。〔註 276〕

〔註 275〕高行健和馬壽鵬 1987 年 2 月的對談，高行健《京華夜談——我的戲劇觀》，《鍾山》1988 年第 1 期第 199 頁，1988 年 1 月 15 日出版。

〔註 276〕繪畫簡歷，亞洲藝術中心出版《高行健》第 102 頁。

1982年　42歲

1月，寫作《對〈絕對信號〉演出的幾點建議》。〔註277〕

2月12日，在北京寫作評論《談小說觀與小說技巧》。〔註278〕

此文認爲新的小說觀應該是有更大的包容度和自由度的。「小說可以有眾多的寫法，有講故事的，有寫人物的，有只是提供生活中的若干場景，如同風俗畫和人情畫，也還可以只注重於一番境界、一種情緒和一番感受的，也可以不去具體描繪社會生活，而只寫人的內心世界，透過內心世界的剖析，從而有助於讀者瞭解人生、認識自己，得到教益。〔註279〕他肯定契訶夫的小說對現代文藝的貢獻：近代小說大家契訶夫首先發起了對古典小說的傳統章法的挑戰，是現代非情節小說的先驅。他將生活似乎未作人爲的加工和編排，直接展示在讀者面前，樸素而自然，使讀者看到了生活本身的眞實的模樣，愛不釋手。這種再現生活的本領較之去編造故事情節要高超得多。〔註280〕

高行健強調：現代小說對結構的研究便代替了情節的編排。現代小說家們從生活中即使提取情節的時候，並不一定給作品一個完整的結局，這就是所謂「開放性」的小說。人物來了又走了，照面又分手，也有不打招呼就分手了的，之後也不再交待下落。〔註281〕他認爲現代小說作爲時間的藝術是受了電影的影響。「現代讀者在閱讀文學作品的時候，往往不自覺地被由電影培養起來的審美習慣所左右，他們對冗長的環境描寫和靜態的敘述感到煩膩，希望文學作品多提供活的畫面。他們對繁瑣的心理分析也不耐煩，要求作者更爲準確地抓住人物瞬間的精神活動。靜態的描寫和敘述在現代小說中被壓縮到最低限度，這就必然使作品中的回憶、倒敘穿插很多，於是也就打破了直線式的時間順序。而同一場景則可以在人物的記憶中反覆出現，地點的前後跳躍和不同組合，又打破了固定的三維空間。」〔註282〕

〔註277〕《對〈絕對信號〉演出的幾點建議》文末標注：1982年1月，高行健著《對一種現代戲劇的追求》第89頁。

〔註278〕《談小說觀與小說技巧》篇末標注：1982年2月12日於北京，《鍾山》1982年第6期第239頁，1982年11月15日出版。

〔註279〕高行健《談小說觀與小說技巧》，《鍾山》1982年第6期第233頁。

〔註280〕高行健《談小說觀與小說技巧》，《鍾山》1982年第6期第234～235頁。

〔註281〕高行健《談小說觀與小說技巧》，《鍾山》1982年第6期第235頁。

〔註282〕高行健《談小說觀與小說技巧》，《鍾山》1982年第6期第236頁。

他總結：現代小說家在小說技巧上的種種努力，是想方設法讓作品對讀者的感染力更強，把故事編造的痕跡抹得越淡，讓小說中再創造出來的生活顯得更眞實可信。〔註 283〕他還指出意識流是一種更新的敘述語言，它的出現同現代心理學的研究有很大關係，它依據的章法不是邏輯的演繹和理性的分析，它只遵循描寫對象，即作品中的某個人物，在具體的環境中心理活動的自然規律。〔註 284〕

2 月 17 日，在北京寫作短篇小說《鞋匠和他的女兒》〔註 285〕。

小說暴露了鄉野男權文化下的殘酷冷漠：粗魯暴戾的鞋匠逼得女兒跳河自殺。小說用的是鄰居敘述的客觀視角，讓人們在無奈悲歎的同時陷入了深思。也正是這一篇小說，最先引起了後來成爲諾獎評委馬悅然的注意。〔註 286〕

2 月 23 日，寫作評論《一篇不講故事的小說》〔註 287〕。

文章的內容是點評石濤的處女作《離開綠地》。「點評」只有 1000 多字，第一句話就肯定該小說的不俗，「是篇出乎目前相當流行的小說觀念的作品，」他接著幽默地說：寫小說本來是不必有什麼規矩的，因爲寫小說算是創作。創作者最忌諱套子，不象生產皮鞋，要有統一的尺碼。」〔註 288〕他肯定作者寫出眞實的內心感受。「而不是挖空心思去編造故事、靠情節取勝。筆下的兩個人物，也不是兩張規範的臉譜，他們的內心世界又並非多麼崇高，卻是敏感、細緻的。……小說著意的正是女主人公面臨幸福時內心的矛盾，儘管這也還是極爲平凡的愛情。」〔註 289〕他強調「藝術形象往往大於概念，再怎樣精湛深刻的思想，倘不自然融合到藝術形象中去，則只能流於說教。」〔註 290〕

他也指出該小說的不足。「僅僅做到眞實是不夠的，作者還應該對筆下的人物有自己的寫法。這種認識應該比自己的人物更高一等。因此，我以爲，

〔註 283〕高行健《談小說觀與小說技巧》，《鍾山》1982 年第 6 期第 237 頁。

〔註 284〕高行健《談小說觀與小說技巧》，《鍾山》1982 年第 6 期第 238 頁。

〔註 285〕《鞋匠和他的女兒》文末標注：1982 年 2 月 17 日於北京，根據《高行健短篇小說集》第 136 頁，聯合文學出版社，2001 年 8 月初版，2003 年 9 月 15 日初版九刷。

〔註 286〕莊園著《個人的存在與拯救——高行健小說論》第 97 頁正文及腳註。

〔註 287〕根據《醜小鴨》月刊 1982 年第 4 期第 29 頁文末的標注。

〔註 288〕《醜小鴨》月刊 1982 年第 4 期第 29 頁。該刊由中國人才研究會、人才雜誌社《醜小鴨》編輯部編輯出版，地點在北京，通過鄭州市印刷和發行。

〔註 289〕《醜小鴨》月刊 1982 年第 4 期第 29 頁。

〔註 290〕《醜小鴨》月刊 1982 年第 4 期第 29 頁。

作者倘能在人物的心理感受之外，在敘述語言中，再融合進對這種愛情更深一層的認識，比方說，某種程度的幽默感，或者運用點反抒情的筆法，也許還可以提高這篇作品的境界。」最後他勉勵新作者「在生活的基礎上，對小說技藝也敢於去探索新的路子……因爲，現今即使成批生產的皮鞋，也還專門成立了一個工藝研究所呢。」〔註 291〕

2 月 26 日，在北京寫作《同一位觀衆談戲——現代戲劇雜談之一》。〔註 292〕

文章以觀眾和劇作家對話的方式寫出來。觀眾一開始帶著諷刺的口吻對話劇的糟點進行評述，劇作家一邊替他說出心裏話，一邊用專業的話語對現代戲劇進行總結與思考。

觀眾希望現代話劇說話少一點、戲多一點，不要盡講大道理，「在臺上滔滔不絕，把臺下觀眾都講跑了」，「你戲寫出來要眞打動人，眞叫人琢磨，眞有戲可看」；「明明是假的，還得叫人眞信。叫人哭，叫人笑，叫人琢磨，過後也還時不時記起。」

劇作家認爲上劇院去看戲，「好比一次會面，見到了一批活生生的人，同他們一起受過苦，一起奮鬥，並且也獲得了對生活的信心，一番鼓舞，一場歡欣，一次在現實生活中未必總能得到的可又是眞實的體驗。」〔註 293〕「這不單單是寫劇本的事，還牽涉到整個的戲劇觀，也就是說對現代戲劇藝術的理解。對這門藝術的不同的理解就會寫出不同樣子的戲，也就有不同的演法。」〔註 294〕他還認爲作爲現代的中國人，沒有必要老拘泥於外國古人的藝術框框，比如相當於清朝光緒年間的易卜生寫出的戲路。該文強調觀眾參與的重要性，「現代乃至未來的戲劇應該是活的戲劇，這要由觀眾同戲劇工作者一起來創造。」〔註 295〕

2 月 26 日，寫作短篇小說《雨、雪及其他》〔註 296〕。

〔註 291〕《醜小鴨》月刊 1982 年第 4 期第 29 頁。

〔註 292〕高行健《同一位觀眾談戲——現代戲劇雜談之一》，《隨筆》第 23 期，花城出版社 1982 年 11 月出版。

〔註 293〕高行健《同一位觀眾談戲——現代戲劇雜談之一》，《隨筆》第 23 期第 72 頁。

〔註 294〕高行健《同一位觀眾談戲——現代戲劇雜談之一》，《隨筆》第 23 期第 73 頁。

〔註 295〕高行健《同一位觀眾談戲——現代戲劇雜談之一》，《隨筆》第 23 期第 75 頁。

〔註 296〕《雨、雪及其他》文末標注：1982 年 2 月 26 日於北京，根據高行健著《朋友》第 57 頁。

該小說寫的是生活中的一個小片段，女孩世界的溫軟和美好。之後又改編成劇本《躲雨》刊發在《鍾山》1983 年第 4 期上；1987 年，《躲雨》由瑞典皇家劇院首演，導演爲彼得瓦爾・奎斯特，由馬悅然院士翻譯成瑞典文。

文中對女孩的純眞與浪漫有動情的抒寫，「你見過麥地裏的野兔子嗎？你別挪動腳步，別發出任何聲響，別劃火柴，別抽煙，只悄悄靠在硬邦邦的水泥袋上，盡可以合上眼睛，機靈地瞅著你，還有那蠕動的兔唇……」〔註 297〕「兩人又是一陣子傻笑。笑什麼呢？童年的回憶和少女的天眞？沉醉在這種笑聲裏，你也不由自主會心微笑。聽聽女孩子的秘密。聽她們開心，聽她們發傻。」〔註 298〕他直接定義她們的聲音爲「明亮的」和「甜蜜的」。她們的輕盈與靈動疏解了他沉重的心緒，讓他在冰冷的世界中感到力量與溫暖。〔註 299〕

你愛雨？愛雪？愛月亮的純潔？愛它像一團夢？而夢不是都純潔。而女孩子們的夢想總是可愛的，正像她們一樣？生活中又並非一切都那麼可愛！也有痛苦，也有追求，也有幸福，當你戰勝了不幸的時候。雨依然在下，無聲無息洗滌世上的塵土。後來，她們就走了，冒著雨，啪噠啪噠的腳步聲，嬉笑著消失在暮色中。你不曾見到她們的模樣，也沒有見到她們的身影，更別說她們的容貌，這都無關緊要。要緊的是那兩個聲音，明亮的和甜蜜的合唱，你也沒有必要去加以區分，只是兩個沒有姓名的女孩子的聲音。你走在潮濕的陰冷的雨夜中，並不覺得嗖嗖涼意，是不是那兩個熟悉的聲音溫暖了你？〔註 300〕

2 月，在戲劇民族化的討論中，胡偉民發表《話劇要發展，必須現代化》的重要文章。

林克歡說：1982 年 2 月，在有關戲劇民族化的討論中，胡偉民發表了《話劇要發展，必須現代化》的重要文章，呼籲「從藝術上講，劇本的結構方法和演出樣式都應該大膽突破，探求新的節奏、新的時空觀念、新的戲劇美學語言。」（刊於《人民戲劇》1982 年 2 月號）這是導演藝術家第一次自覺地提出當代戲劇「審美現代性」的要求。〔註 301〕

〔註 297〕高行健著《朋友》第 36 頁。
〔註 298〕高行健著《朋友》第 43 頁。
〔註 299〕莊園著《個人的存在與拯救——高行健小說論》第 129 頁。
〔註 300〕高行健著《朋友》第 57 頁。
〔註 301〕林克歡《話劇的八十年代》。

3 月 6 日，劉心武在北京寫作《現代小說技巧初探》讀後感。〔註 302〕

3 月 31 日，讀完《現代小說技巧初探》後十分激動，馮驥才寫信給李陀。

馮驥才對李陀說：我急急渴渴地要告訴你，我像喝了一大杯味醇的通化葡萄酒那樣，剛剛讀過高行健的小冊子《現代小說技巧初探》。如果你還沒見到，就趕緊去找行健要一本看。我聽說這是一本暢銷書。在目前「現代小說」這塊園地還很少有人涉足的情況下，好像在空曠寂寞的天空，忽然放上去一隻漂漂亮亮的風箏，多麼叫人高興！〔註 303〕

他還說：從表面上看，小說的形式變化最大。在文學藝術中，人們是通過形式來接受內容的。因此有人稱之爲「形式主義」。而形式變化只是表象，變化的根本卻是對文學概念本質的新理解。現代派文學也是當代文學中一個重要的學術問題，而且已經成爲我們當代文學研究項目之一了。行健在這方面所做的研究十分値得重視。儘管是初探。無論何事，邁出頭一步總是艱難和了不起的。〔註 304〕政治清明帶來了人們思想上的空前活躍。有人稱這是中國近代史「第三次思想解放運動」。此話十分有理。這是一次非人爲的運動。爲其如此，才具有眞正的生動性。我們需要「現代派」，是指社會和時代的需要，即當代社會的需要；所謂「現代派」，是指地道的中國的現代派，而不是全盤西化、毫無自己創見的現代派。〔註 305〕高行健的小冊子是有實在意義的。它的本身，就是當前我國新文學潮流的反應。作者對這股潮流推波助瀾的主觀意圖也十分明顯。因此他的寫法很適合中國讀者閱讀，沒有賣弄他的知識而故作高深，竭力深入淺出，寫得照樣很有才華。我是很佩服的！博知是他的基礎，普及是他的目標，做的眞好！〔註 306〕

4 月初，與林兆華「談《絕對信號》的藝術構思」〔註 307〕

兩人從戲劇觀和戲劇藝術自身的規律談起。高行健指出：在話劇民族化

〔註 302〕《讀書》1982 年第 6 期第 62 頁。
〔註 303〕《上海文學》1982 年第 8 期第 88 頁，上海文藝出版社 1982 年 8 月 1 日出版。
〔註 304〕《上海文學》1982 年第 8 期第 89 頁。
〔註 305〕《上海文學》1982 年第 8 期第 90 頁。
〔註 306〕《上海文學》1982 年第 8 期第 91 頁。
〔註 307〕林兆華、高行健《談〈絕對信號〉的藝術構思》（1982 年 4 月初的一次談話），收入北京人民藝術劇院《絕對信號》劇組編《〈絕對信號〉的藝術探索》，中國戲劇出版社 1985 年 5 月北京第 1 版第 1 次印刷。

上，眾多的表演藝術手段唱、做、念、打可以進入到話劇的表演中〔註 308〕。西方當代戲劇家們也都非常讚賞京劇。無論是東歐還是西歐的當代戲劇，都從京劇中得到啓示，他們看中的是京劇的戲劇觀念和表演的方法，而非那些程序。〔註 309〕京劇中大有絕招，從劇作法到表演，包括鑼鼓傢伙和音樂伴奏，就很值得研究。〔註 310〕

現代戲劇藝術的主要傾向是極大的假定性和極眞實的表演的結合，還有極大的假定性和極誇張的表演相結合，乃至於荒誕或者高度抽象。〔註 311〕戲劇依然能作爲一門獨立的藝術繼續生存下去，靠的就是演員通過他的角色，同觀眾有直接的交流。〔註 312〕戲的成功與否要看演員能否通過角色打進觀眾中去，臺下是否有反應。寫本子的時候，作者如果有這種意識，就會給表演藝術留下發揮的天地。

對話劇舞臺雕琢矯飾、舞臺腔十足的毛病，他認爲：這可能來源於對話劇的一種誤解。西方的這種戲劇樣式引進中國後，被譯成了話劇，區別於傳統的戲曲。這新詞把戲劇中的唱、念、做、打都譯沒了，只剩下了說話，這當然也是一種戲劇觀，主要受了易卜生的戲的影響。法國的劇作家阿爾多認爲話劇應該是完全的戲劇，演員應該是完全的演員，他主張「殘忍的戲劇」，不是「殘忍」的本意，是要有強烈的感染力，臺上一演戲，臺下的觀眾就沒法不引起反應。這種戲劇觀念是要揀回被丟掉了的古典戲劇表演藝術的傳統。也就是說得回到古希臘的戲劇時代，莎士比亞的時代，同時又向東方的古典戲劇，中國的、日本的、印度的傳統戲劇取經。〔註 313〕觀眾來劇場是來看戲的，決不是只帶著耳朵聽教誨的。〔註 314〕我們現在許多劇本走的還是易卜生的社會問題劇，或者叫觀念戲劇的老路子。這種戲路子就是繞著一個問題或者說一個主題，去安排情節和人物，於是就各持一方講道理，說來說去，最後，錯誤的一方服了，這情節的扣就解開了，戲從發展、高潮也就到了結局，可觀眾往往沒服。〔註 315〕

〔註 308〕北京人民藝術劇院《絕對信號》劇組編《〈絕對信號〉的藝術探索》第 100 頁。
〔註 309〕北京人民藝術劇院《絕對信號》劇組編《〈絕對信號〉的藝術探索》第 103 頁。
〔註 310〕北京人民藝術劇院《絕對信號》劇組編《〈絕對信號〉的藝術探索》第 107 頁。
〔註 311〕北京人民藝術劇院《絕對信號》劇組編《〈絕對信號〉的藝術探索》第 103 頁。
〔註 312〕北京人民藝術劇院《絕對信號》劇組編《〈絕對信號〉的藝術探索》第 105 頁。
〔註 313〕北京人民藝術劇院《絕對信號》劇組編《〈絕對信號〉的藝術探索》第 108 頁。
〔註 314〕北京人民藝術劇院《絕對信號》劇組編《〈絕對信號〉的藝術探索》第 109 頁。
〔註 315〕北京人民藝術劇院《絕對信號》劇組編《〈絕對信號〉的藝術探索》第 110 頁。

4 月 19 日，在北京完成話劇（無場次）《車站》第三稿。〔註 316〕

馬：我記得我跟你談過這個戲最初的構想，已經有荒誕的色彩了。我還開玩笑，沒想出一些離奇的情節。那時候我們說戲，也是空談，也是一種等待。

高：等待本身就是荒誕的。我們都在各種各樣的車站上等待過。

馬：你比我強，我覺得《車站》中沉默的人有你自己的影子。

高：那是一種精神，作爲一種內心狀態，它存在於我們每一個人心裏。

馬：一個抽象的人物？一個符號？一個哲學的暗示？

高：更確切的說，他只是一種情緒，在劇中後來就變成了一個音樂形象。

馬：這也就是沉默的人同貝克特的《等待戈多》中的那個戈多的區別？

高：戈多是一個理念，那怕是不確定的，也還是一個理念。

馬：所以你強調他是一種情緒，是一種感性的需求。

高：他潛伏在每一個人心裏，是每一個人都可以感觸到的。

馬：正因爲如此，你才給他一種形象？

高；是的，因爲這是一種感性的經驗，而貝克特的戈多是一種純粹的思辨。他的戲劇歸根結底是種觀念的戲劇。

馬：這就是你同荒誕派戲劇的區別？

高：對荒誕派戲劇我們還可以在更廣泛的範圍裏討論，我們先就《車站》而言。

馬：你認爲你的《車站》受到過《等待戈多》的影響？

高：這影響無疑是存在的。我在寫《車站》之前就讀過了《等待戈多》，當時給我的應該是一種震動。《等待戈多》給當代戲劇的影響十分深刻，問題是我不想重複貝克特已經做過的事情。我非常欣賞它，是一部戲劇文學作品，而不是戲。之後，我也看過好幾種演出，都沒有讀劇本給我的震動來的大。這裡有個戲劇觀念上的問題，他是把觀念作爲他的戲劇材料，我則把經驗作爲我的戲劇材料。

馬：你的意思是他是個哲學家？

高：也是個文學家和偉大的語言藝術家。

馬：但不是戲劇家？

高：不是我主張的戲劇，他和尤奈斯庫搞的是反戲劇。

〔註 316〕高行健《絕對信號》文末標注：1982 年 4 月 19 日三稿於北京，《十月》（文學雙月刊）1982 年第 5 期第 143 頁，北京出版社 1982 年 9 月出版。

馬：這很有意思。

高：我雖然也寫了荒誕，我的戲依然是戲，不是反戲劇。而且是最古典意義上的戲劇，也就是戲劇是動作的這種戲劇。在貝克特的劇中，戲劇動作他也否定掉了。在這個意義上，我當然不如他徹底。

馬：可你寫的也是等待，無止境地等，始終也沒有走得了。

高：我劇中人物是要走而由於外在的和內心的種種牽制走不了，不是他們不有所動作，是他們屢屢要走卻又走不了。這就是貫串《車站》全劇的非常鮮明而單純的動作。在貝克特的劇中，人們只是坐等，無意要走。他們從頭說到尾，沉溺在語言的遊戲之中。當貝克特把戲劇的最根本的規律都否定了的時候，我只不過重新去肯定戲劇這個古老的根據——動作。

馬：有道理。對於等待這個主題，你們恐怕是一致的吧？

高：貝克特認爲等待是個全人類的悲劇，而我把它作爲一個喜劇，而且是一個抒情喜劇，一個同人們日常生活的活生生的經驗聯繫在一起的喜劇。當然，在本質上又是個悲劇，這就是我同他相同而又不相同的地方。

馬：我認爲荒誕意識本身就具有悲劇性——

高：同時又具有喜劇性。現代人的悲劇也不可避免地帶有自嘲的色彩，這是個悲喜劇的時代。〔註317〕

4月20日，給《花城》的編輯蘇晨寫信。

該信寫道：

蘇晨同志：您好！

從葉老〔註318〕和馮驥才同志的來信中獲悉您對我那本小冊子十分關心，非常感謝。這本書已引起相當的注意！特別受到中青年作者和編導的歡迎。文科大學生中間也紛紛在找這本書，但在京買不到。不少地方要我去搞講座，評論界則保持沉默。《文藝報》約我寫了一篇一萬多字長文章《談小說觀與小說技巧》，也終不見發出來。王蒙就這本書寫了篇公開信，在這一期《小說界》上據說刊出，我尚未見到。劉心武爲此寫了篇大文章將在五月號的《讀書》上刊出。此外，收到費禮文同志來信，說《上海文學》將組織討論，希望我參加，尚不知文章何時出來。這些文章如果都出來的話，我估計會有一場討

〔註317〕高行健和馬壽鵬1987年2月的對談，高行健《京華夜談——我的戲劇觀》，《鍾山》1988年第1期第200頁。

〔註318〕指葉君健，他是高行健作品的推薦人，爲《現代小說技巧初探》寫序。

論的。我也希望如此。爲配合這場討論，我那本小說集如果能順利出書的話，就更好了。上次士非同志來京談到有意見認爲集中傷痕太多，讓我補充點新作品（蘇按：是時所謂的「清除資產階級精神污染」正盛，故士非提出增加點別的沖淡一下再出版）。曾請他帶走兩個短篇，尚不知結果如何，盼得到您的幫助，促進一下。

最近搞了一個劇（蘇按：指《車站》），現等劇院查委拍板了，有同志竭力主張通過這個劇作爲人藝小劇場（實驗劇場）的開張戲。這個戲也遇到了一些波折。這次如果順利的話，則有可能在七月便彩排。只要這個戲一旦上演，我也準備提出套新的戲劇觀念。目前正做點準備。利用戲劇學院讓我搞講座的機會，準備點講稿，將來作爲文章發出來。在中國，要想做點新鮮的嘗試，實在是太吃力了。大概是因爲我們這個民族太古老了。

您近況如何？大家對花城都寄著很大的希望。

祝您

健康

高行健

82 年 4 月 20 日

來信請寄：北京東總布胡同 60 號。我平時不到劇院上班，總算有時間寫自己的東西了。〔註 319〕

高行健給蘇晨的信透露出，他的書將引發一場討論，他的劇作《車站》正要開演，他打算提出一套新的戲劇觀念等生活和思想動態。事實證明，後來這幾件事都引發了轟動效應。對當下文藝界和知識階層深邃而敏銳的把握，一直是他的長項。

4 月 25 日，《一篇不講故事的小說》發表在《醜小鴨》1982 年第 4 期（總第 4 期）〔註 320〕。

5 月 4 日，與林兆華「再談《絕對信號》的藝術構思」，這次主要圍繞排戲細節。〔註 321〕

〔註 319〕蘇晨《高行健從花城起步》，《粵海風》2008 年第 6 期第 54～55 頁。

〔註 320〕《醜小鴨》（青年文學月刊）1982 年第 4 期目錄上把高行健該文章的標題寫爲「點評」。

〔註 321〕林兆華、高行健《再談〈絕對信號〉的藝術構思》（1982 年 5 月 4 日的一次談話），收入北京人民藝術劇院《絕對信號》劇組編《〈絕對信號〉的藝術探索》。

此次對話，林兆華從藝術實踐上提出了許多新穎的設想與具體的做法，高行健從宏觀的角度進行把握，鼓勵並完善林的設想。編與導之間的對話碰撞出思想的火花，此對談對該劇演出的成功與轟動、以及之後中國話劇的變革產生極其深遠的影響。

高行健說：這個戲表面上看是單調的，寫的是人物情緒變化的過程，各自都互相觀察、揣摩，從不安到內心的高度緊張，最後一爆發，戲也就完了，所謂欲揚先抑。爲了把戲最後推向高潮，這種單調就非常必要了。而單調的背後是樸素，正是這個戲的風格。在舞臺上，如果能達到極大的樸素而看不出來耍花招，那就最好了。要把這個戲的味道弄出來，首先是樸實自然的表演，像眞實生活中那樣。而舞臺美術和音響效果都應該尋求某種單一，比如行車的聲響，就要造成這種單調的感覺，不要有旋律。舞臺上布景就那麼幾張椅子，一個硬鋪，能簡潔到什麼程度就簡潔到什麼程度。〔註 322〕

燈光，像黑白照片，有點測光和逆光的變化，人臉基本上不在亮處。過去的舞臺大都儘量搞得熱鬧，那是三、四十年代的好萊塢電影的趣味。最大程度借鑒戲曲，只不過非程式化就是。就靠表演，而且是極爲樸素自然的表演。我追求的恰恰是生活中活人的語言。〔註 323〕怎麼樸素怎麼眞實就怎麼演。在場面調度和表演上，也應該靠簡潔取勝。〔註 324〕

林兆華想出了不少強化表演眞實性的點子，談及無聲勝有聲時，高行健說：最能體現這種藝術魅力的是繪畫和雕塑，一個頭像，羅丹的《沉思》，一個形體，米開朗基羅的《大衛》，都把環境省略了。而倫勃朗的肖像畫，背景只有個色影的調子，都在陰影中，只有臉部有點投光，內心深處的境界和情緒全出來了，就經得起人那麼琢磨。眞讓人羨慕。繪畫和雕塑能達到這種魅力，表演藝術爲什麼倒反而不如？我不信。〔註 325〕林兆華提出小劇場的設想，高行健呼應他的想法：讓觀眾清楚是演戲，也還讓觀眾進戲。燈光和音響很重要，就靠這些來製造環境，表達情緒。最好能把燈光打到觀眾席中去，讓觀眾也有那種夜間坐在守車裏的感覺。音響最好是實物音響，加進去鐵器的碰撞和敲擊。〔註 326〕這個戲需要多層次的表演，但基調應該建立在自然樸素

〔註 322〕北京人民藝術劇院《絕對信號》劇組編《〈絕對信號〉的藝術探索》第 112 頁。
〔註 323〕《〈絕對信號〉的藝術探索》第 113 頁。
〔註 324〕《〈絕對信號〉的藝術探索》第 114～115 頁。
〔註 325〕《〈絕對信號〉的藝術探索》第 119 頁。
〔註 326〕《〈絕對信號〉的藝術探索》第 120 頁。

上，也就是你所說的那種似乎是不表演的表演。而在想像中，在夢境裏，則又是極度的誇張、衝動的，甚至神經質的，但這種誇張絕不是程式化的。比如說黑子想像的主觀色彩，是冷漠的、惡意的。小號想像中的黑子又是野蠻粗暴的，都染上了想像者的感情色彩。表演上應該有明顯的區別。〔註 327〕

高還說：人物可以有大的形體動作，極爲強烈，但面部是中性的，我把這稱爲中性的表演。痛苦靠形體來表現，不必在臉上，這就更能打動人。〔註 328〕這有兩個難題：一是同一角色多重色彩，現實中的黑子，黑子想像中的自我，以及蜜蜂和小號想像中的黑子，而各自想像中的黑子又不相同。再一個難題，是強烈的形體動作中保持中性的面孔。林說要完全做到這一點是不可能的。高回應說當然只能在某種程度上接近，但這恰恰是最有表現力的。痛苦和歡喜都不在臉上，或者說主要不在臉上，而更多在於形體，古希臘的雕塑，還有雲崗石窟中的佛像就達到了這一點。京劇表演中也有近似之處。林認爲可以到排練場試試看。〔註 329〕高認爲在表演回憶的時候要有一種距離感，要冷靜，近乎於平淡，動作要少，感情色彩要淡，聲音要輕，好像是從遠處來的，在藍色的光圈下，冷的調子。雖然有難度，但林特別希望用直接表演來挑戰內心戲，高安慰他說實在不行就用畫外音。林說這種方法太陳舊，也許用多聲部可以解決。高立即贊同，並答應很快就寫出林所要的，並進一步調整兩個男主角的戲份。〔註 330〕

高強調：希望在舞臺上看到的是五個活人，每個人物內心活動十分激烈，又都在自我審視，在相互觀察、猜度、試探之中，都想有非常積極的行動，卻又都受到制約和牽制，還不能不克制住。而碰撞的最後的結局，只能有一條出路，那就是維護列車的安全，人物的命運都維繫在一起了。這個戲的激情就在這些互相衝突中迸發出來。這其實是個很熱情的戲，有助於人們清醒地認識自己和自己生活的道路。林說希望這個戲的結尾給人們留下的是：思索、暗示、回味、預言……〔註 331〕

5 月 20 日，李陀給劉心武寫信，探討高行健的書中談及的「現代小說」。

李陀說：「奇文共欣賞，疑義相與析。」《初探》這本小冊子算不算得上

〔註 327〕《〈絕對信號〉的藝術探索》第 122 頁。
〔註 328〕《〈絕對信號〉的藝術探索》第 123 頁。
〔註 329〕《〈絕對信號〉的藝術探索》第 123 頁。
〔註 330〕《〈絕對信號〉的藝術探索》第 125～126 頁。
〔註 331〕《〈絕對信號〉的藝術探索》第 127～128 頁。

是一篇奇文？我說不准。但它在北京的許多朋友中流傳的時候，恐怕大家的興奮心情中確有奇文共欣賞的意思。〔註 332〕

他說，自建國以來，我們文學界始終沒有形成一種分析、研究、探索藝術技巧的風氣。記得我在幾次會議上都呼籲過，我們能不能在這麼多討論文藝問題的會議中，每十次中有一次專門來研究、探討一下藝術問題，特別是藝術技巧問題？在這樣一個文學大國中居然至今沒有形成研究文學技巧的風氣，居然至今不把文學技巧當成一門重要的、專門的學問，居然至今還沒有出幾本（其實最起碼也應該幾十本）探討文學技巧的專著，這不是咄咄怪事嗎？因此，當我看到大馮把行健的小冊子比做空曠寂寞的天空中忽然出現的一隻漂亮的風箏時，我完全能理解他的心情，以及他這比喻後面的豐富的含義。那詩意的形象後面實際上是一種無可奈何的急切和辛酸。我眞希望《初探》這本小冊子能夠引起文學界的廣泛的注意。《初探》這本小冊子並不是在對西方現代派文學進行「初探」，而是對「現代小說」進行「初探」。我覺得這一點很重要。現代小說和西方現代派小說有某種聯繫，或者應該有某種聯繫。就我們中國現代小說來說，就是注意吸收、借鑒西方現代派小說中有益的技巧因素或美學因素。〔註 333〕

他認爲，中國現代小說的發展，就藝術借鑒而言，有兩方面的營養都是必不可少的：一是我們自己的民族的文學傳統，另一就是世界當代文學。「現代小說」這個概念和現代派小說有區別，這個區別對我們來說很重要。因爲我們畢竟不能拜倒在洋人腳下，畢竟我們不能跟西方現代派文學後面跑，畢竟一切學習、吸收、借鑒的目的都是爲了「洋爲中用」。實際上，行健在《初探》這本小冊子中，正是在這個意義上使用「現代小說」這個概念的。《初探》沒有像有些外國文學研究者那樣，對西方現代派文學的起源、發展、成就、歷史局限性等方面做全面的分析和批判，但是它實際上是有所揚棄的。行健用「現代小說技巧初探」這個提法，就是對它這種嘗試的一個概括。它表明我們可以吸收、借鑒西方現代派小說中的許多技巧因素，創造出一種和西方現代派完全不同的現代小說。〔註 334〕

〔註 332〕《上海文學》1982 年第 8 期第 91 頁。
〔註 333〕《上海文學》1982 年第 8 期第 92 頁。
〔註 334〕《上海文學》1982 年第 8 期第 93 頁。

5 月，《小說界》1982 年第 2 期刊發《王蒙致高行健》。〔註 335〕

6 月 8 日，劉心武給馮驥才寫信，講他對高行健「初探」的讀後感。

劉心武說：的確如李陀所言，所謂「空曠寂寞的天空」，是指多年來我們文學界（至少是小說界）很少專門探討技巧問題，在這方面不僅像高行健那樣的專著近乎絕跡，就是像你們二位的信這種專門議論技巧的文字，也眞是寥寥。高行健放出了好大的一個「風箏」（他那「風箏」確實算得上漂亮——但遠非完美），你們二位的小風箏隨即升起，先不論妍媸吧，總是一種打破「空曠寂寞」的氣象，也即是春天的氣象；今天我從剛收到的《小說界》上又讀到一封王蒙給高行健的信，也是議論他那《現代小說技巧初探》的，可見在我的視野中升起的風箏已多達四個（王蒙的那個我覺得也難說漂亮，只能說可喜），我雖不才，逢此陽春時節，又怎按捺得住心癢呢？故而也寫此信，參與討論，算是給天空再增添一隻「風箏」——我這「風箏」很可能不僅不漂亮，而且簡直就是一隻粗陋的「屁股簾兒」，不過，總也能添上點熱鬧吧？〔註 336〕

他認爲應該冷靜地思考：一、文學發展的世界性規律與不同社會制度的地區間的文學發展的不同規律，這二者之間的關係究竟如何？坦率地說，由於我國是一個社會主義國家，我們的文學發展必須在「四個堅持」的前提下行進，以及我國目前作家的構成狀況、讀者的構成狀況以及整個國家的經濟、教育和社會生活結構等等因素，都使得我國文學的發展，在現代更具有自身的特殊規律。熱烈地歡迎中國「現代派」文學作品，爲之歡呼，爲之傾倒，或爲之爭論，爲之褒貶，乃至爲之不滿足而有更高渴望者，大體還是城市中少數有較高文化素養的工人、幹部和技術人員，特別是中青年，又特別是大學生。二、文學藝術的形式美的總規律與不同門類的形式美的特殊規律，這二者之間的關係又究竟如何？他似乎是儘量把那形式美拆卸爲諸種技巧元素，加以考慮。語言本身不是上層建築，沒有階級性，只有當使用語言的主體把字詞句連起來表達一個完整的意思時，才有可能體現出一定的政治傾向、階級感情或道德觀念，因而對於任何一個階級的人來說，掌握好語言都是必要的，在這過程中互相學習、借鑒。現代小說技巧也應當看作是沒有階

〔註 335〕《王蒙致高行健》，《小說界》1982 年第 2 期第 252～253 頁，上海文學出版社 1982 年 5 月第 1 版第 1 次印刷。

〔註 336〕《上海文學》1982 年第 8 期第 94 頁。

級性的，因而對於任何一個國家、民族的任何政治信仰和美學趣味的作家來說，他都無妨懂得更多的現代技巧，從而在儲藏最豐的武器庫從容選擇最新的優良武器，去豐富和發展他征服讀者的魅力。〔註 337〕

6 月 10 日，《讀書》1982 年第 6 期刊發劉心武文章《在「新、奇、怪」面前——讀〈現代小說技巧初探〉》。〔註 338〕

劉心武在文中寫道：

像這樣的書還是很罕見的：集中介紹西方現代小說的寫作技巧，在介紹中把對作家作品、流派特色的分析與對中國當前創作實際的考察緊密結合起來，既擺脫了學院式的引經據典、概念闡述之枯燥程序，不拘一格，又體現著深思熟慮、融會貫通之生動活潑，粗成系統，而且文氣流暢，涉筆成趣，讀畢不免要掩卷深思。

該書不但不迴避、貶低新、奇、怪，而且，它實際上恰恰是在爲「新、奇、怪的現代小說技巧尋求理論上的依據和實踐中的成績，以證明其合理性，進步性與可用性。讀這本書的時候，你不能不被那接踵而來、七穿八達、融會貫通、有理有據而又娓娓動聽的論述所吸引、所征服。

《現代小說技巧初探》基本上以技巧的超階級、超民族爲論述的前提，而且致力於對我國一般作者和讀者還不甚熟悉的西方現代小說技巧作肯定性的介紹，但論述中還是注意把握形式爲內容服務、不能單純耍弄技巧這一原則的。該書對古典小說技巧的種種「法規」「進行了強有力的衝擊，意義是重大的，但似乎顧及中國當前實際情況不夠，特別是最後一章《未來的小說》，似乎立論和推測都走得過遠，顯得有些漂浮。」

6 月 11 日晚，北京人民藝術劇院在首都劇場舉行建院三十週年紀念會。

報導中這樣寫：

三十年來，北京人藝演出了大量中外名劇和反映現實生活的優秀作品，形成獨特的、爲群眾喜聞樂見的風格，培養了一批傑出的人才，在國內外都產生了影響。周恩來總理生前在政治思想、藝術創作以及生活等方面曾給予劇院的戲劇工作者以無微不至的關懷和熱情支持。應邀出席紀念會的有鄧穎超、烏蘭夫、萬里、習仲勳、谷牧、鄧力群、周巍峙、陽翰笙、周而復、段君毅、焦若愚以及首都文藝工作者六百餘人。

〔註 337〕《上海文學》1982 年第 8 期第 96 頁。
〔註 338〕《讀書》1982 年第 6 期第 56～62 頁。

當鄧穎超同志走上主席臺時，全場響起了熱烈的掌聲。在大會主席和全體到會者的盛情歡迎下她講了話。她親切地說，從北京人藝建院開始，我就是你們的觀眾，現在我通過看電視轉播和到劇場看戲，仍然是你們的觀眾，我感到你們的演出水平有了很大的提高。我相信，通過深入學習毛主席的《在延安文藝座談會上的講話》和黨中央的文藝方針、政策，今後你們一定會取得更大的成績。

中共中央書記處書記習仲勳在講話中指出，三十年來，北京人民藝術劇院在貫徹執行毛主席的百花齊放、推陳出新、古爲今用、洋爲中用等方針方面取得了很大的成績，這個成績今後要發揚光大。〔註 339〕

該報導還配發了兩張圖，圖片說明這樣寫：1962 年在北京人藝春節晚會上，周總理和王震同志領唱南泥灣。北京人藝建院三十週年大會上，鄧穎超同志和于是之同志親切交談。〔註 340〕

6 月，《絕對信號》開始排練，獲于是之支持。法國媒體認爲該戲宣告中國先鋒戲劇的誕生。

高行健回憶：大陸的試驗戲劇小劇場，如果不算是運動的話，就在中國最大的劇院開場了。林兆華同我，企圖從演員的表演到演出形式，都擺脫已成定規的斯坦尼斯拉夫斯基的現實主義戲劇的格式，但是除了我們之間，對外沒有明言。由於有了刁光覃副院長和于是之的認可，排演場上又得到老演員林連昆和整個劇組充分合作，從八二年春醞釀排演計劃到夏天開排，再到策劃首演，我們越來越有信心。〔註 341〕

《現代小說技巧初探》一書引發的緊張的政治氣氛，「彩排的時候，劇院黨委和藝委到場的不多，戲完了長時間靜場沒一人說話，臨了，于是之說了句：我看可以，演演看徵求意見嘛。我至今仍然感謝他的支持。內部演出原定兩場，並且限定在戲劇界裏。首演那晚，消息已傳了出去，演出在排演場裏，不僅席間地上坐滿了人，連場內沒搬走的梯子和布景架上都爬滿觀眾，演出結束後，觀眾不走，同劇組討論到凌晨一點。林兆華打著試驗演出的名目，加演到十場，場場爆滿，天天有許多觀眾留下來同演員討論到深夜。

〔註 339〕寧鋭《北京人民藝術劇院歡慶建院三十週年》，《人民戲劇》1982 年第 7 期第 6 頁。

〔註 340〕《人民戲劇》1982 年第 7 期第 6 頁。

〔註 341〕高行健《隔日黃花》，《高行健劇作集 1 車站》第 123 頁，臺北聯合文學 2001 年 10 月出版。

報界的一些年輕的記者發的消息和劇評也紛紛見報。這戲便公演了，立刻大為轟動，法國《世界報》評論則聲稱：這個戲宣告了先鋒戲劇在北京誕生。曹禺院長從上海發來賀電，全國上十個劇團爭相上演。〔註 342〕中共中央宣傳部主管文藝的賀敬之聞風來看戲，他不知礙於這戲已經造成廣泛的影響，還是大氣候不到，只說了些模凌兩可的話。因此戲劇界對於這戲的爭論當時只限於藝術觀和創作方法範圍內，而不像文藝界對我那本小書已經上到政治綱。〔註 343〕

6 月 25 日，在北京寫作短篇小說《二十五年後》〔註 344〕。

《二十五年後》寫一對同學多年後的見面，男的在大學時代對女的懷著朦朧的愛情，有機會拜訪她時心情跌宕起伏，女的則完全不記得他的存在，只是例行公事地敷衍他。高行健寫出這種彼此交錯的緣分中令人莞爾的內在邏輯：女同學的客氣原來竟然源於對他毫無印象，男同學經歷了苦難的現實在溫馨的親情中已經與生活達成了和解，他也不過是與自己二十五年前的一個夢想作告別。

7 月 1 日，《絕對信號》劇組建立。〔註 345〕

高行健在這一天強調：最有生命力的還是活的人，活生生的生活。想像中的人物很難。〔註 346〕

林兆華回憶：我做戲的狀態不那麼緊張。做《絕對信號》的時候因為沒有做過小劇場，壓力比較大，就是非得做好，但是那種玩了命的緊張狀態我倒是沒有。和高行健、和年輕演員的合作挺快活，憋出些好點子就更興奮。80 年代初，我什麼戲劇觀念都沒有，什麼荒誕、表現主義、先鋒劇場，我的腦子裏只有學校教的斯坦尼。當時戲劇界展開了一些戲劇觀的討論，好像我也沒參加。我只思考一個問題：怎麼戲劇到了這個年代只有一種方法？你在某個偏遠的地方看一個戲，基本就知道全國的話劇是什麼樣了，這不正常。〔註 347〕

〔註 342〕《高行健劇作集 1 車站》第 125 頁。

〔註 343〕《高行健劇作集 1 車站》第 125～126 頁。

〔註 344〕《二十五年後》篇末標注：1982 年 6 月 25 日於北京，《高行健短篇小說集》第 107 頁。

〔註 345〕《林兆華戲劇年表》，林兆華口述，林偉瑜、徐馨整理《導演小人書》（全本）之「做戲」第 573 頁，作家出版社 2014 年 5 月第 1 版。

〔註 346〕《絕對信號》建組會的導演日記，林兆華口述，林偉瑜、徐馨整理《導演小人書》（全本）之「做戲」第 80 頁。

〔註 347〕林兆華口述，林偉瑜、徐馨整理《導演小人書》（全本）之「做戲」第 54 頁。

跟高行健第一次見面，就在于是之老師的家。

「這是高行健，小夥子有幾個構思。」

我聽了他的幾個劇本構思，現在都已經忘了是什麼，就記得《車站》，我聽完了以後說：「是之老師，我對這個挺感興趣，能不能把這個寫出來？」高行健寫了，《車站》誕生了。

高行健是英若誠極力推薦的，「我發現一個人，喜歡戲，挺有才的。」據說高行健是來人藝之前，給中國青年藝術劇院等幾個劇院寫過將近十個劇本，都沒被接受。

《車站》寫出來後，我覺得挺好，很喜歡，當時讀的都是現實主義作品，《車站》不是。那時，很多人認爲高行健不會寫戲，說他寫的根本不叫戲。恰恰是他不按套路寫的劇本，給了我很大的挑戰和刺激，逼著我去找不同於一般的舞臺表現形式。也是在這個階段，我提出了「沒有導演的導演，沒有表演的表演，不像戲的戲」的主張，初步讓演員嘗試了表演的雙重結構。當時我跟高行健說這個戲要搞小劇場，向趙起揚請示，他說：「兆華你先別排這樣的戲，叫他先寫現實主義的，踏踏實實地寫人物……」

《車站》就這麼擱淺了。高行健剛到人藝來，很迫切想做點兒事，過不多久，他說有一個鐵路文工團的編劇叫劉會遠，跟他講了講鐵路上發生的一些故事。我說你要感興趣就寫，他挺積極的，就到鐵路轉了轉。回來後他們和我談劇本，兩人思路不大一樣總是談不攏，我說藝術創作不能統一，你們各寫各的，按照自己的想法放開寫，最後我去調整。高行健寫一稿，劉會遠也寫了一稿，最後我選了高行健的，當時名叫《在守車上》。公演時說明書上劉會遠是作者之一，起初這個題材是他提供的，應該署上名字。

我和高行健從創作的開始就聊。其實創作沒那麼嚴肅，就是瞎扯：「這題材挺好！」「這麼說肯定新鮮！」「人物多餘。」「那詞兒減點兒……」我才不信那種正兒八經的「談創作」。兩人聊戲就在高行健家裏。我每天騎著自行車去找他：東總部胡同 60 號，作協分給他的小平房。偶而「管飯」，他挺會做，別看他是南方人，就愛吃大肘子——他到了德國還買大肘子燉呢！他的創作習慣是吃飯喝足了，安靜了，把門一關，「哇啦哇啦」對著一臺他自己的小破錄音機說，說完了，再根據錄音整理。看了劇本，我就想，「可以試。」〔註 348〕

〔註 348〕林兆華口述林偉瑜、徐馨整理《導演小人書》（全本）之「做戲」第 61～62 頁。

7 月 14 日，在北京寫作短篇小說《花豆》。〔註 349〕

《花豆》表面上看，他以兩性平等的意識，寫出國族婦女的勤奮向上與自強不息，歌頌婦女的獨立和理性之美，但是仔細品味，卻始終縈繞著一種「敬而遠之」的微妙氛圍，字裏行間隱含了他的冷淡與距離感。「花豆」是文章敘述者同齡女友的小名，她從普通少女成長爲自強自立的事業女性。

文章一開頭以一個五十歲人的口吻發出人生的感歎，交代花豆大器晚成被任命爲鐵路上的總工程師。作家在時代的主旋律中以抒情的筆調和一連串的排比反問句誇獎這個「比男人還強的女人」。文章交代花豆是出身貧寒的勞動人民家庭。「你完全是自己掙扎著讀完大學的，繼父不給你一分錢，母親得供養你外婆。整個大學期間，靠的都是國家的助學金。你當時還不願意進師範學院，師範學院的學生的生活都由國家包下來。可你不願意當教師，你需要尋求更寬闊的生活道路。你學的是機械製造。女孩子學機械製造的很少有，你就這樣爲自己闖出了一條路。」〔註 350〕花豆所住的那個大院中，只有她一個女孩子考上大學，成爲國家幹部。〔註 351〕文革中，花豆也遭遇了磨難，她的丈夫被迫害死去，她獨自把孩子帶大。在晚年回顧往事時，她還是充滿樂觀的革命主義情懷。

7 月 25 日，《雨、雪及其他》刊發於《醜小鴨》期刊 1982 年第 7 期。

這篇小說刊發時加一個副標題，題目是：《雨、雪及其他——一篇非小說的小說》，正文的前面附了一篇嚴文井的短評文章，大概只有五六百字。嚴這樣評說：兩個女孩子在悄悄談心，被一個叫「你」的男人偶然聽到了，一個字也不落。可是獵奇的人準會失望，因爲從這些私房話裏，除了一些傻氣之外，並沒有透露任何一點羨慕或嫉妒的隱私，更沒有涉及任何聳人聽聞的重大事件。雨在下，兩個人在談，一個人在聽，別的什麼事兒也沒有發生。到底還是沒有故事。……我聽見了一個歌。主題就是純潔。〔註 352〕

高行健在《現代小說技藝的新課題——談現代小說與讀者的關係》中談及敘述角度時說：「還可以將敘述者放在第二人稱的地位上，讀者在閱讀的時候，便不由得設想自己也成爲作品中的人和事的觀察者，自然要更爲

〔註 349〕高行健著《朋友》第 119 頁。
〔註 350〕高行健著《朋友》第 89 頁。
〔註 351〕莊園著《個人的存在與拯救——高行健小說論》第 107 頁。
〔註 352〕《醜小鴨》1982 年第 7 期第 26 頁，1982 年 7 月 25 日出版。

主動地去觀察、傾聽和體味了。短篇小說《雨、雪及其他》則作了這種嘗試。〔註 353〕

7 月 27 日，在北京寫作《讀王蒙的〈雜色〉》。〔註 354〕

他高度評價王蒙的中篇小說《雜色》：當代作品如果有傑作，我想王蒙的《雜色》可以屬於這傑作之林。〔註 355〕該小說不屬於傳統的情節小說，亮點在寫作手法上有大膽創新，是「一篇既幽默又深沉的相聲。把相聲引進文學，這是王蒙的一大功績，處處是引人入勝的包袱，一經甩掉，每每令人發笑。」〔註 356〕其主題更多的是自嘲，而且輕快、活潑，叫你哭笑不得，叫你拍案叫絕，乃至於驚奇。既給活人以教益，又不板著臉孔說教，卻讓讀者不由得自己去接話茬，這就是相聲藝術的高明之處。〔註 357〕

他對王蒙的評價包含了對現代意識的理解：自嘲和俏皮是現代人達到詩意的一種新的方式。現代人詩意的感受往往是明智的，總帶著自我審視、自我批評的成分。《雜色》中的主人公和它的作者對主人公內心的感受和描述這種感受方式都是忠於現實生活中的活人的。因此，流露出的這種詩意又是清醒的、冷靜的、有分寸的，於是也是深沉的。〔註 358〕

這年夏天，在北京開始長篇小說《靈山》的寫作。〔註 359〕

高行健回憶：《現代小說技巧初探》一書出版之後，人民文學出版社一位編輯來找我，他說你這些主張現在爭論得那麼厲害，能不能就這些主張寫一部長篇小說，我可以預支你稿費，我立刻答應了，就是兩百塊錢稿費。我提了兩個條件，一是什麼時候交稿不知道。再一個，我說，不同意刪節，拿了你兩百塊錢當然一定交稿，但是如果不能發表的話，我也不負責，反正我已經把這個任務完成了。在這麼一位熱心朋友的許諾和期待下，我認真考慮寫一部長篇小說，應當充分實踐我關於小說的主張，這就是《靈山》

〔註 353〕高行健《現代小說技藝的新課題——談現代小說與讀者的關係》，《青年作家》1983 年第 3 期第 62 頁。

〔註 354〕高行健《讀王蒙的〈雜色〉》文末標注：1982 年 7 月 27 日於北京，《讀書》1982 年第 10 期第 41 頁，三聯書店 1982 年 10 月 10 日出版。

〔註 355〕《讀書》1982 年第 10 期第 36～37 頁。

〔註 356〕《讀書》1982 年第 10 期第 38 頁。

〔註 357〕《讀書》1982 年第 10 期第 39 頁。

〔註 358〕《讀書》1982 年第 10 期第 40 頁。

〔註 359〕高行健《靈山》篇末標注：1982 年夏至 1989 年 9 月北京—巴黎，（臺北）聯經出版，1990 年 12 月初版，2010 年 3 月初版第 37 刷。

的開始。〔註 360〕

8 月 1 日，《上海文學》1982 年第 8 期刊發一組文章，討論「現代派文學」。〔註 361〕

這三篇文章分別是：《中國文學需要「現代派」》——馮驥才寫給李陀的信；《「現代小說」不等於「現代派」》——李陀給劉心武的信；《需要冷靜地思考》——劉心武寫給馮驥才的信。

8 月 18 日，《絕對信號》整個戲初排結束。〔註 362〕

高行健說：人藝的演出一向以藝術上的嚴謹著稱。能和這些藝術家們合作是一種幸運。首先是導演林兆華，他支持我並熱心於試驗，我們劇組的這五個演員，包括著名的老演員林連昆，大家都自願投入這種探索，這是一次難忘的而且讓人興奮的合作。演員從習慣的演法中解脫出來，不在通常認爲有戲的地方去做戲，緊緊扣住動作的過程。這個戲的戲劇性就蘊藏在一個非常單純的動作之中，主人公黑子如佔據車長的瞭望窗口的話，就參與作案了。因此，他向那個方向哪怕移動一下腳步，都會牽動劇中其他四個人物，立即喚起他們的反映。五個人又都在這連鎖的反映的網絡之中，便勾起複雜的內心活動。這裡恢復了戲劇動作本來的含義，即動作這個詞的本意。我不認爲通常戲劇中的所謂思想衝突也算是動作，那種衝突其實不過是觀念上的分歧。我要求在現代戲劇舞臺上恢復到戲劇源起的那種樸素的動作，比方說，漢民族原始的祭祀儺對瘟神的驅逐，苗族巫術中祭祖的儀式淋花雨，男性追趕女性，向女性身上撒酒。當動作這個詞原本的含義恢復在舞臺上，戲劇才能從那些蒼白的觀念的衝突中解脫出來，重新恢復它的生氣。至於由動作喚起的心理活動，在《絕》劇中則由貫穿全劇的列車行馳時的聲響和節奏來體現，也就把人物的情緒變成了分明的可以喚起演員和觀眾的強烈感受的音響、動作和情緒，行爲和感情便得到了完整的舞臺表現。《絕》劇就是這樣一齣不同於契訶夫式的，不靠斯氏的那種挖掘臺詞的方法來演出的現代心理劇。〔註 363〕

〔註 360〕《〈靈山〉與小說創作——高行健在香港城市大學演講會上的講話》，原載香港《明報月刊》2001 年 3 月號，《論創作》第 213 頁，（臺北）聯經出版，2008 年 4 月初版。

〔註 361〕《上海文學》1982 年第 8 期，上海文藝出版社 1982 年 8 月 1 日出版。

〔註 362〕《林兆華戲劇年表》，林兆華口述，林偉瑜、徐馨整理《導演小人書》（全本）第 573 頁。

〔註 363〕高行健《京華夜談——我的戲劇觀》，《鍾山》1988 年第 1 期第 198 頁，1988 年 1 月 15 日出版。

9 月 15 日，在北京寫作《談現代戲劇手段》。〔註 364〕

此文從戲劇面臨觀眾流失的壓力談起，講到西方的劇作家從東方戲曲中汲取戲劇變革的資源，認爲繼承中國戲劇傳統落到了這一輩身上。「他們之中一些卓有見地的藝術家公正地指出戲劇的未來源起東方。我國的古典戲曲是世界戲劇史上的一筆奇珍異寶。以梅蘭芳爲代表的京劇表演藝術，各國的戲劇家們無不折服。從斯坦尼斯拉夫斯基到布萊希特，都自認得到了啓發。法國的阿爾多和波蘭的格羅多夫斯基在創立他們的戲劇觀念與方法的時候，也都研究過我國的古典戲曲。我們在探索我國現代戲劇藝術的時候，更應該從我們民族戲劇的傳統出發。以老舍、曹禺、焦菊隱和北京人民藝術劇院爲代表的我們的現代戲劇也已經贏得了國際上的盛譽。可惜的是，他們這些先輩正當藝術上純青之際，卻遇上了那場全民族的災難，未能進一步建立起一整套中國現代戲劇學派。我們這一輩戲劇工作者正應該沿著他們的道路，樹立這樣的民族自信心和時代的責任感，擔負起這個不很輕鬆的任務。」〔註 365〕

他指出：戲劇藝術本質應該說是動作語言的藝術。而語言在戲劇中應該成爲感受、思考和行動的過程；演員的表演是戲劇藝術的生命；戲劇要求同觀眾面對面地直接交流；戲劇要揀回它一度喪失了的劇場性。〔註 366〕

9 月 19 日～10 月 3 日，《絕對信號》在北京人藝一樓排練廳免費公開試演。〔註 367〕

林克歡說：1982 年 9 月，北京人民藝術劇院在首都劇場三樓的小排練廳以小劇場的形式演出了高行健、劉會遠編劇、林兆華導演的《絕對信號》。可以說，這是導演藝術全面變革的一個明確信號。此前，黃佐臨、陳顒在《伽利略傳》，徐曉鐘、酈子柏在《麥克白》，胡偉民在《秦王李世民》，王貴在《陳毅出山》，蘇樂慈在《屋外有熱流》，於村、文興宇在《阿 Q 正傳》……眾多導演藝術家已在各自的實踐中，作過多種多樣的舞臺探索。《絕對信號》接續我國間斷了四、五十年的小劇場演出史，改變了多年以來演員與觀眾的空間構成關係，大幅度地更新了舞臺語彙：人物內心活動的圖像化外化，開拓了

〔註 364〕文末標注：1982 年 9 月 15 日於北京，《隨筆》1983 年第 1 期第 121 頁，花城出版社 1983 年 1 月出版。

〔註 365〕《隨筆》1983 年第 1 期第 116 頁。

〔註 366〕《隨筆》1983 年第 1 期第 120～121 頁。

〔註 367〕《林兆華戲劇年表》，林兆華口述林偉瑜、徐馨整理《導演小人書》（全本）第 573 頁。

戲劇時間的心理向度；甜蜜的話語與麻木的表情，將對婚戀幸福的回憶與犯罪時的緊張情緒，同時展現在演員的現時性表演中，提供了一種「多重性表演」的舞臺經驗；打人與被打被分隔在兩個空間中，將同一事件的動作加以分解；用演員的肢體（手臂）構成示意性的舞臺圖像（手銬）；演員手持電筒爲自己照明，演員自身與演員所扮演的角色，同時成爲戲劇呈現的有機構成……這一系列打破製造生活幻覺的奇思與靈巧的演出，改變了舞臺表現生活的方式，在一定程度上也改變了觀眾觀劇的習慣。〔註 368〕

9 月 20 日，短篇小說《路上》刊發在《人民文學》1982 年第 9 期。〔註 369〕

《路上》講兩個人——司機與乘客的一段經歷。他們的車子在西藏公路上拋錨後，兩個人在孤絕的天地裏作出不同的選擇，一個奮勇抗爭在風雪天中頑強前進，一個畏懼寒冷回到車裏等待，最終一個獲救一個死亡。該短篇將一個漢人科長的倫理困境和愚昧無知表現得絲絲入扣，也將一個擅長在惡劣環境中克服困難的少數民族的普通司機寫得光彩照人。

高行健在 1983 年初的《談冷抒情與反抒情》一文中指出：用黑色幽默這種反抒情的手段同樣可以寫出光明的作品。短篇小說《路上》使用了這種手法，嘲弄了那種半途而廢的失敗者，儘管辛辣，同時又讚揚了勇往直前的精神。〔註 370〕

9 月，《絕對信號》（署名高行健、劉會遠〔註 371〕）在《十月》1982 年第 5 期刊發。〔註 372〕

〔註 368〕林克歡《話劇的八十年代》。

〔註 369〕《路上》文末注明「1982 年於北京」，《人民文學》1982 年第 9 期，作家出版社 1982 年 9 月 20 日。

〔註 370〕高行健《談冷抒情和反抒情》，《文學知識》1983 年第 3 期第 14 頁，河南人民出版社 1983 年 5 月 22 日出版。

〔註 371〕劉會遠，1948 年生，山東榮成人，谷牧副總理的次子。曾是鐵路文工團編劇，1982 年，由劉會遠參與的中國第一部小劇場戲劇《絕對信號》在首都劇場小劇場公演。後任深圳大學區域經濟研究所所長。根據百度詞條「劉會遠」簡編。

〔註 372〕《十月》1982 年第 5 期，北京出版社 1982 年 9 月出版。根據「《十月》」的百度詞條顯示：《十月》雜誌是一本創辦於 1978 年 8 月的大型文學雜誌，主要登載中篇小說、短篇小說、散文、劇本、詩歌等文學作品，每單月 10 日出版。茅盾爲創刊號撰寫發刊詞。「十月」的寓意是 1976 年 10 月粉碎「四人幫」，人們告別十年噩夢，開始新生活的追求和夢想。發表在《十月》並獲得佳評

在《談劇場性》中，高行健談及小劇場時講到《絕對信號》說：北京人民藝術劇院上演的《絕對信號》，先是在排演場，後又在小宴會廳演出了。表演區和觀眾席連成一片，演員同觀眾的距離近在咫尺，演員把人物的內心活動袒露在觀眾眼前，不能不喚起觀眾的強烈的共鳴。實踐證明，這種試驗同樣也受到我國各階層的觀眾的普遍歡迎。〔註 373〕

對《絕對信號》的研究，高行健在《動作與過程》一文中指出：人的意識的活動之可以成戲，恰如同意識流可以進入小說創作中一樣。《絕對信號》一劇一方面沿用了傳統的矛盾衝突的手法，又把這番矛盾衝突像情勢劇一樣，置於一個特定的情境之中，在夜間行車不准有燈光的貨車的守車裏，五個人物都不能不有所行動，而任何一個人的動作都會牽動起其他人物積極的反應。另一方面，在表現單個人物的內心活動的時候，又注意到從意識的流程中去挖戲。一旦在舞臺上將人物的回憶、想像和內心無言的交流也鮮明地展現出來，而不只訴諸潛臺詞，這種內心的活動便處處顯出戲來。這個劇所以能達到那樣強烈的戲劇效果，在相當大程度上得力於後者。〔註 374〕

《在時間與空間》中，高行健兩次提及《絕對信號》，他指出：現代戲劇要儘量擴大其藝術表現力，突破鏡框式舞臺的限制，加強與觀眾的交流。《絕對信號》在夜間行車的時序與守車車廂的環境之中，時而跳到回憶，時而進入想像，環境也隨之變化，對時空的處理在劇作中都已事先規定下來。〔註 375〕現代劇作家和導演沒有必要對時間與空間再恪守形而上學的觀念，沒有必要把戲一定寫死在辛丑年間的子時或卯時，也不因爲寫的是客廳或辦公室，戲便不能越出那四周的牆壁，便不敢插入回憶或展現願望。因此，現代戲劇中的時空關係就變得極爲複雜。劇作者和導演在變幻時空關係的時候，自己首先得層次清楚，表達鮮明，並且要找到導致觀眾入戲的充分的心理依據。〔註 376〕

談戲劇中的時間與空間首先要承認戲劇藝術的假定性，可以稱爲心理時間與心理空間，它包涵了被活躍了的觀眾的想像力和感受在內。在設計、排

的那些作品，不僅記載一個時代思想所能達到的深度，也記載著一個時代藝術達到的精度。該刊由北京出版集團公司主辦。

〔註 373〕高行健《談劇場性》，《隨筆》1983 年第 2 期第 92～93 頁，花城出版社 1983 年 3 月出版。

〔註 374〕《隨筆》1983 年第 4 期第 107 頁，花城出版社 1983 年 7 月 22 日出版。

〔註 375〕《隨筆》1983 年第 5 期第 104 頁，花城出版社 1983 年 9 月 22 日出版。

〔註 376〕高行健《時間與空間》，《隨筆》1983 年第 5 期第 104～105 頁。

練、上演一臺戲的時候，應該著眼於時空的處理，舞臺美工、音響效果和演員的表演都需要服務於這種創造，不能幫助觀眾活躍想像力的那種表現在現代戲劇中便毫無意義。〔註 377〕《絕對信號》中有一段蜜蜂姑娘長達六分鐘的獨白，時空的變化很大，從守車裏到草原上，到沒有具體場景的某種心境之中，而這種心境變化時又不斷出現其他人物的幻象和一個能引起幻象的移動著的藍色光圈，其速度與節奏又表達著人物當時的情緒，最後又都收回到漆黑的守車中去。而演員的表演之所以能打動觀眾，也在於同觀眾建立了情感上的交流，在音響效果、舞美、燈光的配合下，充分調動了觀眾的想像力，這一切於是變得眞實可信了。〔註 378〕

10 月 10 日，《讀王蒙的〈雜色〉》刊發在《讀書》1982 年第 10 期。〔註 379〕

10 月 18 日，《人民戲劇》刊發報導《北京人藝的新探索——小劇場演出》。

該文指出：六月初，北京人民藝術劇院第一個爲在小劇場演出的劇目正式建組，這是個令人興奮的消息。北京人藝首次推出的小劇場演出劇目是由高行健與劉會遠合作創作的話劇《絕對信號》（原名《在守車上》）。劇本採用無場次結構，場景、舞臺調度變化不大。必須用細膩的表演表現人物內心矛盾衝突，這就給導表演和舞美都提出了新課題，具有探索的意義。北京人藝領導對這個劇目給予了支持，請著名舞美工作者與導演合作，許多演員踴躍報名申請角色，該劇已於九月份作實驗演出。〔註 380〕

10 月 26 日，巴金寫作《一封回信》，聲援高行健。

高行健回憶：《現代小說技巧初探》不久便惹來麻煩。作家協會的黨組書記馮牧同志在全國作協發動批判，說是「一個小作家」，寫了「一本荒誕而反動的小冊子」，鼓吹西方的現代派，我們的社會主義文藝的方向和道路面臨挑戰。我寫信給巴金求援，他居然親自出面，在《上海文學》上連續兩期發表

〔註 377〕《隨筆》1983 年第 5 期第 107 頁。
〔註 378〕《隨筆》1983 年第 5 期第 107 頁。
〔註 379〕高行健《讀王蒙的〈雜色〉》，《讀書》1982 年第 10 期第 36～40 頁，三聯書店 1982 年 10 月 10 日出版。
〔註 380〕《北京人藝的新探索——小劇場演出》（作者凌霄），《人民戲劇》（該刊 1983 年開始恢復原名《戲劇報》）1982 年第 10 期第 15 頁，中國戲劇出版社 1982 年 10 月 18 日出版。

了接見瑞士記者的長篇訪談，說一些青年作家對現代派即使有興趣，也不必大驚小怪。〔註 381〕

經筆者查證，高行健的部分記憶有誤，巴金的文章發表在 1983 年第 1 期，題目是《一封回信》〔註 382〕，巴金標注寫信時間爲：1982 年 10 月 26 日，是寫給瑞士作家馬德蘭・桑契女士的信。巴老直接表態：形式是爲內容服務，完全不用擔心「西方化」的問題。

馬德蘭・桑契訪問上海，留下一封信，請巴金回答她的問題。她這樣問：

我 1975 年來過中國，當時我要求會見作家，訪問出版社，不成。我要求給我文學作品閱讀，我卻爲人們所提供的作品形式的貧乏而感到吃驚……其中敘述了革命，但並沒有文學，或者至少沒有我們西方人所謂的「文學」。現在，在這方面是不是有一些根本的變化？形式在中國是不是也變得重要起來了？您是怎樣看待這個變化的？您說過：要相信未來。未來將是美好的。您怎樣看這未來呢？中國目前出現的西方化的傾向太顯著，我們已經看到了它的一些苗頭，您以爲它是不是可以克服的呢？

巴金回信說：只講我個人的看法。作爲一個中國作家講話時，我也並不代表別人。

1975 年在「四人幫」專政下，我還是一個不戴帽子的「反革命分子」，一個「新社會」的「賤民」，我早已被趕出了文藝界，您當然不會見到我。您也不會見到別的寫過文學作品的作家，因爲他們全給趕到「五七」幹校或者別的地方勞動去了。「四人幫」用極左的「革命」理論，群眾鬥爭和殘酷刑罰推行了種種歪理：知識罪惡，文化反動，在一窮二白的基礎上加速建設「共產主義社會」。他們害怕反映眞實生活的文藝，他們迫害講眞話的作家。他們開辦「工廠」，用自己發明的「三突出」、「三結合」等等「機器」製造大批「文藝作品」，他們得意地吹噓「你出思想，他出生活，我出技巧」三結合的方法如何巧妙，可是他們製造的「作品」都是他們用來進行政治陰謀的工具。在那一段時期出現的「作品」裏，既沒有生活，也沒有革命，更沒有文學。有的只是謊言。不到十年，它們全給扔進了垃圾桶。

〔註 381〕高行健《悼念巴金》，高行健著《論創作》第 345 頁，臺北聯經出版社 2008 年 4 月初版。

〔註 382〕巴金《一封回信》，首刊於《上海文學》1983 年第 1 期，《新華文摘》1983 年第 3 期全文轉載。

現在的確有你說的那種變化。「四人幫」垮臺了，他們的「陰謀文藝」破產了。作家們又站起來了，再一次拿起了筆，我便是其中的一個。在五十年代被錯劃爲右派的作家們也給恢復了名譽，重新得到執筆的權利和自由。大家都在勤奮地寫作。幾年來出現了相當多的文藝刊物，相當多的新作家，不用說，還有讀不完的各種各樣的新作品。作品很多，當然有好有壞，但好的並不少，我只讀過其中的一小部分，卻保留著很深的印象，這裡有生活，有革命，也有文學，而且還有作家們的辛勤勞動和獨立思考。那許多經過十年文革的磨煉，能夠用獨立思考、願意忠實地反映生活的作家，一定會寫出更多、更好、更深刻的作品。當然也會有不少的阻力。但是大多數作家寫作，不是爲了成名成家，而是想改善周圍的生活，使生活變得美好，使自己變得對社會、對人民更有用，現實生活培養了作家，它像一根鞭子逼著作家寫作、前進。認眞的作家是阻力所難不倒的。

用不著擔心形式的問題。我個人始終認爲形式是次要的，它是爲內容服務的。在寫作的道路上中國作家從未停止探索，總想找到一種能夠更準確地表達自己思想、使它打動人心的形式，就像戰士們總想找到一件得心應手的武器。讓他們自己挑選吧。讀者們銳利的眼光正在注視他們。至於西方化的問題，我不太明白您指的是哪一方面。我們在談論文學作品，在這方面我還看不出什麼「西方化」危機。拿我本人爲例，在中國作家中我受西方的作品影響比較深，我是照西方小說的形式寫我的處女作的，以後也就順著這條道路走去。但我筆下的絕大多數人物始終是中國人，他們的思想感情也是中國人的思想感情。我多次翻看自己的舊作，我並不覺得我用的那種形式跟我所寫的內容不協調、不適應。我的作品來自中國社會生活，爲中國讀者所接受，它們是中國的東西，也是我自己的東西。我沒有採用我們祖先用慣了的舊形式。我正是爲了反對舊社會制度，有志改善舊生活、改變舊形式，才拿起筆寫作的。今天可能有一些作家在探索使用新的形式或新的表現手法，他們有創新的權利。他們或成功或失敗，讀者是最好的評論員。作家因爲創新而遭受長期迫害的日子已經一去不復返了。一部作品發表以後就稱爲社會的東西，好的流傳後世，不好的自行消亡。不論來自東方或西方，它屬於人類，任何人都有權受它的影響，從它得到益處。現在不再是「四人幫」閉關自守、與世隔絕的時代了。交通發達，距離縮短，東西方文化交流，日益頻繁，互相影響，互相受益。總會有一些改變。即使來一個文化大競賽，也不必害怕「你化我，我化你」的危險，因此我不在信裏談克服所謂「西方化傾向」的問題了。

11 月 5 日，《絕對信號》在北京人民藝術劇院首演。〔註 383〕**當時，演出地點由宴會廳改造，還沒有被正式批准爲「小劇場」。**〔註 384〕

林兆華回憶：1982 年 11 月我們在小劇場試驗演出了《絕對信號》，高行健稱它是「無場次話劇」，這個戲似乎在一個叫人窒息、凝固的空間裏，在火車的最後一節車廂守車裏展開，卻又超越了現實時空的限制，給人物的回憶與想像以極大的自由。〔註 385〕

馬壽鵬說：這個戲在彩排時我就看了，受到很大的震動。我一連看了好多場，試驗演出時在排演廳裏，連堆在角落裏的舊景片和梯子上都站滿了觀眾。公演的時候，在人藝三樓由宴會廳改成的小劇場裏，最後一排座位後面的走道上都擠滿了人。這在人藝的歷史上恐怕是沒有過的。每場演出後都有許多觀眾留下來座談，我還沒有見過觀眾對一個戲有這麼高的熱情。〔註 386〕

高行健說：有時候觀眾不走一直談到凌晨一時還散不了。這同我們的演出的形式有很大的關係。我們在中國開創了小劇場的這種演出形式，觀眾三面圍繞著演出的小平臺，演員和觀眾的距離近在咫尺，蜜蜂那段獨白就在觀眾眼前。沒有布景，只用了一個鐵管聯結的框架表示車廂，導演的這種設計破除了製造眞實環境的幻覺，就明明白白告訴觀眾是在演戲。主要靠演員的表演，再就是燈光和音響，便造成了環境和心境的眞實感。〔註 387〕

〔註 383〕據《四十年上演劇目一覽表》，圖片冊《紀念北京人民藝術劇院建院 40 週年（1952～1992）》（劉錦雲林兆華主編）第 127 頁，香港江源出版公司 1992 年出版。

〔註 384〕《林兆華戲劇年表》，林兆華口述林偉瑜、徐馨整理《導演小人書》（全本）第 573 頁。

〔註 385〕林兆華《墾荒》，《戲劇》1988 年春季號第 84 頁，中央戲劇學院戲劇雜誌社 1988 年 5 月 20 日出版。

〔註 386〕高行健和馬壽鵬 1987 年 2 月的對談，高行健《京華夜談——我的戲劇觀》，《鍾山》1988 年第 1 期第 198 頁。

〔註 387〕高行健和馬壽鵬 1987 年 2 月的對談，高行健《京華夜談——我的戲劇觀》，《鍾山》1988 年第 1 期第 198 頁。

11 月 10 日，《二十五年後》刊發在《文匯月刊》1982 年第 11 期。〔註 388〕

11 月 15 日，《談小說觀與小說技巧》刊發在《鍾山》1982 年第 6 期。〔註 389〕

11 月 18 日，《人民戲劇》刊發《引人注目的活躍局面》，肯定《絕對信號》的演出。

該文完整的題目是《引人注目的活躍局面——看入夏以來首都話劇演出有感》（作者聞起）。文章指出：北京人藝的《絕對信號》經過實驗演出，已於十一月初在小劇場公演，引起了廣泛的興趣和注意。編導既堅持反映生活、塑造人物的現實主義戲劇傳統，又從中國戲曲和外國當代戲劇那裡借鑒了一些能夠爲我所用的東西，擴大了傳統的話劇舞臺表現方法。它在形式上的探索正是目前許多話劇工作者所共同關心的課題。《絕》劇的基礎是現實主義的，它在戲劇衝突和人物關係的設置方面完全符合現實主義戲劇對「戲」的要求。正是在有「戲」的基礎上，編導借助燈光、調度，靈活地改變時間、地點，把人物的內心世界直接訴諸舞臺行動，引著觀眾到主人公的內心世界去探幽燭微。《絕》劇的藝術探索是有意義的，它所包含的社會內容也是積極的。同樣寫失足青年的轉化，它不立意於過去的墮落，而矚目於新的選擇。〔註 390〕

這一期雜誌還刊發另一篇文章——《新花新路新嘗試——訪〈絕對信號〉導演林兆華》。〔註 391〕

〔註 388〕《文匯》月刊 1982 年第 11 期，文匯報社 1982 年 11 月 10 日出版。根據發表於《上海文學》2015 年第 5 期的羅達成《辦刊物就是要揮霍「名家」——〈文匯月刊〉創刊的日子》一文，《文匯月刊》由上海文匯報社出版，創刊於 1980 年 1 月 20 日，一開始名字叫《文匯增刊》，出版了七期之後，第二年才改爲《文匯月刊》。根據余墨 2012 年 12 月 17 日發布的博客文章《懷念〈文匯月刊〉》http://biog.163.com/qzbyj@126/biog/static/370191140121117112234905.該刊於 1990 年 6 月停刊，是受到 1989 年政治風波的影響後被要求停辦的。

〔註 389〕《談小說觀與小說技巧》，《鍾山》1982 年第 6 期，江蘇人民出版社 1982 年 11 月 15 日出版。《鍾山》文學雜誌創刊於 1978 年，是改革開放後創刊最早的幾家大型文學刊物之一，是江蘇省作家協會主辦，地點在南京。

〔註 390〕《人民戲劇》1982 年第 11 期第 17 頁，中國戲劇出版社 1982 年 11 月 18 日出版。

〔註 391〕《人民戲劇》1982 年第 11 期第 42～43 頁。

11 月，在北京完成劇本《車站》二稿。〔註 392〕

11 月，寫作《對〈車站〉演出的幾點建議》。〔註 393〕

11 月，《同一位觀衆談戲——現代戲劇雜談之一》刊發在《隨筆》第 23 期。〔註 394〕

12 月 4 日，法國《世界報》刊發對《絕對信號》的報導。

作者阿尼塔・蘭德寫道：

先鋒派戲劇在北京出現並取得成功。高行健的作品這之前從未上演過。劇名《絕對信號》接觸了一個大膽的主題：把年輕人的失業與犯罪問題提交觀眾思考，在今日中國這是敏感的問題。再則，愛情只起很輕的作用，卻成爲一個重要事件的導火索。這一事件目前尙未引起北京報界的充分注意。

舞臺位於觀眾之中，在首都劇場的一個堆滿東西的小廳裏，《絕對信號》的主人公們不化妝也不講究服裝，一無布景，全在黑暗之中，沒有幕布，也無幕間休息。只有些藍、綠或柔和的聚光對準演員的臉，加強各場戲的節奏，表明現在與過去，夢想與惡夢。在震耳的行車聲中，觀眾活在這五個人物愈來愈緊張的焦慮與矛盾之中。

明顯的事實是，這戲一反尋常，剝離了任何政治宣傳。誠然，還維繫了道德，失業青年殺死了流氓，保障了列車的安全，也即集體的安全，舞臺上的這些人物很好提出了當今中國社會的熱點問題。

作者已寫過十幾個劇本，但《絕對信號》首次被接受，並引起熱烈討論。他的另一個劇本可能不久會上演。〔註 395〕

12 月 8 日，在北京寫作《談劇場性》。〔註 396〕

文章探討劇場性本質在於演員與觀眾的直接交流。「戲劇之區別於電影或電視正在於它的所謂劇場性。觀眾所以不上電影院去而選擇劇場，恰因爲戲

〔註 392〕《十月》1983 年第 3 期第 138 頁文末標注：1982 年 11 月二稿於北京，北京出版社 1983 年 5 月出版。

〔註 393〕高行健《對〈車站〉演出的幾點建議》文末標注：1982 年 11 月，高行健著《對一種現代戲劇的追求》第 123 頁。

〔註 394〕《隨筆》第 23 期，花城出版社 1982 年 11 月出版。

〔註 395〕潘耀明主編《2000 年中國當代作家文庫　高行健》第 184 頁，附錄《西方報刊對高行健作品的評論》，明報月刊出版社 1999 年 8 月第 1 版，2000 年 10 月第 2 版，2000 年 11 月第 3 版。

〔註 396〕高行健《談劇場性——現代戲劇手段初探之三》文末標注：1982 年 12 月 8 日於北京，《隨筆》1983 年第 2 期，花城出版社 1983 年 3 月。

劇具備著這種獨特的劇場氣氛。劇場是人們盛會的所在，可享受活的演員通過角色的創造帶來的那份喜悅。布萊希特和吳祖光都主張現代戲劇應具有娛樂性。戲劇可巧妙地幫助人們做內心的清理。」〔註 397〕

劇場性導致了劇場的改造。「於是，代之以被大屏幕隔開的鏡框式舞臺，紛紛出現了伸出式舞臺、弧形舞臺、中心舞臺、環形舞臺和多平臺、多表演區的劇場。現代劇場的設置創造了種種新的空間，努力縮短觀眾同演員的距離，甚至於將演員與觀眾混合在一起。西方的小劇場運動，已經成爲一種相當普遍的戲劇演出形式。現代戲劇把上個世紀末由法國的昂杜阿勒的自然主義戲劇和俄國的斯坦尼斯拉夫斯基的心理現實主義戲劇在劇場裏豎起的那第四堵牆徹底打碎了。」〔註 398〕

高行健強調：能通過語言和表演叫沉睡了的想像力活躍起來的戲劇，才是藝術的力量。現代劇作家們如果充分運用起語言的各種手段，第二人稱、傳統戲曲元素等，也可自由地變換時間與空間。而除了固定的演出空間，還有一種存在於演員與觀眾心中的心理空間，這都是現代戲劇藝術要探索的新的課題。〔註 399〕

12 月 9 日，《北京日報》發表《可喜的藝術探索》一文，肯定《絕對信號》。

該文是林涵表所寫，關於劇本的思想內涵，他認爲：這齣反映當代青年探索生活道路的戲，寫得深沉，著意於眞實地挖掘人物的心理變化，對黑子的轉變描寫也合情合理。這對教育青年，面向現實，選擇正道，是有深刻意義的。〔註 400〕

12 月 12 日，《中國青年報》發表報導，題目爲《〈絕對信號〉震動了我的心》。

〔註 397〕高行健《談劇場性——現代戲劇手段初探之三》，《隨筆》1983 年第 2 期第 90～91 頁，花城出版社。

〔註 398〕高行健《談劇場性——現代戲劇手段初探之三》，《隨筆》1983 年第 2 期第 92～93 頁。

〔註 399〕高行健《談劇場性——現代戲劇手段初探之三》，《隨筆》1983 年第 2 期第 94 頁。

〔註 400〕林涵表《可喜的藝術探索》，《北京日報》1982 年 12 月 9 日，轉引自《文學爭鳴檔案：中國當代文學作品爭鳴實錄（1949～1989）》第 599 頁，南開大學出版社、百通（香港）出版社 2002 年 8 月第 1 版第 1 次印刷。

文章指出，一位青年觀眾誇獎說，「臺詞中沒有大道理，沒有豪言壯語，但卻非常明確地告訴人們，人應該走一條正路。〔註 401〕

12 月 13 日，于是之給北京人藝領導（刁光覃、夏淳、蘇民）寫信，表示支持《車站》開始排練。〔註 402〕

信的全文如下〔註 403〕：

刁（光覃）、夏（淳）、蘇民諸領導同志：

我認爲《車站》這個劇本是很好的，可以排練，戲裏讚揚了對生活的勇敢的精神，敢於開創的精神。同時也好心地批評那些怠惰的，空虛地對待生活的態度。這個戲搞的好的話會使觀眾感到親切，在會心的笑聲裏，加深人民對生活的思考。這會是一齣有吸引力的健康的好戲。人物比《絕對信號》結實。人物之間的關係的變化，寫得也非常細微、眞實，在人情味中寫出了人們之間的應有的關係。人物的前途也是樂觀的。結構上運用了兩處時間變化的手法，也很有趣味，觀眾我想是會完全懂得的。

我因此建議可以排練。劇本個別片斷可能出現拖沓，那是完全可以在排練中解決的，我想這個戲排起來也會使演員在演技上得到新的鍛鍊。

以上意見當否，供領導考慮。

于是之　　13／12

12 月 15 日，夏淳批覆，認爲于是之意見值得重視，但要開會討論。〔註 404〕

12 月 18 日，《人民戲劇》刊發三篇文章研討《絕對信號》。

第一篇是曲六乙的《吸收、溶化、獨創性》，他說：

近年來陸續出現了《屋外有熱流》、《血，總是熱的》、《路》等別具風采的新作。它們崛起於滬上，如今響應於京華，並有新的創造和發展，這就是《絕對信號》。它的主要藝術成就是，在中國話劇藝術發展中，把民族戲曲美

〔註 401〕《〈絕對信號〉震動了我的心》，《中國青年報》1982 年 12 月 12 日，轉引自《文學爭鳴檔案：中國當代文學作品爭鳴實錄（1949～1989）》第 599 頁。

〔註 402〕《林兆華戲劇年表》，林兆華口述，林偉瑜、徐馨整理《導演小人書》（全本）第 573 頁。

〔註 403〕林兆華《墾荒》，《戲劇》1988 年春季號第 87 頁。

〔註 404〕《林兆華戲劇年表》，林兆華口述，林偉瑜、徐馨整理《導演小人書》（全本）第 573 頁。

學精華同當今外國戲劇某些表現手段，比較和諧地溶化於生動感人的舞臺藝術形象中。

近年來，以青年犯罪的題材的劇本，不乏佳作，但似曾相識或因襲雷同者居多。聰明的作家總是有意無意地避開人家寫過的、並且獲得了成功的題材，而有獨創性的作家卻偏要在類同的題材中寫出新意。這是古典文學理論中說的敢於「犯」題和善於「犯」題，在「犯」題中顯露出創造的才華。《絕對信號》的中心人物是黑子。老車長、蜜蜂、小號和車匪四個人物，則是分別從正面、側面和反面對黑子形象作對比、烘托和映照。《絕》劇作者和導演著眼於心理的衝突，心靈的交鋒，情緒的照映，精神的開拓。他們運用新穎的藝術手法，讓演員打開人物的心扉，向觀眾袒露出複雜的內心世界。

《絕對信號》的結構介於寫實和寫意之間，有自由穿插、綴嵌的特點。它無場次，一氣呵成。回憶、夢幻、幻象的處理手法打亂了劇情的正常時序，但又分別鑲嵌在總的故事發展線上。同時又經常把不同的場景、在觀眾的感覺裏同守車這唯一可視的固定場景連綴在一起。中國古典藝術很講究布局中的「空靈」。「空靈」並非「空白」，而是要求在虛與實、疏與密、濃與淡的精巧布局中，創造出一種特殊的藝術境界。它的出現，無疑是對習見的寫實劇的一種挑戰。〔註 405〕

第二篇是張仁里的《話劇舞臺上的一次新探索》，他指出：《絕對信號》是話劇舞臺藝術的一次新的、全面的探索。它以別具匠心的舞臺演出處理、吸引觀眾與話劇界的同行。它的成功將引起我們認眞的思索，對舞臺藝術的各個部分的創造——尤其是導演藝術的創造，會帶來更深的影響。劇本是導演創作的基礎。《絕對信號》一劇在立意和結構上的新穎，都給導演藝術的創新鋪設了路基。導演大膽而不落俗套的創造，反過來也更深地挖掘了主題和賦予劇本更強的藝術感染力。劇本的獨特結構，導演富有創造性的總體構思，對演員的演技提出了更高的要求。《絕對信號》的演出新穎而不奇詭，巧妙而不怪誕，絕無光怪陸離之感，形式的創造是從劇本的內容需要出發的，是爲表現我國人民的現實生活服務的，這一點確實給人以啓示。〔註 406〕

〔註 405〕《人民戲劇》1982 年第 12 期第 26～27 頁，中國戲劇出版社 1982 年 12 月 18 日出版。

〔註 406〕《人民戲劇》1982 年第 12 期第 26～28 頁。

第三篇是行之的《征服觀眾》。文章指出：直截了當地說吧，我非常喜歡話劇《絕對信號》的劇本和演出。不管人們對它的毀譽如何，它對我國話劇的創新和演出，都將產生一定的影響。《絕對信號》的「絕對信號」應是不斷地創新，而不是照搬、模仿，樹立一個什麼「樣板」。〔註 407〕

12 月 20 日，夏衍寫作《答友人書——漫談當前文藝工作》，也聲援高行健。〔註 408〕

夏衍說：在撥亂反正，清理長期束縛著我們的極左思想的時候，在實行對外開放政策，把關閉了幾十年的閘門一下子打開的時候，在文藝界出現一些資產階級自由化的現象，是不足為奇的。〔註 409〕

關於中國需不需要現代派的問題，他說：現在議論中的「現代文學」，是從上世紀末到本世紀初期（一般的說法是從上世紀的九十年代到本世紀的三十年代），也就是資本主義社會不斷出現危機的時代產生的。現在被叫做現代主義的文學是太複雜了，要給它下一個定義是不容易的。因為一，它不是一個統一的運動；二，它不代表著某一個特定的社會集團；三，它不持有某種特定的政治態度。但也得承認，他們的確創造了一些寫作上的新方法、新形式。他們之中的大多數人都在力求打破過去小說的敘述程序、刻畫內心世界和創造晦澀難懂的語言。因此，我認為這個問題也應該實事求是，從實際出發，分別對待。誰都知道，解放三十多年，我們不僅在經濟上受封鎖，在文化上也被封鎖了近三十年，我們對西方世界的文藝介紹、瞭解得很少（在「文革」中幾乎可以說沒有）。三中全會以後，也不過幾年，因此，既然對外開放政策肯定不變，那麼西方文化一定會或快或慢、或多或少地「滲透」進來的。在這種情況下，我個人的意見是，對這一類文藝作品應該採取分析研究、慎重對待的態度，而不要像過去那樣的「聞風而動，群起而反之。」因為這裡還有一個人民大眾是否接受的問題。現代派手法被我們用得好，人民接受，那對我們有益處；照抄他們的手法，用得不好，老百姓是不會受影響的。〔註 410〕

〔註 407〕《人民戲劇》1982 年第 12 期第 29 頁。

〔註 408〕夏衍《答友人書——漫談當前文藝工作》文末標注：1982 年 12 月 20 日，《上海文學》1983 年 2 月號第 13 頁，上海文藝出版社 1983 年 2 月 1 日。

〔註 409〕《上海文學》1983 年第 2 期第 5 頁，上海文藝出版社 1983 年 2 月 1 日出版。

〔註 410〕《上海文學》1983 年第 2 期第 8～9 頁。

可以引用魯迅先生的名言：「中國文藝界上可怕的現象，是在先輸入名詞，而並不介紹這個名詞的涵義。」一聽「意識流」、「現代派」等等名詞，連它的涵義也不瞭解，就隨風而動，上綱上線，我看大可不必。（就在不久前召開的五屆政協小組會上，就聽到一位委員說，現在決定要「批」現代派了。）〔註 411〕由於我們實行了開放政策，各種各樣的文藝思潮、創作方法、流派會進來，有時，耳聞不如目見，讓它們進來給我們一個視察、借鑒的機會，只要處理得好，也許是有益無害，這裡就有一個加強領導和改善領導的問題，也有一個氣度宏放的問題。對文藝領導，我認爲現在是提倡文藝民主的時候了。〔註 412〕

12 月 25 日，《新華文摘》1982 年第 12 期全文轉載劇本《絕對信號》。〔註 413〕

經筆者查閱，《新華文摘》在 1982 年僅轉載 3 個劇本，分別是梁秉堃的《誰是強者》（第 5 期）；賈鴻源、馬中駿的《路》（第 2 期）；高行健、劉會遠的《絕對信號》（第 12 期）。〔註 414〕

12 月出版的《北京文藝年鑒（1982 年）》的「中篇小說簡介」中，收入「高行健：《有隻鴿子叫紅唇兒》」。〔註 415〕

該簡介這樣寫：《有隻鴿子叫紅唇兒》，作者高行健，載《收穫》第 1 期。作品記述了一個消逝的時代的悲劇，一個天才夭折的故事。作品中的主人公快快，是一個聰明、用功，才華出眾的青年學生。他一心想在科學事業上作出成就。但由於父親被劃爲右派，使他在大學裏受到種種歧視。他刻苦鑽研，卻被批判爲「只專不紅」。快快和燕萍眞誠相愛，遭到燕萍父母的堅決反對。燕萍在家庭的壓力下與軍區副司令員的兒子陸南結了婚。快快和幾個研究生在一起探討科學，因而被打成「裴多菲反革命集團」，作爲清理對象送到農村去監督勞動。後來，燕萍與陸南離了婚。燕萍四處奔走爲快快落實政策，幫助他完成醞釀已久的重要科學論著。正當他們快要結婚的時候，快快卻由於

〔註 411〕《上海文學》1983 年第 2 期第 11 頁。

〔註 412〕《上海文學》1983 年第 2 期第 13 頁。

〔註 413〕《新華文摘》1982 年第 12 期第 78～97 頁，人民出版社 1982 年 12 月 25 日出版。

〔註 414〕《本刊 1982 年總目錄》，《新華文摘》1982 年第 12 期第 254 頁，人民出版社 1982 年 12 月 25 日出版。

〔註 415〕北京市社會科學研究所、北京文藝年鑒編輯部編《北京文藝年鑒 1982》目錄第 6 頁，工人出版社 1982 年 12 月第 1 版第 1 次印刷。

過度勞累被病魔奪去了生命。一個天才就這樣夭折了。作品中還描寫了另一對青年公雞和肖玲的愛情悲劇。〔註416〕

1983年　43歲

1月1日，巴金聲援「現代派」的文章——《一封回信》刊登在《上海文學》1983年第1期頭條。〔註417〕

1月2日，在北京寫作短篇小說《侮辱》。〔註418〕

寫一個美麗而敏感的女孩隱秘的內心世界。她在公交車上遭遇了男乘客的猥褻之後，身體發燒、連發噩夢，對生活的壓力產生一種本能的反映與自我疏解。

1月6日，在北京寫作《談冷抒情與反抒情》。〔註419〕

文章論及現代小說寫作方法中的「冷抒情」和「反抒情」。

高行健指出：現代小說中，一般是不抒情的，從這個意義上說，現代小說離浪漫主義遠了，和現實卻更爲貼近。現代人對情感的認識，較之古人更爲細緻也更爲理智。〔註420〕現代文學研究的是個人在社會生活中的地位以及由於這種地位所確定的應有的價值。哪怕是個偉大的人物，只有做出恰如其分的估價，放到一個適當的位置上，才能令現代讀者信服。於是，現代小說中代替感情的抒發即所謂抒情，便呈現爲另一種方式，即所謂冷抒情或反抒情。〔註421〕

他強調「冷抒情的出發點是理智，並且建立在精細的觀察和清醒的自我審視上。它不僅體現在樸實的記敘中，也還可以通過對外在畫面的精確勾畫來轉達，甚至不必用任何帶感情色彩的詞句。對視覺形象的這種精確描述也同樣能達到冷抒情的效果。冷抒情也還可以是對印象的追蹤。在小

〔註416〕該文字簡介撰文的署名爲：高潔。北京市社會科學研究所、北京文藝年鑒編輯部編《北京文藝年鑒1982》第410～411頁，工人出版社1982年12月第1版第1次印刷。

〔註417〕巴金《一封回信》，《上海文學》1983年第1期第4～5頁，上海文藝出版社1983年1月1日出版。

〔註418〕《侮辱》文末標注：1983年1月2日於北京，《高行健短篇小說集》第218頁。

〔註419〕《談冷抒情與反抒情》文末標注：1983年元月6日於北京，《文學知識》1983年第3期，河南人民出版社1983年5月22日出版。

〔註420〕高行健《談冷抒情與反抒情》，《文學知識》1983年第3期第12頁。

〔註421〕高行健《談冷抒情與反抒情》，《文學知識》1983年第3期第13頁。

說的敘述語言中造成一種距離感是冷抒情的一種辦法。」〔註 422〕反抒情則「不僅要言之有物，還要講得巧妙機智，中國人說的俏皮，或外國人之所謂幽默」；〔註 423〕「滑稽也算一種反抒情」。〔註 424〕

現代小說家的明智在於，不讓筆下的人物的感情去淹沒作家的理智，把感受的心理過程留給讀者，這遠比那種赤膊上陣直接表述人物情感的起伏更爲有效。該文可以看成是高行健早期對「冷的文學」一種表述的雛形。

1 月 21 日，《北京晚報》發表文章《〈絕對信號〉使人驚醒》。

文章署名胡雪冬，他認爲：八十年代青年本質上是覺醒、奮發的一代，但青年人的成長並非都是一帆風順、一個模式的。在時代洪流中，誰能想像得到，他們之中就有黑子這樣的覺醒的沉淪者呢？《絕對信號》正是反映了青年人在人生道路上，從迷茫到覺醒的轉變，是覺醒前的一刻。這難道不正是對生活的概括和昇華嗎？難道還要再去表現「三突出」、「高大全」嗎？〔註 425〕

1 月 25 日，《新華文摘》1983 年第 1 期轉載兩篇與「現代派」有關的文章。

一篇是邵牧君的《現代派和電影》〔註 426〕，主要介紹西方的所謂現代派電影，作者對掌握的文本不甚了了，論述態度是否定多於肯定，摘自 1982 年 11 月 11 日《光明日報》；另一篇是曉江的《開放與設防——略論對西方現代派文學的認識》〔註 427〕，摘自 1982 年 11 月 23 日的《解放日報》，該文直接由高行健的《現代小說技巧初探》一書引發討論，認爲對西方現代派的態度是：既要開放，又要設防。

1 月 26 日，在北京人藝寫作《談戲劇性》。〔註 428〕

〔註 422〕高行健《談冷抒情與反抒情》，《文學知識》1983 年第 3 期第 13～14 頁。
〔註 423〕高行健《談冷抒情與反抒情》，《文學知識》1983 年第 3 期第 14 頁。
〔註 424〕高行健《談冷抒情與反抒情》，《文學知識》1983 年第 3 期第 15 頁。
〔註 425〕胡雪冬《〈絕對信號〉使人驚醒》，《北京晚報》1983 年 1 月 21 日，轉引自《文學爭鳴檔案：中國當代文學作品爭鳴實錄（1949～1989）》第 600 頁。
〔註 426〕《新華文摘》1983 年第 1 期第 155～157 頁，人民出版社 1983 年 1 月 25 日出版。
〔註 427〕《新華文摘》1983 年第 1 期第 156～157 頁上半部分。
〔註 428〕《談戲劇性》文末標注：1983 年 1 月 26 日於北京人藝，《隨筆》1983 年第 3 期第 123 頁，花城出版社 1983 年 5 月 22 日出版。

此篇結合當下中國的戲劇，評介了幾個西方現代戲劇家的戲劇觀念，包括易卜生、蕭伯納的問題劇、契訶夫的生活劇、布萊希特的敘事劇、阿爾多的完全戲劇等，還談及中國傳統戲曲的戲劇性在於分明可見的動作、斯坦尼斯夫斯基的面具元素、梅特林克主張戲劇在於語言而非動作、魔術中也有戲等。他強調戲劇手段同劇目內容的關係大抵相當於書法和書寫的文字的關係，是可以剝離出來另行研究、藝術忌諱模式等。

1 月，《戲劇創作雜談之二：談現代戲劇手段》發表在《隨筆》1983 年第 1 期。〔註 429〕

1 月，寫作《對現代折子戲演出的幾點建議》。〔註 430〕

2 月 1 日，夏衍的文章《答友人書——漫談當前文藝工作》刊發在《上海文學》1983 年第 2 期頭條，也聲援「現代派」，提倡文藝民主。

2 月 26 日，與林兆華一起給曹禺寫信。〔註 431〕

該信對當時北京人藝的院長曹禺的關心致謝。「收到您祝賀《絕對信號》公演百場的賀電，當即向劇組的全體同志宣讀。大家非常興奮，感謝您這樣熱情的關懷，並委託我們問候您。您說過這個戲滿百場時還要來看。此刻，您雖人在上海，心還惦記我們這個戲，而且給予我們這樣高的評價。我們深深感激您的支持和鼓勵，並將它視爲極高的榮譽」。〔註 432〕

信中領悟曹禺之前在黃山對青年劇作家的講話精神，「您自己便是兼收並蓄，熔爲一爐，自成一格。而《雷雨》、《日出》和《北京人》又各有特色。您那番精彩的講話對搞藝術創作的人來說，很令人開竅。」他們表達小劇場藝術對觀眾的魅力以及努力發展戲劇的信心，「希望能促成我們劇院一大一小兩個劇場並存與繁榮的局面，多一種演出形式，對豐富我們的劇目，對表演、導演和舞臺藝術的探索想必也是有益的。《絕對信號》只是個初步的嘗試，我們還想在今後小劇場的實驗中，進一步摸索加強演員和觀眾交流的手段，試圖在話劇表演藝術上取得更大的眞實感和更強的感染力。我們這個有悠久的

〔註 429〕《隨筆》1983 年第 1 期第 115～121 頁，（廣州）花城出版社 1983 年 1 月出版。

〔註 430〕文末標注：1983 年 1 月，高行健著《對一種現代戲劇的追求》第 132 頁。

〔註 431〕高行健和林兆華信的末尾標注：1983 年 2 月 26 日於北京人藝，《十月》1983 年第 3 期第 161 頁，北京出版社 1983 年 5 月出版。

〔註 432〕《十月》1983 年第 3 期第 160 頁。

戲劇傳統的民族，爲世界當代戲劇的發展，應該做出自己的貢獻，這種民族自信心，我們應該有。我們這樣一個在全國有影響的劇院，對現今的戲劇藝術的發展，也應該有所貢獻。」〔註433〕

3月14日，在北京寫作短篇小說《河那邊》。〔註434〕

《河那邊》取材於高行健70年代下放到皖南農村的一段眞實的經歷，可以說是關於「朋友」另一面相的書寫，也探討了另一種生存的可能性。

他如今就住在河的對岸，河那邊通靈峰腳下。經歷了革命年代的跌宕，他則選擇了隱居山間，就如同中國古代亂世裏的隱士。作家還寫出這個體制內的老幹部辭官後「無官一身輕」的內在心理。「你」對老人的生活姿態肅然起敬，欣賞他的鐵骨錚錚與超然的智慧，爲自己無能像他那樣生活而憂傷。「河那邊」可以說代表了一種經過反思的、古典的、美好而博大的生活方式。你與他彼此欣賞、尊重與愛護，但又分明是「君子之交淡如水」。「河這邊」依然有你未盡的責任與未了卻的塵緣。

3月15日，曹禺回信。〔註435〕

回信寫得熱情親切。信的第一段這樣寫：兆華、行健同志與各位參加《絕對信號》演出的同志們：讀來信，十分感動。〔註436〕

曹禺要他們繼承劇院的傳統並開拓創新：《絕對信號》的優異成績是北京人藝藝術傳統的繼續發展。北京人藝絕不能僅成爲保留劇目的博物館。它是繼承了我國話劇傳統，卻又不斷汲取新精神、新形式，開拓廣闊藝術疆域的地方。我們需要不同藝術風格來豐富這個劇院的藝術。不同劇本，使劇院不致於陷於死水一潭。這個劇院，當然不拋棄已有通過艱難困苦、奮發創造才獲得的所謂「北京人藝風格」，但我們絕不拒絕新的創造發展、滋養我們的傳統。以我們已有的創新經驗與藝術鑒別能力來吸收各種有益的、有思想有藝術的創造（無論是寫作、是演出、是演技、是舞美或其他）。這一點，我相信，我們劇院的藝術家們也多少有一點這樣的水平。〔註437〕

〔註433〕《十月》1983年第3期第160～161頁。

〔註434〕《河那邊》文末標注：1983年3月14日於北京，《高行健短篇小說集》第254頁。

〔註435〕曹禺的信的末尾標注：1983年3月15日，《十月》1983年第3期第161頁。

〔註436〕《十月》1983年第3期第161頁。

〔註437〕《十月》1983年第3期第161頁。

曹禺贊成他們的戲劇觀念，「我贊成你們提出的，充分承認舞臺的假設性，又令人信服地展示不同的時間、空間和人物的心境的創作方法、演出方法。」他強調說：我們是八十年代的戲劇家、是社會主義的正在力圖充分發揚精神文明的戲劇家。他喜歡他們「爲世界當代戲劇發展做貢獻」的理想，喜歡他們的勇於進取，勉勵他們「有干勁、有韌性，容忍得各種非議，經得了各種困難的考驗」。最後他還主動提及要爲他們的書寫序。〔註 438〕

林兆華回憶：曹禺認眞地給我們回了一封信，他很難得這麼肯定一個年輕人排的戲，他很世故，不會輕易這麼說。這麼一個大院長、大劇作家肯定了高行健和我的創作，說實在的，是從背後給了我們很大一個力量，沒有曹禺先生的信，《車站》《野人》不會叫我去排。〔註 439〕

3 月 17 日，《作品與爭鳴》刊發《絕對信號》劇本全文、兩篇對該劇的評論文章以及一篇討論綜述。〔註 440〕

兩篇評論是曲六乙的《吸收、溶化、獨創性》和王敏的《對舞臺眞實的執著追求》。曲六乙的文章前文已經簡介過。王敏指出：很難設想，如果不是由於劇本提出了當代青年命運這一嚴峻的生活課題，並在驚人的眞實中塑造出一代青年的各具個性的典型形象，提出了一系列亟待解決的尖銳的社會問題，劇本和演出也就不可能如此深切地激動廣大觀眾的心，甚至能夠直接喚起失足青年良心上的自我譴責和棄舊圖新。《絕對信號》的成功恰恰是調動了一切手段，千方百計、最大限度地塑造出了典型環境的典型人物，比較準確地、深刻地揭示了主題思想，內容與形式統一得比較完美〔註 441〕。文章也指出「黑子轉變的內在因素，並沒有揭示清楚」的缺點，認爲「再高明、再巧妙的藝術技巧，也不能補足生活和思想的欠缺」。〔註 442〕

潤生在《關於話劇〈絕對信號〉的討論綜述》中說：

由高行健、劉會遠編劇、林兆華導演的無場次話劇《絕對信號》試驗演出後，在戲劇界及廣大觀眾中引起了強烈的反響。《光明日報》、《文匯報》、《北

〔註 438〕《十月》1983 年第 3 期第 161 頁。
〔註 439〕林兆華口述林偉瑜、徐馨整理《導演小人書》（全本）之「做戲」第 106 頁。
〔註 440〕《作品與爭鳴》1983 年第 3 期，（北京）文化藝術出版社 1983 年 3 月 17 日出版。
〔註 441〕《作品與爭鳴》1983 年第 3 期第 39 頁。
〔註 442〕《作品與爭鳴》1983 年第 3 期第 40～41 頁。

京日報》、《中國青年報》、《工人日報》、《北京晚報》、《戲劇電影報》及《人民戲劇》等刊物均發表評論文章。

編劇（執筆）高行健認爲，「不敢面對現實生活中的難題的戲劇是無法取信於觀眾的。不能解決自己提出的難題的戲劇，藝術上是蒼白的。我們主張能正視觀眾的眼睛的戲劇，戲劇中就會從中獲得對自己技藝的自信」（《中國青年報》1982 年 12 月 12 日《一點體會》）。

對於該劇的思想性，多數觀眾給予肯定性評論：「從劇本到演出，對人物的思想和性格挖掘得較深，特別是對幾個青年複雜的內心活動及其相互間的關係，表現得相當充分，突破了一般話劇舞臺表現人物的手法。（《北京日報》1982 年 12 月 9 日）曾失足的，類似黑子的經歷的青年觀眾也說：劇中五個鮮明的人物形象，眞實地勾勒出現今社會的一個側面。（《中國青年報》1982 年 12 月 12 日）但是，對於該劇的思想內容，也有人提出了不同看法，湖北電影製片廠國傑在 1983 年 1 月 10 日《北京晚報》發表題爲《絕對信號使人不安》的文章，認爲這個戲成功地塑造了一位十分可愛而又可敬的老車長，而對於三個年輕人，他認爲不夠典型，看完後使人產生「同情與憐憫」，「當代青年的形象究竟該是怎樣的呢？他們本質特徵是什麼？他認爲「八十年代的青年也是覺醒而奮發的一代，大有作爲的一代，」因此「那種粗野無禮、搞三角戀愛、跳迪斯科的青年絕不是生活中的大多數」。他還提出，舞臺藝術應使人得到藝術的享受，不應該追求「口味」和「需要」，因此對「讓劇中人橫臥在舞臺中央的那種卿卿我我的戀愛場面」提出異議。

對於這種小劇場、無場次演出的形式的評論，發表的文章最多，爭論也比較激烈。另外，童道明、林克歡、張仁里、唐斯復、羅君、洪瑞等人還分別在《北京晚報》、《戲劇電影報》、《人民戲劇》、《文匯報》、《工人日報》發表文章，對《絕對信號》的創作及藝術技巧，做了介紹與剖析。大多數戲劇工作者與廣大觀眾，都認爲《絕對信號》的試驗演出爲話劇藝術的革新捧出了一朵新花，闖出了一條新路。〔註 443〕

3 月 18 日，《車站》劇組建立。高行健和林兆華分別在建組會上談戲劇觀。〔註 444〕

〔註 443〕《作品與爭鳴》1983 年第 3 期第 41～42 頁，（北京）文化藝術出版社 1983 年 3 月 17 日出版。

〔註 444〕《林兆華戲劇年表》，林兆華口述，林偉瑜、徐馨整理《導演小人書》（全本）第 574 頁。

林兆華回憶：演《車站》時，我把魯迅的《過客》擺在前面演，我和高行健事先密謀好的，就是打著魯迅的旗號蒙混領導好讓《車站》順利公演。魯迅的主人公尋路者，明知道前面是墳地，腳磨出了水泡也要繼續往前走，這是什麼精神？「路是人走出來的」。有人批判《車站》，我就拿出魯迅這張擋箭牌。就戲的內容來說，我並沒有把《車站》跟《過客》連接起來處理。〔註 445〕

3 月 19 日，在北京寫作短篇小說《海上》〔註 446〕。

《海上》寫平時沒怎麼交往的辦公室的同事，在一次海濱的休假中拉近了心理的距離。在大自然的寬闊懷抱中，兩個獨立的個體並不需要太多的語言交流，自然而然就變得友好融洽了。「我」眼中的「他」——王紹平，總與大傢伙若即若離，沉浸在自己的思緒中。這是一種安靜、有距離的、不黏不膩的交往。

3 月 23 日，在北京寫作《動作與過程》。〔註 447〕

該文指出：現代戲劇與其說是對戲劇傳統的否定，不如說是對自身的藝術規律的更新追求。傳統的情節劇也好，布萊希特的敘事劇也好，無論結構一個故事，還是講述一個事件，都得展現它的過程。〔註 448〕情節戲通常靠的是懸念，以懸念為綱，敘事劇則更多地採用小說的敘述手法，薩特的情勢劇關鍵在於創造個戲劇情境。現代戲劇從自身的藝術規律出發，發展到可以把小說和音樂的藝術手段融合進來，大大豐富了自己的藝術表現力。〔註 449〕

現代戲劇更為看重的不是那種硬編造出來的矛盾衝突，而是從漸進、突變和顯現差異的過程中去挖戲。〔註 450〕在荒誕派戲劇中，代替通常的懸念、情節和衝突的往往訴諸驚奇與發現這類手段，來造成戲劇性。〔註 451〕他具體舉了自己的戲劇為例子進行分析說明，最後強調戲劇是動作和過程。〔註 452〕

〔註 445〕林兆華口述，林偉瑜、徐馨整理《導演小人書》（全本）之「做戲」第 110 頁。
〔註 446〕《海上》文末標注：1983 年 3 月 19 日於北京，《高行健短篇小說集》第 130 頁。
〔註 447〕《動作與過程》文末標注：1983 年 3 月 23 日於北京，《隨筆》1983 年第 4 期第 109 頁，花城出版社 1983 年 7 月 22 日出版。
〔註 448〕《隨筆》1983 年第 4 期第 103 頁。
〔註 449〕《隨筆》1983 年第 4 期第 104 頁。
〔註 450〕《隨筆》1983 年第 4 期第 105 頁。
〔註 451〕《隨筆》1983 年第 4 期第 108 頁。
〔註 452〕《隨筆》1983 年第 4 期第 108 頁。

3 月 25 日，巴金的《一封回信》被《新華文摘》1983 年第 3 期轉載。〔註 453〕該期《新華文摘》刊發了 6 篇相關文章，其中 4 篇涉及對「現代」和「形式多樣化」的肯定。

第一篇是樊駿的《關於中國現代文學研究的考察和思索》〔註 454〕，樊文原載《中國社會科學》，這裡選擇了第四部分，認爲學術界受左傾思潮的影響妨礙了對現代文學的正確理解與評價，指出以開放的視野研究中國現代文學的急迫性。第二篇文章是賀敬之的《新時期的文藝要堅持民族性》〔註 455〕，該文原載 1983 年 1 月 6 日的《光明日報》；第三篇是巴金的《一封回信》；第四篇是鄭伯農的《民族化——社會主義文藝的必由之路》〔註 456〕，摘自 1983 年 1 月 13 日的《光明日報》；第五篇是陳駿濤的《關於創作方法多樣化問題的思考》〔註 457〕，摘自《福建文學》1983 年第 1 期。第六篇是報導中國社科院在北京召開「現代文學思潮、流派學術交流會」〔註 458〕，摘自 1983 年 2 月 3 日《光明日報》。

3 月，《現代戲劇手段初探之三：談劇場性》刊發在《隨筆》1983 年第 2 期。〔註 459〕

3 月，《現代小說技藝的新課題——談現代小說與讀者的關係》刊發在《青年文學》1983 年第 3 期。〔註 460〕

該文先總結三個階段的小說與讀者的關係，古典小說的作者一般等同於敘述者；近代小說的作者爲了取信於讀者，便懂得把自己隱藏在敘述者背後，同敘述者往往隔了一層，而敘述者對人物和事件加以描述的時候，又貌似客觀、公允，把生活按照本來的模樣呈現在讀者面前，是非褒貶並不由敘述者直接指出，把結論留給讀者來做；而把小說同讀者的關係作爲一個問題專門加以研究，則是現代小說藝術的一個新課題。〔註 461〕

〔註 453〕巴金《一封回信》，《新華文摘》1983 年第 3 期 144～146 頁上半部分，人民出版社 1983 年 3 月 25 日出版。

〔註 454〕《新華文摘》1983 年第 3 期 140～142 頁。

〔註 455〕《新華文摘》1983 年第 3 期 142～143 頁。

〔註 456〕《新華文摘》1983 年第 3 期 144～146 頁的下半部分。

〔註 457〕《新華文摘》1983 年第 3 期 146～149 頁。

〔註 458〕《新華文摘》1983 年第 3 期 149 頁。

〔註 459〕《談劇場性——現代戲劇手段初探之三》，《隨筆》1983 年第 2 期，花城出版社 1983 年 3 月出版。

〔註 460〕青年文學月刊社 1983 年 3 月出版。

〔註 461〕高行健《現代小說技藝的新課題——談現代小說與讀者的關係》，《青年作家》1983 年第 3 期第 61 頁，青年作家文學月刊社 1983 年 3 月出版。

上個世紀末以來的小說家們，對小說敘述角度的研究已經打開了路子，比如二戰後的法國新小說派，而敘述語言的第二人稱在我國當今的小說中也越來越廣泛地被採用了。現代小說的技藝不再限於一味地陳述，讀者也不再只處於被動的看或是聽一則現成的故事的地位。現代小說家努力通過各種語言手段誘導讀者進入到他們的作品中去，而讀者閱讀的過程也就同時是一個觀察和心理體驗的過程。〔註 462〕

4 月 1 日，《鞋匠和他的女兒》發表在《青年作家》1983 年第 4 期。〔註 463〕

《青年作家》創刊於 1981 年，刊名係魯迅手跡，創刊詞由巴金撰寫。〔註 464〕該社位於四川成都，每月 1 日出刊。〔註 465〕

在 2004 年的時候，馬悅然回憶說：我跟行健的友誼已有二十年的歷史了，1985 年，我和妻子寧祖飛往臺灣。寧祖在途中讀了一篇中文短篇小說之後對我說：「這篇寫得很好，你非看不可，一定會欣賞！」她建議我讀的是行健的《鞋匠和他的女兒》。我讀了以後，馬上開始把它翻譯成瑞典文。從那時起到行健獲得諾貝爾文學獎的 2000 年，我把他幾乎所有的著作都翻成了瑞典文，其中包括長篇小說代表作《靈山》、《一個人的聖經》，以及全部短篇小說和十八部戲劇中的十四部。頭一次跟行健見面是 1987 年冬，在瑞典首都機場，我們一見如故。從那時起，我們有不少機會在斯德哥爾摩、臺北、香港和巴黎見面。〔註 466〕

4 月 1 日，《劇壇》刊發《探路——〈絕對信號〉及其他》，肯定該劇的演出意義。

該文作者丁揚忠，他指出：《絕對信號》對生活的認識和評價沒有流於一般化，作者敢於接觸現實問題，揭示生活中的矛盾，對它既不加以粉飾，又不是單純暴露，力圖從生活出發，展現人物的思想意向和心理活動，讓人物按照自己的生活目的去行動，而不是強令人物依著作者主觀意志去做，擺脫那種陳舊的編劇法和「論證劇」的模式，使劇本反映的生活符合生活的本

〔註 462〕高行健《現代小說技藝的新課題——談現代小說與讀者的關係》，《青年作家》1983 年第 3 期第 62 頁，《青年作家》文學月刊社 1983 年 3 月出版。

〔註 463〕《青年文學》月刊社 1983 年 4 月出版。

〔註 464〕根據百度詞條「《青年作家》」簡編。

〔註 465〕根據《青年作家》1983 年第 4 期封三右下角標注。

〔註 466〕馬悅然《〈高行健論〉序》，《當代作家評論》2010 年第 2 期。

來面貌。這是這個劇本取得成功的主要原因。或許可以說，十年苦難使人民懂得怎樣窺察人生舞臺和舞臺上的人生。《絕對信號》在探討觀眾心理、反映觀眾情趣方面是下了一番工夫的。〔註 467〕目前我國話劇院（團）建制和藝術生產方式存在問題很多，建制龐雜，人浮於事，藝術人員積壓，缺少藝術實踐機會，靈活性太少，凡此種種，亟待改革。小劇場方式不失爲搞活話劇院發展藝術的一個途徑。《絕對信號》實驗的成功，爲人們提供了有益的啓示。〔註 468〕

4 月 14 日，在北京人藝爲小說集《有隻鴿子叫紅唇兒》寫作後記。〔註 469〕

高行健這樣說：

人們通常把一個作者初次發表的作品稱之爲處女作。這是一個迷人的詞。然而，人們未必都知道爲了這種迷戀，有時候得付出多大的代價。我第一次發表文章在 1978 年（筆者按：尚未找到發表記錄），1979 年初小說《寒夜的星辰》也得以刊出。這之前，我已經寫了不止一部長篇小說，自編過一個短篇小說集，還有兩首長詩和十個劇本，話劇的、歌劇的、電影的都有，連同許多評論和美學研究文章，謄清的稿子就有一大皮箱，大概不下於四、五十公斤。在那十年災難的歲月裏，大都付之一炬。如今倒也不十分可惜，因爲有許多幼稚之作。其中，當然確有些曾得到不少前輩作家、詩人和藝術家的贊許與推薦，由於種種原因，也未能同讀者或觀眾見面。所以說，我不是個幸運兒，但也並非不幸，因爲我終於盼到了我們民族的那場浩劫的終結，實現了自己多年來固執的願望。一個人如果確有追求的話，又對這種追求鍥而不捨，那麼總會有成效的。我以爲，想要從事文學這個事業的人應該具備這樣的自信。〔註 470〕

經歷了一場歷時十年的大動亂，未曾消沉，還有勇氣拿起筆來抒發自己對生活的認識與感受，是需要一番毅力的。文學有如科學，固然是高尚的事業，但絕不甜蜜。巴金說他是因爲痛苦才拿起筆的，而魯迅更早就吶

〔註 467〕丁揚忠《探路——〈絕對信號〉及其他》，《劇壇》1983 年第 2 期第 15 頁，天津《劇壇》編輯部 1983 年 4 月 1 日出版。

〔註 468〕《劇壇》1983 年第 2 期第 17 頁。

〔註 469〕後記文末標注：1983 年 4 月 14 日於北京人藝。高行健著《有隻鴿子叫紅唇兒》第 338 頁，北京十月出版社 1984 年 5 月第 1 版第 1 次印刷。

〔註 470〕高行健著《有隻鴿子叫紅唇兒》第 334 頁。

喊了。我國「五四」以來的新文學的道路就是這些先師在鬥爭中開拓出來的。我國現代文學的這一光榮傳統決定了我們當代文學的品格。我喜歡這種強勁的文學，在自己的文學創作中也力圖沿著先輩開創的這條路走下去。〔註 471〕

這個集子裏收集的兩個中篇《寒夜的星辰》和《有隻鴿子叫紅唇兒》，便是自己對剛結束的那個時代的認識與感受，同時也是對現今的新時代的來臨熱切的呼喚。我們這一代人都是從痛苦中走出來的，身上帶著傷痕，但又不止於傷痕。在那場大混戰中滾過來而不帶傷痕的，恐怕神通特別廣大。受了傷只是呻吟不息，神經總那麼脆弱的，恐怕也在少數。大多數人則帶著癒合了的或未曾完全癒合的傷疤來重建新的生活。我是屬於這多數人中的一個。我之所以愛我書中的這些人物，願意去寫他們，並不在於他們身上的傷痕，而在於他們奮發有爲的精神。〔註 472〕

文學作品要反映時代的精神，但不必由人物去直接宣講，以致於把人物和生活本身的豐富性都抹去，簡單地歸結爲一個主題。這兩篇小說在反映我對人和生活的認識的同時，又努力去寫出生活本身和生活中的活人的本來面目。我不好杜撰故事，大概是因爲小時候聽故事和讀故事太多了的緣故。因此，真切的感受倒比離奇的故事更打動我。將心比心，我以爲讀者亦然。這便是我的小說中故事性極差的毛病的根源。於是，這些小說也就寫得不怎麼像通常的小說。我這些不像小說的小說，終於得以發表了，也收到了許多讀者來信，認爲寫的就是他們身邊的生活，這對我是極大的安慰。我應該感謝《花城》和《收穫》的編輯同志，首先是他們的支持，這兩篇小說才得以同讀者見面。〔註 473〕

在這兩篇小說中，我就採用了兩種不同的手法。《寒夜的星辰》固定在一個角度，從敘述者「我」一位青年的眼光來看「他」，那位老革命一生中最後的十年。那麼，非敘述者我所不可能知道的，就不去想當然地充當那全知全能的說書人的角色，以便取信於讀者。而《有隻鴿子叫紅唇兒》則採用了敘述者和書中六個人物的不同角度，由敘述者和人物的敘述編織成篇，有時甚至重疊交織在一起，像多聲部的樂章。這一代青年人各有各的命運，各有各

〔註 471〕高行健著《有隻鴿子叫紅唇兒》第 335 頁。
〔註 472〕高行健著《有隻鴿子叫紅唇兒》第 335～336 頁。
〔註 473〕高行健著《有隻鴿子叫紅唇兒》第 335～336 頁。

的感受，敘述者只是他們的一位朋友，並不能代替大家來唱，於是就讓他自然地穿插其間，把思考的餘地且留給讀者。〔註 474〕

由於這兩篇小說都是由不同的角度的自述組成，便不注重環境和人物的描寫，更爲側重的是事件的過程和人物內心的感受。這也是人們在日常生活中敘述時的特點。而敘述語言則力求樸素自然。把語言寫得純淨是很不容易的事情。魯迅的語言冷峻有力，巴金的語言質樸誠摯，儘管風格不同，都純淨得沒有雜質。寫小說是語言的藝術，我希冀有一天也能把自己的語言提煉得純淨一些。〔註 475〕

4 月 24 日，在北京寫作短篇小說《公園裏》。〔註 476〕

講一對已經分手的戀人在公園裏敘舊，他們碰到了一個因對方失約而哭泣的女孩，這引發了他們心中難以壓抑的感傷。

高行健曾經翻譯過法國詩人普列維爾的一首情詩，題目也叫「公園裏」，詩歌是這樣寫的：一千年一萬年／也難以／訴說盡／這瞬間的永恆／你吻了我／我吻了你／在冬日朦朧的清晨／清晨在蒙蘇利公園／公園在巴黎／巴黎是地上一座城／地球是天上一顆星。〔註 477〕這首譯詩被收入 1988 年人民文學出版社出版的《瘋狂的石榴樹——現代外國抒情詩選》一書；2016 年又被收入浙江出版聯合集團和浙江文藝出版社出版的《給孩子讀詩》一書中〔註 478〕。

4、5 月份，與林兆華一起決定排演《車站》，再獲曹禺和于是之支持。

高行健回憶：八三年四五月間，林兆華和我又開始策劃排《車站》。應該說人藝劇院黨委並未通過這個戲。老院長曹禺生病住院，我們去看望他，談到這個戲，他說：「世界性主題，爲什麼不能演？」拿了他這句話，我們便以劇院內部演員訓練爲由，找了些熱心的演員，閉門排戲。好在人藝上百名演員大部分閒著成年無戲可演。〔註 479〕

〔註 474〕高行健著《有隻鴿子叫紅唇兒》第 337 頁。

〔註 475〕高行健著《有隻鴿子叫紅唇兒》第 337～338 頁。

〔註 476〕《公園裏》文末標注：1983 年 4 月 24 日於北京，《高行健短篇小說集》第 269 頁。

〔註 477〕《瘋狂的石榴樹——現代外國抒情詩選》第 6 頁，人民文學出版社，1988 年 12 月北京第 1 版。

〔註 478〕果麥編《給孩子讀詩》第 144 頁，浙江出版聯合集團、浙江文藝出版社 2016 年 1 月第 1 版，2017 年 5 月第 22 次印刷。

〔註 479〕高行健《隔日黃花》，《高行健劇作集 1 車站》第 128 頁，臺北聯合文學 2001 年 10 月出版。

于是之（當時在上海、西安等地拍攝電影《秋瑾》，筆者按）5 月 4 日給太太李曼宜的信中這樣寫：你 4 月 30 日信及林兆華同日的信均於 5 月 3 日收到，感觸頗深。事在人爲，本來是個好形勢，又弄得這樣彎彎扭扭。領導創作，以爲召集一個會便能開出結果來，沒有那麼便宜的事。〔註 480〕

林兆華回憶：《車站》能夠排練演出，多虧了于是之同志的推薦。當然也給他找來不少的麻煩。至今我還有重排《車站》的願望。

5 月 7 日，在北京人藝寫作《談時間與空間》。〔註 481〕

該篇指出：現代劇作家不能只提供劇本而不關心演出。一個劇作倘要獲得成功，不能不考慮它在舞臺上或劇場裏展現的方式。於是，在劇作中僅僅標明某幕某場就很不夠，還要將劇作者自己所設想的舞臺上時間與空間的處理盡可能精確地提示給導演。劇作者同樣需要研究戲劇藝術中的時間與空間的問題。〔註 482〕

任何一個戲劇動作都是在時間與空間中實現的，不像語言藝術的小說和詩那樣不受限制，天上人間、活人與亡靈、意識與下意識的感受、敘述者與人物之間如此等等大幅度的跳躍，只要語言能夠表達的都可以進入小說和詩歌。戲劇則不然，終究有一個相對固定的時間和空間的框子，現代戲劇就要在這種局限中去取得藝術創造的最大的自由。這框子無非是三個小時或兩個小時的演出時間。而且得在一定的舞臺或一定的劇場裏。這就是爲什麼寫戲總比小說和詩的限制爲多的緣故，幸好劇作家總是甘願在框框中跳舞的人。〔註 483〕

向傳統戲曲汲取復蘇的力量，是我國現代戲劇發展的一個方向。古代的希臘戲劇、莎士比亞的戲劇和東方的古典戲劇，尤其是我國異常豐富的傳統戲曲，在時空關係的處理上竟那樣富有餘裕，那樣灑脫。現代戲劇要想從像鏡框子一樣框住的舞臺中解放出來，便重新注意到戲劇藝術的更遠古的傳統手段，舞臺充分的假定性、靠表演來建立對時間與空間的信念、臺上臺下即

〔註 480〕于是之著、李曼宜編選《于是之家書》第 254 頁，《作家出版社 2017 年 1 月第 1 版第 1 次印刷。

〔註 481〕《談時間與空間》文末標注：1983 年 5 月 7 日於北京，《隨筆》1983 年第 5 期第 110 頁，花城出版社 1983 年 9 月 22 日出版。

〔註 482〕《隨筆》1983 年第 5 期第 104 頁。

〔註 483〕《隨筆》1983 年第 5 期第 106 頁。

席的交流以及靠唱段或念白對時空作交待的方式，如此等等。對戲劇的古老觀念的回復絕不等於照搬舊的戲劇程序；它是建立在調動各種現代戲劇手段的基礎上的。〔註 484〕

現代戲劇中的空間，大而言之，是一個環境，指的是在多平臺多演區或環形劇場裏，在廣場或自然環境中、在迴廊、過道和房間的演出。小而言之，則只是一個移動著的光圈，這光圈甚至可以小到只落在演員的一雙眼睛上，僅僅成爲一個注意點。也還可以是在一個廣大的環境中不管轉移著的一個或若干注意點。這種似乎客觀的空間中，又可以通過調動觀眾的想像力去取得更爲廣闊的乃至於更爲內向的深度：一個形象化了的意念，一個幻象或一個幽靈。〔註 485〕現代戲劇的時間，主要指的是戲劇動作過程中的時間。此外的時間不過是一個交待。時間與空間一樣，只有置戲劇情境於其中，起到積極的作用，才有意義。戲劇中的時間，最有表現力的是現代進行時，不能讓人物內心的活動割斷了現實中的戲劇動作的過程。〔註 486〕敘述這種文學手段到了劇場中，也應該賦予時間與空間的觀念。〔註 487〕

文章最後指出：現代戲劇從對情節的興趣轉向對結構的研究，恰如同小說從講故事的窄胡同裏走了出來，被語言的藝術擁有的廣闊世界驚呆了一樣。〔註 488〕

5 月 10 日，短篇小說《花環》發表在《文匯》月刊 1983 年 5 月號〔註 489〕。

《花環》寫一個鄉下長大的小夥子帶著他漂亮的媳婦回鄉的小片段。文中微妙的人際關係富有戲劇性，有淡淡的美好的回憶，時間讓人與人之間變得隔閡疏遠又似乎恰到好處。

5 月 19 日，《質樸與純淨》刊發在上海《文學報》第三版的「文學創作」欄目。〔註 490〕

〔註 484〕《隨筆》1983 年第 5 期第 108 頁。
〔註 485〕《隨筆》1983 年第 5 期第 108 頁。
〔註 486〕《隨筆》1983 年第 5 期第 109 頁。
〔註 487〕《隨筆》1983 年第 5 期第 110 頁。
〔註 488〕《隨筆》1983 年第 5 期第 110 頁。
〔註 489〕《文匯》月刊 1983 年第 5 期，文匯報社 1983 年 5 月 10 日出版。
〔註 490〕此文由筆者委託華東師大教師陳貝貝博士查閱。2018 年 2 月 8 日下午，陳貝貝特意到上海圖書館查閱該文並用手機拍照後發給筆者。

文学報
literature Press 1983年5月19日 星期四 ·第112期·
中央领导同志题词号召
向张海迪同志学习

文章署名爲：主講人：高行健。全文摘錄如下：

大人要糊弄孩子，比較好辦。可是大人要糊弄大人，要糊弄有頭腦有閱歷的人，就不能不自討沒趣了。誠然，寫小說不是唬人，也不是說教。可是，如果作家在敘述的時候，哪怕只稍許動了下譁眾取寵或故弄玄虛之心，或是擺點長者或教師爺的態度，那麼小說中陳述的人和事即使確有可取之處，也會使人不堪卒讀，效果適得其反。刻意渲染、唏噓感歎以及玩弄些小零碎的老辦法，對現代讀者來說，越來越不靈了。

現代文學中，質樸已經不只是一種風格，而是一種普遍的時代精神。獲得了現代科學文化知識的人把質樸當做必不可少的教養。現代人十分看重的是所謂返樸歸眞。返樸歸眞並非回到原始人的蒙昧狀態，而是來源於現代人對自身價值的重新追求與肯定。現代文學的質樸便孕育在現代人的力量和自信之中。有現代科學文化知識的讀者不再把作家當作偶像來盲目崇拜。他們希冀於作家的是，通過閱讀作品來交流生活經驗，以便提高對社會和自身的認識。因此，小說中倘有胡編亂造或肆意渲染，只會使他們感到好像自己的智力受到了侮辱。即使小說中講述的人和事他們未曾見過，作者若要取信於讀者，便不能不放下架子，端正態度，同讀者平等地以誠相見，靠平易、冷靜的陳述來贏得信任。

小說藝術在成長過程中，有過浪漫主義時期，崇尚所謂赤子之心。大肆宣洩情感，有的激蕩，也有消沉感傷的，都在文學史上留下了足跡。少男少女青春時期狂飆突進的表達情感的方式固然有其可愛之處，成年人也照樣去傚仿，就反倒可笑了。十九世紀的小說大家們，尤其是現實主義的經典作家，如司湯達、福樓拜、莫泊桑、托爾斯泰、契訶夫，他們在語言藝術上由畢生追求所達到的質樸，是小說藝術成熟的標誌。二十世紀的現代小說家們儘管在創作方法和技巧上有各種各樣的探索，卻還沒有一個人去否定文學語言的質樸。他們對質樸的追求倒更爲執著，因爲他們即使未必都能做出超越前人的貢獻，至少不願意顯得比前人幼稚和愚蠢。

海明威簡潔的對話和冷靜的敘述，伯爾對事件精確的交代，魯爾福將驚人的事件寫得那樣凝練，馬爾克斯講述夢幻與怪誕不動聲色，有如家常便飯。就拿我國現代小說的兩位大家魯迅和巴金來說，雖然文分各異，或冷峻，或誠摯，語言都極爲純淨。現代小說藝術積大成者都善於用自己的方式達到質樸的境界。現代文學中的質樸不可能渾然天成，得來毫不費工夫。恰恰相反，正是作家的文化修養和創作實踐經驗的長期積累的成果。

現代小說中也有著重於情緒的表達乃至於去捕捉下意識的，不管人物的心情如何激蕩，或者所寫的是男女的情感，一個聰明的作家也絕不會把自己落到所寫人物的水平，自己先激動不已，並跟隨人物去發洩情感，動輒流淚或喊叫。而在描摹和分析人物的時候，依然保持冷靜的態度。例如，普魯斯特寫那些敏感纖細的少女，自己並不也就變得女兒腔十足，只是去尋找一種連綿不斷的、多色調的語言，下筆謹慎而精微。莫里亞克寫到女性的心理變態，他那支筆並不也神經質起來，而是訴諸大量的具體感受。還有些作家如伍爾夫和喬伊斯，雖然經常打破流行的語言規範，但能做到越加貼近自然而毫不華麗。

一些現代派的怪誕作品，如卡夫卡筆下的主人公 K 的遭遇，可以說再離奇不過了。代替通常的浪漫主義誇張的倒是平平淡淡的記述，只不過記述的方式是不合邏輯的，這便達到了醒目驚人的效果。

新小說派作家羅伯－格里耶對物的描寫不帶感情色彩和杜拉斯近乎於單調的語句的重複，都體現了現代小說對質樸的執意追求。

總的說來，現代小說較之十九世紀的現實主義小說寫得更爲冷靜，用詞也更爲樸素。這也是因爲現代小說家們對語言功能普遍有了進一步的認識。

按照巴浦洛夫心理學的說法，語言屬於第二信號系統，而現代語言學認爲語言是一個符號體系。構成語言的基本元素單詞又都是抽象的概念。思維則是通過概念來實現的。作者與讀者的交流，不管是敘事狀物，還是抒情達意，都必須經過概念的抽象階段，去喚起讀者以往的經驗的記憶，並產生聯想。語言無法直接令讀者疼痛或發癢，或見到色彩，或聞到氣味。而語言藝術的本領便在於通過文字符號去誘發讀者以往的生活經驗，即所謂動人心弦，從而才能使人理解或感受到小說中的事件和人物。小說家們即使要引導讀者進入一個奇妙幽深的世界，也不能不從最普遍的日常經驗出發。因此，現代小說家們差不多都懂得語言越寫得樸素，感染力便越強。現代文學的質樸便體現爲語言的純淨。

於是，現代小說家們大都不像上一個世紀的先輩那樣用大量的篇幅去細緻描寫環境和人物，因爲那時照相機和攝影機的功能。人同汽車賽跑，肯定吃力而不能取勝，哪怕汽車原來也是人的創造。話說回來，古典小說也不是完全不能領會語言特殊功能，寫起美人來不是「花容月貌」，便是「杏眼香腮」，並不做具體描繪，卻調動了讀者的記憶和聯想。現代小說藝術由於更加自覺地意識到這一點，便連那種誇張的程序也拋棄了，往往代之以「她年輕，漂亮」，或是說「她長得像水桶，可心地善良」。因爲人們都知道現實生活中的美人心地不一定個個都善良，正如醜人並不一定就惡。這樣去寫人物，雖然沒有幾筆，在讀者心中自然就有一個分明的印象。

於是，現代小說家們倘若也細緻描寫景物，那目的是著意去喚起某種意境和情緒，讓讀者也參與體驗。

又於是，現代小說家們便拋棄了那些華麗、冷僻的詞彙和失去了新鮮感的成語和警句，句法上工整的排比與名人的語錄和摘引也都極力避免。因爲這些現成的裝飾反而使讀者心理上產生一種抗拒，會讓人誤以爲作者在用撿來的知識去彌補自己語言上的功力不足。

詞章學家寫不出好的小說，正如音韻學家注定成不了大詩人，顯然這兩門學問都各有各的用處。文風的質樸與語言的純淨並不僅僅來自對語言形式的研究。作家首先得對自己所寫的生活、事物和人有透徹的瞭解，才有可能去找到相應的語言表達方式。而在找尋敘述的語調與純淨文字的過程中，當然會加深對自己所寫的人和事的理解。每一個有成就的現代小說家在創作實踐中大都有這樣一段摸索的過程，對一個初學寫作的人來說，使之盡快樹立對語言藝術的這種認識乃是莫大的幫助。當一個小說家把自己的方式達到了這種質樸和純淨，藝術上也就成熟了。

修辭學講的是怎樣把文章寫得清楚，寫得生動，寫得漂亮。這樣寫作的基本功，小說家們在語言上的修養當然得超乎其上。他們除了會運用一般的修辭手段，還得去尋找自己獨特的語調。語言的純淨首先指的是這種敘述語調的統一，並不是這篇小說中好的句子也能套用到另一篇小說中去。每一篇好的小說都應該有獨特的敘述語調，而且得求其貫穿，即使在複調小說中，每一個敘述角度也還應該有其貫串的敘述方式。一篇小說或一個章節的敘述角度越分明，越單純，語言才越有可能寫得純淨。這就不只是個遣詞造句的問題了；回過頭來，又決定於作者對所寫的人和事的認識是否分明。作者倘若對自己所寫的人和事的認識尚未透徹地理解，是不可能尋找到適當的語調的。因此，語言的純淨乃是作家對生活的認識同語言藝術修養這兩者的結晶。〔註 491〕

5 月 22 日，《談冷抒情與反抒情》刊發在《文學知識》1983 年第 3 期。〔註 492〕

5 月 22 日，《現代戲劇手段初探之四：談戲劇性》刊發在《隨筆》1983 年第 3 期。〔註 493〕

5 月，《過客》（魯迅）和《車站》演出。〔註 494〕

5 月，劇本《車站》刊發在《十月》1983 年第 3 期。〔註 495〕

在《談劇場性》一文中，高行健說：在《車站》這個劇作中，演員可以從他的角色中走出來，走向觀眾，面對觀眾，甚至在觀眾之中，同觀眾交流自己的感受。這又是演員同觀眾直接交流另一種更爲貼近的辦法。演員也還可以在走出他的角色之後，同觀眾談論他的角色，同觀眾一起來評價、思考演員剛剛演過的那段戲。演員當然也還可以走回到他的角色中去，接著再演。觀眾對這個角色自然會有進一層的感受與思考。而這一切，都未必需要麻煩觀眾在劇場內走動，或重新調配觀眾與演員的位置，僅僅用語言以及隨之而來的表演便可以實現。〔註 496〕在《動作與過程》一文中，高行健說：《車站》除了遵循喜劇的一般規律，也還將等車這個主題反覆迴旋，加以變奏。它的主題的顯示不靠情節的展開，因爲根本就無情節可言，而是靠不同的色彩、不同的調子、不同的層次將主題逐漸點染，從而傳達到觀眾中去。其所以也

〔註 491〕《文學報》1983 年 5 月 19 日星期四第 112 期第 3 版。

〔註 492〕《文學知識》1983 年第 3 期，河南人民出版社 1983 年 5 月 22 日出版。

〔註 493〕《隨筆》1983 年第 3 期目錄及版權頁，花城出版社 1983 年 5 月 22 日出版。

〔註 494〕《林兆華戲劇年表》，林兆華口述林偉瑜、徐馨整理《導演小人書》（全本）第 574 頁。

〔註 495〕（北京）《十月》1983 年第 3 期第 119～138 頁，北京出版社 1983 年 5 月出版。

〔註 496〕高行健《談劇場性——現代戲劇手段初探之三》，《隨筆》1983 年第 2 期第 94～95 頁，花城出版社 1983 年 3 月出版。

能有戲，一方面因爲它充分展現了在人生道路上等車的人們如何白白浪費生命，以及他們心理變化的過程。同時，又通過人物間平行的關係，對位式地加以發展。這種雙重結構，造成了複調音樂的效果，而複調音樂也是以行進中的比對取勝。〔註 497〕

在《時間與空間》中，高行健說：現代戲劇的空間可以是多層次的、重疊的。《車站》一劇中便運用了這種多層次的、重疊的空間。置身於等車的人們之間的那位沉默的人，便是一個形象化了的意念。當他在眾人的意識中出現的時候，他穿行於等車的人之中，或是在觀眾席的外圈不息地行進，都不同等車的其他人物交流。他只是活在這些人物的內心世界中的一個心聲，在另一層時間與空間裏。這兩種不同層次的時空在同一劇場裏又兩相重疊，是導演根據劇作中提示的精神作出的高明的處理，也就豐富了劇作。〔註 498〕

5 月，《關於〈絕對信號〉的通信》（曹禺、高行健、林兆華）刊發在《十月》1983 年第 3 期。〔註 499〕之後，此兩封信作爲序言被收入《〈絕對信號〉的藝術探索》〔註 500〕一書中。

6 月 6 日，《車站》在北京人民藝術劇院首演。〔註 501〕

林兆華回憶：1983 年 6 月，又排了一個短命的《車站》。高行健稱這個戲爲「無場次多聲部生活抒情喜劇」，寫了幾個人物在徒然的等待中，耗費著生命。它從現實生活的場景出發，深刻地展示了人類命運的悲喜劇。把它簡單地歸爲西方的荒誕派戲劇顯然是不夠的。〔註 502〕

這個戲是在四面觀眾的小劇場中演出的，觀眾的座席構成四通八達的路口，場內牆壁上掛著象徵著時間的對象，日、月、星、辰，中外古今的時鐘、銅壺滴漏等，觀眾席的背後也是表演區，有高低不平爲沉默的人攀登的通道。

〔註 497〕高行健《動作與過程——現代戲劇手段初探之五》，《隨筆》1983 年第 4 期第 106 頁，花城出版社 1983 年 7 月 22 日出版。

〔註 498〕高行健《時間與空間》，《隨筆》1983 年第 5 期第 108 頁，花城出版社 1983 年 9 月 22 日出版。

〔註 499〕《十月》1983 年第 3 期第 160～161 頁，北京出版社 1983 年 5 月出版。

〔註 500〕北京人民藝術劇院《絕對信號》劇組編《〈絕對信號〉的藝術探索》，中國戲劇出版社 1985 年 5 月北京第 1 版第 1 次印刷。

〔註 501〕據《四十年上演劇目一覽表》，圖片冊《紀念北京人民藝術劇院建院 40 週年（1952～1992）》（劉錦雲林兆華主編）第 127 頁。

〔註 502〕林兆華《墾荒》，《戲劇》1988 年春季號第 84 頁。

唯有公共汽車站的站牌子是寫實的「眞物」。觀眾一進場就造成一種二極（自然與抽象）空間的感覺。戲是極爲生活化、極爲自然地開始的，演員不化妝，服裝毫無修飾，跟觀眾聊著天就上場了。他們在那裡眞眞實實地等車，觀眾看到的是近乎自然主義的戲劇。四面相對而坐的觀眾嘲笑著人物，也相互觀察著反應，演員可以與四面觀眾自由交流、對話。中國觀眾善於入戲、動情，「逼迫」觀眾去思考不見得是壞事。當然一場演出一個勁地總叫觀眾思考再思考，我看也太累。思考戲劇大師布萊希特更懂得這個道理。如果找到一種表達方式能把眞實、荒誕、哲理、幽默、情調，揉合在一起，我想戲劇的新品種才可能出現，這就要求導演跳出寫意、寫實的圈圈去思考舞臺表現形式，引導觀眾實現一個從具象飛躍到抽象的思考，就是說從眞實的環境飛躍到荒誕的情境中去。〔註 503〕

劉再復回憶，他和妻子陳菲亞帶著五歲的小女兒劉蓮去看《車站》，「行健和林兆華等在門口。看完戲後，我對妻子說那個『沉默的人』就是高行健，他已離開那個總是等待著的集體意志，走自己的路了。『沉默的人』最後在戲場裏從低處走向高處，一直走出場外，這也預示著行健後來的命運。」〔註 504〕

林兆華收藏了三十年的《車站》觀眾的來信分別這樣寫道：〔註 505〕

《車站》是一部我國現代戲中的傑作，希望今後能有更多的這樣的好劇出現！

中央戲劇　馬偉力

1983 年 6 月 10 日

《車站》比《絕對信號》更進了一步。祝賀你們可貴的成功！我被征服了！儘管還不是那樣徹底！《車站》中的人物的形象，將在我心中永存！謝謝。

北京 52809 部隊　周傳榮

1983 年 6 月 10 日

〔註 503〕林兆華《墾荒》，《戲劇》1988 年春季號第 85 頁。

〔註 504〕劉再復《後記：經典的命運》寫於 2000 年 11 月 11 日香港城市大學校園，收入劉再復著《論高行健的狀態》一書中。

〔註 505〕《林兆華戲劇年表》，林兆華口述林偉瑜、徐馨整理《導演小人書》（全本）第 125 頁。

高行健2000年時回憶：在歐洲最早引起公眾注意的，應該是《車站》。《車站》最早是在南斯拉夫演出的，那時我還沒有出國。南斯拉夫完全是好意，在中國的國慶介紹一個中國戲，可是當時中國作家協會通過駐南斯拉夫大使館，去勸阻「我們的國際友人」不要演出這個戲。儘管那時南斯拉夫還是共產黨國家，但比中國開放得多，結果他們沒有聽勸阻，還是演了。然後，在匈牙利電臺廣播了，接著翻譯成意大利文、瑞典文、德文等等。這個戲在奧地利上演時，完全丟開了中國的背景，演成了一個西方的戲。戲裏原來有一個年輕小夥子，專門打架鬧事，他們就演成了一個 punk，而且是一個女的。這樣的處理說明他們很容易接受，已經超越了具體民族文化的框架。他們稱我是「中國的貝克特」。其實，我與貝克特很不一樣的。不過有一個共同的主題，是「等待」，人類都在等待。〔註506〕

6月7日，短篇小說《海上》刊發在《醜小鴨》1983年第6期。〔註507〕

6月，寫作《談多聲部戲劇試驗》。〔註508〕

7月15日，《現代折子戲》四折包括《模仿者》、《躲雨》、《行路難》及《喀巴拉山口》刊發在《鍾山》1983年第4期。〔註509〕

作者對戲的性質分別標注：《模仿者》（喜劇小品）、《躲雨》（抒情小品）、《行路難》（鬧劇小品）、《喀巴拉山口》（敘事小品），劇本後邊附「有關演出的幾點建議」中說：

這是一組現代折子戲。傳統戲曲的折子戲總是戲中的精華，一齣大戲所以在舞臺上能安身立命，就靠這點戲眼或戲魂，也就是說戲中最有戲之處。而每出折子戲中唱、念、做、打又各有講究，分別將戲劇表演藝術的不同手段各自發揮到極致。這四出現代折子戲則試圖對現代戲劇手段的藝術表現力分別做點研究，對培養和鍛鍊全能的戲劇演員也是個實踐的機會。《模仿者》和《行路難》側重於形體動作的表現，《躲雨》和《喀巴拉山口》則著重通過語言來顯示內心活動，因此，在導表演處理上，前者可以稱之為動作的戲劇，後者則可稱為語言的戲劇。〔註510〕

〔註506〕張文中《在香港專訪高行健》，林曼叔編《解讀高行健》第65～66頁。

〔註507〕《醜小鴨》1983年第6期，工人出版社1983年6月7日出版。

〔註508〕高行健《談多聲部戲劇試驗》文末標注：1983年6月，高行健著《對一種現代戲劇的追求》第126頁。

〔註509〕高行健《現代折子戲》，《鍾山》1983年第4期，江蘇人民出版社1983年7月15日出版。

〔註510〕高行健《現代折子戲》，《鍾山》1983年第4期第191頁。

在談及把該小說改編成戲劇時，高行健說：「兩個女孩在公園裏躲雨時各自訴說她們的心思和感受，這近乎於一個二重唱，全然是情緒的，可以說有一種音樂性，但並不具備戲劇性。我把它改編成戲時依然用的小說中的對話，只不過加進了一個也在暗中躲雨的老人的形象，無意中聽到這兩個姑娘的談話，一言未發，卻感觸萬千。這個進入人生暮年的老人的反映同散發著青春氣息的兩個女孩子的聲音成了鮮明的對比。全劇貫串著這種語言和動作的對位，戲劇性便油然而生。一首散文詩，本來是文學的，頓時成了個饒有趣味的戲。」〔註 511〕

他在《談戲劇性》中「心理活動也可以構成動作」一節，舉了一個例子就是《躲雨》。心裏活動也可以構成動作。用斯坦尼斯拉夫斯基的挖掘潛臺詞的辦法能找到戲。用奧尼爾的面具也能成戲。他那種表現主義戲劇便主要靠面具來揭示人的內心與現實中的外在表現的差異。有差異也就有戲。差異並不都是對立的衝突，大可不必硬性強調到絕然相反的地步。任何微妙的差異只能在舞臺上表現出來，就自然成戲。新編的小戲《躲雨》中兩個女孩子和一位老人同在一個工棚下躲雨，各有各的心境，哪怕這兩個女孩子與老人之間沒有一句對話，而戲便出現在不同的心境對比的過程之中。〔註 512〕

在談及「現代戲劇發現過程便是戲」一節中，他也舉了自己創作的《喀巴拉山口》爲例：現代戲劇進而又發現過程便是戲。因爲動作總是在過程中實現。不論是一個事件，還是內心的活動與情緒的變化都有其過程，因此只要能把人物的行動以及心理或情緒變化的過程揭示出來，也就同樣有戲可看。……我國新近有人寫出的小戲《喀巴拉山口》則進而採用了複調對比的敘述方法，把青藏高原海拔五千多米的山口上的一位姑娘同八千米上空的一架民航機裏的一位乘客遇險時的心情同時展現出來，正是運用這種戲劇手段的一種嘗試。〔註 513〕文中，他並不直接說，「此戲是我寫的」，而是用了客觀的有距離的方式談及自己的戲。

他在《動作與過程》中說：《喀巴拉山口》是複調戲劇的另一種寫法，它將兩組互不關聯的人物和兩個獨立無關的事件交錯串聯在一起，在敘述部分

〔註 511〕《京華夜談》，選自高行健著《對一種現代戲劇的追求》第 205 頁。

〔註 512〕高行健《現代戲劇手段初探之四：談戲劇性》，《隨筆》1983 年第 3 期第 121 頁，花城出版社 1983 年 5 月 22 日出版。

〔註 513〕高行健《現代戲劇手段初探之四：談戲劇性》，《隨筆》1983 年第 3 期第 121 頁。

又合成爲多聲部，同樣能取得強烈的戲劇效果。〔註 514〕《行路難》通過四個丑角對人生道路的思考，來諷喻那種無所作爲的人生哲學。《躲雨》和《行路難》中的抒情與思考找到了可供依附的鮮明的外在動作，也就同事件一樣，依然成其爲戲。〔註 515〕

在《時間與空間》中他談及現代戲劇的空間時也舉例說：《喀巴拉山口》將兩個同時的場面銜接又交替出現，時而有場面的重疊，時而有時間的重疊。而同一時間的重複場景則不同。此外，還有時空的另一個層次：四位演員的多聲部的敘述，在劇中一首一尾，將八千公尺上空的機艙裏和五千公尺高的雪山上同一時間的兩個不同場景用敘述來加以貫串。〔註 516〕

在《談假定性》中他指出：劇作家們所苦惱的時間順序與地點的統一這個難題可以自由地加以處理：在劇場的同一個舞臺上，就可以同時展現幾個不同的地點，《喀巴拉山口》將八千米上空的一架民航機的機艙與海拔五千米的山口同時顯示在舞臺上。同一時間內兩個不同的地點也可以交替出現，演完機艙裏的戲再去演山口上的戲，時間就可以重複了。舞臺的左右與縱深則可分區使用。《躲雨》中老人與兩個女孩各有各的表演區，並且可以隨著情緒的變化，或退到舞臺深處，或移到舞臺前沿。〔註 517〕

7 月 20 日，寫作《談假定性》。

該文認爲假定性是戲劇藝術的前提，「承認戲劇藝術的假定性並把自己的技藝建立在這種假定性之上正是現代戲劇的自我意識。」〔註 518〕戲劇這門藝術源起於遊戲，源起於扮演，戲劇藝術中的眞實感是建立在假定性上的眞實感。戲劇的藝術在假定的環境中，通過絕不等同於眞實卻又逼眞的表演，創造出一個令人信服的世界，從而征服觀眾。〔註 519〕

〔註 514〕高行健《現代戲劇手段初探之五：動作與過程》，《隨筆》1983 年第 4 期第 106 頁，花城出版社 1983 年 7 月 22 日出版。

〔註 515〕高行健《現代戲劇手段初探之五：動作與過程》，《隨筆》1983 年第 4 期第 107 頁。

〔註 516〕高行健《現代戲劇手段初探之六：時間與空間》，《隨筆》1983 年第 5 期第 108 頁，花城出版社 1983 年 9 月 22 日出版。

〔註 517〕高行健《現代戲劇手段初探之七：談假定性》，《隨筆》1983 年第 6 期第 101～102 頁，花城出版社 1983 年 11 月 22 日出版。

〔註 518〕高行健《現代戲劇手段初探之七：談假定性》，《隨筆》1983 年第 6 期第 97 頁。

〔註 519〕高行健《現代戲劇手段初探之七：談假定性》，《隨筆》1983 年第 6 期第 97～98 頁。

劇作家寫戲的時候除了要考慮劇情的結構和人物思想感情的變化，還得考慮如何引導觀眾入戲，給他們留下體驗和思考的餘地，因此必須有一種強烈的劇場意識，這是劇作家和小說家的分野之所在，劇作家對一個戲所付出的勞動應該說遠大於小說家寫一篇同樣份量的小說。劇作家要善於調動觀眾的想像力。〔註 520〕

7 月 22 日，《現代戲劇手段初探之五：動作與過程》刊發在《隨筆》1983 年第 4 期。〔註 521〕

7 月，《絕對信號》到哈爾濱、大慶等地巡迴演出。〔註 522〕

高行健說：當時全國有十多個劇團上演了這個戲。我們人藝就連演了一百多場，到北京大學原計劃演三場，又加演四場。到大慶去巡迴演出，也受到石油工人的歡迎。不同的觀眾，不同的角度，會有不同的看法，也是很自然的事，這都不是作者能左右的。「我不想寫成一個社會問題劇或教育劇，但我也沒有迴避現實中的一些社會問題。這其實是個心理劇，我並不把解答社會問題作爲這個戲的任務。」〔註 523〕

7 月，短篇小說《母親》刊發在《十月》1983 年第 4 期。〔註 524〕

母親對高行健一生有著深遠的影響，母親的意外去世也是高行健心中永遠的傷痛。作家在《母親》中反思當下的生活狀態，以全身心關注個人的學習和事業的男性思維襯托母親忘我奉獻的女性柔情。他回憶了母親去世的前因後果，包含了一個被深厚母愛圍繞的兒子忽聞母親逝去的震驚與悔恨。在那個年代，爲了保全整個家庭，母親主動要求下農場參加艱苦的勞動。在一個講究出身成分的年代，個體的命運因爲不能決定的前提受到嘲弄與擺佈。母親作爲女兒，承受了莫須有的上一輩的罪責，在夾縫中努力承擔起侍奉長輩和養育下輩的生活重擔。

母親恐懼河水，對河水一直有心裏陰影，但還是葬身河水。高強度的艱辛勞動、長期的營養匱乏造成身體虛弱、還有對兒子的濃重牽掛的幾重壓力

〔註 520〕高行健《現代戲劇手段初探之七：談假定性》，《隨筆》1983 年第 6 期第 100 頁。

〔註 521〕《隨筆》1983 年第 4 期，花城出版社 1983 年 7 月 22 日出版。

〔註 522〕據《國內巡迴演出一覽表》，圖片冊《紀念北京人民藝術劇院建院 40 週年（1952～1992）》（劉錦雲林兆華主編）第 90 頁。

〔註 523〕高行健和馬壽鵬 1987 年 2 月的對談，高行健《京華夜談——我的戲劇觀》，《鍾山》1988 年第 1 期第 198 頁，1988 年 1 月 15 日出版。

〔註 524〕《母親》文末標注：1983 年於北京。首次刊發於《十月》1983 年第 4 期，北京出版社 1983 年 7 月出版。

之下，母親身心憔悴而溺水身亡。她是那個時代中無數渺小生命中的一個，羸弱的肩膀承受著巨大的重壓，最終不堪重負而淒然隕落。而作爲她親近的被溺愛的孩子，他只能用自責減輕悲鬱的失母之痛。

高行健在文中不僅追憶母親，也追憶他大學時代的一段心路歷程。用懺悔和懷念的抒情筆調，寫出一個家庭的悲劇與時代的壓抑與悲鬱。文章的時間維度設置在「奔喪期間」，緬懷母親的養育之恩與慈愛容顏，塑造了一個熱愛家庭與孩子的母親形象，一個傳統的具有犧牲和奉獻精神的中國婦女。作者在行文中穿插大量的內心獨白，不僅反思自己的自私與冷酷，也寫出世態炎涼的現實生活對親情的衝擊與背叛。作者多次轉換人稱，時而從第一人稱「我」直接轉爲第三人稱「他」；時而從第二人稱「你」轉爲第三人稱「他」，形成審視內心的多維視角。可以說，該文勇於嘗試新穎的寫作手法，努力探討寫作的內在規律，但其審美特質其實屬於中國古典文化的範疇，賢淑溫厚的女德，孝順進取的後輩，形成母慈子孝的家庭氛圍。這樣一個家庭在遭遇了外在的強力的破壞後呈現了被毀損的悲劇，令人唏噓、感歎與落淚。

對《母親》的研究：

韓國的李永求指出：儘管強調敘述語言的重要，但是本篇小說還是帶有一定的故事性的。這篇小說的背景是令人發冷的，但所表達出的感情卻是持久的、感人的。儘管作者多次表明自己在母親去世之後很少想到母親，但從敘述文字中可以看出作者對母親深厚眞摯的情感，這種情感帶著強烈的悔恨與譴責。〔註 525〕

該評論文章認爲小說《母親》包含了三個思想主題：一是反思；二是母親對兒子的愛；三是兒子對母親的愛。第三點他的分析很有意思。他認爲：小說通篇沒有出現過類似「我愛你，母親」的字眼，「我」對母親的愛不是直接表露的，而是隱藏的、自責的、沉重的愛。母親對「我」無微不至的愛，做兒子的怎麼可能體會不到呢？但是，「我」對母親的愛，是在自我的一種虧欠和責難中隱藏著。「我」愛母親，正是這種充斥著責難的愛，讓「我」無法潛心地思念，讓「我」想不起來母親。

〔註 525〕李永求《高行健短篇小説〈母親〉分析》，《東莊學院學報》2012 年 8 月，第 29 卷第 4 期，李永求係韓國外國語大學校中文學院教授，也是高行健作品的韓語翻譯家。

在筆者看來，「我」確實對母親含有深厚的感情，但這種感情是複雜的，包含了中國傳統沉重的孝道。母親去世時「我」才 20 幾歲正在上大學，尚沒有盡孝，比如說贍養父母、傳宗接代甚至成就功名等。而且「我」連母親的遺容也沒法瞻仰，因爲路途遙遠耽擱了，而他更內疚的是一點沒有預感母親遭遇的不幸，此種內疚在於——母親那麼愛他，全副身心都在他身上，而他忙著日常讀書跟她沒有一點點心靈感應，以至於本來是奔喪的悲痛卻因爲他的懵懂而僅被處理成一般的假期回鄉。一直到見到父親那一刻的倉皇才讓他如遭雷劈一般嚇傻了。傳統孝道要求兒子的兩點他都不能做到——生不能盡孝，死不能送終。這如何讓他不懷有深切的內疚與自責呢？

李永求的評論還指出：小說中的「我」，是一個多維度的人物形象：有回憶中的「我」，也有現實中的「我」，還有一個旁觀者的「我」，這三個「我」相互交織，使得「我」這個形象充實飽滿。他也注意到高行健在文中「你」、「我」、「他」三個人稱的運用及其互相轉換。「三種人稱的不停轉換，呈現出複雜多變的內心距離，接近了又離開，離開了又接近，重疊了又錯開，分離、交錯，角色變得立體起來。因爲人稱代換，同一人物變得多重起來，自己和自己接近，自己和自己交流，然後自己和自己分離。其實小說中的「你」、「我」、「他」都是敘事者，不過是一個人在不同的角度說著不同的話，小說中的「我」在現實中回憶，「我」轉化爲「他」時，便成爲一種客觀冷靜的分析，原來的「我」此刻就是一個「旁觀者和評論者」。「他」轉換成「你」的時候，由遠及近，原來的「旁觀者」不見了，取而代之的是一個內心的發掘者，這個發掘者在敘事者內心深處探索、發掘，就好像敘述者在「自說自話」。同時，這種人稱的轉換，也實現了時間和空間的自由轉換，將回憶和現實、現實和回憶巧妙地轉切。

7 月，短篇小說《圓恩寺》刊發在《海燕》期刊 1983 年第 7 期。〔註 526〕

《圓恩寺》也是一篇有意味的小文，講一對蜜月旅行的男女，在遊覽地圓恩寺邂逅了一對領養關係的「父子」，平淡隨意的交流中，有溫情與優美在流動。

編輯周翼南〔註 527〕**回憶了發生在這年夏天的往事。**

〔註 526〕《高行健短篇小說集》第 194 頁。

〔註 527〕周翼南，1941 年生於武漢，中國作協會員，一級作家。曾任《芳草》文學編輯。根據百度詞條「周翼南」簡編。

他這樣寫道：

1983年炎夏，我們刊物邀了一批本地作者，舉辦一次筆會。路過北京時，我拜訪了幾位北京的作者，其中有一位認識高行健，便帶我去北京人藝同高行健見了一次面，這時我才知道他是北京人藝的編劇。不知爲什麼，在我原來的想像中，高行健是既洋氣又有點狂妄的，但出現在我面前的卻是個穿著樸素、又黑又瘦的中等人，四十來歲，個子不高，很隨和，甚至顯得有點土氣。哪有半點「現代派」的氣派？這大出我的意料之外。他住在一間關上門便不通氣的小房內，房裏只有一張桌子、一把椅子和一張床，我便坐在那零亂不堪、堆滿書報刊物的床鋪上同他談話。居然很談得來，大概是因爲我們年齡相仿，或者是因爲彼此感到對方是「不設防」的人物。他高興地把他受到非議的「初探」送了我一冊，他還告訴我，《人民文學》將在密雲水庫舉辦筆會，邀請他去給作者們介紹一下當代外國的文學流派。

也怪我多事。我也對他發出了邀請，能否到北戴河去一趟，給我們武漢的作者們講一講呢？我想，可以開闊作者們的眼界。高行健顯得有點爲難，後來一算，至多耽誤他三天時間，《人民文學》的筆會是可以趕上的。他便答應了。我說，我先去北戴河給領導說一說，安排好了，再給他發出正式邀請。叫他等我的信。

這本是一件極其正常的小事，沒有想到竟然引起軒然「小波」。

高行健去北戴河「講學」的事並沒有辦成（倘辦成，那便成「大波」了），因爲經我請示後，負責筆會的同志有些擔心，認爲邀請高行健不妥——爲什麼單單邀請高行健呢？何況他是個引人注目的「有爭議的人物」，何況當時又在批「現代派」。如此一說，使我興味索然，索然得連爭辯的氣力都沒有了，總算有氣力給高行健寫了封道歉信，「此處條件甚差，食宿不便」云云。他當然明白我的意思。我想，他是高興的：阿彌陀佛，卸了一個須得奔波的負擔。〔註528〕

8月，《荒誕派戲劇選》由外國文學出版社出版，高行健翻譯的劇作是尤金·尤涅斯庫的《禿頭歌女》。

8月，《文譚》1983年第8期刊發范際燕文章《「現代派」討論鳥瞰》。〔註529〕

〔註528〕周翼南《高行健其人》，《中國作家》期刊1988年的第3期第175頁。
〔註529〕《文譚》1983年第8期第35～39頁。

9 月 15 日，《河那邊》發表在《鍾山》1983 年第 5 期〔註 530〕。

9 月 22 日，《現代戲劇手段初探之六：談時間與空間》刊發在《隨筆》1983 年第 5 期〔註 531〕。

11 月 22 日，《現代戲劇手段初探之七：談假定性》在《隨筆》1983 年第 6 期刊發。〔註 532〕

11 月 24 日，中共北京市委宣傳部就《車站》寫給中宣部以及北京市市委一份報告，責成相關部門總結經驗教訓。〔註 533〕

具體如下：〔註 534〕

中共北京市委宣傳部報告

京宣字（83）012 號

中共宣傳部並市委：

北京人民藝術劇院今年五月排演了該院高行健同志創作的話劇《車站》（《十月》雜誌 1983 年第 3 期刊登），試驗演出十來場以後，因劇組去東北巡迴演出（林兆華加注：謊言），停了下來。此後，劇組考慮到各方面對該劇的意見很多，決定停止演出。

該劇描寫了一群聚集在某郊區公共汽車站牌下等車的乘客，各自爲著一些瑣碎的目的等車進城（去下盤棋、去喝杯酸奶、去會對象、去吃請……）汽車總是到站不停，他們無休止地發牢騷、扯閒篇，虛耗光陰，一晃十年。頭髮都等白了，最後發現這是個廢棄的車站，他們都白等了。劇中唯一的正面人物是一言不發的「沉默的人」，他對一群人的牢騷不聞不問，獨自悄然前行。

劇本讓一群人不斷地發牢騷，發各式各樣的牢騷，整個劇就由這些牢騷構成，給讀者和觀眾的影響是消極的。當前，在部分群眾中存在對黨、對社會主義制度、對「四化」事業的前途缺乏信心的情況下，這個劇無助於幫助群眾增強信心，樹立理想，增強團結；相反，容易起助長群眾埋怨情緒和離心離德傾向的作用。該劇採用了荒誕派的手法，而荒誕派戲劇是資本主義世界絕望心理的藝術反映，用這樣的方法描寫我們今天的社會主義社會，必然

〔註 530〕《鍾山》1983 年第 5 期，江蘇人民出版社 1983 年 9 月 15 日出版。

〔註 531〕《隨筆》1983 年第 5 期，花城出版社 1983 年 9 月 22 日出版。

〔註 532〕《隨筆》1983 年第 6 期，花城出版社 1983 年 11 月 22 日出版。

〔註 533〕《林兆華戲劇年表》，林兆華口述，林偉瑜、徐馨整理《導演小人書》（全本）第 574 頁。

〔註 534〕《林兆華戲劇年表》，林兆華口述，林偉瑜、徐馨整理《導演小人書》（全本）第 124 頁。

歪曲現實，歪曲生活。此外，劇院安排該劇和魯迅的《過客》同時演出，也容易使人認爲有政治寓意。這也是不妥當的。

爲了消除這個作品的不良影響，我們決定：

1、責成北京人民藝術劇院黨委和《十月》雜誌編輯部認眞檢查，總結經驗教訓；人藝黨委還應幫助《車站》劇組、特別是劇作者提高認識，汲取教訓。

2、安排《北京日報》和《十月》雜誌近期發表批評文章，文章內容主要是分清原則是非，指出應當汲取的經驗教訓。

以上報告妥否？請示。

中共北京市委宣傳部

1983 年 11 月 24 日

11 月 29 日，北京市市長段君毅給予批覆：「可否先做工作，讓人藝自我批評。」〔註 535〕

12 月，《中國戲劇年鑒（1983）》有兩處涉及《絕對信號》。一是開篇的綜述文章《回顧 1982 年的話劇創作》（作者遊默）〔註 536〕**，一是在劇目評論中收入曲六乙的《吸收．溶化．獨創性》**〔註 537〕**。**

12 月，《北京劇作》1983 年第 2 期刊發兩篇評論：《賀〈絕對信號〉獲獎》、《一部有明顯缺陷的作品——評話劇〈車站〉》。〔註 538〕

《賀〈絕對信號〉獲獎》（作者：劉有寬）指出：儘管有人對《絕》劇有著這樣那樣的非議和指謫，北京市文化局和中國文聯北京市分會在北京市 1982 年度新劇目評獎演出中還是授予該劇創作一等獎，演出一等獎，舞臺美術一等獎，優秀導演獎、優秀表演獎（林連昆）和表演獎（尙麗娟）。〔註 539〕

〔註 535〕《林兆華戲劇年表》，林兆華口述林偉瑜、徐馨整理《導演小人書》（全本）第 124 頁。

〔註 536〕《中國戲劇年鑒編輯部》編《中國戲劇年鑒（1983）》第 1 頁，中國戲劇出版社 1983 年 12 月第 1 版第 1 次印刷。

〔註 537〕《中國戲劇年鑒編輯部》編《中國戲劇年鑒（1983）》第 165～166 頁。

〔註 538〕《北京劇作》1983 年第 2 期，北京市文化局藝術製作工作室編輯出版。根據《北京劇作》1982 年第 1 期（總第一期）編者的話，在過去《劇本初稿》的基礎上，正式編印了內部刊物《北京劇作》，出版暫不定期。該刊並未標明出版時間，筆者根據當期刊發文章的內容推測，1983 年第 2 期的《北京劇作》出版時間爲該年年底。

〔註 539〕《北京劇作》1983 年第 2 期第 84 頁。

《一部有明顯缺陷的作品——評話劇〈車站〉》（署名宋魯曼）認爲：作品客觀上使人得出這樣的結論，只有像沉默的人那樣，一切依靠自己，除此之外，什麼也不能信賴，這就明顯地把個人和社會對立起來了，使人產生對生活、對社會的不信任情緒，這是一種消極的思想。《車站》不但在表現手法上，而更重要的是在思想傾向上，受到了荒誕派戲劇的影響，作品對我們的社會作了嚴重歪曲的描寫和反映。〔註 540〕

高行健說：對《車站》的演出效果，我還是比較滿意的，大家都樂於一起做試驗，導演和表演都很出色。演出的效果也表明這是一部道道地地的喜劇。八三年盛夏，在人藝三樓臨時改裝的小劇場裏，密不通風，又沒有空調。四面圍坐著觀眾，外圈的走道上還站滿了人。將近兩個小時，中間不休息，沒有一個中途退場的，觀眾中始終笑聲不斷。

馬壽鵬說：那盛況絕不亞於《絕對信號》，許多觀眾都以能看到《車站》的演出爲幸事。可惜，只演了十多場吧？

高：連同爲評論界加演的兩場內部演出，一共是十三場，十三是個不吉利的數字。

馬：當然又是個事件，弄的軒然大波，至今恐怕也還有不同的意見吧？

高：這個戲同年南斯拉夫上演了，匈牙利的電臺廣播了，香港和丹麥都演過。這個劇對現代人的窘境的自嘲，各民族都是能普遍引起共鳴的。

馬：這其實是人類對自身窘迫處境的一種清醒的認識，它的社會意義就在於喚起人們的這種自覺，應該說是積極的。

高：我們已經告別了人類幼年的那個英雄的時代，也告別了那個崇尚自我的時代。〔註 541〕

林兆華說：《絕對信號》《車站》公演後不久，不少國家出版了高行健的劇本，稱他是「中國當代的先鋒作家」。但西方這些評論對高行健沒有幫助，起了反效果。《車站》這個戲，人藝老藝術家接受不了，普通觀眾覺得怪怪的、挺好玩。當時評論界只有少數幾個人說好。當年《文藝報》《戲劇報》所發的多是批評文章。〔註 542〕

〔註 540〕《北京劇作》1983 年第 2 期第 111 頁。

〔註 541〕高行健和馬壽鵬 1987 年 2 月的對談，高行健《京華夜談——我的戲劇觀》，《鍾山》1988 年第 1 期第 201 頁，1988 年 1 月 15 日出版。

〔註 542〕《林兆華戲劇年表》，林兆華口述林偉瑜、徐馨整理《導演小人書》（全本）第 125 頁。

這一年，《車站》完成排練並演出，演後又引發了轟動。中宣部副部長賀敬之卻說，《車站》是 1949 年以來「最惡毒的一個戲」。因肺癌疑雲，逃離北京回南京休養一段日子。回到北京後，因「清除精神污染運動」高漲，風口浪尖中決定逃亡，去了大西南，浪跡長江流域五個月，行程達一萬五千公里。

根據互動百科對「清除精神污染運動」的介紹：1983 年，爆發了對周揚、王若水關於人道主義和異化的批判，開始所謂「清除精神污染」運動。這是十年內亂以後正式開展的第一場「大批判運動」，那一套極左的手段差不多都搬出來了。他們要反要革的東西很多，形勢很亂，左的思想普遍抬頭。當時，黨中央擔心，民主人士也擔心，國內外都擔心，以為又要來一次「文化大革命」了。這時耀邦同志做了很多工作，在他的扼制下，這場「清污運動」，搞了二十七、八天就勉強收場了。12 月 14 日，耀邦同志召集人民日報、新華總社和廣播電視部的領導同志談話，根據中宣部當時整理的談話紀錄，耀邦同志談到：小平同志講話中對什麼叫污染，怎樣清除，講得很清楚，講的是清除思想戰線上的污染……小平同志這一講話還沒有發表，沒有認眞學習，個別地方和單位匆忙採取不妥當的措施去清除精神污染，出了一些毛病。胡耀邦對文藝方面提出的要求是：文學方面，所有世界公認的名著不能封閉。資產階級作家寫作的有名的小說中，即使有點色情描寫也不要緊。我們要禁止的是專門描寫性生活的作品；電影、戲劇、舞蹈、曲藝、雜技等，凡是中央沒有明令禁止的都可以演，不能濫禁亂砍。〔註 543〕

杜特萊回憶：我記得在 1983 年再次應中國社會科學院邀請到中國時，卻無論如何也見不到高行健的蹤影。大家都不知道他身居何處，我和他相識的朋友中也無人知曉他的行蹤。後來我才獲悉他深入中國內地進行長途旅行，結果寫出了不同凡響的《靈山》，十年以後我同妻子麗蓮・杜特萊共同把這本書譯成了法文。〔註 544〕

高行健回憶：我八十年代開始在廣州《隨筆》上連載的談現代小說那些文章本無人注意，由黃緯經提議，八一年秋天結集為《現代小說技巧初探》由花城出版社出版了。王蒙看到後立即對劉心武說：這要在文化部門口（中國作協

〔註 543〕http：//www.baike.com/wiki/清除精神污染運動

〔註 544〕杜特萊撰、凌瀚譯《我記得……》（代序），劉心武著《瞭解高行健》第 29 頁。

機關當時設在文化部大院裏）引起一場武鬥。他這玩笑居然言中。〔註545〕次年六月（筆者按：是五月），他在上海《小說界》上發表了一封致我的公開信，以他特有的幽默，不僅熱情肯定我這本小冊子，還建議我「再探」！接著劉心武在《讀書》上又發表了推薦這本書的文章。年底，《上海文學》隨後發表了馮驥才、劉心武、李陀就這本書的三人通信。對現代派的討伐由此也找到了口實，便從中國作協的機關刊物《文藝報》發端。作協當時的黨組書記馮牧先有個講話，說是有個小作家寫了本不僅荒謬而且反動的小冊子，不只在許多中、青年作家中造成惡劣影響，連有的大作家也叫好。現實主義正面臨嚴重挑戰，這關係到我國文學的方向和道路問題。這長篇講話幾乎全文發表在向上通報的作協內部刊物上，隨即又以讀者來信的方式將這結論見諸《文藝報》。〔註546〕

八三年春節主管宣傳的賀敬之對文藝界講話，公開提出批判現代派，並同反對資產階級自由化聯繫起來。〔註547〕為《現代小說技巧初探》作序的葉君健告訴他，作協黨組擴大會上不僅點名批他，還一再指向王蒙，這是上層的政治鬥爭在文藝界的反映。高於是找到關心過他的夏衍和巴金。巴金在《上海文學》特別談到現代派作為一種文學流派，年輕人要寫，不值得大驚小怪，夏衍也發表文章聲援，說魯迅也是現代派。《文藝報》召開的關於現代派的討論會，通知高行健務必參加，原意是發動不同創作傾向的作家參加批判，「沒想到到會的十多位北京中、青年作家當著馮牧的面，竟一致抵制，王蒙首先反擊，連從維熙也說看了我那書沒覺得有什麼不妥，甚至扯到霍去病漢墓石雕並非寫實主義。這場批判在北京作家中一直也鼓勵不起來。」〔註548〕《文藝報》又去南京發動，會上又遭到江蘇《鍾山》等刊物的反對，「在北京的會上一言不發的陳荒煤〔註549〕也到了南京，竟為我這書講話，而且在南京《青春》的內部通訊上登了出來。中宣部在京郊通縣召開的理論討論會上，鍾惦棐力排眾議，十分激動，為我這書辯護。此外，如嚴文井、馮亦代〔註550〕等

〔註545〕高行健《隔日黃花》，《高行健劇作集1車站》第122頁，臺北聯合文學2001年10月出版。

〔註546〕《高行健劇作集1車站》第124頁。

〔註547〕《高行健劇作集1車站》第126頁。

〔註548〕《高行健劇作集1車站》第127頁。

〔註549〕陳荒煤（1913～1996），出生於上海，文藝評論家，文化官員。曾擔任文化部副部長、中國文聯黨組副書記。

〔註550〕馮亦代（1913～2005），浙江杭州人，散文家、翻譯家。他是最早將海明威介紹到中國的翻譯家之一，《讀書》雜誌創刊發起人並任副主編。

好幾位老作家也替我講話，花城出版社的李士非〔註 551〕也因此承擔了很大的壓力」〔註 552〕，批判一事暫告一段落。他說：

七月盛夏，戲（《車站》）排出來了，彩排前我去曹禺家，喝酒吃飯到很晚，同我這小輩他居然無話不談，還拿出黃永玉〔註 553〕批評他四九年之後沒好戲的信給我看。他從來不參與劇院的劇目審查，竟由小女兒陪同拄著拐杖來了。戲完了只有他鼓掌並大聲說：「好戲！」〔註 554〕依然是內部試驗演出，在首都劇場三樓宴會廳裏，窗戶用黑布全擋起來，四邊擺滿椅子，演出在觀眾當中，二百多座位全滿，四周還站滿了人，兩個小時的演出，沒有通風設備，悶熱不堪，無一人退場，從始至終，笑聲掌聲不絕。戲完了許多觀眾留下不走，在陽臺上同劇組人員交談到深夜。這樣連續演了十場，場場如此。〔註 555〕我們沒有請記者，消息不脛而走，馮牧突然來看戲了。散場時我問他意見，他一句話也不說走了。場內觀眾儘管那麼熱烈，劇院內氣氛卻十分緊張，戲停演了。」〔註 556〕

一天深夜，蘇叔陽特地來告訴我，他剛聽說賀敬之講了：這戲比《海瑞罷官》〔註 557〕還『海瑞罷官』，是建國以來最惡毒的一個戲。而賀並未看過這戲，顯然聽的彙報。蘇叔陽爲我捏把汗，勸我找他做些解釋，我只說我認識他。我知道躲過了初一，躲不過十五。乾脆〔註 558〕借《人民文學》組織的一個中青年作家的筆會，去興城海邊先玩幾天。〔註 559〕

我從未這麼閒散過，不是學游泳，就是海邊挖蟶子，觀海，沒動手寫過一個字，夜裏不跳舞就下海。我這舞一半多是《人民文學》的編輯王南寧教會的。事後，徐剛告訴我，大家當時怕我精神恍惚尋短見，因爲有位副主編剛參加在大連召開的作協的一個會，馮牧點了我的名，說是問題非常嚴重，

〔註 551〕李士非，曾擔任中國作家協會廣東分會第三屆副主席。

〔註 552〕《高行健劇作集 1 車站》第 127 頁。

〔註 553〕黃永玉，1924 年出生，湖南鳳凰人，畫家、中央美術學院教授、中國美協副主席、中國畫院院士。

〔註 554〕《高行健劇作集 1 車站》第 128 頁。

〔註 555〕《高行健劇作集 1 車站》第 129 頁。

〔註 556〕《高行健劇作集 1 車站》第 129 頁。

〔註 557〕《海瑞罷官》是劇作家吳晗的作品，對該劇的批判，成爲發動「文革」的導火線。

〔註 558〕《高行健劇作集 1 車站》第 129 頁。

〔註 559〕《高行健劇作集 1 車站》第 129 頁。

他們沒敢告訴我，怪不得我夜裏下海的時候，王南寧和雲南的一位年輕作家總一前一後在我身邊，他們都水性極好，我盡可放心遊去。〔註 560〕

我回到北京，政治氣氛已十分緊張，正巧趕上劇院裏健康普查，發現我肺部有陰影，我便告病跑到南方我弟弟家。醫院再做檢查，又誤診爲肺癌。其間，北京來信，中宣部指令劇院再演兩場《車站》，戲票由中宣部分發有關單位，以便組織批判。清除精神污染運動，這期間便借胡耀邦〔註 561〕訪問日本之機，全國上下開展起來。我在電視裏看到從北京到省市，各級政界與文藝界頭面人物紛紛表態，倒覺得與己無關。我父親便死於肺癌，從發現到去世只有三個月。我既來日無多，便只逛自由市場，揀平素在北京買不到的新鮮魚蝦螃蟹做來吃，再就讀讀《周易》。可半個多月後，去醫院預約的專家加以細查，我那肺部的陰影奇蹟一般竟全然消失。揀回一條命，還得遵命回北京。〔註 562〕

《文藝報》記者三番五次來劇院要見我，我推說有病不見。可他甚至等在劇本辦公室門口堵我，說是哪怕只要有我一句話，我當然知道這意味著什麼。我正在裏面開會，上面來的指示，院內作家人人都得對『清污』表態，可沒有一位作家哪怕提一句這戲，最後點到我發言。我應該承認我那時已經神經質得不行，突然失控，把手上的茶杯摜得粉碎，罵了句粗話起身就走，同等在門外的那位記者迎面撞上。後來大家把我安頓到床上，我依然激動得不行。〔註 563〕是劇院保護了我。當時主管意識形態的政治局委員胡喬木直接給于是之寫信，稱北京人藝這樣有國際聲望的劇院，應該堅持現實主義道路云云。賀敬之則通過宣傳部指令《文藝報》、《戲劇報》、《北京日報》和發表《車站》劇本的《十月》組織批判文章，並且說出「這樣的人應該讓他去青海接受鍛鍊」這樣的狠話。我認識的朋友有打成右派去青海勞改過，九死一生，當年去的時候也不說是勞改犯而美其名曰鍛鍊。我不如及早自己先跑，免得到時不能脫身，便給劇院打了個報告，說是去大西南山區林場體驗伐木工人的生活。上面追問，劇院也好交代。我等不及領出差費，帶了從人民文學出版社預支我的長篇小說《靈山》的四百元稿費，一腳到了成都，轉而便

〔註 560〕《高行健劇作集 1 車站》第 129～130 頁。

〔註 561〕胡耀邦（1915～1989），中華人民共和國的主要領導人之一，曾任中共中央主席和中共中央總書記。

〔註 562〕《高行健劇作集 1 車站》第 130 頁。

〔註 563〕高行健《隔日黃花》，《高行健劇作集 1 車站》第 130～131 頁，臺北聯合文學 2001 年 10 月出版。

扎進川西北大熊貓保護區的原始林區裏。文化革命中我下放到五七幹校，軍代表辦學習班整我，就逃過一回，丟掉北京戶口，到皖南山區農村落戶了五年。逃亡，我實在認爲是自我保護最可靠的辦法。〔註 564〕

這一年，戲被禁演，文學作品不得發表，轉而專攻水墨。〔註 565〕

1984 年　44 歲

1 月，《北京文藝年鑒 1983》收入「關於話劇《絕對信號》的爭論」，並將《絕對信號》列入「戲劇簡介」的欄目中。〔註 566〕

該書在《1982 年長、中、短篇小說目錄》的「1982 年短篇小說篇目」中，記錄了幾個短篇發表的期刊和刊期:《人民文學》「路上　高行健　9」;〔註 567〕《醜小鴨》「雨、雪及其他——一篇非小說的小說 高行健　7」〔註 568〕;《文匯》「二十五年後　高行健　11」。〔註 569〕

4 月 14 日，在北京寫作劇作《獨白》。〔註 570〕

上半年，漫遊大西南。

他在這年的八月寫道：我最近剛完成了沿長江流域一萬五千公里的旅程，也實地考察了民間戲劇的一些源流。在貴州，現今在村寨中仍然演出的一種戴木頭面具的「地戲」便起源於古代的儺，殷商時代的宗教祭祀，考古學家也已經發掘出了當時祭祀用的青銅面具。日本的古典戲劇用面具演出的能樂想必是這根基上爾後的一種發展。而這種更爲原始的戴面具的儺戲或儺舞至今仍在湖南、江西等省民間流傳。幾年前，我還在西藏看到了戴面具的既歌且舞的藏劇的演出，藏民們帶上黏巴和酥油茶可以一連看上好幾天。因而，我想在我的下一個劇中革新這個傳統，不是像奧尼爾那樣把面具作爲個象徵，而是作爲一種單純的戲劇手段，復興在現代戲劇中。〔註 571〕

〔註 564〕高行健《隔日黃花》,《高行健劇作集 1 車站》第 131～132 頁。

〔註 565〕繪畫簡歷，亞洲藝術中心出版《高行健》第 102 頁。

〔註 566〕北京市社會科學研究所、《北京文藝年鑒》編輯部編《北京文藝年鑒 1983》第 186～188 頁，中國展望出版社 1984 年 1 月第 1 次印刷。

〔註 567〕《北京文藝年鑒 1983》第 713 頁。

〔註 568〕《北京文藝年鑒 1983》第 720 頁。

〔註 569〕《北京文藝年鑒 1983》第 737 頁。

〔註 570〕高行健著《高行健劇作集 4 彼岸》第 104～126 頁，臺北聯合文學出版社有限公司 2001 年 10 月初版。

〔註 571〕高行健《我的戲劇觀》,《戲劇論叢》1984 第 4 期第 79 頁，中國戲劇出版社 1984 年 12 月 29 日。

後來他又回憶：我從大雪山轉到東海邊，走了八個省，七個自然保護區，行程一萬五千公里，浪蕩了五個月，人無從找我，而我自有一些朋友又告訴我，發到縣團級的有關『清污』的黨內文件也點了我的名。其間，胡耀邦逐漸穩定腳跟，『清污』日漸成爲強弩之末。可賀敬之不知爲什麼偏不放過我，《文藝報》發的批我的文章他『親自定稿』，卻惹惱了政治局另一名委員，當時北京市委第一書記段君毅，反批了個文件，把對我的批判限定爲『人民內部矛盾』，市委宣傳部把中宣部送來的賀的文章刪去三分之一，最厲害的政治結論一一勾掉，轉送回去，《北京日報》和《十月》也始終未發表對《車站》的批判。公開的批判則只見諸中宣部直接管轄的《文藝報》與《戲劇報》。〔註 572〕南斯拉夫的一家劇院居然也來湊熱鬧，要在八四年十月一日中國國慶之際上演《車站》，中國作協於是電告中駐南使館，『勸住南方友人』云云。誰知南斯拉夫的劇院竟然不聽，不僅照樣公演，匈牙利國家電臺還廣播了這個戲。我便安心回到北京，王蒙批發了我擱置在《人民文學》的一篇小說，禁了一年多，我卡在各處刊物的稿子重新得以發表。〔註 573〕

畫家尹光中回憶：

1984 年高行健特別地，跑到至今仍有野人出沒之地神農架采風，而後來貴州梵淨山及黔東南等地做作家的功課。我們一起到貴州博物館參觀「文革」中沒收來的明清兩朝儺戲面具及其他禁止公開展覽的宗教文物。他特別喜歡看我製作陶面具。臨回北京時，突然冒話：希望你爲我的新作設計一批面具和藝術造型。如果順利，明年 3 月我們在北京人藝見！〔註 574〕

在貴陽我收到高行健所做劇本《野人》，細心讀後深感震驚，因爲《野人》的文學結構完全與傳統劇本有著根本的不同。無疑《野人》就社會意義而言是中國當代人文終極關懷最具天良的戲劇作品。該劇本是以西南民俗和生活爲底本的劇本，作者以巨大人文包容精神表達當代人在工業進程中生存狀態，氣候的變化，自然生態的敗壞，人與自然、人與人之間，傳統文化與後工業時代之間的文明轉換帶來的複雜思考。早在二十年前高行健以作家應有的良心和責任感，獨特的藝術形式，創作了這部具有劃時代的作品。《野人》

〔註 572〕高行健《隔日黃花》，《高行健劇作集 1 車站》第 132～133 頁。
〔註 573〕高行健《隔日黃花》，《高行健劇作集 1 車站》第 133 頁。
〔註 574〕尹光中《一個人的舞臺》，林兆華口述，林偉瑜、徐馨整理《導演小人書》（全本）之「看戲」第 253～254 頁。

是一部悲亢的現代人文啓示錄。是史詩。〔註 575〕

1985 年 3 月我正式收到林兆華以北京人民藝術劇院名義的邀請函件。對於一個生活負擔極重的失業者實在太重要了！在《野人》劇組承擔設計和製作盤古、應龍、旱魃、朱雀、玄武、青龍、白虎、水火二神等多個面具及幾十個與生態有關的面具造型，如豺狼虎豹、花鳥蟲魚等，以及它們的服裝設計。合作期間林兆華和高行健從來不會在我的作品面前指手畫腳，修改這修改那。有一天林高二人端著從食堂打來的飯菜，進到美工間，我正在爲面具化妝。林道：快去打飯！你小子餓倒了，老婆孩子一大幫，追到人藝來，我和高行健都脫不了手。〔註 576〕

編輯周翼南講到這一年夏天高行健到武漢找他的情形。

1984 年一個炎熱的夏夜，高行健突然出現在我家門口：風塵僕僕，滿臉汗漬，顯得更黑更瘦，他背著兩隻很大的、鼓嘟嘟的旅行包，腳上的旅遊鞋散發出一股臭氣。他微笑著，疲憊地望著我，嘴裏大口地喘氣——因爲我住六樓。我趕緊讓他進屋，第一件事，便是讓他沖個蓮蓬澡。這樣，他才算喘過氣來。

原來，林業部約他寫個主題是保護森林的話劇，爲此，他幾乎跑遍了南中國，對森林的狀況作了一番考察，他剛走出神農架，路過火爐般的武漢。

我們坐在涼臺上，晚風習習，他對我談到他見到了森林，談到了他的神農架之行。

「都被破壞了！都被破壞了！」他咬牙切齒地、忿忿地說，「他們想矇騙我，說，這就是保護區。見鬼！什麼保護區？我到川西走過，那才是眞正的原始森林！苔蘚有一尺厚！在神農架，我沒有見到這種景象。他們把已經砍伐過的地區劃爲『保護區』，把眞正的原始森林劃在保護區以外，爲什麼採取這種卑鄙的欺騙手段？好砍伐呀！毫不留情地砍伐！破壞森林！破壞生態平衡！」

「我一定要寫，非寫不可。把古代和現代交叉寫。要是不能寫話劇，就寫小說。」他說，停了一下，「我總想呼籲一下——這，也許是中國知識分子的劣根性：總想說，總想管，可又沒有用。」他歎了口氣，「不管怎樣，我要

〔註 575〕尹光中《一個人的舞臺》，林兆華口述，林偉瑜、徐馨整理《導演小人書》（全本）之「看戲」第 254 頁。

〔註 576〕尹光中《一個人的舞臺》，林兆華口述，林偉瑜、徐馨整理《導演小人書》（全本）之「看戲」第 255～256 頁。

寫個報告，託人送上去，讓中央領導人看一看，我們中國的自然保護區只剩下百分之零點七了！可外國呢？有的占全國面積的百分之五十，有的在百分之五十以上！這數字表明一個國家的文明程度！再不管，連這百分之零點七也會被消滅的！」

他給我列舉了一些數字，許多嚇人的情況——「洞庭湖實際上只有地圖上的三分之一，如果不採取措施，到了2000年，洞庭湖將從地圖上消失。」他悲憤地說。

我們都沉默著，都悲哀而憤怒，可又無能爲力。

他反而勸慰我：「你不要管，什麼都不要管，寫自己想寫的東西吧。」他說，他很羨慕我，因爲我沒有被人「盯住」，而他卻「出了名」。「出名」——他認爲——對一個作家來說，是世界上最最糟糕的事。

我們談到了創作方法。高行健老老實實交待了他的創作經驗：「很簡單，我寫東西，就把自己關在小房裏，把窗簾拉上，不僅不受外界刺激，連時間的概念都沒有。我用錄音機創作，對著錄音機說，把講的全錄下來，然後根據錄音整理。當然，事先要大致想好，要有一個提綱。還有一點很重要，要準備幾盒音樂磁帶，音樂能影響人的情緒。得准備挑起不同情緒的不同的音樂。我用三十六小時寫出了《絕對信號》，一邊『寫』，一邊聽柴可夫斯基的《悲愴》和德彪西的《牧神午後》。我想達到即興創作。」

我小心翼翼地問他身體如何。原來，我聽一位朋友說，高行健患有肺病，而且是……肺癌。難道眞是如此？

「去年，我經受了死的威脅，」他淡淡地笑著說，「去醫院拍片子，發現肺部有兩塊無法解釋的陰影。很簡單，肺癌。照說，死是一件可怕的事。一個人就這樣從世界上消失了。不知爲什麼，到了這個時候，反倒無所謂了。我讀《易經》，這本書我過去一直沒有時間讀。挾著《易經》上南京的清涼山，累了，就躺在石頭上大睡，一睡就是兩個小時，無所謂身外，也無所謂身內，眞是超然。」他笑了笑，「那時，我喜歡聽肖斯塔科維奇的第十一交響樂，我整個兒沉在裏邊……我就這麼等著，準備離開這個世界，一點也不在乎，倒是在復查的前一天，忽然緊張了，晚上做了一個噩夢，出了一身冷汗，第二天，忐忑不安地到醫院去，一檢查，肺部的兩塊陰影沒有了，我不相信，問醫生，怎麼？沒有了？醫生目瞪口呆，說：『怎麼沒有了？』」他格格地笑起來，「怪事，陰影沒有了，莫名其妙地消失了！任何人都無法解釋！」

他大笑，笑的眼淚都湧出來了，像是給醫院、給醫生、給整個醫學界、給喜歡他和討厭他的人們，開了個大玩笑。他的笑聲很有感染力，笑得像個天眞的、幹了一次惡作劇的孩子。

「眞的無法解釋嗎？」我笑著問。

「無法解釋，絕對無法解釋，奇蹟！」他笑著說。

我們又大笑。

儘管這兩塊籠罩在他生命上方的陰影消失了，我還是強迫他在我家休整了三天，因爲他的考察任務還沒有完成，他還要跑許多地方。白天我上班，他在家整理錄音，晚上便在一塊窮聊，常常聊到深夜。我們談楚文化、談肖斯塔科維奇和他的《回憶錄》、談美國的影星和現代派音樂、談梵高、談詩和文學的關係……他談到他的身世（因未得他的首肯，故無可奉告），談到了他在旅途中的見聞：苗族的龍舟賽和陽具崇拜，森嚴的下涼山和今天彝族的生活狀況。他說，他費了很大的力氣才見到了一位彝族的巫師，還錄下了滿滿一盤這位老巫師唱的彝族情歌。

我們靜靜欣賞著這古老的、咒語般的情歌。它異常之單調，然而，在它單調的節奏和音節裏，卻又蘊涵著神秘而不可抗拒的魔力。「我要寫一個戲，把它原封不動地放在戲裏邊。」高行健說。

他說得那麼自信，彷彿這個戲已經寫出來了，已經上演了。

他沉默了一會，忽然又發出這樣的感歎：「每次外出，我都感到煩惱——中國這麼大，改變它眞難，太大了，太難改變了！我過去也意識到這一點，這回跑了這麼一趟，感受就更深切了。」他苦笑了一下，「有人說我是非現實主義的，我倒覺得我是現實主義，眞正的現實主義。我們生活中荒誕的事情太多了，我不過把見到的如實寫出來罷了。」

他談到他在旅途中遇到的一些眞實而荒誕的事，可笑而又可悲。果然，只要用中國的方塊字記錄下來，準被人視爲荒誕派小說。

我們什麼都不說了，繼續聽老巫師念咒語般的情歌。

此後，他僅給我來了一封懇切的、簡單的感謝信，字跡潦草得我再也不願看到他的信。我沒想到他的字寫得這麼糟糕。大出我的意料之外。他總是出人意料之外。〔註 577〕

〔註 577〕周翼南《高行健其人》，《中國作家》期刊 1988 年的第 3 期第 175～177 頁。

5 月，小說集《有隻鴿子叫紅唇兒》在北京十月文藝出版社出版。是「希望文學叢書」中的一本。〔註 578〕

該書收入《有隻鴿子叫紅唇兒》和《寒夜的星辰》兩個中篇小說，正文前面附有高行健近照和文學小傳，後面是後記（內容詳見「1983 年 43 歲」）。

文學小傳這樣寫：高行健（1940～），江蘇泰州人。1957 年考入北京外國語學院，1962 年畢業於該院法語系。大學期間開始文學創作，1978 年開始發表作品，1979 年加入中國作家協會。現爲北京人民藝術劇院編劇。著有中篇小說《寒夜的星辰》、《有隻鴿子叫紅唇兒》、《花豆》、短篇小說《朋友》、《雨雪及其他》、《路上》、《二十五年後》、《花環》、《海上》、《侮辱》、《河那邊》、《圓恩寺》、《母親》等。劇作有《絕對信號》、《車站》、《現代折子戲》。論著有《現代小說技巧初探》和尚在連載的《現代戲劇手段初探》。散文有《意大利隨想曲》，報告文學有《關於巴金的傳奇》，評論有《法蘭西現代文學的痛苦》，譯作有尤奈斯庫的《禿頭歌女》等。曾作爲巴金同志的翻譯及中國作家代表團團員出訪過法國和意大利。

8 月 30 日，在南京寫作《我的戲劇觀》。〔註 579〕

該文指出：我們稱之爲話劇的戲劇，不必僅僅是說話的藝術，劇作家不僅僅是文學作者，他既要精通語言，把對話寫得洋洋灑灑，也需要關照到他劇作中無聲然而可見的動作，以及那種雖有聲而無言詞的音響，也還包括面具，要有強烈的劇場意識。理想的現代劇作最好是能直接用於演出的一部總譜，臺詞只不過是劇作中的一個部分。現代戲劇除了區別於電影和電視，還要充分認識到它不同於文學的那一面也就是作爲表演藝術的這一面。原始宗教儀式中的面具、儺舞與民間說唱，耍嘴皮子的相聲和拼力氣的相撲，乃至於傀儡、影子、魔術與雜技，都可以入戲。兩千多年前漢代的百戲就這樣把這眾多的表演的技藝都匯入一起，爾後才有了這門綜合藝術，稱之爲戲劇。〔註 580〕他在文末發出熱情的展望：未來的時代將重新是戲劇的時代。哪怕在西方，忍受不了孤獨的人們也將會回到古希臘和東方古老戲劇的傳統中來，

〔註 578〕高行健著《有隻鴿子叫紅唇兒》，北京十月文藝出版社 1984 年 5 月第 1 版第 1 次印刷。

〔註 579〕高行健《我的戲劇觀》文末標注：1984 年 8 月 30 日於南京。高行健著《對一種現代戲劇的追求》第 51 頁。

〔註 580〕高行健《我的戲劇觀》，《戲劇論叢》1984 第 4 期第 79～80 頁，中國戲劇出版社 1984 年 12 月 29 日。

作思想和情感上的互相交流。而那時候的戲劇將充分調動它所擁有的一切藝術手段和眾多的形式。重新充滿了生命力，我們不妨稱之為戲劇復活的時代或是活戲劇的時代。〔註581〕

9月20日，短篇小說《花豆》刊發在《人民文學》1984年第9期。〔註582〕

對小說《花豆》的研究，高行健在《現代小說技藝的新課題——談現代小說與讀者的關係》中說：現代小說要實現與讀者感情思想上的交流，就不能滿足於一般地去刻畫人物，作一般地記述，往往在記述與刻畫中，還不留痕跡地在引文中注入某種相應的情緒，讀者讀這樣作品的時候，好比在聽音樂。《花豆》這篇小說中一再出現的雨點的現象和反覆疊映的山的意象和意念，則有助於讀者參與到主人公的沉思默想和內心熱切的追求中去。〔註583〕

莊園指出：作家寫花豆作為國家婦女的風采：她進入男人的領域，擺脫傳統女人的命運，前方有她以為的完全不同的新生活鼓勵她不停地奔跑。他體味婦女追逐夢想的頑強和韌性，並誇獎道：「那是很美的，花豆，那就是你！」〔註584〕他一邊慷慨地稱頌她，一邊隨即點明他對她的眞實感情——對花豆，他是「敬多於愛」的。他鋪墊了一系列讚美的話原來只是為了表示疏遠與距離。他說他們並沒有談過戀愛，只有過少男少女間生澀的情愫。他的家裏人也喜歡她，「豆兒可是個很好的姑娘，長得也不錯，學習好，也肯勞動」〔註585〕花豆曾問及他畢業的打算，還主動約他一起去參加晚會。可是，她喚起他的敬佩與尊重，卻沒有喚起熱情與愛。而他「嫌棄」花豆的一個緣由，竟然是因為她沒有一般女人的「嫉妒之情」——嫉妒是女人的天性，但是你從來沒有表露過這種嫉妒，這也就是我們無法從友誼發展到相愛的緣故吧？〔註586〕

文中還提及兩個細節，使他對花豆的感情很快降溫甚至產生了無法挽回的隔閡。花豆在與他單獨相處時拿出一本相冊——那是一種紅蠟光紙面子的

〔註581〕高行健《我的戲劇觀》，《戲劇論叢》1984第4期第82頁。

〔註582〕《人民文學》1984年第9期，人民文學雜誌社1984年9月20日出版。

〔註583〕高行健在《現代小說技藝的新課題——談現代小說與讀者的關係》，《青年作家》1983年第3期第63頁，青年作家文學月刊社1983年3月出版。

〔註584〕高行健著《朋友》第89頁。

〔註585〕高行健著《朋友》第85頁。

〔註586〕高行健著《朋友》第78頁。

只有書的開本大小最廉價的照相薄〔註 587〕。你讓我在疊得整整齊齊的你的床上坐下。你是靠助學金上學的，這我知道，沒有一分多餘的閒錢花，床單是洗得發白的舊被裏子做的。枕頭也是你自己縫的，還繡了花。你給我端來滿滿一搪瓷缸子的濃茶。〔註 588〕他只從相冊上看出寒酸，卻看不到親昵；只從枕頭上看出貧寒卻看不出姑娘的靈巧；滿滿的濃茶他只品出了粗糙卻辜負了她的熱情。「那天晚上你喚不起我的愛情，不知是什麼緣故，你溫馨的青春，少女的美，又有過一同度過的童年，可惜你當時沒能喚起我那些回憶。也許是你那本可憐的照相簿，這敗興的舞會，我不知是什麼在潛意識中阻擋了我向你貼近。是那種清貧的生活在你身上留下的影子？其實我家也夠不上富裕。」〔註 589〕兜兜轉轉半天，他眞正想要表達的卻是這一句：「也許恰恰是你的倔強，你堅持要上學，要在生活中取得自己的人格和地位。」〔註 590〕原來眞正阻止他愛上她的，是因爲她的獨立自主，她作爲國族婦女的特質。

還有一次他到花豆家裏，無意中發現她的枕邊讀物是《孽海花》〔註 591〕，認爲這是舊生活的濃重痕跡。「我沒有看過這本小說，但我知道這類書講的不外乎女戲子或妓女被強納爲妾，還有硝鏹水毀容，肺癆病咳血，像陰冷的冬天一樣。對這類陳舊的故事我十分反感，我不明白你爲什麼愛看這種書？也許就是這種未經思索的印象在我的潛意識中，所以拒絕了你的愛情。」〔註 592〕他隨後反省道：我們一廂情願以爲是新生活的主人，卻不願意承認，也看不見那舊生活的影響還根深蒂固，要掙脫它的束縛又多麼不容易。〔註 593〕

小說多處使用了對比的手法，比如篇名「花豆」——用俏皮、女孩味濃烈的名字來寫一個鐵路總工程師，而且全文鋪展大量日常化的鮮活的細節，重寫那個曾經整齊劃一的灰撲撲的年代，也包含了作家雖褒實貶的曲筆。該篇也許隱藏了這樣的心思：女人更應該喚起男人的愛意而不是敬意。他厭惡

〔註 587〕高行健著《朋友》第 86～87 頁。
〔註 588〕高行健著《朋友》第 86 頁。
〔註 589〕高行健著《朋友》第 89 頁。
〔註 590〕高行健著《朋友》第 89 頁。
〔註 591〕《孽海花》，晚清長篇小說，最早見於《江蘇》雜誌光緒二十九年（1903 年），後由曾樸續寫而成於 1928 年前後。小說採用隱喻的手法，以蘇州狀元金沟和名妓傅彩雲的經歷爲線索，展現了同治初年至甲午戰爭三十年中國社會政治文化生活的歷史變遷。
〔註 592〕高行健著《朋友》第 91 頁。
〔註 593〕高行健著《朋友》第 91 頁。

舊式女子，也不要國家婦女。他更喜歡花豆小女孩時期身上的馨香和活潑的神情，隨著見識的增長，他的審美發生了改變，她分明無法點燃他嚮往新生活的熱情，並不是他心儀的美嬌娘。她看起來更多地受了「男女各占半邊天」、「鐵姑娘」等性別文化的影響，並沒有風情柔媚的文藝韻味。況且「愛」的情愫是很個人化的，家裏人的撮合在青春期的他看來只是適得其反。大學時代的花豆在他眼裏明顯變得拘謹保守，無法打動他的心了。

女人要成爲一個完整的個體，與男人平起平坐，必須要有進入男人的世界的途徑。身份和名聲一旦獲得，就像內在的品德一樣，可以提高女人的性吸引力。但是，成爲自主的主動性的事實又違背她的女性身份。獨立的女人——尤其是善於思考自己處境的知識女性，她沒有閑暇像賣弄風情的女人那樣專心於化妝與美容，後者唯一的考慮就是吸引人。女性的魅力要求將超越性貶爲生物性，只作爲肉體靈敏的顫動而出現。〔註 594〕也許花豆在成爲一個獨立女人上貫注了太多心力，這損傷了她對女人生物本性的體會與投入，她在理性思維方面接受的訓練也減弱了她的感性魅力。〔註 595〕

11 月 9 日，寫完劇作《野人》一稿。〔註 596〕

林兆華回憶：高行健在《車站》禁演後沒多久因爲受到批判的關係離開北京，他那時抽煙多，去照胸透懷疑癌症，加上被批判，心情不好，去了貴州。小劇場我也就擱了幾年一直沒做。不過剛批判完《車站》時，我們倆個合計過回大劇場做，寫什麼他還不知道，只是有個初步的想法，是關於神農架野人的。這個題材挺神秘的，有點兒意思。〔註 597〕

高行健回憶：《野人》就是在胡耀邦挫敗了「清污」這種和緩的空氣下寫成的。應于是之的提議，八四年十一月，我十天十夜寫出了這個戲。〔註 598〕

11 月 18 日，吳祖光的文章《發展文藝需要自由討論的空氣》發表在《戲劇報》1984 年第 11 期。

吳文中指出：我想談一件具體的事，就是高行健《絕對信號》的評獎問題。高行健是個很有才華又很勤奮的作家，他是研究法國文學的，作品

〔註 594〕波伏瓦著，鄭克魯譯《第二性 II》第 548 頁。
〔註 595〕莊園著《個人的存在與拯救——高行健小說論》第 108～110 頁。
〔註 596〕高行健《野人》文末標注：1984 年 11 月 9 日凌晨 1 時一稿，《十月》1985 年第 2 期，北京十月文藝出版社 1985 年 3 月出版。
〔註 597〕林兆華口述林偉瑜、徐馨整理《導演小人書》之「做戲」（全本）第 126 頁。
〔註 598〕高行健《隔日黃花》，《高行健劇作集 1 車站》第 134 頁。

中難免會受到一些西方的影響。藝術上的國界不必劃得那麼清楚，歷史上我國文學藝術曾受過很多外來影響，我國文化也影響過別的國家。文化交流，彼此借鑒，完全正常；洋爲中用，合理合法。高行健作品比較活潑新穎。有人說這是從外國學來的，即便眞是學外國，又有什麼關係呢？讀過、看過、并喜愛高行健同志作品的人，恐怕大多數都是不同意這樣對他的評價的。

但是很遺憾，儘管《絕對信號》頗受歡迎，卻沒有獲得 1982～1983 年優秀劇本獎。這是不是也受到一種「左」的思想影響？我作爲評委，至少感到對這個作品沒有展開充分的討論。我認爲我們應該以積極熱情的態度對待藝術家的創新，鼓勵他們進行不同的探索。然而我們往往缺乏這種精神，在藝術問題上自由討論的空氣不夠，有時只是少數人甚至一個人說了算，這很不正常。

我們應該有批評，也應該有被批評者和其他人的反批評。要有討論，有答辯，然後才能有結論。不能一有批評，被批評者馬上就要作自我批評，作檢討，這中間缺了一個自由討論明辨是非的過程。眞正的學術討論、藝術批評，怎麼能夠沒有不同的意見呢？積多年來的傳統做法，好像一批評就定了案，一個戲如果引起了爭議，哪怕並不涉及原則問題，便不能上演或獲獎，這都是戲劇界的怪現象。〔註 599〕

11 月 26 日，與林兆華談《野人》。〔註 600〕

林兆華回憶：我拿到劇本，不知道怎麼排！這麼多線索怎麼弄到一起？高行健說當時有一個著名俄羅斯導演看到這個劇本後，也覺得：「哎，反映生態，挺好！」但左思右想不知道如何排。我喜歡這樣的劇本，它最起碼對你是一個挑戰，作爲導演，你有無數的想像可以發揮。你要拿一個順水的，當然好排；現在這個你得思索思索，你得調動新的創作元素！這個新的創作元素非常難。後來，我說這個戲是「生態學家的意識流動」，想到這一點，戲就自由了，舞臺上的東西都成了生態學家的意識流動，內心世界有了大自由，什麼都合理了，什麼三條線、五條線都可以表現！〔註 601〕

〔註 599〕吳祖光《發展文藝需要自由討論的空氣》，《戲劇報》1984 年第 11 期第 13 頁，1984 年 11 月 18 日出版。

〔註 600〕《林兆華戲劇年表》，林兆華口述林偉瑜、徐馨整理《導演小人書》之「做戲」（全本）第 574 頁。

〔註 601〕林兆華口述林偉瑜、徐馨整理《導演小人書》之「做戲」（全本）第 126 頁。

我和高行健從《絕對信號》就開始聊對「全能戲劇」的設想，希望創立一種完全不同於西方的東方戲劇。《野人》全劇寫了上下幾千年，開天闢地、尋找野人、神農架民俗、愛情等等，沒有貫串的故事、人物，幾條不同的線在舞臺上展開。我清楚地知道以前的經驗手段不夠用了，需要一些既當代又民間、質樸的表達方式。〔註 602〕

高行健回憶：我和林兆華曾經討論過創立一種不同於西方通常的話劇形式的現代東方戲劇，這是我們第一階段戲劇試驗的一個總結，企圖做出個「完全的戲劇」。〔註 603〕

12 月 1 日，寫作《對〈野人〉演出的說明和建議》。〔註 604〕

12 月 2 日，完成《野人》二稿。〔註 605〕

12 月 13 日，于是之家書中提及高行健約稿，以及對知識分子的重視。

當時于是之在外地籌備電影《赤壁之戰》，他對妻子寫道：我正在攻兩漢史，以深入瞭解孟德——這是一個思想解放的改革家，是一個眞正的英雄。魯迅《而已集》「魏晉風度藥與酒」的文章是有指導意義的。現約稿者甚多，我偏給《北京晚報》寫了一篇《名利思想辯》化名「支耆」。如他們敢於發表會是有些意思的。說的是「名和利應當給予那些爲祖國勤奮勞動和貢獻的人，中國的名人不是太多而是太少，要造就千百萬享大名而富有的有學問的知識分子！」《文匯》月刊、謝添（當時的著名電影導演，筆者注）、高行健、北京出版社皆約稿，內容頗有重複，我正策劃分頭滿足。（以上寫於 12 月 13 日）〔註 606〕

12 月 22 日，寫作短篇小說《抽筋》。〔註 607〕

《抽筋》寫一個人在海裏游泳，因爲突發的抽筋被死亡的陰影籠罩。他寂寞、自救的過程與死而復生的內心狂喜無人分享。

〔註 602〕林兆華口述林偉瑜、徐馨整理《導演小人書》之「做戲」（全本）第 127 頁。

〔註 603〕高行健《隔日黃花》，《高行健劇作集 1 車站》第 134 頁。

〔註 604〕文末標注：1984 年 12 月 1 日，高行健著《對一種現代戲劇的追求》第 136 頁，中國戲劇出版社 1988 年 8 月第 1 版第 1 次印刷。

〔註 605〕高行健《野人》文末標注：1984 年 12 月 2 日二稿，《十月》1985 年第 2 期，北京十月文藝出版社 1985 年 3 月出版。

〔註 606〕于是之著、李曼宜編選《于是之家書》第 276 頁，作家出版社 2017 年 1 月第 1 版第 1 次印刷。

〔註 607〕文末標注的時間爲：1984 年 12 月 22 日晚，《高行健短篇小說集》第 290 頁。

12月29日，《我的戲劇觀》刊發在《戲劇論叢》1984年第4期。〔註608〕

12月，中國作協召開第四次全國代表大會〔註609〕**，高行健作爲特邀代表入會。**

1984年12月第四次作代會，作家們印象比較深刻。會議是在擯棄「左」的干擾，進一步解放思想、倡導創作自由，眞正貫徹「雙百」方針的氣氛中舉行的。黨中央領導胡耀邦、萬里、習仲勳、胡啓立等同志出席了開幕式。胡啓立代表中央書記處書記致賀詞，熱情洋溢地稱讚「我們的作家隊伍是一支好隊伍，是完全可以信賴的。」他懇切地談到黨對文藝的領導存在一些缺點，指出文學創作是一種精神勞動，強調要尊重作家的創作自由。在文學創作中出現的失誤和問題，只要不違反法律，都只能經過文藝批評、討論和爭論來解決。〔註610〕

高行健回憶：作協第四次全國代表大會要開，許多中、青年作家首次得以參加，名單中沒我，劉賓雁〔註611〕在作協書記處會上爲我和張辛欣爭得了代表資格。隨後是劇協第四次代表大會，名單中同樣沒有我，吳祖光〔註612〕一再提名，仍然無效。他於是在主席團籌備會的通知背面寫上退回：如果人數確實有限，我把我的名額讓給高行健，我不出席大會。開會前一天，劇協電話通知人藝，告知我作爲特邀代表入會。這等於迫使作協劇協替我平反。〔註613〕

1985年　45歲

年初，《野人》劇組開始前期的演員訓練。

高行健回憶：八五年初，我們從演員訓練開始，找尋舞臺的各種表演形式，還從貴州請尹光中來做面具。〔註614〕

〔註608〕《戲劇論叢》1984第4期，中國戲劇出版社1984年12月29日。

〔註609〕百度顯示：中國作家協會第四次代表大會在1984年12月召開，當時協會主席是巴金，常務副主席是王蒙。

〔註610〕袁鷹《親歷了七次作代會》，《人民日報》2011年11月23日，中國新聞網。

〔註611〕劉賓雁（1925～2005），吉林長春人，曾任中國作家協會副主席、人民日報社記者，他在各種場合公開反對四項基本原則，鼓吹資產階級自由化。1987年1月被開除黨籍。1989年6月，宣布在海外開始流亡生活，2003年被美國時代週刊評爲「亞洲英雄」並被稱爲「無所畏懼的中國良心」。

〔註612〕吳祖光（1917～2003），江蘇常州人，戲劇家、導演，曾擔任北京電影製片廠導演、中國戲劇研究院、北京京劇院編劇，參與創辦故宮博物院等。

〔註613〕高行健《隔日黃花》，《高行健劇作集1　車站》第134～135頁。

〔註614〕高行健《隔日黃花》，《高行健劇作集1　車站》第134頁。

1月2日，《獨白》（獨角戲）刊發在《新劇本》創刊號（1985年第1期）。〔註615〕

高行健說：我主張戲劇應該回到傳統戲曲的那個光光的舞臺上去。當西方的當代戲劇去追求劇場裏的強烈的眞實感的時候，我想要追求的卻是由一種全能的表演大道的一種精神境界。我講的這種表演觀念的種子包含在《獨白》裏。在這個獨角戲中我顯示了表演藝術中的自我——演員——角色的三重性。在光光的舞臺上，全部道具只有一根繩子。

一個演員怎樣超越他的自我，進入創作的狀態，成爲角色，又怎麼出來，審視著自己扮演的角色，以及怎樣創造舞臺上的環境，又怎樣同觀眾建立交流，這些過程都被放大了。〔註616〕

《獨白》和《彼岸》中都有繩子爲道具。在舞臺上沒有比繩子更簡單的東西了，可是又具有表現力。人與人的各種關係都可以用繩子來體現。張、弛、聚、散、對抗、主動與被動、主宰與服從、交織與環繞、排斥與掙脫，等等，都可以通過演員耍繩子來得以表現。戲劇從娛神到娛人有一段漫長的歷史。未來的戲劇將是一種公眾的遊戲，演戲的人自娛，同時也娛樂觀眾。戲劇將來會是一種廣泛的群眾性的活動。人人都有潛在的創造的欲望，都想去獲取一些日常生活中未曾達到的人生經驗和認識，戲劇給予人的就是這樣一種滿足。從這個意義上來說，戲劇也不會死亡。〔註617〕

1月7日，《花豆——一部畫面、語言和音響的電影詩》刊發在《醜小鴨》1985年第1期。〔註618〕

這是根據高行健的同名小說《花豆》改編的電影劇本，分兩次在《醜小鴨》期刊上刊發。

1月25日，向于是之彙報劇本演出有轉機。

根據于是之的太太李曼宜說：1月25日晚，高行健突然高興地跑到家裏說，有個好消息，叫我寫信告訴于是之（當時于是之因籌備電影《赤壁》呆

〔註615〕高行健《獨白》，《新劇本》1985年第1期（創刊號）第85～90頁，（北京）新劇本編輯部1985年1月2日出版。

〔註616〕高行健和馬壽鵬1987年2月的對談，高行健《京華夜談——我的戲劇觀》，《鍾山》1988年第4期第205頁，1988年7月15日出版。

〔註617〕高行健和馬壽鵬1987年2月的對談，高行健《京華夜談——我的戲劇觀》，《鍾山》1988年第4期第1206頁。

〔註618〕《花豆——一部畫面、語言和音響的電影詩》，《醜小鴨》1985年第1期第65～79頁，自學雜誌社1985年1月7日出版。

在上海，筆者按)。高說：夏衍對《車站》講話了，「《車站》是什麼問題，不能演？」可某某某來看戲，馬上就改口了，說演演看看嘛，有不同意見可以談嘛。高說是之對此戲是極力支持的。〔註 619〕

1 月，《信息世界》刊發高行健對尹光中的評價文字。〔註 620〕

高行健說：這裡展出的尹光中的一百年砂陶面具，再現了我們童年時代那個又熟悉又神奇的世界。它既不同於古希臘羅馬莊嚴典型的大理石雕，也不同於非洲原始神秘的烏木雕。藝術家從我們民族的民間藝術傳統中找到了自己獨特的藝術表現技法，將漢代磚刻與大足石刻的手段融爲一體，又結合了儺戲面具的變形與寫意畫的筆墨情趣。因此，較之完形的意大利即興喜劇的羊皮面具和日本能樂面具。這些砂陶面具的表現力更爲豐富，在神怪的面具後處處流露出世俗的人情世態，充分顯示了藝術家的創造與幽默感。

2 月 7 日，《花豆——一部畫面、語言和音響的電影詩》（續）刊發在《醜小鴨》1985 年第 2 期。〔註 621〕

2 月，短篇小說《抽筋》改名爲《無題》刊在《小說週報》創刊號。〔註 622〕

3 月，《野人》刊發在《十月》期刊 1985 年第 2 期。〔註 623〕

劇作分爲三章，第一章 薅草鑼鼓、洪水與旱魃；第二章 《黑暗傳》與野人；第三章 陪十姐妹和明天。時間：七八千年前至今；地點：一條江河的上下游，城市和山鄉。〔註 624〕

高行健說：《野人》其實也是個悲喜劇，其中還有鬧劇，全世界範圍內追捕野人那場戲就是個鬧劇。我不希望當個悲劇來演，那會沉悶得叫人無法忍受。演員在舞臺上千萬別去宣洩痛苦。這個戲對我還是希望演得明快，特別像生態學家，應該善於自嘲。生態學家是貫串全劇的一個敘述角度。全劇也

〔註 619〕李曼宜《八年的煎熬》（未刊稿），轉引自李雲龍著《落花無言——與于是之相識三十年》第 118 頁，北京出版社 2011 年 9 月第 1 版第 1 次印刷。

〔註 620〕《信息世界》1985 年第 1 期第 4 頁，轉引自徐新建《尹光中印象》，《山花》1986 年第 2 期第 18 頁，1986 年 2 月 1 日出版。

〔註 621〕《花豆——一部畫面、語言和音響的電影詩（續）》，《醜小鴨》1985 年第 2 期第 54～61 頁，自學雜誌社 1985 年 2 月 7 日出版。

〔註 622〕《小說週報》創刊號封底顯示，該刊編輯部在北京，出版則是山東文藝出版社。此期頁數總共只有 32 頁，封面的刊名下面寫著「1985.2.」。

〔註 623〕《十月》1985 年第 2 期，北京十月文藝出版社 1985 年 3 月出版。

〔註 624〕《十月》1985 年第 2 期第 142 頁。

就在講述人類的歷史、個人的命運、婚姻和愛情，對自然的開發和破壞，旱魃、洪水和野人，如此等等，悲劇、喜劇、鬧劇都有。不能把它簡單歸納爲悲劇或是喜劇，所以我把它叫做現代史詩劇。〔註 625〕

他還說：有的朋友說，你太奢侈了，把至少可以寫幾個戲的材料都投進這一個戲裏去。我是想做個試驗，看看在有限的幾個小時裏，在劇場中，是不是可以有更大的容量，把人與自然、現代人和人自身的歷史都交融在一起，寫一部現代史詩。這也就是我不稱之爲敘事劇而稱之爲史詩劇的緣故。我以爲劇場可以有更大的容量，而通常的劇做法局限了劇場的藝術表現力。其實，戲劇一旦恢復敘述的功能，史詩就可以進到劇場裏來。當然，我所爲現代史詩，並非指英雄的業績，而是人類自身的悲劇，喜劇和鬧劇，還可以抒情和思考。我想找尋一種新的戲劇體裁。布萊希特撿回了敘述的功能，創造了他的戲劇體裁。我想我們還可以走得更遠。〔註 626〕

馬壽鵬問：劇中的這位生態學家有沒有你自己的影子？

高行健答：他是一個現代人，一個有科學頭腦的人，卻擺脫不了他自己的窘境。他並非萬能，他不能理解他妻子，甚至都把握不了自己。人類也還處在幼年時期。

馬：就像野人？

高：往往野蠻地對待自己的生存環境，野蠻地對待自己。

馬：野人是一個象徵？

高：可以說是個有多層含義的象徵。〔註 627〕

方梓勳指出：

《野人》或許是高行健在這個時期最有意義的作品。劇本通過探討環境污染、「人與自然、現代人與人性」的關係，以及文明對自然與環境的急劇圍剿和摧毀，以讚美原始的人類精神；然而，環境的主題不過是一個幌子，掩藏著政治或形而上的信息。劇本的人物眾多，計有地區幹部、伐木工、記者與科學家，他們各有目的，但不約而同地熱衷於追尋野人。劇終時野人在男

〔註 625〕高行健和馬壽鵬 1987 年 2 月的對談，高行健《京華夜談——我的戲劇觀》，《鍾山》1988 年第 1 期第 201 頁，1988 年 1 月 15 日出版。

〔註 626〕高行健和馬壽鵬 1987 年 2 月的對談，高行健《京華夜談——我的戲劇觀》，《鍾山》1988 年第 2 期第 197 頁，1988 年 3 月 15 日出版。

〔註 627〕高行健和馬壽鵬 1987 年 2 月的對談，高行健《京華夜談——我的戲劇觀》，《鍾山》1988 年第 2 期第 198 頁。

孩的夢中出現，二人跳起舞來，隨著戴上面具的歌舞演員簇擁而去，漸漸消失於林間深處。這是一幅「文化」（現代男孩）與「自然」（野人）共融的畫面，二人皆天眞單純，本性未受文明所羈絆。劇中的服飾、音樂、舞蹈及風俗均源自中國西南的長江流域，在劇本的後記中，高行健警告不要把這種非人文文化過分加工得失去了民俗的本色。故事離開了中國北方政經文化的中心，發生於未經人爲破壞的西南部，那裡風俗古樸，景色詭麗，象徵劇中對邊緣的傾向；對高行健來說，遠適西南也就代表遁離墮落與腐化的中心，方可發現人與存在的眞理，因爲土地未被糟蹋，視野也不受貪婪與文明破壞所蒙蔽。柯思仁指出，《野人》有關「當今世代文化傳統遭邊緣化的命運。讀者不禁設想高行健在劇中悲憫「自然」的消失，與之關聯的自由與眞實也遭泯滅殆盡，雖然結局也暗示樂觀精神可能重現，甚至恢復。

在某種程度上，《野人》是客觀化的《靈山》（1990），通過訴諸外在的描述，圖像化地再現舞臺。小說與劇本同時寫成於八十年代，兩篇作品的背景同樣是迷離的中國西南，那兒的風景未受破壞，少數民族及其風俗、儀式和神秘性也絲毫無損。《靈山》是個人對生命眞正意義（「靈」）的追尋。在語言的角度來看，它是一篇「不合潮流」的作品，正如高行健所說，寫作《靈山》代表追尋另一種小說與小說形式、一種採用中國語言的不一樣的論述，以及另一類中國文化。作品不沾典範化的文學著述或正統信念，至於接受北京政治中心的訓示和命令的官僚，以及現代文明的景象和聲音一路襲來，雖然令人厭惡，但仍被容忍。鄉土風俗、詭秘的山區儀式、世世代代口舌相傳（不經文字記傳）的口述文學，還有未被污染的、自然質樸的秀麗山川，這些原始的符號指涉人類存在的元純眞，與理想中的天人合一。這在小說的最後一章，借助雪裏一隻青蛙的形象顯現出來。〔註 628〕

3 月，《絕對信號》獲第二屆《十月》文學獎（1982～1984）劇本第一名。〔註 629〕

第二屆《十月》文學獎（1982～1984）獲獎作品篇目包括長篇小說 2 篇、中篇小說 16 篇、短篇小說 3 篇，劇本 4 篇，報告文學 4 篇、詩歌 2 篇、散文 1 篇、評論兩篇，劇本分別是高行健、劉會遠《絕對信號》；白峰溪《風雨故

〔註 628〕方梓勳《自由與邊緣性：高行健的生命與藝術》，陳嘉恩譯，高行健著、方梓勳、陳順妍英譯《冷的文學——高行健著作選》之「導論」，xxv～xxvii.

〔註 629〕《十月》1985 年第 2 期第 5 頁，北京十月文藝出版社 1985 年 3 月出版。

人來》、沙葉新《宋慶齡》、錦雲、王梓夫《山鄉女兒行》。獲獎作品根據讀者投票結果評定。

4 月 1 日，短篇小說《公園裏》刊發在《南方文學》1985 年第 4 期。〔註 630〕

4 月上旬，參加中國第一次布萊希特討論會並發言，題目爲《我和布萊希特》。

據《戲劇報》月刊 1985 年第 5 期報導：由中央戲劇學院、北京第二外國語學院、國際劇協中國中心和中國青年藝術劇院聯合發起舉辦的中國第一次布萊希特討論會，於 1985 年 4 月 5 日至 11 日在北京中央戲劇學院舉行。這次活動得到民主德國和聯邦德國有關方面及人士和兩國在京專家的大力支持。參加討論會的有中外戲劇學者、教授、翻譯家、導演、演員、舞臺美術家近百人。此次討論會的宗旨是探討布萊希特的戲劇觀、理論和演劇方法，並結合我國過去對布萊希特戲劇的介紹工作和我國戲劇現狀、研究今後介紹和實踐布氏戲劇理論和方法的途徑。討論會宣讀了十多篇學術論文，進行了專題討論，舉辦了布萊希特生平事蹟和他的劇作演出圖片資料展覽，並實驗排練演出了他的兩部劇作和一個劇本的幾個片斷。〔註 631〕

他在論文中說：布萊希特對我多年來在戲劇藝術上的追求起了決定性的作用。他的戲劇並不把在舞臺上再現生活的本來面目作爲藝術的最高原則。一個藝術家在他所從事的哪個領域裏眞有所創造的話，就必須首先對這門藝術有一番自己獨特的認識，並且把自己的藝術創作，而不是模仿，建立在這種新的認識之上。布萊希特提供了這樣一種前所未有的戲劇。〔註 632〕布萊希特重新確認了戲劇中演員的敘述者的地位，並且用現代人的意識改造了這個敘述者，可以近乎於寫小說一樣，自由地講述兼以評論一個事件。他給現代戲劇從劇作到導表演都提供了一種新的方法。而如果一個戲劇家能夠從理論到藝術創作實踐都提供了一種新鮮的方法，在戲劇史上的貢獻就堪稱偉大。他的敘述劇訴諸觀眾的理智，敘述者也好，觀眾也好，並不去盲目地追隨劇中的人物感情的起伏。旁觀者清，敘述者是用一種歷史的眼光來觀察和評價

〔註 630〕根據《南方文學》1985 年第 4 期目錄和封三，《南方文學》雜誌社 1985 年 4 月 1 日出版。

〔註 631〕《中國第一次布萊希特討論會紀實》，《戲劇報月刊》1985 年第 5 期第 14 頁，中國戲劇出版社 1985 年 5 月 18 日出版。

〔註 632〕高行健《我與布萊希特》，高行健著《對一種現代戲劇的追求》第 53 頁。

劇中發生的事情。就這種創作方法而言，滲透著現代人對世界也包括對自身總要作出冷靜的評價的這種意識。我非常欣賞他這種獨立不移的批判精神。他的這種敘述方式的產生當然也有其時代背景，那是納粹主義喧囂塵上的災難時代，他的敘述方式中滲透著觀察者的自我意識在今天並不過時。〔註 633〕我的那些戲，諸如《車站》、《野人》以及我的那些「折子戲」，都在找尋不同的敘述——表演方法。〔註 634〕布萊希特的功績在於他是第一個在理論和藝術創作實踐上都全面地、成功地創造了一種現代戲劇。〔註 635〕

4 月 18 日，參加中國劇協第四次會員代表大會並發言。

據《戲劇報》月刊 1985 年第 5 期報導：1985 年 4 月 18 日下午，中國戲劇家協會第四次會員代表大會在首都京西賓館隆重開幕。來自全國 29 個省、市、自治區的 873 名正式代表、110 名列席代表出席了開幕式。〔註 636〕

《戲劇報》月刊 1985 年第 6 期刊發的「第四次劇代會部分代表發言摘登」中高行健發表了「劇協也要改革」的具體意見。

他說：主持一個協會的日常工作的同志，不能代表黨中央，也不能代表一級政府，來充當裁決藝術作品的法官。一部藝術作品的優劣是非，只能通過自由的、平等的、同志式的討論和藝術實踐的效果來檢驗。不能因爲當上了劇協書記處的成員或主持這個協會的日常工作就可以同時也具備這樣一種權威，即可以憑個人一時的好惡，或是自以爲得到了某種風氣，就可以判定一個戲的生死，並且不允許反批評。

我們北京代表團的許多同志還提出了有關劇協書記處的職能的幾個問題：一、劇協書記處是由理事會選舉產生還是由誰委派？二、它同主席、副主席是什麼關係？是主席、副主席領導它還是相反？三、劇協書記處的職權究竟有多大？澄清這些問題可以免得下一屆書記處的工作再走彎路。

各行各業都在改革，連黨政機關也不例外。劇協這樣的群眾團體當然也在內。而改革的方向就是要把它辦成一個名副其實的群眾團體，而不再是一個凌駕於各戲劇團體之上的官僚機構。爲此，我建議：一、劇協領導班子，除在我國戲劇事業上有大建樹、德高望重的老同志任名譽職之外，主持日常

〔註 633〕高行健《我與布萊希特》，高行健著《對一種現代戲劇的追求》第 54 頁。
〔註 634〕高行健《我與布萊希特》，高行健著《對一種現代戲劇的追求》第 55 頁。
〔註 635〕高行健《我與布萊希特》，高行健著《對一種現代戲劇的追求》第 56 頁。
〔註 636〕《中國劇協第四次會員代表大會在北京舉行》，《戲劇報月刊》1985 年第 5 期第 3 頁，中國戲劇出版社 1985 年 5 月 18 日出版。

工作的班子廢除連任制，不必在一個藝術家的群眾團體裏再設終身專職的領導幹部。二、進入書記處主持日常工作的同志可採用輪流值班制，大事集體討論。三、劇協所屬的各刊和出版社的主要負責人也應經過常務理事會或主席團的任命，而不應由某一個領導成員個人組閣，因爲這不是國家政權機關。〔註 637〕

4 月，《野人》彩排。

高行健回憶：這回在首都劇院的大劇場，曹禺看了彩排，對我說：「小高，你搞出了另一種戲。」令我非常感動。〔註 638〕

林兆華回憶：這戲裏民俗的東西很多，像村民的服裝、媒婆的表演、儺面具的製作都是去民間考證來的，裏面的舞蹈也是按照貴州儺戲的基本動作加以編排的。戲裏的《黑暗傳》要用儺戲的面具，製作者是貴州畫家尹光中，他是高行健在貴州認識的。貴州接近劇中表現的地域，給《野人》創作音樂的瞿小松也介紹他。尹光中待在北京做面具做了幾個月，有時候上排練場。〔註 639〕

當初想搞一個臺上臺下、樓上樓下的全劇場的戲劇。只是怕走得太遠夭折了，才多少收了回來。《野人》寫了上下幾千年，盤古開天地到如今，劇中四條平行線（生態問題、找野人的鬧劇、現代人的悲劇、人類創世的詩史）交織在一起構成戲的複調。請注意，這部戲沒叫話劇，高行健命名爲「多聲部現代史詩劇」。爲了這個戲的名字，我倆研究了多次，想來想去叫話劇不妥。果然，演出後有人問：這叫話劇嗎？我說：這是戲劇！〔註 640〕

4 月，《花豆》被收入「《人民文學》1984 年短篇小說選」一書，由湖南人民出版社 1985 年 4 月出版。〔註 641〕

4 月，在北京寫作《答〈青年藝術家〉記者問》。〔註 642〕

〔註 637〕高行健《劇協也要改革》，《戲劇報月刊》1985 年第 6 期第 7 頁，中國戲劇出版社 1985 年 6 月 18 日出版。

〔註 638〕高行健《隔日黃花》，《高行健劇作集 1 車站》第 135 頁。

〔註 639〕林兆華口述林偉瑜、徐馨整理《導演小人書》之「做戲」（全本）第 129 頁。

〔註 640〕林兆華《墾荒》，《戲劇》1988 年春季號第 84～85 頁。

〔註 641〕高行健的《花豆》在該書的 260～288 頁，該書由《人民文學》雜誌社編，責任編輯曾果偉。

〔註 642〕該文文末標注：1985 年 4 月於北京，《高行健著《對一種現代戲劇的追求》第 61 頁。

被稱爲「當代話劇新潮流的代表人物」時，他回答：我不代表誰，更不代表什麼潮流，我只代表我自己。我也不是理論家，因此無需通覽全局，我只寫我自己的戲，如果也還研究戲劇的話，還是爲的自己的戲劇創作。〔註643〕他的戲劇觀是：通過戲劇這種娛樂幫助觀眾認識生活乃至於他們自身，劇場是公眾交流思想感情的地方。「我不僅要打破第四堵牆，客廳那三面牆我也不需要。」〔註644〕他喜歡的西方戲劇家包括布萊希特、貝克特、熱奈、阿爾多、克洛托夫斯基、阿里斯托芬，他還喜歡京劇。「我看重戲曲，因爲它充分強調戲劇的假定性。戲劇不僅是語言的藝術，我主張現代戲劇的觀念應該回到這種樸素的認識上來，正如現代人也應該返璞歸眞一樣。對一個藝術家來說，要緊的不是紙上的宣言，而是要眞手藝。」〔註645〕

5月5日，《野人》在北京人民劇院首演。〔註646〕

高行健回憶：首演時請了文藝界和各報記者，依文思（尤里斯・伊文思（1898～1989），著名紀錄電影導演，曾多次訪問中國，拍攝反映中國歷史的紀錄片。高行健和林兆華排《野人》期間，伊文思恰好爲了拍攝紀錄片《風的故事》訪問中國。〔註647〕）夫婦也來了，他上臺祝賀演員時興奮得哭了，還當眾對我說：「我想在電影中實現的你在舞臺上做到了。」《美國基督教箴言報》對這個戲的評論「令人震驚」。大陸戲劇界再次引起爭論，但這回只就藝術觀而言，沒有扯上政治。〔註648〕

林兆華回憶：這個戲演出時，高行健還在劇場的北廳搞了一個砂陶繪畫藝術展，展覽他和尹光中的繪畫，觀眾一進場就能看到。〔註649〕因爲有了前面兩個戲，首演時我不大緊張，覺得挺好玩兒的。這個戲在大劇場總共演了

〔註643〕高行健《答〈青年藝術家〉記者問》，《高行健著《對一種現代戲劇的追求》第57頁。

〔註644〕高行健《答〈青年藝術家〉記者問》，《高行健著《對一種現代戲劇的追求》第59頁。

〔註645〕高行健《答〈青年藝術家〉記者問》，《高行健著《對一種現代戲劇的追求》第60～61頁。

〔註646〕據《四十年上演劇目一覽表》，圖片冊《紀念北京人民藝術劇院建院40週年（1952～1992）》（劉錦雲林兆華主編）第127頁。

〔註647〕林兆華口述，林偉瑜、徐馨整理《導演小人書》（全本）之「做戲」第132頁的腳註。

〔註648〕高行健《隔日黃花》，《高行健戲劇集001車站》第135頁。

〔註649〕林兆華口述林偉瑜、徐馨整理《導演小人書》（全本）之「做戲」第129頁。

十幾場，觀眾有中途走了的，有看了第二遍的。這個戲在 80 年代衝擊力還是大的。當時戲劇界不贊同的聲音很多，當然也有支持的聲音，各種報刊關於這個戲的文章特別多。〔註 650〕

5 月 6 日，北京人民藝術劇院組織評論界、媒體、出版界人士座談《野人》。〔註 651〕

林兆華說：會上，用主持人蘇民老師的話說，就是「毀譽參半」。〔註 652〕

有人提出《野人》不是戲，還有人質問：「戲劇還有沒有規律可循！」後來還有人寫文章認爲人藝不應該演這樣的戲，要保持人藝風格。眞是屁話，這還是高級教授、博士生導師給人藝的箴言。演出之後，我跟著觀眾往外走，偷聽他們談話。有的，「看不懂。」有的，「看著挺好看的」。也就這個。〔註 653〕

幾位專家對《野人》的肯定：〔註 654〕

童道明：《野人》這個戲，不只是視像與聽覺的歡樂，而且得到了思考的歡樂。這個戲是歐洲戲劇和東方戲劇的結合，這是一件了不起的大事，是一次騰空的逾越，是中國傳統的美。

林克歡：《野人》爬了一個陡坡，它使高行健達到一個前所未有的高度。給導演的二度創作留下了想像與創造的寬闊天地，也留下了一個不易攀登的陡坡。

劉心武：去年此刻，他正在受磨難，大家都說沒有「打棍子」，但是許多雜誌都不登高行健的稿件。就是這種處境，他深入生活，寫出了《野人》。我看戲時很激動，我覺得應該愛作家、導演、藝術工作者。我也想要保持文藝界的生態平衡。

整體上是反對的聲音特別多，「這哪兒像戲！」徐曉鐘〔註 655〕看了《絕對信號》說：「兆華，這個戲太好了，這個舞臺的表達是無調度的調度，太精

〔註 650〕林兆華口述林偉瑜、徐馨整理《導演小人書》（全本）之「做戲」第 134 頁。

〔註 651〕《林兆華戲劇年表》，林兆華口述林偉瑜、徐馨整理《導演小人書》（全本）之「做戲」第 574 頁。

〔註 652〕《林兆華戲劇年表》，林兆華口述林偉瑜、徐馨整理《導演小人書》（全本）之「做戲」第 137 頁。

〔註 653〕林兆華口述林偉瑜、徐馨整理《導演小人書》（全本）之「做戲」第 136 頁。

〔註 654〕林兆華口述林偉瑜、徐馨整理《導演小人書》（全本）之「做戲」第 138 頁。

〔註 655〕徐曉鐘，生於 1928 年，留學蘇聯，1960 年畢業回國，歷任中央戲劇學院導演系主任、教授、院長。根據百度詞條「徐曉鐘」簡編。

彩了！」到了《野人》就反對了，他認爲《野人》不應在人藝演。于是之、趙起揚等老領導是支持的態度：你可以試，但我們不贊同這是一個很好的戲。

1985年，中國劇協專門就「有爭議的劇本」召開了一次座談會。《野人》是其中之一。

林兆華總結：現在我還是覺得這是一個非常好的戲。那個年代出現《野人》，在戲劇界，在戲劇理論界，都是值得研究的事件。這個「不像戲」的戲是對戲劇觀念的拓展，《絕對信號》、《車站》，還沒走出現實主義的圈圈。〔註656〕他認爲，「實際上高行健眞正走向世界的、有分量的戲是《野人》，一直到今天對高行健認可的多是海外的人。《野人》1985年在首都劇場演，以後就沒有再演出過了，因爲劇院不認爲它是好戲。」〔註657〕

5月8日，于是之夫婦看《野人》演出，很開心。

據李曼宜記載：5月8日下午我倆去王府井新華書店，他買了《三國志通俗演義》等書。爲了晚上看戲，還買了麵包和酸奶。我們坐在首都劇場傳達室，共進了晚餐，然後去看高行健的《野人》。戲散，坐無軌（電車）至三虎橋，步行回家，但覺一路槐香。〔註658〕

5月18日，《戲劇報》月刊1985年第5期刊發于是之的《北京人藝劇本組的工作》，表示對該院劇作家的尊重和重視。

于是之說：這個組人不多，作者七、八人，組稿者二、三人，但事情並不少，通常管這個組叫「抓創作」的，其實作品不是什麼人抓出來的，而是作者寫出來的。我覺得這個觀念很重要，不好顚倒了。〔註659〕

他還說：對作者一定要熱情對待。寫話劇劇本難度大、週期長、稿費低。中青年作者的工資不過五、六十，七、八十元一個月，他們肯於用一部中、長篇小說的材料寫一篇四、五萬字的劇本，不容易，沒有一點熱愛以至獻身於話劇事業的精神是辦不到的。因此，要愛護他們。要平等待人，尊重他們的勞動。要跟作者交朋友。寧願要有生活底子，有眞情實感，哪

〔註656〕林兆華口述林偉瑜、徐馨整理《導演小人書》（全本）之「做戲」第138～139頁。

〔註657〕林兆華口述林偉瑜、徐馨整理《導演小人書》（全本）之「做戲」第148頁。

〔註658〕李曼宜《八年的煎熬》（未刊稿），轉引自李雲龍著《落花無言——與于是之相識三十年》第121頁。

〔註659〕于是之《北京人藝劇本組的工作》原文發表在《北京劇作》1984年第3期，被轉載到《戲劇報》1985年第5期第12～13頁，中國戲劇出版社1985年5月18日出版。

怕結構上披頭散髮，還沒個模樣，甚至思想傾向上還有點毛病的稿子；也不要「七巧板」拼得無懈可擊、冷冰冰無眞情的稿子。結構方面的問題，總是比較容易解決，但虛假的東西，壓根是「無本之木」。作家成功的道理，往往是曲折的。創作，是創造性的工作，這就決定了他們總不能太「安份」，總要探索點新的東西。既是探索，就會有成有敗，有得有失，有對有錯。同作者在一起總結他們的經驗教訓，如果眞想搞，眞想搞的好，就要學習，不瞭解生活，不多讀幾本書，是無能爲力的，靠說幾句空話，是無濟於事的。劇本組，機構不大，事情不少，還得擔點沉重，沒有事業心，不傷點腦筋，是辦不好的。

5 月 19 日，《工人日報》刊發報導稱讚《野人》。

文章這樣說：人藝新戲《野人》開演以來，每天都有一些在中國工作的外國專家、留學生，以及在中國遊覽、講學的外國客人來看戲，並給該戲以很高的評價。意大利觀眾在看戲時情緒激昂，不時報以熱烈掌聲。他們說這是在中國第一次看到內容如此豐富的多聲部現代史詩劇。周信芳的女兒周采芹看了演出後說：一般看中國的戲，由於語言障礙，很困難。《野人》則不同，只憑感受就可以了，不需翻譯，並能得到許多啓示。美國在中國的留學生和一些華裔外國觀眾表示：要翻譯該劇本，以便介紹給更多的人。〔註 660〕

5 月 28 日～30 日，中國戲劇文學學會召開有爭議的話劇劇本討論會。

會議對話劇《明月初照人》、《風雨故人歸》、《絕對信號》、《車站》、《小井胡同》、《馬克思流亡倫敦》、《馬克思秘史》、《紅白喜事》、《野人》等進行討論，參加會議的有劇作家、評論家、編輯、記者共四十人。〔註 661〕

5 月，寫作《〈野人〉和我》。〔註 662〕

5 月，《戲劇報》月刊組織兩次《野人》座談會。〔註 663〕

〔註 660〕吳銘：《外國觀眾看〈野人〉》，《工人日報》1985 年 5 月 19 日，轉引自林兆華口述，林偉瑜、徐馨整理《導演小人書》（全本）之「做戲」第 134 頁。

〔註 661〕楊雪英、程世鑒整理《對有爭議的話劇劇本的爭議——中國戲劇文學學會召開有爭議的話劇劇本討論會發言紀要》，《劇本》1985 年第 7 期第 2 頁，1985 年 7 月 28 日北京出版。

〔註 662〕文末標注：1985 年 5 月，高行健著《對一種現代戲劇的追求》第 139 頁。

〔註 663〕《林兆華戲劇年表》，林兆華口述林偉瑜、徐馨整理《導演小人書》（全本）之「做戲」第 574 頁。

5 月，中國戲劇出版社出版《〈絕對信號〉的藝術探索》一書。〔註 664〕

內容包括 6 部分：序（《曹禺給林兆華、高行健的覆信》代序；附《林兆華、高行健給曹禺的信》）；舞臺演出本（附演員表）；導演構思——林兆華、高行健《談〈絕對信號〉的藝術構思》（1982 年 4 月初的一次談話）；林兆華、高行健《再談〈絕對信號〉的藝術構思》（1982 年 5 月 4 日的一次談話）；創作心得：林連昆《我的一點感受》、尚麗娟《努力加強和觀眾的交流——在〈絕對信號〉中處理六分鐘獨白的體會》、叢林《朦朧中的隨想》、肖鵬《試談黑子的形象塑造》、譚宗堯《給車匪以「活氣」》、《展現與陪襯——談〈絕對信號〉的燈光設計》、馮欽《試驗探索創造——談〈絕對信號〉音響效果的構思》、黃清澤《談〈絕對信號〉的布景設計心得》；評論：童道明《〈絕對信號〉的理論啓示》、曲六乙《吸收・溶化・獨創性》、張仁里《話劇舞臺上的一次新探索》、丁揚宗《探路——〈絕對信號〉及其他》、王敏《對舞臺眞實的執著追求》；後記。

該書正文前面的圖片部分，高行健的照片被放置在第一位，圖下標注：「劇作者高行健」。書中與他相關的有：序、舞臺演出本、導演構思、評論部分的 5 篇文章。其中後 4 篇評論文章都已在有影響力的期刊上刊發，筆者在前面已經簡介過。

童道明在文章中指出：上海青年話劇團的導演胡偉民看了《絕對信號》後，回到上海也立即開始小劇場藝術的實踐，於是《絕對信號》的影響一下子「跨過了奔騰的黃河、長江」。小劇場藝術是歐洲最先搞起來的，但《絕對信號》分明植根在中國的土壤上。它首先使我們得以聯想的，並非歐洲的戲劇傳統，而恰恰是中國的傳統戲劇。〔註 665〕

5 月，中國社科院的夏剛在北京寫作《當代啓示錄——高行健話劇世界面面觀》。〔註 666〕

〔註 664〕北京人民藝術劇院《絕對信號》劇組編，中國戲劇出版社 1985 年 5 月北京第 1 版第 1 次印刷。

〔註 665〕《〈絕對信號〉的藝術探索》第 189～190 頁，北京人民藝術劇院《絕對信號》劇組編。

〔註 666〕夏剛《當代啓示錄——高行健話劇世界面面觀》文末標注：1982 年 5 月北京，中國社會科學院，《當代作家評論》1986 年第 2 期第 57 頁。

夏剛說：

做戲劇家難，做當代劇作家更難，做中國當代劇作家則難上加難。高行健正是在遍佈荊棘的夾縫中知難而上的。他面臨的課題，首先是怎樣做中國當代劇作家，其次才是怎樣做當代的劇作家和純粹的劇作家。

他在六個半劇作中進行實驗，把突破口放在話劇藝術觀念體系的更新上，把精力投入思維空間和表現手段的拓展上，把希望寄託在接受者鑒賞水平的提高上，試圖用以虛擊實的戰法，打破阻礙話劇獨立爲高級藝術的閉鎖現狀。在他散文化的寫意劇及其心理現實主義指導思想中，在他降低戲劇世界各種成分的絕對地位以提高整體表現能力和效果的「反戲劇」追求中，隱藏著一個保證其人其戲安身立命的支點，即協調、平衡、融合差異的相對主義。〔註 667〕

高行健追求高超的立意，或許是基於如下判斷：在觀念轉換的時代感到精神饑渴的人們，既然不吝金錢和時間走進劇場，想必是希望得到不同凡響的啓示，以調換被影視搞膩的胃口，而且他們對不變形的日常多半抱有逆反心理。於是，他借助日常現象與超日常寓意的價值反差——無窮小與無窮大，喚起人們的美感享受——驚奇。《車站》就是從青萍之末觀天地萬象：眾人進城、等車、走開都平淡無奇、但藉此譏諷依賴心理，禮讚進取精神，可謂言近旨遠。高行健對離間效果的融會貫通，已超出技巧範疇。他將「日常的陌生化」（萊萊希特語）原則運用於內容，鼓勵人們在意念化的現實中參與現實的意念化。爲此，他拒絕以懸念、巧合等機關出奇制勝，而通過客觀眞實的折射求得主觀眞實。高行健想在形而上領域發揮戲劇優勢，所以用無形的心理衝突替代有形的戲劇衝突。

高行健的戲劇世界中，很難剔出單一的主眼。作品的多中心、主題的多義性、觀察的多角度、內容的多樣化，即是在內涵上追求極致的結果，又是爭取觀眾的手段——讓他們從多棱鏡中各取所需。他著力發掘普通人與內心或外界對立時的隱秘意識。〔註 668〕

〔註 667〕夏剛《當代啓示錄——高行健話劇世界面面觀》，《當代作家評論》1986 年第 2 期第 47～48 頁。

〔註 668〕夏剛《當代啓示錄——高行健話劇世界面面觀》，《當代作家評論》1986 年第 2 期第 49 頁。

他以二流小說家和「不三不四」流理論家的頭腦構思一流戲劇，爲給「斜陽族」的話劇輸血，引入了現代小說和戲曲、音樂、舞蹈電影的觀念、手段，固然促進了話劇的開放，但是否因過多負擔美學和其他文藝的功能而艱澀呢？〔註 669〕

6 月 19 日～7 月 22，和林兆華一起訪問德國，參加地平線戲劇節。兩人待了十三天看了二十幾場戲（早、中、晚都有演出），訪問了一系列劇院〔註 670〕**，包括席勒劇院、德意志劇院和私人組織的小劇團等，觀摩了波蘭戈洛托夫斯基表演方法訓練班。**〔註 671〕

林兆華的日記中這樣寫：

（1985 年 6 月）21 日，糊裏糊塗睡到第二天 12 時。小說家孔捷生、詩人北島來這裡洗衣、吃飯，我才起來。晚上看來訪的南昆《牡丹亭》，劇場滿滿的，還有站著的好多人，沒字幕沒翻譯，掌聲熱烈。〔註 672〕

22 日，上午北島、孔捷生約著看跳蚤市場，晚上看了一個兒童戲。夜裏十點戲劇節有一日本戲，《黑色靈魂》，累也去看。很失望，不知道他們在搞什麼。〔註 673〕

23 日，晚上與高（行健）看了場電影，九馬克，名字忘了，是反映現實青年人生活的。〔註 674〕24 日，跟高（行健）上午買菜，寄宿。今日吃餛飩。這裡很少見到陽光，年輕人頭髮染成紅、綠各種。有的在街上彈唱，吹橫笛，拉提琴。〔註 675〕

高行健回憶：五月中，我應聯邦德國文化藝術交流學會邀請去柏林，又由法國外交部和文化部兩次邀請去法國，在巴黎的國家人民藝術劇院舉行了我的戲劇學術報告會，並在歐洲的許多大學舉行了我的創作報告會、討論會。〔註 676〕他說：1985 年我到德國，是德國一個文化交流機構邀請中國作家到德

〔註 669〕夏剛《當代啓示錄——高行健話劇世界面面觀》，《當代作家評論》1986 年第 2 期第 57 頁。

〔註 670〕林兆華口述，林偉瑜、徐馨整理《導演小人書》（全本）之「看戲」第 48 頁。

〔註 671〕《林兆華戲劇年表》，林兆華口述，林偉瑜、徐馨整理《導演小人書》（全本）之「做戲」第 574 頁。

〔註 672〕林兆華口述，林偉瑜、徐馨整理《導演小人書》（全本）之「看戲」第 52 頁。

〔註 673〕林兆華口述，林偉瑜、徐馨整理《導演小人書》（全本）之「看戲」第 52 頁。

〔註 674〕林兆華口述，林偉瑜、徐馨整理《導演小人書》（全本）之「看戲」第 52 頁。

〔註 675〕林兆華口述，林偉瑜、徐馨整理《導演小人書》（全本）之「看戲」第 53 頁。

〔註 676〕高行健《隔日黃花》，《高行健戲劇集 1 車站》第 135～136 頁。

國訪問，半年的計劃，給我一筆錢，讓我在那裡自由創作，還給我一套三間大房子住，可是裏面什麼也沒有，空蕩蕩的。我從大陸帶了些自己的畫，送給德國朋友的，看屋子那麼空，就把那些畫全掛上去了，沒想到，那些德國人一看非常欣賞，才知道我還畫畫。〔註677〕德方立即安排他的畫在柏林藝術之家展出，並向媒體推薦。展出第二天，柏林的兩大報社同時整版地報導他的繪畫作品並給予高度評價。「突然間，我的畫在西方這麼受歡迎，我一下子成了一名畫家了。萬萬沒想到，我沒有開一句口，人家居然就替我辦了這麼大一個畫展，而且還這麼捧場，把我說得那麼好。接著，又有基金會來找我，說要收藏我的畫，要提供經費支持我畫畫。〔註678〕但是當時他還是想要回到中國寫作。他的打算是：以畫養文。「當時我想：好極了！這筆錢足夠我在中國一輩子生活的，我的作品一篇不發表也不要緊，從此，我可以安安心心寫作了。那時，我唯一的想法就是安安心心寫作。」〔註679〕

6月24日，《基督教科學箴言報》報導《野人》，肯定中國當代戲劇在向前發展。

文章指出：中國當代戲劇已經開始向前發展。《野人》是這種發展的最新例證，自從這個戲上個月在北京人藝開始演出，它就一直在讓觀眾瞠目結舌。《野人》採用的西方時空並置的手法，讓這個戲呈現出明顯的現代性，取代了單一主題的線性發展。戲中混合著的中西風格的音樂和舞蹈爲表演帶來了興奮點和不可預測性，這多少補償了那些不知道臺上究竟在講什麼「故事」的觀眾。〔註680〕

6月，《高行健戲劇集》由群衆出版社出版。〔註681〕

該書內容簡介：這本集子收集了我國當代劇作家高行健近幾年來寫的《絕對信號》和《車站》，及尚未上演的一組新的現代折子戲《模仿者》、《躲雨》、《行路難》、《喀巴拉山口》和獨角戲《獨白》及新作《野人》。這些劇作都從當代生活出發，思想敏銳，形式新穎。劇作家將我國古典戲曲傳統和西方現

〔註677〕高行健著《論創作》，第202頁。

〔註678〕高行健著《論創作》，第202頁。

〔註679〕吳婉茹報導《找尋心中的靈山》，原載臺灣《中央日報》副刊1995年12月22日，高行健著《論創作》第202頁，臺北聯經出版，2008年4月初版。

〔註680〕朱莉安·鮑姆，《基督教科學箴言報》1985年6月24日，轉引自林兆華口述，林偉瑜、徐馨整理《導演小人書》（全本）之「做戲」第134頁。

〔註681〕高行健著《高行健戲劇集》，（北京）群眾出版社1985年6月第1版第1次印刷。

代派的手法結合起來，創造出自己獨特的藝術風格。該書由吳祖光作序，還收入了曹禺、高行健、林兆華《關於〈絕對信號〉的通信》以及高行健《我的戲劇觀》，後一篇乃書的後記。

吳祖光在序言中高度評價高行健，他說：高行健同志是研究法國現代文學的專家，近幾年來異軍突起，寫了不少形式、內容俱新穎、聲容並茂的話劇劇本，引起國內以至國外讀者和觀眾的矚目。這位新起的劇作家正當盛年，精力充沛，思想敏銳，筆鋒犀利；他是著名的北京人民藝術劇院的專業編劇，由該劇院上演的他的作品《絕對信號》和《車站》都以其獨具特色、風度不凡的藝術魅力吸引了眾多觀眾。〔註 682〕

他爲高行健的現代派辯護：既然整個話劇形式都是從西方移植過來的，學學西方的這個派那個派有什麼不可以呢？現代派的大師薩特、貝克特都是用法語寫作的，高行健佔有法國語言的優勢，自然易於接受西方文學和戲劇的影響。我想，作爲一個戲劇作者，這只能是優點而不會是缺點。文學藝術從來就不應該是分國界的。〔註 683〕他爲高鳴不平：從五十年代開始，接連不斷的多次政治運動阻礙了向前發展的勢頭，尤其在文藝創作方面，特別是在戲劇方面出現了抓辮子、戴帽子、打棍子的歪風，多次阻礙了文藝創作向前行進的道路，相反卻培養了一幫愛掄起棍子打人的能手。「文革十年」的所謂大批判，提起來至今使人觸目驚心。「四人幫」倒臺，文革結束之後，戲劇創作，尤其是話劇創作曾經出現空前的活躍興旺，但是後來也是被幾根棍子打得銷聲匿跡。不久之前，棍子又打到高行健同志頭上，至少我是感覺很不公平的。〔註 684〕

他這樣肯定《絕對信號》和《車站》：難道說，這十年的中國社會生活本身不是荒誕的嗎？我以爲高行健的幾個劇本寫的都是從十年慘禍中擷取來的眞實材料。寫下來，留做生活的借鑒和歷史的教訓有何不可？有良心的作家應當就他自己的理解來抒寫他所看到和認識到的生活現象。這個應當徹底否定的十年把人們的腦子都給搞亂了，劇作家把這個亂勁寫出來是他的職責，他理所當然有這種「寫作的自由」。這一場「三英戰呂布」，亂棍齊下，使我們的作家失魂喪膽，落荒而逃，到原始大森林裏，度過了隱跡的半年，直到

〔註 682〕《高行健戲劇集》序第 1 頁。
〔註 683〕《高行健戲劇集》序第 2 頁。
〔註 684〕《高行健戲劇集》序第 3 頁。

新的又一次解放思想的三中全會開過後才悄悄回來。〔註 685〕

他最後說：我是喜愛高行健同志的劇本的。除去劇本的思想內容之外，更欣賞他的一些創作手法。他的確吸收了西方的現代派手法，然而不應忽略的是，高行健還吸收、融化了大量的祖國傳統戲曲的表現手法；這在他的那一組「折子戲」裏，對此有充分的體現。〔註 686〕

6 月，短篇小說《車禍》刊發在《福建文學》（月刊）1985 年第 6 期。〔註 687〕

《車禍》敘述「下午五點鐘，在德勝大街中段，無線電修理門市部前的馬路上，偶然發生的一樁車禍」。〔註 688〕這是作家自己在最後一段的總結，用語言對眼前事件來一次「速寫」。

《福建文學》是福建省文聯主辦，創刊於 1951 年，其前身為《園地》、《熱風》和《福建文藝》，1980 年改為《福建文學》，編輯部地點在福州市。〔註 689〕

7 月 1 日，夏剛將《當代啓示錄——高行健話劇世界面面觀》投給《當代作家評論》並附短信。

他在信中說：撰寫此文的動機，與其說是對高行健幾部引起爭鳴的作品表態，不如說是想填補一個空白——從戲劇美學的角度、根據他（而非單個作品）的總特徵，指出是非得失。在高行健作品隨「創作自由」之風復活，《野人》產生莫衷一是的巨大反響、《現代折子戲》從未受到評論家的注意，但恰恰是理解高氏世界的鑰匙。該論文有意識地追求一種新的寫法，與高行健的創新精神形成呼應。〔註 690〕

7 月 18 日，《戲劇報》月刊 1985 年第 7 期刊發了四篇文章，研討《野人》，林克歡的《陡坡》一文，對高行健的高度評價寫得很有深度。該刊還在中間的彩圖部分刊發了《野人》的演出劇照。

編者這樣說：北京人藝近期上演的《野人》，引起強烈反響——眾說紛紜，毀譽不一。即便都是肯定的意見或都是否定的意見，也出入甚大。在一個劇目的評價上歧見如此之多，可能正說明《野人》所進行的實踐和探索，是有

〔註 685〕《高行健戲劇集》序第 4 頁。
〔註 686〕《高行健戲劇集》序第 5 頁。
〔註 687〕福建文學編輯部 1985 年 6 月出版。
〔註 688〕《車禍》文末標注：1983 年於北京，《高行健短篇小說集》第 283 頁。
〔註 689〕根據百度詞條「《福建文學》」簡編。
〔註 690〕夏剛給編輯部的信件文末標注：85.7.1，《當代作家評論》1986 年第 2 期第 47 頁。

意義的，值得重視的。我們認爲對它的成敗得失，只有通過充分的、認眞坦率的討論，才能獲得比較準確的認識。而這，無論是對我們目前正在進行著的關於戲劇觀念的討論，還是對方興未艾的話劇創新潮流的推動，都將產生積極影響。爲此，本刊 5 月份曾召開過兩次座談會，這裡發表的四篇文章，就是參加座談會的部分同志根據在會上的發言整理成文的。我們相信，它們會引起大家的興趣。〔註 691〕

鍾藝兵在《漫談〈野人〉》一文中說：

話劇《野人》，值得一看。無論從思想內涵和藝術表現上講，這部劇作都有著作家充滿自己個性的探索。這點，應給予充分的肯定。當然，《野人》也有其不足之處。有的同志說，不如把《野人》的劇名改爲《救救森林》。我看不行。《野人》的寓意，雖不在揭破「野人」之謎，但也不僅僅局限在「救救森林」上。不錯，這齣戲是寫了人類要保護自然生態平衡，但它給我更深的觸動，是讓我想到：人與人之間應該多一些心靈的相通。這或許可稱爲「社會生態平衡」。你看啊，《野人》這齣戲中的生態學家、麼妹、後生、梁隊長、曾伯……他們和他們周圍的人的關係，是正常、和睦、平衡的嗎？我們已經生活在八十年代，然而我們還面對著幾千年封建社會的遺毒和資產階級腐朽思想的影響，面對著「以階級鬥爭爲綱」的心理餘波，在這種情況下，難道我們不應該提倡一點社會主義社會人與人之間的眞誠、信任、理解、互助嗎？如果說，三十多年來，我們的話劇總是寫得太說教，太具體，很少給觀眾以充分的想像、思考的餘地，那麼，《野人》倒是比我們看慣了的話劇多了一點象徵、一點抽象、一點浪漫，給了我們以想像、思考的廣闊天地。這種探索對我們很有啓發。《野人》在藝術手法上的探索和嘗試，既是劇本的追求，也澆灌著導演的心血。我甚至認爲，導演上的難度更大。

它的兩點不足是：首先是有相當一部分觀眾看不懂，這值得我們重視；另一個問題是如何宏觀地反映我們的時代。《野人》是劇作家自己獨特的感受，來寫我們當前社會仍然存在的某些問題。這些問題（如破壞森林、官僚主義、不正之風、封建迷信、買賣婚姻等），都應該提出來，以引起社會的注意。可是我認爲，在提出這個問題的嚴重性的時候，劇作家應該，也完全可能在時代背景上反映出我們整個社會的前景來，使觀眾既看到必須解決的問

〔註 691〕《戲劇報》月刊 1985 年第 7 期第 10 頁，中國戲劇出版社 1985 年 7 月 18 日出版。

題，又對我們的事業充滿信心。〔註 692〕

林克歡在《陡坡》中說：

《野人》爬了一個陡坡，它使高行健達到一個前所未有的高度。與《喀巴拉山口》、《躲雨》、《模仿者》、《行路難》、《獨白》等短劇的各種單項試驗不同，《野人》將歌舞、音樂、面具、傀儡、啞劇、朗誦熔於一爐。探索一種將眾多的藝術要素加以綜合的總體戲劇；以此表現藝術家所認識的人類情感，並將這種內在的情感系統呈現出來，訴諸觀眾的視聽、供人欣賞；以總體的藝術氣氛，去激發觀眾深層的意識、思想、情感和本能。

多年以來，我們的話語爲「話」所限，言語主宰著一切，大多數演出看上去僅僅是臺詞的一種物質外觀。高行健繼續做著法國著名戲劇家阿爾托的奇妙幻想，追溯戲劇的源頭，力圖從東方戲劇載歌載舞、百戲雜陳的多媒介綜合中，找回現代戲劇失去的活力，使劇作盡可能成爲直接用於演出的總譜，使戲劇恢復其活生生呈現與活生生交流的本性，從而超越出文學的意義。

《野人》打破了傳統劇作慣常使用的單向思維與閉鎖結構，時間跨度近萬年，空間變幻無定，從地殼顫動、火球翻滾、混沌初開的洪荒時代，到現代人所面臨的事業、家庭、婚姻等嚴峻課題，從失去平衡的自然生態與同樣是失去平衡的現代人的複雜心態，傳說、現實、心理、夢幻……交錯聯結。作家一方面對歷史進程進行大跨度的縱向的歷時性考察，一方面又把發生於不同時空的事物進行橫向的共時性的並列呈現。開放型的網絡結構，爲縱橫交錯的宏觀觀察，提供了一幅較爲完整的現實圖景。

高行健是一位才思橫溢的戲劇革新者，也是一位想像詭異的戲劇幻想家。他的每一部劇作，總要給自己提出新的探索方向，也給導演提出新的難題。在《絕對信號》中，他將現實場景與心理時空交織在一起，並將五個登場人物思想與心理的衝突，一概外化爲分明可見的舞臺動作。在《車站》中，多聲部的語言對位與詞不達意、語焉不詳的臺詞處理，創造了一種近乎荒誕的喜劇氣氛，其總體的象徵，使整齣戲成爲一個含蘊豐富的現代寓言。在《野人》這齣戲裏，他在試驗語言、音響，包括劇作主題的複調的同時，試圖通過「舞蹈、影像和回憶的場面的重疊來構成多層次的視覺形象」（《關於演出本劇的建議與說明》）但嚴格地說，演出中非語言成分的處理，用形體、燈光、色彩、音響去構成各種照應或對位，是導演藝術家的任務。作家的想像、作

〔註 692〕《戲劇報》月刊 1985 年第 7 期第 10 頁。

家的幻想，在極大的程度上必須借助導演的創造性勞動才能夠實現。《野人》給導演的二度創作留下了想像與創造的寬闊天地，也留下了一個不易攀登的陡坡。〔註 693〕

《野人》是浸透著劇作家的情感、心境和人生經驗的綜合意象，是一種單一的和不可分割的有機結構體。其中的每一成分都不能離開這個結構體而獨立存在。戲劇的思想內容不是一一標示出來，而是整體地呈現出來的。這種多媒界、多層次的總體戲劇，改變了戲劇觀賞的視聽形式與思考形式，給觀眾帶來了複雜的情感衝擊與長久的思考空間，也給偏愛傳統戲劇的觀眾在觀賞時帶來了一定的困難，留下了一個審美的陡坡。

我不瞭解高行健寫作《野人》時的具體心境，但我似乎覺得高行健對歷史的探詢與對現實的審察，帶著過多的個人遭際的痕跡。因而在對歷史與現實作出評價時，一方面是清醒的，一方面又是悲觀的。是的，人對自然掠奪式的開發、利用，無止境地踐踏、破壞，使自然生態失去平衡，使人類賴以生存的環境日益惡化，劇作家「救救森林」的呼喊，是清醒的，及時的。是的，生態學家和他的妻子芳的離異，以及他與山姑娘麼妹子的感情波瀾，確實展現了現代人在愛情、婚姻、倫理、習俗上所遇到的種種苦惱和思考。劇作生動地揭示了歷史因襲的重負使我們民族的命運變得十分曲折與艱難，但作家所提出的解決，卻是軟弱的。〔註 694〕以家庭離異作爲新的愛情平衡的途徑，其實只是劇作家的理性思考，在戲劇場景上，人們絲毫看不到生態學家是怎樣獲得新的愛情平衡的。

《野人》的出現，拓寬了我們的戲劇視野，提示了戲劇表現生活的新的可能性，爲當前戲劇觀念的探索提供了新的範例。不管你個人喜歡與否，《野人》將在戲劇界與我國文化生活中引起長久的震盪，並成爲戲劇批評與美學總結的一個陡坡。〔註 695〕

《興奮之後的思考》（中央戲劇學院導演專修科　王小琮、陶先露、潘欣欣、夏忠廉）中這樣講：《野人》的演出以它豐富的舞臺表現手段引導觀眾思考它不斷提出的問題。它彷彿沒有貫穿的情節、完整的人物、但我們卻喜歡它。戲劇的觀賞不僅是「觀」，更重要的是「賞」，而「賞」久不免思考。《野

〔註 693〕《戲劇報》月刊 1985 年第 7 期第 11 頁。
〔註 694〕《戲劇報》月刊 1985 年第 7 期第 12 頁。
〔註 695〕《戲劇報》月刊 1985 年第 7 期第 13 頁。

人》的情節極其簡略，幾乎是點到爲止，它僅求局部情節的細膩生動，而不求情節的整體貫穿，這是符合有高度時空限制的戲劇藝術特點的。塑造人物也是如此，它僅求人物在某個具體事物前的性格態度，而不注重情節的來龍去脈和人物心理的發展過程。它借助了觀眾大腦的聯覺想像這個「梭」，編織起經緯縱橫的「網」，騰出手爲觀眾去完成更多的舞臺展現——這是該劇與傳統樣式戲劇的最大不同。〔註 696〕

《〈野人〉五問》（中央戲劇學院導演專修科　吳繼成、徐念福、姚明德）這樣說：《野人》的演出爲戲劇創新提出了多方面的課題，引人思索。思索之餘，想到如下幾個問題：1、該站在什麼「觀」上去談它；2、它的「多主題」完成了嗎？3、它要塑造什麼樣的人物形象？4、它是「里程碑」嗎？5、創新能不顧及觀眾嗎？〔註 697〕

7 月 22 日～8 月 2 日，與吳祖光、林兆華一起到英國參加倫敦國際戲劇節（LIFT）。〔註 698〕

7 月 28 日，《對有爭議的話劇劇本的爭議——中國戲劇文學學會召開有爭議的話劇劇本討論會發言紀要》刊發在《劇本》1985 年第 7 期。〔註 699〕

這一期期刊還在新劇信息欄目刊發報導《高行健新作〈野人〉》。文章寫道：

有位同志曾經開玩笑說：「行健總是寫些不像戲的戲。」確實，高行健的劇作有些怪，他的《野人》尤其怪。他說過：我以爲藝術創作就意味著標新立異，重複前人的形式和手法同重複自己的一樣令人乏味。可以看出，這部多聲部、多層次的現代史詩劇是作者爲探尋一種「完全的戲劇」所做的進一步嘗試。《野人》已由北京人民藝術劇院演出。這齣戲在觀眾中引起了截然不同的反響，毀譽參半；有些觀眾中途退場，也有些觀眾熱烈鼓掌；有人說這已經不是話劇了，但也有人認爲這齣話劇「架起了通向未來戲劇的橋樑。」

〔註 696〕《戲劇報》月刊 1985 年第 7 期第 12 頁。

〔註 697〕《戲劇報》月刊 1985 年第 7 期第 14～15 頁。

〔註 698〕《林兆華戲劇年表》，林兆華口述，林偉瑜、徐馨整理《導演小人書》（全本）之「做戲」第 574 頁。

〔註 699〕楊雪英、程世鑒整理《對有爭議的話劇劇本的爭議——中國戲劇文學學會召開有爭議的話劇劇本討論會發言紀要》，《劇本》1985 年第 7 期第 2 頁，1985 年 7 月 28 日北京出版。

看來，也許要過相當一段時間，才能對這齣「神奇」的戲作出恰如其分的評價。〔註 700〕

7 月，短篇小說《侮辱》刊發在《青年文學》（月刊）1985 年第 7 期。〔註 701〕

8 月 18 日，《戲劇報》月刊 1985 年第 8 期刊發的一篇文章提及《野人》的貢獻。

《深層的開掘，詩化的追求》（作者熊源偉）一開篇說：今天入夏以來，話劇舞臺相繼演出了新作《野人》、《一個死者對生者的訪問》，以及包括《高加索灰闌記》等三出布萊希特戲劇。這些演出雖還不盡完美，但它們立異標新，使人看到了話劇發展的無窮潛力，從而感到振奮和鼓舞。〔註 702〕

9 月 18 日，《戲劇報》月刊刊發文章《爲話劇創新的「排浪」叫好》。

文章署名「育生」，開篇說：今年入夏以來，北京舞臺上接連出現了幾臺引人注目的話劇研究，有人用「排浪」來形容這些創新之作給人們的衝擊，是有道理的。正當人們爲話劇不景氣現象憂慮的時候，這些戲的出現確實使人感到鼓舞。北京人藝《野人》的演出，似乎可以看作是今夏這股排浪的發端。該劇作者和導演，在實踐其戲劇觀念的道路上，執著地進行著探索。《野人》以與從前慣常見到的話劇全然不同的面貌脫穎而出，顯示了卓然不群的藝術個性。誠然，對《野人》創新成就的估計存在著不同看法，但我認爲，《野人》演出後所引起的爭論本身，恰恰證明它的意義和價值。〔註 703〕

11 月 7 日，光明日報發表的評論文章中高度評價《野人》等的意義。

該文是電影評論家鍾惦棐寫的《評〈一個死者對生者的訪問〉》。他說：看過《野人》和《一個死者對生者的訪問》，可以體察出一個巨大的旋流在無聲中運轉。「五四」新文化運動引來新的戲劇品種，如今是把它引向深部而和自己民族的底蘊相貫通。這是一種奇觀，新起的和被遺忘的在重新組合，並

〔註 700〕大勇《高行健新作〈野人〉》，《劇本》1985 年第 7 期第 61 頁，1985 年 7 月 28 日北京出版。

〔註 701〕青年作家文學月刊社 1985 年 7 月出版。

〔註 702〕《戲劇報》月刊 1985 年第 8 期第 18 頁，中國戲劇出版社 1985 年 8 月 18 日出版。

〔註 703〕《戲劇報》月刊 1985 年第 9 期第 11 頁，中國戲劇出版社 1985 年 9 月 18 日出版。

在全新的意義上創造演員和觀眾。在創造中失敗可能多於成功，但預計的失敗，也就是可望的成功。從首都戲劇舞臺所表現的決心和才智，將對其姐妹藝術，產生深刻的影響。〔註 704〕

11 月 23 日，《社會科學評論》1985 年第 11 期刊發《談荒誕戲劇的衰落及其在我國的影響》，否定《車站》的探索。

該文是南京大學中文系教授陳瘦竹所寫，他的結語是：歐美當代戲劇，除荒誕戲劇等以外，還有殘酷戲劇、意象戲劇和結構主義戲劇等，以後還會花樣翻新，出現許多流派。我們應該瞭解這些行情，但是學習與否，要看是否能夠促進我國社會主義戲劇，不可籠而統之說什麼「學習西方這個派那個派又有什麼不可以呢？」因爲《車站》的作者學習《等待戈多》無論在思想上或藝術上並沒有爲我們提供任何寶貴的經驗。〔註 705〕

11 月，在法國國家劇院舉行的高行健戲劇創作討論會上發言，題目爲《要什麼樣的戲劇》。〔註 706〕

巴黎第三大學和第七大學舉行「二十一世紀的交流與藝術」第一屆國際學術研討會。此次由法國外交部、文化部和教育部支持的活動邀請了許多國家的自然科學、人文科學的學者和藝術家參加，高行健作爲被邀請的唯一的戲劇家參加這個討論會並做專題發言，談的是他的戲劇創作和他對未來戲劇的設想。〔註 707〕

在巴黎的法國國家劇院舉行的高行健戲劇創作研討會上，他說：西方當代劇作家中最深刻的是貝克特，而作品最富有戲劇性的便是熱內。法國朋友爲他聯繫了去法蘭西喜劇院看熱內的《陽臺》排練，因爲他在巴黎訪問的時間太短，等不到這個戲公演。〔註 708〕

〔註 704〕鍾惦棐文章見《光明日報》1985 年 11 月 7 日第 3 版，轉引自康洪興《論新時期戲劇的美學解放》，《戲劇》1986 年第 4 期第 50 頁，1986 年 12 月 20 日出版。

〔註 705〕陳瘦竹《談荒誕戲劇的衰落及其在我國的影響》，《中國社會科學》月刊 1985 年第 11 期第 85 頁，1985 年 11 月 23 日出版。

〔註 706〕高行健《要什麼樣的戲劇》一文收入高行健著《對一種現代戲劇的追求》第 62 頁下注釋：本文爲 1985 年 11 月在法國國家劇院舉行的高行健戲劇創作討論會上的發言提綱。

〔註 707〕高行健《文學需要互相交流、互相豐富》，《外國文學研究》1987 年第 1 期第 128 頁。

〔註 708〕高行健《文學需要互相交流、互相豐富》，《外國文學研究》1987 年第 1 期第 126 頁。

高行健說：這趟去歐洲轉了五個國家，西柏林和聯邦德國、英國、法國、奧地利、丹麥。應邀參加了三個大的國際戲劇節，西柏林的地平線藝術節，倫敦國際戲劇節和巴黎秋天戲劇節，前後半年多，看了將近一百場戲。從法蘭西喜劇院、皇家莎士比亞劇院、席勒劇院一直看到朋克聚會的酒吧裏青年們準業餘性質的試驗演出。看的又不只是西歐的戲，從美國到黑非洲，從印尼巴釐傳統的民間戲劇到日本和波蘭的新近的試驗戲劇。結論是什麼樣的戲都有，什麼樣的戲也都還有自己的觀眾，我如果不是應邀的客人，主人早就訂了票的話，開演前去誰都買不上票。〔註 709〕

在法國沙約國家劇院舉行了我的戲劇創作學術討論會。會上，我闡述了我自己的戲劇觀念和戲劇試驗，巴黎的戲劇家們沒有人認爲我在重複他們西方人，相反地認爲中國人對未來戲劇的探索給他們以啓發。《野人》這樣的戲西德有的導演和美國有的報紙的評論都認爲新鮮得令人吃驚。我所以談到這些是因爲我們有一種目光近視的批評，這種批評把我國戲劇凡是新的探索與試驗，都說成是對已經成爲歷史的西方現代主義的模仿。我以爲這是缺乏民族自信心的一種表現，不敢去肯定中國的藝術家也是有藝術創作的自由和進行藝術上革新的能力。

應該說，現時代世界上新的戲劇流派和革新並不都出在巴黎，但往往在巴黎得到承認。我反正是在巴黎才看到了波蘭戲劇家康道爾的戲的精彩演出。他們歡迎康道爾的熱情，遠超過了戲劇節中上演的其他的法國戲，這就是可愛的巴黎人。

我也還應該說我看了這一百來出外國戲，藝術上十分高明的並不很多。我們不要以爲外國的月亮都圓，也不要弄得自家的月亮都不圓。瞭解他人，對自己的創作無疑是一種推動。〔註 710〕

12 月 13 日，德國的《柏林日報》刊發對高行健畫的評論。

文章寫道：高行健是先鋒藝術家，他的畫只用筆、水墨和宣紙，卻如同他的小說和戲劇一樣，表現出藝術的活力和創造力。他不同於現實主義畫家，不被空間的問題困擾，他總能在一些不確定的空間裏，用不同的明暗甚至是重疊的調子，表達他的夢想、情感和視象。〔註 711〕

〔註 709〕高行健《從民族戲劇傳統中汲取營養》，《新劇本》1986 年第 5 期第 85 頁，1986 年 9 月 2 日出版。

〔註 710〕高行健《從民族戲劇傳統中汲取營養》，《新劇本》1986 年第 5 期第 86 頁。

〔註 711〕德國報刊摘錄，亞洲藝術中心出版《高行健》第 109 頁，2000 年 12 月。

12 月，德國文學批評家魯迪格·哥奈第一次在西柏林見到高行健的名字。

他回憶說：我第一次見到高行健的名字是 1985 年 12 月的西柏林，法薩冷大街上的一張招貼畫，是他在貝塔陵藝術之家的水墨畫展的廣告。我當時可以說是跟隨那股中國風，讀了剛出版的張潔的小說《沉重的翅膀》的德譯本，看招貼畫的時候，腦子裏正是張潔書中的詩句「舊詩無須寫，揮筆劃吳戈」，我倒想看看高行健畫的這吳戈是怎麼回事？當天下午，我去了藝術之家，他的畫立即吸引了我：筆觸無規矩可循，這些形影看似螞蟻卻又是影子，可不就是影子的影子，我當時想。〔註 712〕

這一年，在北京人民藝術劇院同雕塑家尹光中自費舉辦「尹光中、高行健泥塑繪畫展」，北京文藝界兩百多人應邀出席了開幕式，得到艾青、曹禺、吳祖光、嚴文井、羅伊斯·伊文斯等一些中外作家、藝術家、畫家的讚賞，這是中國大陸非官方美協許可，未受到阻擾而成功的第一次民間畫展。展出兩星期，如期結束，北京五家報刊分別報導和刊登照片，歐洲也有報導。同年，應邀赴德國、法國、英國、奧地利、丹麥創作訪問八個月，由德國文化交流協會、柏林市藝術之家，萊布尼茲文化交流協會舉辦首次在西方國家的個展，並出版《高行健水墨 1983～1985 年》畫冊，得到德國報刊的一致好評，從此獲得國際聲譽。奧地利維也納市阿爾特施密德藝術之家舉辦高行健繪畫個展。〔註 713〕

德國的《排版》雜誌 1985 年第 4 期這樣寫道：從北京來的先鋒藝術家高行健向德國觀眾展出他的畫。很久以來，未曾見到一個有如此自由的風格、自由的觀念、自由的主題的中國藝術家。

德國文化交流協會、柏林市貝塔寧藝術之家、萊布尼茲文化交流協會 1985 年 12 月舉辦的畫展中，該《序言》由漢斯·維爾貝勒姆·斯普萊茲撰寫，他說：高行健的畫自由而富有表現力，從相互矛盾的中國傳統中的八大山人（與萊布尼茲同時代的中國現代主義的鼻祖）那裡找到支持。高行健這位革新者，在他的文學和創作過程中也對他有興趣的西方現代主義進行化解，從而提出突破舊的和無用的規範等當代的要求，找到未被人瞭解的新路。〔註 714〕

〔註 712〕魯迪格·哥奈《感受取代敘述》，劉再復編《讀高行健》第 239 頁。

〔註 713〕繪畫簡歷，亞洲藝術中心出版《高行健》第 102～103 頁。

〔註 714〕德國報刊摘錄，亞洲藝術中心出版《高行健》第 108 頁。

1986年　46歲

1月，自法國回到北京，寫作新戲《彼岸》。

《野人》上演之後，他們想要探索全能演員的訓練。林兆華提議高行健寫個劇本，「既然劇院有一個培養演員的學員班，不妨在教學之外，再加上一些訓練，進行實驗，這就是《彼岸》一劇的創作動機。」〔註715〕

2月28日，中國戲劇文學學會邀請高行健介紹外國戲劇創作動向和歐美近期上演劇目情況。

據《劇本》1986年第3期的「劇作家行蹤」《出訪歸來記述》一文報導：中國戲劇文學學會於2月28日舉行座談會，邀請最近出訪聯邦德國、法國、美國等國歸來的高行健、白峰溪等同志介紹外國戲劇創作動向和歐美近期的上演劇目情況。參加座談會的有北京部分話劇、戲曲、歌劇作家及評論家、編輯共四十餘人。

高行健、白峰溪同志著重指出，歐美戲劇界目前並不存在某一流派或某種創作傾向爲主的戲劇作品和演出，可以說是「五花八門」、「各顯其能」。劇作者的表現手法多種多樣，各有特色。他們在觀看演出時，對觀眾高度的鑒賞力和演員的高水平演出以及演員一絲不苟的嚴肅認眞態度，尤其是劇作語言對話的優美、幽默等，留下深刻印象。戲劇在歐美國家始終被認爲是一項具有較高文化水平的藝術，無論是古典戲劇或是現代題材，整個演出都十分講究。他們提到，所謂「先鋒派」、「荒誕派」等戲劇，最踴躍的觀眾只是知識分子和大學生。戲劇創作傾向朝多樣化發展的趨勢是基本相同的。

他們在談到中國戲劇創作情況時，感到我國戲劇創作界人才濟濟，有才華的創作人員不少。深感中國的某些創新劇目並不是像某些人說的是在模仿西方，而有我們中國的特色。外國人不僅喜歡《茶館》這樣的作品，對中國的某些創新劇目也很讚賞，話劇《野人》翻譯成了德文，話劇《明月初照人》的一些片斷在美國演出，受到了專家好評和觀眾的歡迎。因之，高行健、白峰溪同志最後深有所感地說，我們沒有理由妄自菲薄，我們應很好地立足於本國民族的生活，反映我們偉大的時代，努力寫出爲中國人民和國際友人所歡迎的戲劇作品。〔註716〕

〔註715〕高行健《林兆華的導演藝術》，林兆華口述，林偉瑜、徐馨整理《導演小人書》（全本）之「看戲」第179頁。

〔註716〕《出訪歸來記述》，《劇本》1986年第3期第95頁，1986年3月28日在北京出版。

2 月，林兆華邀請的德國教授普萊爾抵達北京，爲人藝培訓演員。這是「全能演員」實踐方法的一種。

據《戲劇報》月刊1986年第5期報導，應北京人民藝術劇院導演林兆華邀請，西德柏林藝術大學教授普萊爾先生於1986年2月來華，爲北京人藝培訓演員。普萊爾的訓練方法包括以下內容：1、字母表。讓學員的形體動作，在不停的運動中擺脫頭腦的束縛，從而使身體處於完全放鬆的狀態，去做出許多頭腦認爲不可能的動作，豐富並加強形體的表現力。這些動作就好像一個字母表，學員們應該學會利用它去組成一種新的形體語言。2、提示。在熟練掌握「字母表」的前提下，賦予每個動作以新的內容、新的生命，並用形體動作去表現一個特定的環境。普萊爾給出「監獄」、「冰」、「山雨欲來風滿樓」的提示，讓學員演繹《哈姆雷特》一劇的場景。3、發聲訓練。普萊爾對學員講：你們不要以爲嘴只是長在鼻子下，它是分佈在你的全身上下的，甚至腳上也有嘴。她要求演員的聲音富有強烈的表現力和感染力。〔註717〕

2 月，黑龍江省藝術研究所出版的內部交流書籍《當代話劇探討》（黑龍江省話劇學術討論會專集）中，十五篇文章中有五篇提及高行健的劇作《絕對信號》、《車站》與《野人》的意義和貢獻。

3 月 4 日，在北京人藝寫作《用自己感知世界的方式來創作》。〔註718〕

該文這樣說：

我主張作家應該用他自己感知世界的方式來寫作。藝術最忌諱重複，重複他人和重複自己都同樣地不幸。

思辨並非是文學的使命。我在我自己的創作中不作這種思辨，更不企圖去發現所謂終極的眞理，只不過把這個被人們反反覆覆琢磨過了的世界用自己的方式再作一番描述，就小說創作而言，無非是找尋我自己的敘述語言。我只有找到了這種語言才能進入創作狀態。故事及人物當然就不那麼重要了。

我在戲劇創作中，也希望找到像小說中那種不受時間和空間限制的藝術語言，讓過去、現在與將來，現實、幻想與思考，都交替地，或者顚倒地，或是平行地出現在劇場裏。這種戲劇語言我以爲我已經找到了，那就是演員

〔註717〕《普萊爾在北京人藝培訓演員》，《戲劇報》月刊1986年第5期，中國戲劇出版社1986年5月18日出版。

〔註718〕該文文末標注：1986年3月4日於北京人藝，《新劇本》1986年第3期第74頁，1986年5月2日出版。

的表演。戲劇就其本性而言正是表演的藝術，我說的這種表演指的是建立在假定性之上的如同傳統戲曲中的那種無所不能的表演，而非自以爲是「我就是」的那種自然主義的表演。因此，我反對把戲劇變成說話的藝術，即只說話的戲劇。我主張把歌舞、音樂、啞劇、面具、木偶，魔術，也包括武打和雜耍，都請回到劇場裏來，重新恢復和強調戲劇的這種劇場性，而又不丟棄語言。

我還以爲現代化戲劇的生命力要回過頭來到戲劇的起源中去尋找。戲劇起源於原始的宗教儀式，孩子們的遊戲和成年人的遊藝都包含著戲劇最初動機。我國現今保留的戲曲就發源於儺和百戲，我在改造西方傳來的這種話劇的時候，正是從中吸取了動力。

我現在經常應邀作點這樣或那樣的說明，好讓讀者和觀眾瞭解自己，其實什麼也未能說得清楚。我就寫不好自己作品的提要，最好還是請人看原作或戲。然而，我的那些戲又如同我的小說一樣，不同的人往往會看出全然相反甚至古怪得令我自己也吃驚的結論。這當然也多少說明了我的這些作品都沒有明確的結論。我主張變著方法來寫，在一部作品中，也不妨多一點內涵。我在藝術上不過剛做了點試驗，我想我更好的作品還有待來年。〔註 719〕

3 月 18 日，《戲劇報》月刊 1986 年第 3 期刊發文章肯定《絕對信號》和《野人》。

文章是童道明所寫的《我主張戲劇觀念的多樣化》，他說：世界上不存在，也不可能存在一個包羅萬象可以解決所有藝術問題的戲劇體系。大家都說斯坦尼斯拉夫斯基體系是最完備的了，但光靠這個體系，在蘇聯至少演不成《馬的故事》，在中國至少演不了《絕對信號》。那就更不要說其他的戲劇體系的局限性了。林兆華是中央戲劇學院畢業的，按說也是斯坦尼撕拉夫斯基體系的嫡派傳人，但現在你不能把他局限到任何一個固定的已知「體系」中去了。這樣他既可在舞臺上表現「炊煙嫋嫋」（《紅白喜事》），又可以在舞臺上表現「開天闢地」（《野人》）。這兩部劇的戲劇觀念是矛盾的，但他認爲這些矛盾的戲劇觀念都是合理的，它們在林兆華的審美容器裏都有各自的地位。林兆華是戲劇觀念多樣化的受益者。我們從他的成功的藝術實踐中應該看到：戲劇藝術表現的豐富性是和戲劇觀念的多樣化分不開的。〔註 720〕

〔註 719〕高行健《用自己感知世界的方式來創作》，《新劇本》1986 年第 3 期第 74 頁。
〔註 720〕《戲劇報》月刊 1986 年第 3 期第 27 頁，中國戲劇出版社 1986 年 3 月 18 日。

3 月 25 日，《當代作家評論》刊發夏剛的《當代啓示錄——高行健話劇世界面面觀》。〔註 721〕

4 月 3 日，北京市文化局、文聯舉行「演出百場獎」發獎大會。《絕對信號》是獲獎的劇目之一。

當天，北京市文化局、文聯召開北京市專業文藝團體 83～85 年度音樂、舞蹈、曲藝、雜技新編優秀節目評獎，優秀藝術評論文章評獎，戲劇團體劇目演出百場獎等綜合發獎大會。優秀節目評獎活動評出了 61 個獎。藝術評論獎中，于是之的《焦菊隱先生的「心象學說」》等十五篇文章獲獎。獲百場獎的劇目有：話劇《丹心譜》、《王昭君》、《誰是強者》、《絕對信號》、《小井胡同》；評劇《野馬》、《水冰心抗婚》、《狐仙小翠》、《評劇皇后》；京劇《三打陶三春》；木偶戲《天宮》、《野天鵝》、《惡魔》、《彼得與狼》等。〔註 722〕

4 月 11 日，寫作《評格洛托夫斯基的〈邁向質樸戲劇〉》。〔註 723〕

文章這樣說：波蘭當代著名戲劇家格洛托夫斯基的《邁向質樸戲劇》一書的中譯本出版了。我以爲值得戲劇界的朋友認眞讀一讀。因爲他向我們展示了一種新鮮的戲劇，一種不同於我們所熟悉的斯氏的心理現實主義戲劇，一種非程式化了的戲劇。格洛托夫斯基的試驗戲劇給表演帶來了新的動力，超越波蘭國境，給西方當代戲劇的發展帶來了深刻的影響。〔註 724〕

他的方法首先建立在對演員的嚴格訓練上。他通過系統的、大量的，甚至是高難度的形體和發聲練習，幫助演員消除自己身心的障礙，在充分鬆弛的狀態下，誘發出演員自身具備的潛力，把演員的表演推到他們自己都不曾預料到的高度。這種將形體動作與心理活動完滿地結合在一起的表演，往往能取得極強的藝術表現力，叫觀眾震驚。格洛托夫斯基這套訓練演員的方法是建立在他對戲劇藝術的本質的透徹的理解上。他認爲戲劇中諸多的成分，如燈光、音響效果、布景、道具乃至於劇本都不是非有不可的。戲劇唯獨離不開演員，演員的表演才是戲劇藝術的核心。這也就解除了戲劇對文學的隸

〔註 721〕夏剛《當代啓示錄——高行健話劇世界面面觀》，《當代作家評論》1986 年第 2 期第 47～57 頁，當代作家評論雜誌社 1986 年 3 月 25 日出版。

〔註 722〕消息作者署名：錢祖惠，《新劇本》1986 年第 3 期第 82 頁，1986 年 5 月 2 日出版。

〔註 723〕《評〈邁向質樸戲劇〉》文末標注：1986 年 4 月 11 日，高行健《對一種現代戲劇的追求》第 79 頁。

〔註 724〕高行健《評格洛托夫斯基的〈邁向質樸戲劇〉》，《戲劇報》月刊 1986 年第 7 期第 58 頁，中國戲劇出版社 1986 年 7 月 18 日出版。

屬關係，恢復了戲劇這門藝術的本來面目。格羅托夫斯基的試驗戲劇的意義並不只限於在表、導演藝術上，它至少呼籲著與表導演藝術上的追求同步的現代劇作。〔註 725〕

5 月 2 日，《用自己感知世界的方式來創作》一文刊發在《新劇本》1986 年第 3 期上。〔註 726〕

這一期的封二還以圖片的方式，刊發了高行健近照和他的戲劇作品劇照，包括《野人》一張、《絕對信號》兩張和《車站》一張。在標題「劇作家高行健」下面這樣介紹：

北京人民藝術劇院編劇。46 歲　江蘇泰州人。主要作品有話劇《絕對信號》、《車站》、《野人》等。譯作有《法國荒誕派劇作選》（據筆者查閱，書名應爲《荒誕派戲劇選》，具體篇目爲《禿頭歌女》。）等。

這一期還刊發消息《北京市文化局、文聯舉行「演出百場獎」發獎大會》。〔註 727〕

5 月 18 日，《戲劇報》月刊 1986 年第 5 期刊發高鑒的《觀念與實踐的錯合》，談及《絕對信號》和《野人》。

文章寫道：

1982 年底，北京人藝《絕對信號》的演出，標誌著新的戲劇觀念的自覺。它以內心情感邏輯和事件發展邏輯等劇情結構的雙重依據，在事件進程中穿插了色彩多變的內心生活的圖景，以具象化的內心展示爲主要目的，演出還力圖強化和觀眾的交流。在這裡，時空自由的舞臺處理已是依據對假定性的明確態度，劇情流暢，風格統一。但即使是這樣一齣優秀的戲也依然存在著某種盲目模仿的痕跡。那就是該戲的劇場樣式處理。這是近年來第一次小劇場試驗。它雖然在小劇場演出，卻沿用了大劇場的交流方式，演員和觀眾沒有直接的溝通。導演縮小了觀眾和演員的物理空間距離，卻未能縮小他們的心理距離。

在我們的戲劇界似乎有著兩種戲劇觀，對於假定性、劇場性、情節性等表現出截然對立的態度，非此即彼。我以爲這是一種誤解。作爲藝術家個人，

〔註 725〕高行健《評格洛托夫斯基的〈邁向質樸戲劇〉》，《戲劇報》月刊 1986 年第 7 期第 59 頁。

〔註 726〕《新劇本》1986 年第 3 期第 74 頁，1986 年 5 月 2 日出版。

〔註 727〕《新劇本》1986 年第 3 期第 82 頁。

不同的知識結構、認識能力、社會理想和志趣愛好會自覺或不自覺地生成不同的富於個性的戲劇觀。所謂傳統戲劇觀和反傳統戲劇觀，並非是斷裂的兩級，它們之間有著廣闊的中間地帶。傳統是動態過程，它本身就孕育了反傳統，其間包含著豐富的量變形態。戲劇藝術家們可以在兩個「極致」上活動，但更多地應該游動在兩者之間豐富的諸多層次上。而對不同層次的擇取，則表現出創作者的主體個性。〔註 728〕

與《野人》那種諸多題材間鬆散的關係不同，《一個死者對生者的訪問》劇情結構內聚的向心力是明顯的。《訪問》不僅以對社會倫理的思考，新穎的外部形式吸引觀眾，同時也憑藉著強烈的戲劇性和饒有興味的情節。《訪問》在劇作上的努力顯示了戲劇實驗的一個新的動向。〔註 729〕

5 月 20 日，在北京人藝完成劇本《彼岸》。〔註 730〕

高行健回憶：劇本一脫手，林兆華便調動了學員班和劇院的一些年輕演員，著手排練。應該說這劇本並沒有得到劇院正式的批准，也沒有列入教學計劃，林兆華利用業餘的時間在劇院三樓的排練廳排練，通常在晚上、下班之後很安靜，沒有人來打攪。這都是一些破除常規的訓練，令演員們十分興奮，有時甚至排到深夜。二十多個年輕人，聽著音樂，在燭光下，翻滾、呼喚：「到彼岸去！到彼岸去！」排練廳的門突然打開了，這一夥演員，竟著了魔一般，不約而同，呼喊著一擁而上，迎著走廊上的燈光衝了出去，把偶然路過、出於好奇開門的一位演員嚇了一大跳。這樣的訓練，產生的爆發力和即興表演的那種強度和表現力，自然是通常的戲劇表演達不到的。遺憾的是，這戲的排練終止了，在中國大陸未能演出。〔註 731〕

牟森說：人藝請了一位德國專家給馮遠征他們那個學員班上課，高先生爲這次訓練寫了《彼岸》。德國專家爲馮遠征他們班排練過這個劇目。〔註 732〕

〔註 728〕《戲劇報》月刊 1986 年第 5 期第 29 頁，中國戲劇出版社 1986 年 5 月 18 日出版。

〔註 729〕《戲劇報》月刊 1986 年第 5 期第 30 頁。

〔註 730〕高行健《彼岸》文末標注：1986 年 5 月 20 日晨於北京人藝，《十月》1986 年第 5 期第 250 頁，北京十月文藝出版社 1986 年 9 月出版。

〔註 731〕高行健《林兆華的導演藝術》，林兆華口述，林偉瑜、徐馨整理《導演小人書》（全本）之「看戲」第 179 頁。

〔註 732〕牟森《戲劇改變世界嗎？與彼岸有關》，《新美術》2013 年第 6 期第 129 頁，中國美術學院學報 2013 年 6 月 15 日出版。

5 月 23 日，寫作《文學需要相互交流，相互豐富》。〔註 733〕

該文講述的是外國文學特別是西方現代派對他的影響，涉及他的閱讀史、他對文學史的看法。他指出：給文學造成翻天覆地的變化，或者說喧囂與混亂的這一批作家（指布萊希特、卡夫卡、福克納、喬伊斯、薩特、阿拉貢、艾略特等），儘管人們還會有不同的看法，然而在事實上，他們都已經成了現代文學史上的經典作家，大學裏學位論文的題目，並且都像上個世紀的狄更斯、席勒、馬克・吐溫、都德那樣，進入了中學教材。上一個世紀的文學，遠沒有像這個世紀的文學把時代的危機感表現得如此充分。〔註 734〕近一、二十年來震動了歐美的拉美文學的所謂爆炸，是西方現代文學同那片土地上的傳統文化碰撞、結合的成果。馬爾克斯和魯爾福又倒過來讓歐洲人重新發現了拉丁美洲的現代文化。一個中國當代的作家，應該生活在這個時代。瞭解他同時代的外國同行做過什麼和正在做什麼，爲的是不至於把自己孤獨起來。我們需要同他們對話，而且主要是用自己的作品來同作品進行對話。我們中國作家應該有這樣的見識和信心。〔註 735〕

5 月 25 日，寫作《〈彼岸〉演出的說明與建議》。〔註 736〕

5 月，在天津《文學自由談》編輯部與李歐梵、李陀和阿城談關於「海外與中國」的文學話題。〔註 737〕

5 月 19 日，法國《世界報》刊載《公園裏》法文譯文，譯者 Paul Poncet.〔註 738〕

〔註 733〕文末標注：1986 年 5 月 23 日凌晨，《外國文學評論》1987 年第 1 期（創刊號）第 128 頁。

〔註 734〕《外國文學評論》1987 年第 1 期（創刊號）第 126 頁。

〔註 735〕《外國文學評論》1987 年第 1 期（創刊號）第 127 頁。

〔註 736〕文末標注：1986 年 5 月 25 日，高行健《對一種現代戲劇的追求》第 147 頁。也收入高行健著《高行健劇作集 4 彼岸》第 93～97 頁，臺北聯合文學出版社有限公司 2001 年 10 月初版。

〔註 737〕李歐梵、李陀、高行健、阿城《作家四人談　文學：海外與中國》標題下標注談話的時間與地點分別是：1986 年 5 月，天津《文學自由談》編輯部，《文學自由談》1986 年第 5 期第 25 頁，百花文藝出版社 1986 年 9 月 5 日出版。

〔註 738〕劉再復整理《高行健創作年表（截止 2016 年 10 月）》，劉再復著《再論高行健》第 218 頁。

6 月 3 日，在北京人藝寫作《戲曲不要改革與要改革》。〔註 739〕

他說：不妨可以像保護文物一樣，建立若干不同等級與規模的戲劇博物館，讓本來就由國家津貼的劇團或是在這樣的一些劇團內，分門別類，來演一批傳統的劇目，並且依照前清、民國或解放前後已故的名角當時的演法去演，後人不要妄加改動，像與京劇歷史同樣悠久的法蘭西喜劇院上演他們的傳統劇目時那樣。在藝術上最好花樣翻新的法國人，至今也還依照莫里哀在世時的演法去演他的戲，這戲票還更加難買。日本人對待他們民族的傳統戲劇音樂和歌舞伎也是如此，並不用他們風靡全球的電子技術去改造這種老式的劇場。我以為對待傳統的文化藝術的這種態度比隨便在祖宗頭上動土更為文明。〔註 740〕

戲園本是群眾求熱鬧的場所，不要把進了戲園聽著鑼鼓為之雀躍的那份快活也革除了。不必把戲園統統改造成歌劇院或話劇院。這種民間娛樂場所可以喝茶，賣餛飩和湯圓，可以會朋友、嗑瓜子。也可以輕聲跟著吟唱，一板一眼，用指頭敲著欄杆，也可以喝彩叫好。不要把我們這個民族生活中固有的色彩和情趣也都革除掉。戲曲的表演講究的是演員唱念做打的工夫，觀眾到戲園來聽的是唱腔和嗓子，看的是扮相和做功，並不指望在舞臺上看到生活的本來面目。不要不倫不類也堆上一些往往畫得十分拙劣的景片，去學西方上個世紀的那種現實主義戲劇的皮毛。也不要把臺上的樂師用邊幕遮擋起來，那文武場本來就是戲園裏的一份熱鬧。也不要不好意思撿場，那二道幕拉來拉去並不好看。戲曲中高山流水，過去未來，人世地獄天堂，是人是鬼是神，全靠演員在充分承認舞臺的假定性的前提下程式化了的表演，而且明明白白告訴觀眾就是在做戲，還要令觀眾信服，這才是戲曲藝術的上乘。〔註 741〕

這門藝術的出路還在於大改，也就是說，要在對這種傳統的戲劇重新認識的基礎上，創造一種不同於老式戲曲而又保存和發揚了它的藝術傳統的新戲劇，一種同西方現代戲劇大不相同的東方現代戲劇。它首先將仍然是一種唱念做打全能的戲劇，也不以在舞臺上去模仿生活的本來面目為藝術創作的

〔註 739〕高行健《戲曲不要改革與要改革》文末標注：1986 年 6 月 3 日於北京人藝，《戲曲研究》第 21 輯第 10 頁，文化藝術出版社出版 1986 年 12 月北京第 1 版第 1 次印刷。

〔註 740〕《戲曲研究》第 21 輯第 6 頁。

〔註 741〕《戲曲研究》第 21 輯第 7 頁。

最高原則。它同樣追求表情達意而不求形似，同樣訴諸虛擬的程式化了的表情。它也不遵守西方現實主義戲劇中時間與空間的那種確定性，也像老式的戲曲一樣，在光光的舞臺上，僅僅靠演員的表演去自由地表現時間和環境。它也同老式的戲曲一樣，把表演的藝術和敘述的藝術充分結合在一起，可以自由地訴說某個人物的心情，一個故事的始末，或是對一個事件的評價，而且也是有話則長，無話則短。千里之行在臺上只一趟走遍，瞬間的心情也可以唱上半天。它可以是一則寓言或一個笑話，也可以是一段韻文或一篇散文，還可以是相聲或獨白、一段武術或體操表演、魔術或雜技。〔註 742〕

那些老的表演程序可以改造，也可以革除，再創造出新的程序。而新的程序自然要符合現代人感受事物的方式，也應該是誇張了的、風格化的。有的可以形同啞劇，有的可以取材於現代舞蹈，有的乾脆是抽象的形體動作，爲的是表達某種情緒和意境。可以設計新的行頭，不必趨於時裝，然而那些別出心裁、富有裝飾性的新的戲裝也可能倒過來成爲風尚。這類服飾既可以採用某朝某代的樣式和圖案，也可以是中性的，全然沒有時代感，而只根據劇目的特點，追求舞臺上的一種美感。當然也可以不戴冠盔巾帽，只長髮披肩或剃光頭，不著靴鞋，只打赤腳。臉譜可用也可不用，還可以有許多新鮮的設計，還可以再改用面具，一個劇一番設計，也還可以只一張臉皮，著以冷的或暖的調子，或者就讓臉皮保持中性，做戲給人看的在於形體。劇本當然不至於故事新編，演員可以自編自演，也可以去找作家。作家寫戲不能只精於語言，還要懂得表演，那寫出來的才是可供演出的劇本，而不只是戲劇形式的文學。〔註 743〕

6 月 22 日，讀者余欣給高行健寫信，請教「中國戲劇應當向何處去？」

這位讀者聽說高行健從巴黎回國了，問道：你是一個勇於探索而又成績顯著的人，你認爲中國戲劇應當向何處去呢？中國戲曲的前景又如何呢？中國戲劇到底應該向外國戲劇學習些什麼呢？〔註 744〕

6 月，與林兆華一起做「關於建立北京人藝實驗小劇場的報告」，劇院沒有批准。

林兆華回憶：在人藝這樣傳統的劇院裏，想要追求獨立創作意識的欲望是很難實現的，這是我在 80 年代想成立戲劇工作室的原因。成立工作室的想

〔註 742〕《戲曲研究》第 21 輯第 8～9 頁。
〔註 743〕《戲曲研究》第 21 輯第 9～10 頁。
〔註 744〕該創作通信被刊發在《新劇本》1986 年第 5 期上，1986 年 9 月 2 日出版。

法最早可以追溯到我和高行健做《絕對信號》和《車站》的時候，在北京人藝做這樣的東西實際上非常困難，劇本經常通不過。80 年代中，我和高行健給劇院寫了建立小劇場的計劃，出發點是出於對中國戲劇現狀的不滿，希望在人藝開闢一個小空間，找一些劇院內外志同道合的人自由結合，做一些實驗性的戲在小劇場排，劇院沒有批准。〔註 745〕

高行健回憶：1986 年初回北京，又寫出了新戲《彼岸》。林兆華和我想用人藝學員來排，只工作了一個月，便中止了。我們打算成立一個試驗戲劇工作室，也未能如願。〔註 746〕

7 月 12 日，高行健給讀者余欣回信。

他說：

我自從寫了那本談現代小說技巧的小冊子，惹來了許多煩惱，就不想再談理論了。我以爲一個作家在他創作力尚旺盛的時候，還是抓緊創作爲好。然而，今年初我從歐洲看戲回來之後，就不斷有熱心的朋友約我寫這種我自己已經覺得頭痛的文字，盛情難卻。

至於什麼樣主義的戲劇是統帥，或者說主流，不僅我說不出，西方的戲劇家們也未必說得清楚。我見過許多劇作家、導演、演員、教授和評論家，卻沒有誰對此關心，他們有興趣的不如說是新鮮的戲劇觀念和好戲。而觀眾到劇場去看到的是戲而不是主義。對有創造性的戲劇家來說，要緊的是拿出帶有自己鮮明的創作個性的戲，力圖避免重複別人，恐怕也不應當重複自己。

當今的西方戲劇，包括東方的亞洲的戲劇，我看是難以納入非現實主義即現代主義這種爲某些評論家筆下規定的軌道。其實，現實主義也好，現代主義也好，都已經成爲歷史了。有些理論文章造成了一些概念的混亂。比如，易卜生創作中期的那種現實主義的社會問題劇的觀念和格式，竟然被當成了貫穿古今中外戲劇的超歷史的僵硬不變的原則。甚至連中國文學史都曾被寫成了一部現實主義與非現實主義的鬥爭史，如同把中共黨史寫成兩條路線鬥爭史一樣。我想，我們不必去重複他們剪裁歷史時的這種偏頗。〔註 747〕

現今的中國戲劇家完全有能力創造出現時代的東方戲劇。

〔註 745〕林兆華口述，林偉瑜、徐馨整理《導演小人書》（全本）之「看戲」第 116 頁。
〔註 746〕高行健《隔日黃花》，《高行健劇作集 1 車站》第 136 頁。
〔註 747〕高行健《從民族戲劇傳統中汲取營養》，《新劇本》1986 年第 5 期第 85 頁，1986 年 9 月 2 日出版。

我們的戲劇創造自然要從我們民族的戲劇傳統中去汲取營養。我國的戲劇文化傳統悠久，並不只限於尙在流傳的三百種戲曲，其源流還可以追溯到殷商的原始宗教祭祀戴面具的和漢代的百戲，那皮影、傀儡、武術、雜技、魔術其實都蘊藏著現時代戲劇藝術的生命力。這是一種充分寫意高度程式化唱念做打全能的表演藝術，同標榜爲語言的藝術的易卜生式的話劇，是兩種全然不同的戲劇觀念。戲曲的改革，我以爲也不應該背離這些基本觀念，不要不倫不類地搞成話劇加打和加唱。魏明倫的《潘金蓮》是個可喜的嘗試，他銳意改革，改成的也還是戲曲。我也贊同另一種極端保守的意見，不要在祖宗頭上動土。那些傳統的劇目和歷代名家的表演應當像文物一樣保存下來，免得我們的後代子孫再來搶救這些戲劇文化的遺存。

我主張在藝術上張三李四各唱各的調，都整齊劃一了對藝術來說就不會很美妙。〔註 748〕

7 月 18 日，《評格洛托夫斯基的〈邁向質樸戲劇〉》刊發在《戲劇報》月刊 1986 年第 7 期。

7 月 18 日，在北京寫作短篇小說《給我老爺買魚竿》。〔註 749〕

《給我老爺買魚竿》用夢幻與回憶交織、現實與虛幻相融的方式講述兒時的生活，抽煙葉子的喜歡魚竿與獵槍的姥爺、捨不得丟掉破舊竹席子的姥姥，老一輩樸實憨厚的普通人，他們代表了已經逝去的中國農耕的生活方式，被工業化、革命化及複製社會衝擊的倫理關係。

《給我老爺買魚竿》通篇是內心獨白。「語言本身的這種非描述性，我以爲，對內心活動而言，也一樣。潛意識同樣也無法用語言來加以描摹，那瞬間的感受一旦用語言加以描述，就已經過去了，也就成了靜態的，中斷了感受，便不再是意識流。詞語好比一串魚鉤，剛勾起感受，便得輕輕放下，否則便把這活生生的感受弄死了，而變成對感受的解說或分析。」〔註 750〕

文中他回到小時候生活過的地方，80 年代的生活環境和道路已經有很大的變化，他找不回承載記憶的原先的住所了：

〔註 748〕高行健《從民族戲劇傳統中汲取營養》，《新劇本》1986 年第 5 期第 86 頁。

〔註 749〕《給我老爺買魚竿》篇末標注：1986 年 7 月 18 日於北京，高行健著《母親》第 118 頁，聯合文學出版社有限公司，2001 年 7 月初版，2003 年 4 月 20 日初版十四刷。

〔註 750〕《論文學寫作》選自高行健著《沒有主義》第 51～52 頁，初版臺北市：聯經，2001 年 6 初版第四刷。

原先灰撲撲的土路全都鋪上了柏油，新蓋的也都是一模一樣的預製結構的樓房，街上女人，不管是老是少，也都一律帶著奶罩，而且都穿得那麼單薄，彷彿非要露出她們貼身穿戴不可，就像這家家房頂上都支著天線，表明這屋裏都安了電視，而那個別沒有天線的人家，就像天生有了缺陷，大家看的當然都是一樣的節目，七點到七點半是國內新聞，七點半到八點是國際新聞，八點半到九點是電視短片加廣告，九點到九點一刻是天氣預報，九點一刻到九點四十五分是體育動態，九點四十五分到十點是廣告加音樂節目，十點到十一點是過時了的影片，當然也不是天天放電影，確切說，每星期一三五是電視連續劇，放電影在二四六，只有週末的文化生活才到凌晨零點，而最壯觀的還是那一根根的電視天線，活像屋頂上長起了一片小樹林，寒風過後，落盡了葉子，只剩下赤裸的枝幹，你也就迷失在這一片樹林裏了，找來找去，還就硬是認不出你的老家了。〔註 751〕

總歸，這院子早先確實有過，還確實有過好幾棵棗樹，總歸都是我老爺種的，屋簷下掛的籠子裏養的也是我老爺的鳥，有畫眉，還養過八哥，我媽嫌八哥吵人，我老爺就賣掉了，換了只紅臉的山雀，不久又氣死了，山雀氣性大，不該在籠子裏養，我老爺說他看上的是這山雀的紅臉蛋，我奶奶就罵他老不要臉，這些我都記得，這院是南湖路十號，哪怕是路名和門牌都改了，人也不能把這好端端的院子像臭水塘樣的填掉，可我問來問去，找來找去，一條又一條街，一個巷子挨著一個巷子，就像翻口袋，把口袋裏的屑屑都抖出來，也還是沒有找到，我實在是絕望了，拖著兩條疲憊不堪的腿，不知道是不是還長我身上。〔註 752〕

7 月 21 日，《要什麼樣的戲劇》刊發在《文藝研究》1986 年第 4 期。〔註 753〕

該文開篇說：本世紀初，中國曾經從歐洲引入了一種戲劇，一種以語言為主的戲劇，當時中國人把它叫新劇，以區別於我們原有的戲曲。以京

〔註 751〕高行健著《母親》第 92～93 頁。

〔註 752〕高行健著《母親》第 95～96 頁。

〔註 753〕高行健《要什麼樣的戲劇》，《文藝研究》1986 年第 4 期，文化藝術出版社 1986 年 7 月 21 日出版。

劇為代表的中國傳統戲曲，三十年代介紹到歐洲去的時候，歐洲的戲劇家們從梅耶荷德到阿爾多、布萊希特都相繼到亞洲的傳統戲劇中去找尋現代戲劇的方向。〔註 754〕他總結了 14 個要點：戲劇誕生於宗教儀式；戲劇不是文學；戲劇是表演藝術，是過程、變化、對比、發現和驚奇；戲劇是在有限空間和時間內去展示原則上無限的空間和時間；表演是建立在某種假定性上的；一個戲的成敗在於能否使演員和觀眾都信服於假設；戲劇與歌舞的分家從面具開始；戲劇撿回面具，還可以把歌舞、啞劇、木偶、武術和魔術等傳統手段撿回來；會重新感到對語言的渴求；可以期待作家、導演和演員合作的時代；戲劇語言從現代派文學中獲得啓示與實踐，演員與觀眾可實現活生生的交流；可以有音樂性的語言結構，比如多聲部、和聲、對位等；可以期待非陳述性的語言，誘發觀眾的想像；戲劇表現的自由蘊藏在戲劇自身的表演之中；戲劇可以像文學一樣自由，這更符合現時代人感知和思考的方式。〔註 755〕

9 月 5 日，與李歐梵、李陀和阿城的談話錄《作家四人談　文學：海外與中國》刊發在《文學自由談》1986 年第 5 期。

高行健認為，歐洲的現代主義作家已經成為西方的經典，但中國的理論家還是否定他們，重要的是我們要趕緊補上這一課；中西文學界其實很隔閡，我們更應該跟活著的同時代的人多交流；不同流派不同風格的創作不是敵對關係，可以互相借鑒。具體表述如下：

現代主義現在國內是一個熱潮，前幾年討論也好，批判也好，現在青年人熱情很大，中青年一批作家裏響應者甚多，隊伍越來越大，甚至有濫的趨勢，這是李陀的說法。但理論界基本持否定態度。我們的正經大理論家還是持否定態度，中青年批評家和我們觀點比較接近。其實我跑過一趟歐洲以後，最近又反覆思考，我講一個事實。像李歐梵講的，現代主義的這個總體的概念是一次大戰前後到二次大戰。延續也就到二次大戰。剩下的還有幾個沒有作古也八十左右。它的最後期的，像戰後的新小說派中代表人物也都七十了。〔註 756〕

〔註 754〕高行健《要什麼樣的戲劇》，《文藝研究》1986 年第 4 期第 88 頁。

〔註 755〕高行健《要什麼樣的戲劇》，《文藝研究》1986 年第 4 期第 88～91 頁。

〔註 756〕李歐梵、李陀、高行健、阿城《作家四人談　文學：海外與中國》，由趙玫整理，未經本人審閱，《文學自由談》1986 年第 5 期第 26 頁，百花文藝出版社 1986 年 9 月 5 日出版。

他們都是本世紀現代文學中的元老。已經被認爲是經典，比如到法國讀尤奈斯庫、讀新小說，人家都說這是歷史，就像我們談三十年代，覺得非常遙遠。薩特、卡繆、熱奈、喬伊斯、卡夫卡都早已死了。包括佛洛依德，那是上個世紀的事情，連他的學生榮格都死了。在法國我曾提出想見一下杜拉，她很老了，我說對熱奈有興趣，說熱奈已經住在醫院了，很快要去世了。我才突然醒悟到這問題是這麼嚴重，他們和我們相差得那麼遠。這些作家的地位在他們的國家已經相當於我們的魯迅一樣，已經進入中小學教科書了。我們應當趕緊補這個課，正像我們做了瞭解巴爾扎克、批判現實主義的工作，翻譯托爾斯泰，我們也應當做一個工作就是六、七十年代的世界文學的潮流是什麼。我做了一些瞭解，沒人說叫一個什麼主義，當然哲學上有結構主義，新馬克思主義啊，哲學上的流派有，但文學上有個什麼主流？你要瞭解我就是我，就是這一個。〔註757〕

外國人對中國文學的興趣是對中國政治的興趣，有很多是商人的興趣。因爲要同中國做買賣，我要知道你政局穩定不穩定，買賣能不能做，要不要投資，有很多是這種興趣。其實人們完全不瞭解中國文學，就像我們也基本上不瞭解西方現代文學一樣。非常隔膜。我們當代，同時代作家的隔膜狀況差不多相等，法國中年作家是誰？我們一本書也沒有翻譯過，所以他們現代創作傾向是什麼？我覺得我們需要交流是這樣的交流，不要跟死人去交流。〔註758〕

現代西方文學中有一種回復，就是在躁動之後，有一個文學形成新的探討，本世紀初的探討，衝掉了老形式，努力去尋找新的形式，帶回來的一個成果，不僅找到了新形式，而且對文學觀念擴大，對藝術類別的認識深化了，反覆之後反而是深化了。現代主義已經成爲一種積澱，跟現實主義，古典浪漫主義一樣，都成爲一種文化遺產，現在該幹什麼，這是一個很難的問題。方向分歧極大，甚至出現一種所謂現實主義的回歸，但那個現實主義完全跟古典現實主義不同。但它也不拒絕吸收別人的東西，這就是文化。法國一個作家莫伏亞諾寫得極樸素，樸素得驚人，但不是典型環境典型性格的樸素，而是極爲深切，並不追求新形式。新形式已經這麼多了。再有一個語言，語言也在更新，這是一個很値得我們注意的問題。所有這些就是一種文化現象，

〔註757〕《文學自由談》1986年第6期第27頁。
〔註758〕《文學自由談》1986年第6期第28頁。

你願意吸收多少就吸收多少，隨你自己採取一個什麼態度，如果進入到這麼個狀態的話，就是一個比較正常的狀態。我覺得現代西方文學就是這麼個狀態。有可能很時髦的作家寫得極為樸素。也有可能下一部作品你簡直就掌握不了了，完全不知講什麼。〔註 759〕

我們中國作家遇到這種狀況，我覺得很好，因為已經五花八門了。最好是不要制定什麼創作規範，創作原則，誰規範誰呀？誰有這麼大的才能去規範別人？最好批評家要有很高明的見解，啓發人，誰都不是教師爺。〔註 760〕

李陀在此次談話中再次肯定了高行健的《現代小說技巧初探》一書的意義。他說：這幾年對外國文學學習借鑒主要作用是什麼？主要的是用這個打開一個門。芝麻芝麻快開門，打開一個文學自覺世界的大門。一個使文學充滿個人創造性的這樣一個門。高行健小冊子的功勞我覺得就在這兒。這本小冊子說老實話都是常識，並不是什麼非常高深的理論著作。這本書為什麼引起這麼大爭論，意義不在書所介紹的知識，這樣的書在這樣時刻在中國出現，它是一種挑戰，對一種舊的合理的秩序的一種挑戰。想用一個新的合理性來代替它，因為新的合理性已經存在了。重要意義並不在於只有向西方現代派學習了我們才能怎麼樣怎麼樣，高行健的小冊子和當時的幾封信的意義就是芝麻芝麻快開門。實際上這門已經開了。〔註 761〕

9 月 20 日，《給我老爺買魚竿》刊發在《人民文學》1986 年第 9 期。〔註 762〕

9 月 25 日，《當代作家評論》刊發夏剛的文章《十年：世紀的衝刺——對「劫後文學」的雙焦點參照透視》中，談及高行健的《現代小說技巧初探》和《車站》。

夏剛指出：1966～1976，十年浩劫，一場噩夢。1976～1986，十年復興，一次奇蹟。巴金曾把「文化大革命」和廣島核轟炸並列為駭人聽聞的慘禍，那麼，在荒漠上蘇生的中國社會和文學能有欣欣向榮的今日，不也是很像曾被預言若干年內將寸草不生的廣島復活為現代化的國際性都會嗎？他把中國的「劫後文學」與日本的「戰後文學」加以對照。他用「劫後文學」而不用「新時期

〔註 759〕《文學自由談》1986 年第 6 期第 29 頁。
〔註 760〕《文學自由談》1986 年第 6 期第 30 頁。
〔註 761〕《文學自由談》1986 年第 6 期第 31 頁。
〔註 762〕《人民文學》1986 年第 9 期，人民文學雜誌社 1986 年 9 月 20 日。

文學」，目的是想尋求更容易被世界理解、被歷史接受的表達方式。〔註 763〕

夏文說：1982 年《現代小說技巧初探》引起現代派文學爭論；1983 年，《崛起的詩群》和《車站》再次誘發文學方向之爭。〔註 764〕

9 月，劇本《彼岸》刊發在《十月》1986 年第 5 期。〔註 765〕**關於這部劇，高行健和他的朋友詩人馬壽鵬有深入的對談。**

馬壽鵬說：你讓我到了一種無言的境界。劇中的人物比你以前的戲更玄了，甚至很難說是象徵或是符號，不如說都是意象。如果我沒有理解錯的話，你是從抽象走向意象。

高：我同意你的說法。抽象是西方藝術的方法，意象則是東方式的。抽象來自理性，源出於觀念，意象是精神的，來源於感性的經驗。〔註 766〕

馬：你這個戲中的眾人同《車站》相比，更顯然是一個群體的形象。你是否指的群眾？

高：群眾是一個政治概念。我的戲同政治沒有關係。我之所謂眾人，來自一種普遍化了的人生經驗。我們每個人都有過體驗。

馬：你作為眾人的對立面的人是否是超人？

高：這人的形象不同於尼采的超人。他和眾人的關係不只是一種對抗，他是眾人中的一個人，也同樣存在於我們每一個人身上，我們差不多都有過眾人和人的雙重經驗。在破除了對個人的迷信之後，我以為也有必要破除對眾人的迷信。對個人和眾人的崇拜都要不得。我們遇到過的許多事，如果眾人不一窩蜂似的追隨，也不會成為災難。

馬：眾人總盲目追隨潮流，最後便成了一種無法抗拒的破壞性力量。

高：先出於怯懦，然後便成為習慣，最後成了不再質疑的盲目的無意識，把人本來具有的良知也淹沒了。

馬：你這種經驗是否來自文化大革命的痛苦和經驗？

高：我們都有過許多這樣的經驗，荒唐的是這種經驗一再地重複，無論在中國，還是在外國，我以為是人類的通病。

〔註 763〕夏剛《十年：世紀的衝刺——對「劫後文學」的雙焦點參照透視》，《當代作家評論》1986 年第 5 期第 42 頁，當代作家評論雜誌社 1986 年 9 月 25 日出版。

〔註 764〕《當代作家評論》1986 年第 5 期第 44 頁。

〔註 765〕《十月》1986 年第 5 期，北京十月文藝出版社 1986 年 9 月出版。

〔註 766〕高行健《京華夜談》（續），《鍾山》1988 年第 3 期第 198 頁，《鍾山》雜誌編輯部 1988 年 5 月 15 日出版。

馬：人們差不多都有過這樣的經驗，可很少有人做過這樣深刻的反省。

高：人們往往把災難的責任推到別人身上，不願意承認自己也曾經推波助瀾。

馬：這就是人性中的怯懦。

高：誰都有這種怯懦，問題是能否清醒地意識到並且抵制這種怯懦。勇敢與膽怯，明智與愚鈍的界限只差一步。在越過這一步之前，人自己其實都是清楚的。一旦越過了，就裝糊塗了，也可能就眞糊塗下去了。在沒越過這一步之前他是人，越過了這一步就混同爲眾人。

馬：你劇中的人顯然眾人皆醉我獨醒，可是最後當眾人都顚倒黑白時，人也糊塗了。

高：因此，我劇中的這人並非超人。他也有時糊塗了，便也混同於眾人。人和眾人之間並沒有不可逾越的界限。問題只在於越不越過。所以說，人與眾人並非僅僅對立，他們也可以合而爲一。而人的豐富性則在於他混同於眾人時又努力再出來。這就展現了人的生動性，也就派生出了影子和他的心，又投射出女人、少女、瘋女人、母親、父親、玩牌的人、賣狗皮膏藥的、老太婆、看圈子的人、禪師、模特兒等眾多的形象。

馬：人、影子和那顆看不見的心是不是也是人的三重象？其他是作爲人的三重象派生出來的眾生相。

高：作爲人的三重象的不如說是由人、他的影子和人與少年與心組成。

馬：也就是說這第三重又由人和少年和心三者構成？

高：是的。人是實在的，影子是他的思考，少年與人與心是他人生的過程。少年作爲人的初生狀態，心是他臨終狀態。

馬：你這部劇寫得太艱深了。

高：是你要做這種分析的，觀眾看戲時不會去費這個腦筋，也無此必要，面對的是個完整的作品，人們感受的是舞臺上渾然一體的舞臺形象。

馬：禪師在這個劇中起什麼作用？

高：他不是一個人物，只是人要擺脫他生存的困境的一種努力。

馬：演出時他將怎麼處理呢？

高：如果是伸出式的舞臺，他的臉可以始終背著觀眾。如果舞臺在中央，觀眾四面圍坐，他的臉上可以抹上白粉。總之，他的面目不必清楚，因爲他

不是一個人物。〔註767〕

馬：這個戲會不會讓人誤解，認爲你逃避現實，把擺脫人生苦難的出路寄託在皈依宗教上麼？

高：我不主張逃避人生，也不弘揚佛法。禪是一種精神狀態，正如其他的人生經驗一樣，也普遍存在於每個人心中，爲區別作爲宗教的禪宗起見，我把這種狀態稱之爲禪狀態。它固然是一種宗教情緒，也是一種審美經驗。人往往需要通過這種狀態把日常鬱積的心理負擔加以宣洩。

馬：你偏重於從美學的角度來解釋宗教。

高：不是普遍意義的宗教，我指的是禪。這是東方人認識自我、尋找自我同外界的平衡的感知方式，不同於西方人的反省與懺悔。東方人沒有那麼強烈的懺悔意識，那是被基督教文化所發展了的一種社會潛意識。東方人靠超越自我的悟性得以解脫。

馬：悟性是不是一種理性？

高：不如說，是一種智慧。它走著同西方人理性思維不同的路線。不同於西方人從感性經過抽象上升到理性的思維路線，而是從感性的直觀直接昇華爲精神，一種超越自我意識的境界。

馬：你不能否認理性也是對自我的超越。

高：我們不討論哲學。

馬：但是你的戲浸透了哲學。

高：那是你從哲學的角度來看。我寫的是戲。我最煩膩在藝術作品去詮釋哲學，正如我無意在戲劇中去討論社會問題、辯證道德和政治一樣。我不認爲把藝術變成哲學的附庸是藝術的上乘。舞臺並非講臺，不是爭論和思辨的場所。人們到劇場裏去要看的是戲。誠然，有一種思想家的戲劇，諸如薩特。也有貝克特的語言的戲劇，當然他也寫過無言的戲劇，即使不用語言、那舞臺上的形象也還是觀念的化身，也就是一種理念的抽象。他用理性來表現非理性。這也是西方現代戲劇走過的路。他們都震動過我。但我有我自己的路。比方說，在宗教與哲學之間，在感性與理性之間，都還有一片廣闊的地帶，那都是藝術大可以施展的領域。再比如，當直觀誘發出意象，上升爲境界的時候，它便純然是精神的，而且並不一定走向理性，成爲觀念。而精神也可以帶有感性的色彩，並非都是抽象的。這與其說是哲學，不如說是心

〔註767〕《鍾山》1988年第3期第199頁。

理學的範疇，也就同藝術家進行創作時的感知的方式有關係。

馬：我如果提這樣一個問題，你寫《彼岸》時是否受到過尼采哲學的影響？該不會也算是談哲學吧？

高：我知道你是喜歡談哲學的，詩人大都有這種癖好。你的問題我當然可以回答。尼采在上個世紀宣告上帝死了。也就是偶像崇拜該結束了。可他又建立了另一個偶像超人，他崇尚自我。而這個自我在日後卡夫卡筆下不過是一條蟲子，身不由己。如今這個時代，超人也死了，自我也不值得崇拜。相反地，我對當今那麼一種把自我打扮成超人的那種浪漫情調無法忍受。人不能總處在自戀的青春期。沒有什麼超人，有的只是在困境中掙扎的人。《彼岸》中的那人畢竟還創造了，哪怕最後什麼都經歷了，什麼都明白了，也還是做了點什麼，我以爲這就是希望。

馬：但是你劇中人的造物模特兒最後不是也還成爲人的異己，將人捲入，人只能掙扎於其中，像一條蟲。你不覺得這種徹悟過於清醒嗎？

高：有了這種徹悟，人才能克服畏懼，面對死亡，超越死亡。

馬：死亡是無法逾越的。

高：作爲一個個人，無法逾越，作爲人，可以。問題是不要把個人膨脹到無邊的地步。可惜人們往往很難達到這種明徹的程度。一個人只是一個人而已，其意義在於超越自己。〔註768〕

馬：是不是可以說這是你這個戲的主題？

高：我不知道這個戲的主題是什麼？我寫了一個過程，從現實的此岸到彼岸又回到此岸的過程。作不出簡單的結論。

馬：那麼你之所謂的彼岸是不是也像野人一樣有多重的含義？

高：這個詞是從佛學中借來用的。原來就有好多說法。涅槃爲彼岸；彼岸者，喻爲來也；又稱於事辦成也名到彼岸；再者，彼岸者，於有爲無爲法盡到其邊。你願意選哪一條？

馬：你根本反對主題這一說？

高：就這個詞來說，哲學上和藝術上還可以賦予它更多的含義。我們不要受語義上的困擾，還是回到形象上來吧。

馬：可我還有一個不關哲學可能算是有關邏輯的問題。你反對藝術中談哲學，而你戲中的人、眾人、女人、心，不也是一種抽象嗎？玩繩子的建立

〔註768〕《鍾山》1988年第3期第199～200頁。

的人與人的種種關係，張、弛、對抗、旋轉不也是抽象嗎？

高：我只反對藝術中概念的抽象，並不反對藝術的抽象。我把這種藝術的抽象稱之爲意象，以區別概念的抽象。藝術創作從本質上來說，離不開最起碼的抽象。我們運用的語言的最基本單位詞就是一種抽象。此外，線條、結構、明暗對比，也都是某種程度的抽象。但這種藝術上的抽象之區別於理性的抽象，在於它又賦予這種抽象以感性的形象，沒有後者，就不成其爲藝術形象。藝術作品中的語言喚不起感情的經驗的話，便只是蒼白的觀念。《彼岸》中的人際關係如果只停留在張或弛的觀念上，不體現爲可以感觸的那根繩子，依然屬於觀念。再者，戲中的形象只限於圖解觀念而不成爲生動的直觀，喚不起觀念感性的經驗的話，藝術上也還是失敗的。這種藝術上的抽象，也就是說從直觀到意象的過程，靠藝術家的直覺和悟性，不訴諸理性，而且超越邏輯。我戲中的人、眾人、女人、心，都應該是意象，並非觀念的符號。

馬：比如，那顆衰老的心，根據劇本的舞臺提示，好像是看不見的，你是否設想過這樣的一個形象怎樣在舞臺上表現？

高：不必由一個演員去扮演這顆衰老的心，那只會讓人發笑。也不必弄出個死神來。這顆看不見的衰老的心實際上是臨終的狀態。直接去表現這種狀態也很笨拙。可是，如果調動起演員們的想像力，讓大家各自去認眞關注一顆垂危的心，便會產生一系列無意識的形體動作。那麼，這顆衰亡的心的意象便會由這群關注著的眾人的反映得以體現。我在演員訓練時做過這類的練習，造成過並非圖解的意象。〔註 769〕

馬壽鵬認爲「《彼岸》中的語言可以說是寫絕了。」

高行健這樣說：

語言對我來說先有聲音，其次才整理成文字。我總爲現成的句法結構所苦惱。它們限制了語言的表達能力。我希望語言是流出來的，而不是編寫出來的。我覺得人遠沒有窮盡語言的表現力。我們面對人類創造出來的這神奇的現象往往不知所措。找不到語調我就一句話也出不來，我總擔心我的語言還是太理性了。

我總覺得我們現在使用的現代漢語有很大的局限，有許多感受還找不到表達。這不僅是詞，詞可以創造，問題主要出在句法上，我們被現成的句法

〔註 769〕《鍾山》1988 年第 3 期第 201 頁。

限死了。也許不應該用西方的語法來分析漢語，這需要去找尋另一種結構。漢語沒有嚴格的時態，它其實更符合人的感受的流程，馬漢民根據錄音整理出來的長篇吳歌《五姑娘》的原稿，那樣生動的語言眞叫我拜倒。那其實才是語言的奇妙境界。〔註770〕

馬：你在《彼岸》中寫到了禪宗。

高：禪宗，以南宗禪爲主流，是唐代以後中國文化一個極爲重要的精神支柱。它不僅僅是一個宗教信仰，實際上已經成爲東方人感知世界和認識自我的一種方式。要研究東西方文化差異，就不能不研究道教和禪宗。

馬：你非常中國化，可人們卻誤認你是西方的現代派。

高：一個現時代的中國人，也不拒絕吸收西方的現代文化。但你身爲東方人，畢竟是用東方人的方式來消化西方文化。正如西方的藝術家們轉向東方藝術的時候，做出來的東西骨子裏總也浸透了西方精神。彼得布魯生導演的印度史詩，在我這個東方人看來，他怎麼也達不到東方人的境界。他在巴黎把一個老劇場內部全拆掉，在西方是房子越來越値錢，再塡上泥土，讓演員赤腳在地上走。他說他找尋的是演員的身體和泥土接觸的感覺。這就好比我們民間鄉鎭上常見的那種撂地攤的演出。在我這個東方人看來，要緊的並不是這種感官上的觸覺，而是內心達到的境界。而這種境界我稱之爲禪狀態。我以爲禪宗拋棄它的宗教內容，就其精神狀態而言，是進入藝術創作的一種最佳狀態。

馬：你也參禪打坐嗎？

高：我講求的是這種精神狀態，靜坐是一種方法，也可以屏息聽音樂，也可以做鶴翔莊，導致人進入這種身體極爲鬆弛精神又高度集中的狀態。一旦進入這種狀態，在藝術創作上就能達到一種精神境界。

馬：你的《野人》的結尾和《彼岸》達到了這種境界。

高：在語言之外，可又借助於語言。所要表達的還又不是語言本身的含義，換句話說，到了一種境界，也就是訴諸人的悟性。〔註771〕。

方梓勳指出：

《彼岸》是高行健在中國寫成的最後一個劇本，原爲訓練北京人民藝術

〔註770〕高行健和馬壽鵬1987年2月的對談，高行健《京華夜談——我的戲劇觀》，《鍾山》1988年第4期第208頁，1988年7月15日出版。

〔註771〕高行健和馬壽鵬1987年2月的對談，高行健《京華夜談——我的戲劇觀》，《鍾山》1988年第2期第200頁，1988年3月15日出版。

劇院的演員而作。劇本由不同的片段組成，其中一個重要的主題是群眾與個體的關係。劇中的「人」代表個人，他堅守自己的路線，因而遭受群眾的責備和騷擾（迫害他人的群眾在高行健的劇本和小說中經常出現），而這些群眾復被強勢的主子所操控。劇本繼而轉向探索「人」的內心世界，這個超我角色在舞臺上借助另一個人物「影子」去表現出來，是高行健日後劇作及小說中採用人稱轉換的濫觴。〔註 772〕

11 月 5 日，《戲劇報》月刊召開在京部分青年戲劇工作者座談會，討論「話劇十年」的見解。

據《戲劇報》1986 年第 12 期報導：參加座談會的人有劉曉波、張先、劉書彰、陳傳敏、孟冰、李冬青、劉聖佳、羅劍凡、宮曉冬、婁迺鳴、吳曉江、陳子度等。他們當中有人在攻讀博士研究生、碩士研究生，多數是地方和部隊話劇院（團）的青年編劇、導演，還有的是中央戲劇學院的師生。大家從作家的創作意識、社會文化背景、傳統文化思潮、觀眾心態、劇院體制等不同方面，探討十年話劇的發展歷程。

有的發言認爲，要把新時期的話劇創作置於一個更大的世界性的外在參照系裏，才能恰如其分地審視和評價它。有的認爲，不少話劇尚停留在道德圖解階段，思想大於形象，常常以一種道德勸善意識來框架人生，缺乏對生活、對人生、對人性的深刻理解和體現。有的同志認爲，近幾年話劇形式有很大發展，但有的話劇儘管在形式上把西方的東西借鑒過來，內在觀念卻蒼白無力。有的同志指出，荒誕劇、意識流、魔幻現實主義等現代流派是與西方人的心理發展相對應的；是從他們的生活出發自然形成的東西，而在中國的生活中沒有這種東西，卻硬要用這些東西來表現，所以，在根本上就給人以生活與戲劇的分裂感。中國的話劇藝術形式，只能靠具有現代意識的中國人在自己的土壤上自行創造。東西方文化的碰撞，我們對西方戲劇的借鑒，不應該單是在形式上，更應體現在現代意識和觀念上。還有的同志認爲，話劇創新只體現在舞臺美術、導演方法、編劇結構上還不夠，表演上也要有所創新。允許多種風格、流派的探索、融合，不要互相排斥。〔註 773〕

〔註 772〕方梓勳《自由與邊緣性：高行健的生命與藝術》，陳嘉恩譯，高行健著、方梓勳、陳順妍譯《冷的文學——高行健著作選》之「導論」，xxix.

〔註 773〕簡訊《烏髮黑首話「十年」——本刊召開青年戲劇工作者座談會》，《戲劇報月刊》1986 年第 12 期第 9 頁，中國戲劇出版社 1986 年 12 月 18 日出版。

11 月 11 日～15 日，北京市劇協召開高行健作品討論會。

據《戲劇報》1986 年第 12 期報導：11 月 11 日至 15 日，北京市劇協邀請中直和北京市二十多名戲劇家和理論工作者，舉行了爲期 5 天的高行健作品討論會。高行健是位勇於探索、勤奮創作的劇作家。他提出的理論主張，以及他近年來從事的實驗性戲劇創作活動，都產生了廣泛的社會影響。討論會上，與會者著重對《車站》、《野人》《彼岸》等作品，從各種角度進行了認眞的分析。會議氣氛眞誠、熱烈、活躍。儘管目前對高行健作品成敗得失的評價仍有很多分歧，但與會者一致認爲，這種探索具有不容忽視、不可低估的價值和意義。高行健的理論和實踐，對推動戲劇觀念問題的討論，對造成目前話劇多元化發展的局面，都做出了貢獻。〔註 774〕

許國榮說：1986 年初冬，中國劇協北京分會組織過一次「高行健作品討論會」。據說這是專題研究中年作家作品的頭一次。我有幸陪添末座，聽到不少專家的發言，得益非少。雖然我本人是現實主義文藝薰陶出來的，對非現實主義作品總感到隔膜。積習既久，改也很難。但是對高行健同志及他的理論，作品卻向來欽佩，心儀已久。〔註 775〕

12 月 20 日，《戲劇》1986 年第 4 期刊發兩篇評論文章與高行健相關。一篇是《論新時期戲劇的美學解放》，另一篇是《論高行健戲劇的美學探索》。

《論高行健戲劇的美學探索》，作者張毅，文章分爲五部分：高行健戲劇的美學探索的出發點；高行健戲劇美學探索的歷史借鑒；高行健戲劇探索的藝術追求——劇場性；高行健戲劇探索的三部曲——《絕對信號》、《車站》、《野人》；高行健戲劇探索的初步評價。文章指出：

高行健正站在一個縱橫的交叉點上，而對著現實的挑戰，進行著歷史的思考，然後邁出他探索的腳步。他回顧了近百年來世界戲劇發展的歷程，把眼光投向了易卜生和斯坦尼斯拉夫斯基。易卜生式的劇作法，加上斯坦尼斯拉夫斯基的表演體系，在演員與觀眾之間豎起了一堵透明的「第四堵牆」。高行健在這堵權威的不可動搖的牆壁前面而立。這堵透明的牆，曾一度是戲劇不可逾越的界碑，也是隔斷演員與觀眾交流的藩籬，阻絕當代戲劇走向廣大觀眾的屏障。因此，「破壁」是唯一的出路，勇於探索的藝術家都不約而同地勇敢地

〔註 774〕簡訊《北京市劇協召開高行健作品討論會》，《戲劇報》月刊 1986 年第 12 期第 44 頁。

〔註 775〕許國榮編《高行健戲劇研究》第 262 頁。

衝破這「第四堵牆」，去尋求當代戲劇的生路。於是，他看到了阿爾托、布萊希特、格羅托夫斯基……這批衝破「第四堵牆」的先行者。更何況他是關漢卿、王實甫、湯顯祖的子孫，是梅蘭芳的後輩，是這個本來就沒有「第四堵牆」的戲劇王國中的新一代。因此，他鼓足了勇氣，在兩位壓得令人喘不過氣來的大師面前勇敢地說道：「其實，易卜生的戲劇和斯坦尼斯拉夫斯基的方法不過是戲劇史上的兩家。本世紀以來，戲劇藝術的發展並不到他們爲止，從表演、導演到劇作法都有眾多的探索。」是的，當代劇作家不是匍匐在前輩巨人腳下的奴隸，而應當是大無畏的開拓者。高行健拋開了因襲的重擔，又開始進行橫向的思考。他把頭向兩邊橫視時，看清了戲劇大廈的兩個鄰居。一邊是咄咄逼人的「新貴」——電影、電視，一邊是蓬勃興旺的「世家」——文學。〔註 776〕他還在橫向思考中看到了戲劇過於依附文學的軟骨病。〔註 777〕

他從中國戲曲那裡，一是撿回時空自由，二是撿回唱做念打，得其神而遺其形。他的探索是屬於民族的，並非洋玩意兒的模仿和照搬，還且不說，他劇中反映的是十足的中國社會生活，那些植根於民族生活土壤的人物性格，那些打上時代烙印的生動細節，以及那些符合於我們道德規範的思想情操。他好像有些貪婪，他的確在拼命地迫不及待地「揀回」。一手伸到外國去揀，一手在本民族揀。當他兩隻手揀回的東西拼合在一起時，立刻找到了二者之間的匯合點，這就是「揀回」那些東西的全部目的，是要恢復戲劇的全面功能。〔註 778〕

他的劇場性表現在：追求多種藝術手段；追求多維的藝術思維（多聲部的人物對話，《車站》中有三個人同時說的，最後有七個人同時說的）；多層次的視覺形象，《野人》中五次出現兩組畫面同時進行表演的場景；多變的時空關係；多線索的結構形式；多內涵的主題思想。〔註 779〕

該文最後指出高行健戲劇的不足之處在於人物的塑造問題。「如果說在高行健連續三部探索的戲中有倒退的現象的話，我以爲一是主題的含蓄性上一部比一部直露，另一點是在人物的刻畫上似乎一部比一部顯得單薄。」〔註 780〕

〔註 776〕張毅《論高行健戲劇的美學探索》，《戲劇》1986 年第 4 期第 65 頁，1986 年 12 月 20 日出版。

〔註 777〕張毅《論高行健戲劇的美學探索》，《戲劇》1986 年第 4 期第 66 頁。

〔註 778〕張毅《論高行健戲劇的美學探索》，《戲劇》1986 年第 4 期第 67 頁。

〔註 779〕張毅《論高行健戲劇的美學探索》，《戲劇》1986 年第 4 期第 67～70 頁。

〔註 780〕張毅《論高行健戲劇的美學探索》，《戲劇》1986 年第 4 期第 75 頁。

在署名康洪興的文章《論新時期戲劇的美學解放——兼談戲劇觀和理論研究問題》中指出：「表現」的美學法則進入了「再現」的美學領地，拓展了話劇藝術審美空間。從70年代末開始，我國話劇藝術這種唯我獨尊的寫實主義受到了衝擊，出現了《屋外有熱流》、《路》等這樣一些運用象徵、變形、心靈外化等藝術方法和手法的劇作和演出。於是，「表現」的美學法則便開始青睞起話劇這個「灰姑娘」。一時間，在「再現」的美學領地中滲透、融合進「表現」美學因素的劇目，紛紛展現於舞臺。從《血，總是熱的》到《山祭》，從《絕對信號》到《車站》，從《雙人浪漫曲》到《街上流行紅裙子》，從《十五樁離婚案的調查剖析》到《野人》，從《WM》到《一個死者對生者的訪問》等等。這是話劇藝術美學解放的一個重要表現。〔註781〕人的主體性地位逐漸得到確立。導演藝術家不再如以往那樣，「死」在演員身上，埋沒在與生活通形同步的舞臺圖像之中，而是常常在許多奇絕的舞臺畫面裏顯示自己的「身影」，讓觀眾在欣賞演員表演的同時，也意識到導演的存在，讚歎導演的高超技藝。〔註782〕

12月，《戲曲不要改革與要改革》刊發在《戲曲研究》第21輯。〔註783〕

12月，林克歡的文章《戲劇的超越》發表在《文學評論》1986年第6期上。

該文指出：戲劇是一種綜合的藝術。起源於民間歌舞的古希臘戲劇，是由對酒神狄俄索斯感恩戴德的圓舞、合唱演變而來，其表演是詩歌、雕刻、合唱、舞蹈、動作的綜合體。我國的民間戲劇，同樣是由歌、舞、雜技、滑稽、說唱等多種藝術門類互相吸收、逐漸融合爲一的。不知是出於誤解還是缺乏創造性，長期以來，我們的話劇爲「話」所限，臺詞主宰著一切，其他舞臺元素的運用幾乎一無例外地都是爲了強調臺詞的文字意義，大多數演出看上去僅僅是臺詞的物質外觀。彷彿我們已窮盡了人類社會的一切眞理一樣，劇作總是把思想當作一種確定不移的早已完成的結論，而導演的唯一任務似乎就是運用舞臺手段賦予這類確定不移的思想以物質外殼。戲劇的面孔日益老化，舞臺的表現力日益枯竭。正是在這樣的背景下，高行健提出了「戲劇需要撿回近一個世紀喪失了的許多藝術手段，主張原始宗教儀式中的面具、歌舞與民間說唱，耍嘴皮子的相聲和拼力氣的相撲，乃至傀儡、影子、

〔註781〕康洪興《論新時期戲劇的美學解放》，《戲劇》1986年第4期第48頁。

〔註782〕康洪興《論新時期戲劇的美學解放》，《戲劇》1986年第4期第49頁。

〔註783〕《戲曲研究》第21輯第6～10頁，文化藝術出版社出版1986年12月北京第1版第1次印刷。

魔術與雜技，都可以入戲。」

多聲部現代史詩劇《野人》的舞臺演出，集歌舞吟誦，聲色光影、面具、姿態於一爐，演員形體律動所創造的舞臺形象，將造型的與表現的因素不可分割地結合在一起，產生某種強烈的感染力量。觀眾將這一切理解為生態學家的意識、情感活動，或理解為編導者、演出者所認識的現代人的複雜思緒，抑或別的什麼，都無關緊要。作為一種浸透著情感的動態形象，本質上是內在生活的外部顯現，包容了人們所說的情感內容或藝術意味所具有的節奏、起落、轉折、頓歇，以及豐富性、複雜性、多義性的特徵。舞臺演出借助形體的動作、幽深的景觀、大色塊的光柱等舞臺空間語彙與音樂、音響、歌吟、朗誦相互配合，將這種比單純的言語（臺詞）更精微、更奧妙、更神秘的情感系統訴諸觀眾的視聽，以整體的藝術氛圍，去激發觀眾深層的意識、思想、情感和本能，給觀眾帶來難以名狀的情感衝擊與寬闊的思維空間。〔註 784〕

這一年，作家馬建和高行健討論過小說的寫法。

馬建後來回憶：記得 1986 年我那篇《亮出你的舌苔或空空蕩蕩》剛寫完就交給老高賜教，那晚我們喝了很多酒，下半夜他才拿著手稿去了睡房，我則躺在沙發上呼呼大睡。凌晨他過來推醒我，很興奮地說要找中國最好的《人民文學》雜誌發表，然後他翻到了那句：「……她嘴唇在笑的時候變得又紅又有彈力。那其實是生活在高原上的女人像草原一樣寬容的微笑。」他認為後一句可以不要。我堅持說如果刪掉這一句我會感到自己真是個雜種了。從中我才理解了老高尋覓冷的文學的道理。從此之後我寫小說最小心就是作者和故事的關係，因為這也是被紅色敘述強姦污染了近半個世紀的詞語，作家所必須躲避的。高行健這位在共產黨國家上過大學的作家，竟還有如此犀利的自我保護意識。他在古漢語和當今的口語之中，輕而易舉地駕馭著自己的獨木舟，實屬罕見。〔註 785〕

這一年，匈牙利《外國文學》刊載《車站》匈牙利譯文，譯者 Polonyi Peter.法國里仁（Lille）北方省文化局舉辦高行健個人畫展。〔註 786〕

這一年，在北京決定以畫養文，讓繪畫成為第一職業。〔註 787〕

〔註 784〕林克歡《戲劇的超越》，《文學評論》1986 年第 6 期第 45～46 頁。
〔註 785〕馬建《泉石激韻——評高行健的小說》，劉再復編《讀高行健》第 109～110 頁。
〔註 786〕劉再復著《再論高行健》第 218 頁。
〔註 787〕繪畫簡歷，亞洲藝術中心出版《高行健》第 102 頁。